KORROSION

Peter Beck studierte Psychologie, Wirtschaft und Philosophie, promovierte in Psychologie und machte einen MBA in Manchester. Er trägt im Judo den schwarzen Gürtel, war in der Geschäftsleitung eines Großunternehmens und in mehreren Aufsichtsräten. Heute leitet er seine eigene Firma und schreibt an der rasanten Thriller-Reihe mit Tom Winter. Peter Beck ist Mitglied des Syndikats und der International Thriller Writers, ITW.
www.peter-beck.net
www.facebook.com/peter.beck.net
»Söldner des Geldes«, Emons Verlag 2013

Dieses Buch ist ein Roman. Handlungen und Personen sind frei erfunden. Ähnlichkeiten mit lebenden oder toten Personen sind nicht gewollt und rein zufällig.

PETER BECK

KORROSION

THRILLER

emons:

Bibliografische Information der Deutschen Nationalbibliothek
Die Deutsche Nationalbibliothek verzeichnet diese Publikation in der Deutschen Nationalbibliografie; detaillierte bibliografische Daten sind im Internet über http://dnb.d-nb.de abrufbar.

Umschlagmotiv: edfoto/Depositphotos.com, iStockphoto/Andrey_Kuzmin
Umschlaggestaltung: Nina Schäfer
Gestaltung Innenteil: César Satz & Grafik GmbH, Köln
Lektorat: Irène Kost, Biel/Bienne, Schweiz
Druck und Bindung: CPI – Clausen & Bosse, Leck
Printed in Germany 2017
ISBN 978-3-7408-0040-6
Thriller
Originalausgabe

Dieser Roman wurde vermittelt durch die Tanja Howarth Literary Agency, London.

Den vielen namenlosen Flüchtlingen

Ofenwarme Backware

Der karamellisierte Bäcker kauerte in seinem Ofen. Je nach Richtung, in die sie ihren Kopf drehte, dominierte der verbrannte Zucker oder das triefende Fett. Eigentlich hatte sie den Geruch brutzelnder Steaks und den süßlichen Duft ofenwarmer Apfelkuchen geliebt. Aber damals, 1971, in der stickigen Backstube hatte sie versucht, flach, nur durch den Mund, zu atmen.

Es war unerträglich heiß gewesen, und zu viele Leute teilten sich die Luft. Sie konzentrierte sich auf die kleinen Kuchenformen auf dem Tisch vor ihr, gefüllt mit mattgelbem Teig. Gugelhupfe. Umgestülpte Helme von Soldaten. Kindersoldaten, die gegen den mannshohen Industrieofen marschierten; bereit, erhitzt zu werden.

Schwindlig setzte sie sich auf einen abgewetzten Holzhocker und wartete. Der Schweiß färbte ihr hellblaues Uniformhemd dunkel. Sie machte nur in den Semesterferien Sanitätsdienst. Das Geld war für das Medizinstudium. Wer konnte, verließ die Backstube so rasch wie möglich wieder. Nur sie musste warten. Das Protokoll verlangte, dass ein Patient in kritischem Zustand nicht aus den Augen gelassen werden durfte. Kritischer Zustand – er war tot.

Es blitzte und surrte. Ein Polizist schoss Fotos. Sie hob den Kopf. Ein weiterer Blitz. Das schwarz-weiße Negativbild des in sich zusammengekauerten Bäckers im Ofen brannte sich in ihre Netzhaut. Sie kniff die Augen zusammen, um das Bild loszuwerden, und lehnte den Kopf an die Betonwand. Was machte der Bäcker verdammt noch mal in seinem Ofen?

Auf dem schiefen Blech über ihm lagen verbrannte Apfelkuchen, deren Guss heruntergetropft war. Die dicke Tür des Industrieofens stand offen, hatte ein längliches Fenster und wurde mit einem langen Hebel verriegelt, an dem ein Overall mit Pinsel herumpuderte. Plötzlich stand der Polizist, der der Chef zu sein schien, vor ihr. Auch er war schweißgebadet. Für einen Moment bedauerte sie ihn, da entdeckte sie die Krümel auf seiner Uniform. Er hatte sich oben in der Bäckerei bedient. Er sagte: »Wir sind hier fürs Erste fertig. Sie können ihn in die Gerichtsmedizin bringen.«

Aus Angst, dass ihre Stimme versagen würde, nickte sie nur.

Der Polizist versuchte, ermutigend zu lächeln.

Sie stand auf. Die Plastikhandschuhe ließen sich nur widerwillig über die feuchten Hände stülpen. Sie löste den Rücken des Bäckers mit einem Spachtel von der Wand des Backofens.

Zusammen mit dem Sanitäter legte sie die lauwarme Leiche sachte auf die Tragbahre. Dann kratzte sie spröde Haut- und Haarreste ab. Als sie die Tragbahre mit der zugedeckten Leiche durchs Haus trugen, sahen sie ins Wohnzimmer. Vor den zugezogenen Vorhängen saßen auf dem Sofa eine Frau und drei Kinder in kurzen Sommerkleidern. Draußen grelles Sonnenlicht. Journalisten. Mehr Fotos. Aber vor allem frische Luft.

Danach kaufte sie eine Zeit lang ihr Brot nicht mehr ofenwarm auf dem Weg zur Uni, sondern erst am Abend. Der Geruch war dann erträglicher.

Heute, als Kinderärztin, wusste sie, dass Menschen ein gutes olfaktorisches Gedächtnis hatten. Sie wusste auch, dass Supermärkte den Umsatz ankurbelten, indem sie künstlichen Duft gebackenen Brotes verströmten. Intellektuell hatte sie es im Griff.

Nur manchmal überfielen sie die Erinnerungen. Die Bilder sprangen sie aus dem Hinterhalt des Gedächtnisses an. Unvorbereitet. Dann sah sie wieder den verdorrten Körper in seinem Stahlgrab.

Letzthin war sie im Supermarkt auf eine Auslage karamellisierter Apfelkuchen gestoßen. Sie flüchtete und geriet in die Fleischabteilung. Schweißausbruch. Flacher Atem. Auf der Werbetafel der offenen Metzgerei stand mit blutroter Kreide: »Leckere Aktion! Marinierte Grillspießchen.«

28. Dezember 09:17

Winter atmete die Bergluft tief ein. Die ersten Sonnenstrahlen krochen über den Alpenkamm. Eiskristalle flirrten. Er steckte die Skistöcke in den Schnee, zog die Handschuhe aus und klaubte den Minifeldstecher hervor.

Mit klammen Fingern stellte er die Linse scharf. Die Sprengladung war unterwegs. Langsam bewegte sie sich auf das Zielgebiet zu. Die grellgelbe Plastikwurst baumelte hoch über dem Steilhang an einem Stahlseil.

Mit dem Feldstecher folgte Winter der Zündleine. Im gegenüberliegenden Hang hockten hinter einem Felsblock zwei Männer mit Sturmmasken, die Kapuzenjacken hochgeschlagen. Einer der Männer sprach in ein Funkgerät. Der andere holte die Zündleine Meter um Meter ein. Der Mann mit dem Funkgerät streckte Arm und Daumen.

Winter hielt den Atem an und fokussierte auf die Sprengladung.

Die klirrende Kälte war vergessen.

Der Sprengstoff fiel in die Tiefe, bohrte sich in den Schnee.

Nichts geschah.

Dann ein dumpfer Knall, eine Schneefontäne. Das Schneefeld erzitterte. Die Schockwellen verbreiteten sich radial. Der Schnee löste sich, zuerst an einzelnen Stellen, im ganzen Hang, begann zu rutschen, nahm Geschwindigkeit auf, überschlug sich und formte eine tosende Walze.

Der Luftzug des Soges.

Mit bloßem Auge beobachtete Winter den Lawinenabgang. Weit unten in der schattigen Fläche kam sie kurz vor den blauen Pfosten zum Stillstand. Die markierte Skipiste für Anfänger war bis zum nächsten großen Schneefall wieder lawinensicher. Eine Wolke Schneestaub stieg auf, glitzerte in der schrägen Morgensonne und verflüchtigte sich.

Für einen Moment studierte Winter den gesprengten Lawinenhang. Per Zufall war er auf die Lawinensprengung gestoßen. Als ehemaliger Einsatzleiter der Polizeisondereinheit Enzian und heute als Sicherheitschef einer kleinen Privatbank interessierte er sich beruflich für Sprengungen.

Mit einer der ersten Kabinen war er in die Höhe gefahren, um abseits der Piste Schwünge in den jungfräulichen Tiefschnee zu ziehen.

Er stopfte den Feldstecher in die Jacke. Zuerst musste er seine Muskeln auf Betriebstemperatur bringen. Er kreiste Knie und Hüften, dann schüttelte er die Schultern aus und lockerte die Handgelenke.

Ein klarer, dunkelblauer, vom nächtlichen Schneefall gereinigter Himmel spannte sich über die Alpen. Auf der einen Seite des Grates streckte der mächtige, frisch überzuckerte Aletschgletscher seine Zunge ins Tal. Auf der anderen Seite wucherten Chalets, Apartmenthäuser und Hotels.

Die frische Luft und die Sonne taten gut. Angesichts der Bergmassive fühlte er sich klein und auf eine ursprüngliche Art geborgen. Hier oben weitete sich die Perspektive. In den Bergen schmolzen die täglichen Probleme.

Entfernt ratterte die Bergstation. Die meisten Touristen waren noch im Bett. Er war alleine. Einige Leute sagten, Einsamkeit müsse man aushalten. Er liebte sie. Vor allem in der Natur. Keine jammernden Kollegen, kein Chef.

Winter dehnte die Beinmuskeln, dann stampfte er Wärme in seine Gelenke. Vorsicht war die Mutter der Porzellankiste. Das hatte Anne immer gesagt, wenn sie gemeinsam einen Einsatz geplant hatten. Sie war die Einzige, die er vermisste. Ein Anflug von Melancholie erfasste ihn. Es wäre schön, wenn sie da wäre. Der Helikopterabsturz, bei dem seine geliebte Anne ums Leben gekommen war, lag nun ein halbes Jahr zurück. Er verdrängte Anne. Es gab Dinge, die man nicht ändern konnte. Er hatte sich vorgenommen, vorwärtszuschauen. Er wollte als Erster eine Spur in den Tiefschnee legen. Rasch klopfte er die Skischuhe aneinander. Die Gelenke waren locker.

Ein letzter Blick auf das grandiose Panorama. Winter stieß mit kräftigen Stockstößen ab. Nach einigen Schlittschuhschritten ging er in die Hocke und glitt stromlinienförmig durch die lang gezogenen Kurven. Die Eiskristalle piksten seine Wangen. Mit tiefem Schwerpunkt drückte er die Bodenwellen und ließ es bis zu seinem Lieblingshang laufen.

Er stoppte auf der eisigen Wegkante. Die Skispitzen ragten ins Tal. Um loszufahren, musste er sich nur ein wenig vorbeugen. Steil und tief verschneit lag das Schneefeld vor ihm, oben in der Sonne, unten noch im Schatten. Dort mündete es wieder in die markierte Piste, die zur Talstation führte. In den nächsten Stunden würde er eine Slalomspur nach der anderen in den Tiefschnee legen. Zöpfe flechten.

Mit dem Skistock schnitt er ein Schneeprofil auf und untersuchte den Aufbau der Schichten. Er hasste Überraschungen. Zuoberst eine harte, nur ein paar Millimeter dünne Schicht Windharst. In der Nacht hatte es aufgehört zu schneien. Der eisige Wind hatte die oberste Schneeschicht gefroren und abgeschmirgelt. Darunter feinster Pulverschnee, leicht und feinkörnig wie zerriebenes Styropor. Zuunterst eine stabile Unterlage aus mehreren gepressten Lagen.

Perfekte Bedingungen.

Winter stürzte sich in die Tiefe und versank bis zur Hüfte im Tiefschnee. Nach zwei, drei Schwüngen fand er seinen Rhythmus. Tiefschneefahren brauchte Geduld und Gefühl. Die Skispitzen schnitten sich durch den Windharst. Fließend reihte er Bogen an Bogen und tanzte durch den stiebenden Schnee.

Er stieß einen Freudenschrei aus.

Nach etwa zwei Dritteln des Hanges hielt Winter mit einer Pirouette an und schaute den Hang hoch. Er war zufrieden mit seiner Spur. Regelmäßig und rund. Bei der nächsten Abfahrt würde er die Kurven etwas enger nehmen. Aber insgesamt nicht schlecht.

Jemand johlte.

Ein Echo. Überlagert von einem zweiten, grölenden Schrei.

Zwei Snowboarder waren schräg in den Hang gesprungen und kreuzten Winters Spur. Seine Postkartenspur zerstört. Winter wollte sich den Tag nicht von zwei Halbwüchsigen verderben lassen. Schon gar nicht von zwei Schnöseln, deren Selbstwert an der Marke ihrer Unterhosen hing. Wahrscheinlich eiferten sie einem schlaksigen Profi mit Sponsoren, Sportwagen und YouTube-Filmchen nach.

Die Jungs waren schnell, aber vom vielen Schnee überfordert. Sie versuchten vergeblich, im Tiefschnee zu drehen. Trotz des Auftriebs ihrer Bretter schafften sie keine Kurven, sondern schlitterten stotternd quer über den Hang, bis sie die Steigung auf der Gegenseite bremste.

Sie hielten an. High-five. »Jo!«

Modernes Jodeln.

Es knirschte.

28. Dezember 09:34

Winter sah, wie sich die Spur der Snowboarder zu einem Spalt öffnete. Die Oberflächenspannung des Windharstes war gerissen. Die Idioten hatten ein Schneebrett ausgelöst. Der ganze Neuschnee rutschte auf ihn zu. Verflucht.

Er stieß sich ab und begann so schnell wie möglich schräg aus dem Hang zu fahren. Schade um den Neuschnee. Winter nahm Fahrt auf. Jede Sekunde war kostbar. Der Schnee zog die Skier in die Tiefe. Jetzt nur nicht stürzen. Sachte lehnte er sich ein wenig zurück.

Schatten. Die Berge verdunkelten die Sonne.

Vor ihm säumten riesige Felsen das Schneefeld. Sie würden die Lawine ablenken. Schutz bieten. Vielleicht. Vielleicht auch nicht.

Die Druckwelle schob Winter vorwärts, überholte ihn. Die Lawine türmte sich hinter ihm auf. Sie riss Dreck aus dem Erdboden. Eine Lage schob sich über die nächste. Tödliche Tonnen Material. Eine weiße Wand aus Schnee, Eis und Geröll baute sich in seinem Rücken auf. Die Lawine wurde schwerer und schwerer und immer schneller.

Es dröhnte.

Winter hörte nichts, er konzentrierte sich auf seine Balance. Je schneller er wurde, desto schwieriger war es, die Skier auf Kurs zu halten. Der Schnee um ihn herum begann zu rutschen. Die Lawine schob den ganzen Hang vor sich her.

Noch fünfzig Meter bis zum Felsen.

Ein Spinnennetz überzog die dünne Eisschicht, bevor sie zersplitterte. Wie damals die zerschossene Scheibe aus Sicherheitsglas. Nach dem Beschuss war die Frontscheibe der Limousine für einen Moment blind gewesen. Dann sprang sie in tausend Teile.

Fokus.

Die Lawine wirbelte eine Schneewolke hoch, die Winter umhüllte. Alles weiß. Jeden Moment würde er verschüttet werden. Er pumpte Sauerstoff in seine Lunge. Eiskristalle stachen im Hals.

Der Hang wurde flacher und Winter langsamer. Druck in den Ohren. Winter sah nichts mehr, hatte keine Fixpunkte mehr. Obwohl seine Gleichgewichtsorgane auf Hochdruck arbeiteten, schwand seine Balance. Die Zeit blieb für einen Moment stehen. Dann überrollten ihn die wuchtigen Schneemassen wie ein rasender Güterzug. Geröll und Eisbrocken hämmerten auf ihn ein.

Es toste.

Winter überschlug sich. Aus dem Hang gerissene Steine bombardierten seinen Körper, prallten gegen seinen Kopf. Ein stechender Schmerz in der rechten Hand. Das linke Bein wurde verdreht. Die Skier abgerissen.

Er sah Licht im Getöse, versuchte, zu schwimmen und an die Oberfläche zu gelangen. Die Hände waren gefangen in den Schlaufen der Skistöcke. Die Lawine zog ihn hinunter. Es wurde düster. Er verlor seine Mütze. Schnee drang in die Ohren. Er schloss Augen und Mund.

Die Schneemasse schichtete sich über ihm auf. Der Druck nahm zu, das Dröhnen wurde mit jeder Lage über ihm dumpfer. Er holte Luft und bekam eine Ladung Schnee in den Mund, verschluckte sich, kotzte reflexartig. Er musste seine Atemwege schützen. Nur keinen Schnee in die Lunge bekommen.

Einen Augenblick lang wollte Winter aufgeben, sich einfach im Gewühl treiben lassen. Aber er wollte nicht ersticken. Er wollte am Leben bleiben. Das Wichtigste zuerst. Luft. Er musste um jeden Preis vor seinem Gesicht einen Hohlraum verteidigen. Zeit gewinnen. Mit den Händen und Armen schützte er die Luftblase vor seinem Kopf.

Ein massiver Eisblock zerdrückte ihn.

Winter schrie auf. Schnee füllte seinen Mund, und er wurde ohnmächtig.

Nichts.

Anne. Seine geliebte Anne. Winter sah ihre verkohlte Leiche. Herausgeschleudert aus dem abgestürzten Helikopter. Sie würden vereint sein. Da schlug Anne die Augen auf. »Tom!«

Er erschrak. Anne war tot. Er lebte. – Noch. Sein Atem ging schwer. Es war stockdunkel. Still. Winter hatte keine Ahnung, wie viel Zeit vergangen war. Er horchte. Nur das pochende Blut in seinen Ohren. Die Lawine. Er war lebendig begraben.

Wenigstens konnte er atmen. Mit der Luft musste er sparsam sein. Er zwang sich, ruhig zu atmen und den Puls zu kontrollieren. Er war müde, und es war schön warm. Die ersten Anzeichen von Erfrieren. Sanft einschlafen war besser als ersticken. Später.

Er war eingeschlossen im Schnee, sein ganzer Körper komplett blockiert. Er lag schräg auf dem Rücken. Etwas Schweres drückte auf den Brustkorb. Die Beine konnte er nicht bewegen, sie waren wie in Beton gegossen. Wenigstens spürte er die Zehen, wackelte mit ihnen in den Skischuhen.

Der rechte Arm war gestreckt. Als er ihn bewegte, durchzuckte ihn ein teuflischer Schmerz. Für einen Moment sah er rote Flecken. Winter stöhnte. Er hob den linken Arm.

Schnee bröckelte aufs Gesicht.

Vor Schreck sog er kalte Luft ein.

Nur nicht den Hohlraum vor seinem Gesicht verschütten.

Vorsichtig bewegte er die Finger. Den Handschuh hatte er verloren. Die Schlaufe des Skistocks schnitt in den Unterarm. Er konnte die linke Hand vor seinem Gesicht etwas bewegen.

Schnee rieselte.

Er musste so schnell wie möglich hier raus. Situationsanalyse. Er war am Leben und atmete. Die rechte Hand war verletzt, die linke funktionierte. Er trug kein Lawinensuchgerät auf sich. Er hatte keine Ahnung, wie viel Schnee über ihm lag, wie lange die Luft reichen und wann Hilfe kommen würde.

Die Snowboarder hatten am Rande des Hanges angehalten. Vielleicht waren sie mitgerissen worden. Vielleicht hatten sie ihn gesehen und die Rettungsflugwacht angerufen. Die beiden hatten sicher Mobiltelefone dabei, um sich bei ihren Heldentaten zu filmen. Oder waren sie aus Angst einfach davongefahren? Fahrerflucht im Schnee. Unbekanntes, das er nicht beeinflussen konnte.

Das Atmen fiel ihm schwer. Der Sauerstoffgehalt nahm ab. Was konnte er beeinflussen? Prioritäten? Luft. Sich befreien. Auf sich aufmerksam machen. Optionen?

Winter kratzte mit den Fingern an der Höhlendecke. Er

krallte seine Finger in das kompakte Gemisch aus Schnee, Eis und Dreck. Ein faustgroßer Stein fiel herunter. Die Decke drohte einzustürzen. Winter hielt inne und lauschte.

Waren da Schritte zu hören? Nein! Das war nur sein Herzschlag. Er hörte sein eigenes Blut pulsieren. Bald würde es sich aus den peripheren Körperteilen zurückziehen und sich auf die Versorgung der lebenswichtigen Organe konzentrieren.

Vielleicht sollte er einen Winterschlaf machen. Als Kind hatte ihm seine Mutter immer aus dem Buch mit der Bärenfamilie vorgelesen. Die Bären machten auch Winterschlaf. Schlafen. Er schloss die Augen. Der kleine Bär erlebte allerlei Abenteuer. Er lernte klettern und schwimmen. Er freundete sich mit einem schlauen Luchs an. Die Bärenmutter wachte über ihn. Sie warnte ihn immer vor den Indianern, die in Zelten wohnten und mit spitzen Pfeilen jagten.

Der Skistock! Winter schlug die Augen wieder auf. Die Schleife seines Skistocks war immer noch um seinen linken Unterarm gewickelt. Mit Daumen und Zeigefinger grub er den Griff aus, bis er spürte, wo der Stock im Schnee verschwand. Er zeigte nach oben.

Winter rüttelte am Stock.

Schnee fiel herunter. Oberkante Unterlippe. Wenn die Decke einstürzte, hatte er keine Luft mehr. Er reckte das Kinn. Ganz vorsichtig stieß er den Skistock gegen oben.

Nichts.

Winter schob den Ellbogen unter den Stock und stemmte diesen mit dem Handballen nach oben.

Ein Ruck.

Da! Eine kleine Lichtsichel! Dann war es wieder dunkel. War das eine Täuschung? Halluzinierte er schon? Mit aller Kraft drückte er den Skistock weiter nach oben. Da war die Sichel wieder. Der Plastikteller an der Spitze des Stocks hatte die Schneedecke durchstoßen. Winter fasste den Griff des Stocks fester und machte rotierende Hebelbewegungen. Mehr Licht.

Und Luft.

Euphorie durchdrang Winter. Er würde nicht ersticken.

Aber er konnte sich nicht selbst befreien. Über ihm lag tonnenweise Schnee. Wenn nicht bald Hilfe kam, würde er erfrieren. Der farblose Plastikteller seines Skistocks war im Lawinenkegel schwer zu entdecken. Er bewegte den Stock auf und ab. Eine winzige Boje im Meer aus Schnee. Er wartete und lauschte.

Nichts. Er schrie: »Hilfe!«

Winters Lunge schmerzte. Schnee rieselte ihm ins Gesicht. Kein Geräusch. Absolute Stille. Nichts geschah.

»Hilfeeeee!«

Als Winter einatmete, stürzte die Decke des Hohlraums ein. Das Licht flackerte, und es wurde wieder komplett dunkel. Der Schnee drückte auf die Augenlider und drang in seine Nase. Kalte Lippen. Er hatte nur noch die Luft in seiner Lunge. Drei Minuten. Er konnte sich nicht rühren. Winter wartete auf den Film seines Lebens. Doch er war zu müde fürs Kino. Sein Telefon klingelte. Diesen Anruf konnte er leider nicht annehmen. Mobiltelefone mussten im Kino ausgeschaltet werden.

Er schlief ein.

28. Dezember 09:59

Ein Stich im Rücken weckte Winter. Das Telefon war verstummt. Er wurde wieder ohnmächtig. Ein zweiter Stich. Geräusche. Schreie. Was war das? Er versuchte, den Mund zu öffnen, aber er hatte keine Kraft mehr. Sie hatten ihn gefunden! Die Suchstangen der Retter stachen ihn, die Schneeschaufeln krachten. Winter rührte sich, seine rechte Hand schmerzte höllisch.

Er wurde wieder ohnmächtig.

Licht.

Erschöpft zog er die Augenlider hoch. Blauer Himmel. Zwei Retter waren daran, ihn in eine Plastikwanne zu betten. Müde schloss Winter die Augen. Der kleine Bär hatte ihn gerettet. Ein Hund bellte. Jemand fummelte an ihm herum, gab ihm eine Spritze. Eine Sauerstoffmaske. Er wurde festgezurrt. Winter verlor das Bewusstsein wieder.

***

Als Winter aufwachte, war es dunkel und warm. Er hatte tief und traumlos geschlafen. Dann erinnerte er sich: die Lawine. Er lag in einem Spitalbett im Halbdunkel und hörte sich atmen. Die Sauerstoffmaske drückte aufs Gesicht, verstärkte das Ein- und Ausatmen und stöhnte bei jedem Zug. Im Hintergrund ein monotones Summen.

Er drehte den Kopf und sah eine Maschine, einen dunklen Korridor und eine Tür mit einem Lichtspalt. Er drehte den Kopf auf die andere Seite. Ein Fenster. Draußen war es Nacht. Drinnen stand ein Tisch mit einem Stuhl. Winter schlief sanft wieder ein.

Ein leiser Singsang weckte ihn.

Leonies unverkennbarer Walliser Dialekt. Winter war froh, die Stimme seiner Mitarbeiterin zu hören. Er lauschte dem Auf und Ab, den spitzen Lauten und dem Zischen ihrer Mundart. Winter konnte den Walliser Dialekt manchmal nicht verstehen. Die stolze Talschaft war während Hunderten von Jahren durch hohe Berge isoliert gewesen, das färbte ab. Nicht nur auf die Sprache.

Auch Leonie war manchmal schwer zu verstehen. Winter stellte sich schlafend und lauschte. Sie telefonierte offenbar mit ihrer Mutter und erklärte wortreich, warum sie verspätet war, dass es eine spezielle Situation sei und dass sie sich keine Sorgen machen solle. Sie könne ihren Chef nicht im Stich lassen. Nicht jetzt, wo er mit einem Trauma halb tot im Bett liege.

Winter sträubte sich und machte eine Bestandsaufnahme. Alle seine Glieder waren da. Der Brustkorb drückte, und seine rechte Hand fühlte sich dumpf an. Der Arm war schwer. Er öffnete die Augen einen Spaltbreit und sah an seinem Unterarm Bandagen und ein Metallgestänge. Verflucht. Einen gebrochenen Arm konnte er nun wirklich nicht gebrauchen. Die Skisaison hatte eben erst begonnen. Und so konnte er kein Judo trainieren. Er schloss die Augen wieder.

Leonie säuselte, man müsse füreinander da sein, wenn so etwas passiere. Loyalität sei wichtig. Und überhaupt erwarte der Alte das von ihr. Winter wusste, dass Leonie nicht ihn, sondern von Tobler, seinen Chef, meinte. Der Hauptaktionär der Bank war schon über das reguläre Pensionsalter hinaus und wurde hinter vorgehaltener Hand manchmal ehrfürchtig so bezeichnet.

Die Walliserin hatte eine direkte Art. Winter schätzte das. Es war wichtig, den Spiegel vorgehalten zu bekommen. Betriebsblindheit war gefährlich, zusätzliche Ideen wertvoll. Für Annes Nachfolge hatte er mehrere Kandidaten interviewt, aber niemanden gefunden. Eines Abends nach einem unbefriedigenden Interview lungerte Dirk, der Informatikleiter der Privatbank, auf dem abgewetzten Ledersofa in Winters Büro herum und meinte: »Vielleicht willst du gar niemanden finden.«

Winter hatte geschwiegen und auf weitere Interviews verzichtet. Als von Tobler in der Folgewoche ein Kostensparprogramm lancierte, kam Dirk mit der Idee, das Aufgabengebiet von Leonie, die bereits seit gut zwei Jahren für ihn arbeitete, zu erweitern: fünfzig Prozent für die Informatiksicherheit und fünfzig Prozent für die restliche Sicherheit. Zwei Fliegen auf einen Streich.

Zuerst war Winter nicht begeistert gewesen. Mittlerweile hatte sich die Arbeitsteilung aber bewährt. Die Informatik wurde immer wichtiger, und er selbst verstand nicht viel davon. Leonie dagegen hatte Informatik studiert, das Studium jedoch abgebrochen, als ihr Sauber, der Formel-1-Rennstall der Schweiz, eine Stelle anbot, um die Elektronik zum Tuning der hochgezüchteten Motoren zu verfeinern.

Es klopfte, und die Tür ging auf. Quietschende Schritte näherten sich, gingen um sein Bett herum. Winter tippte auf Crocs. Zwei Paar.

Leonie sagte: »Ich rufe dich später an.«

Eine tiefe Stimme fragte: »Ist er aufgewacht?«

Leonie antwortete: »Nein. Aber er sieht friedlich aus.«

Winter dachte: Ich liege doch nicht in einem Sarg. Dann hörte er den Arzt sagen: »Das ist gut. Je mehr er schläft, desto schneller erholt sich sein Gehirn. Wir wissen noch nicht, ob und wie stark sich der Sauerstoffmangel auf seine kognitiven Fähigkeiten ausgewirkt hat.«

Großartig! Winter öffnete die Augen. Der Arzt, Leonie und eine Krankenschwester standen über ihm. Der Arzt hatte ein Tablet in der Hand, das sein eckiges Gesicht beleuchtete. Leonie schaute besorgt aus dem dicken Kragen ihres wollenen Pullovers. Die Krankenschwester mit den asiatischen Gesichtszügen lächelte.

Bevor der Arzt etwas sagen konnte, zwitscherte Leonie: »Hey, Winter. Was bin ich froh, dass du wieder da bist. Kaum lasse ich dich aus den Augen, machst du solche Sachen.« Sie schüttelte den Kopf und fuchtelte mit der Hand herum.

Der Arzt fragte: »Wie geht es Ihnen, Herr … Winter?« Den Namen musste er vom Tablet ablesen.

Die Krankenschwester beugte sich vor und nahm Winter die Sauerstoffmaske ab. Winter verschluckte sich und deutete ein Nicken an. »Wo bin ich?« Die Kehle brannte.

Licht. Er blinzelte. Eine Taschenlampe blendete seine Augen. »Im Inselspital. Sie hatten Glück. Die Rettungsflugwacht hat Sie noch rechtzeitig gefunden und direkt hierhergeflogen.« Der Arzt schaute wieder auf seinen Bildschirm. »Sie waren unterkühlt, haben jedoch keine Erfrierungen. Neben drei gequetschten Rippen haben Sie einen Trümmerbruch im rechten Handgelenk und eine gebrochene Elle.«

Der Arzt schaute zu Leonie, die strahlend hinzufügte: »Du hast Glück gehabt. Die Walliser Retter waren schnell. Sonst wärst du jetzt Gemüse.« Sie zog entzückt die Augenbrauen hoch.

Winter war glücklich. Mussten die Schmerzmittel sein. Der Arzt drückte an seiner Hand herum. »Der Chirurg hat Handgelenk und Unterarm operiert. Es waren komplizierte Brüche. Sie müssen den Arm ein paar Monate ruhig halten und vorsichtig sein.«

Die Fingerspitzen schauten aus der straffen Bandage heraus. Winter hob den Arm mit dem Gestänge hoch. Schulter und Ellbogen funktionierten. Der Brustkorb schmerzte dumpf. Er versuchte, die Finger zu krümmen, konnte sie aber kaum bewegen.

»Keine Sorge, mit ein bisschen Physiotherapie kriegen wir das schon wieder hin«, erklärte der Arzt. Er hatte auf dem Tablet ein Röntgenbild der zertrümmerten Hand aufgerufen und zeigte Winter den Bruch. Er wischte darüber. Vorher, nachher. Schrauben. Winter schauderte. Zum Glück nur mechanische Schäden. Eine gebrochene Hand war ärgerlich, aber damit konnte er leben.

Die Krankenschwester schlug die Bettdecke zurück. Winter realisierte, dass er nur ein offenes Spitalhemd trug. Der Arzt zog dieses hoch und begann den Brustkorb zu untersuchen. Leonie und die Krankenschwester schauten ungerührt zu. »Schmerzt das?«

Er grunzte, um dem Arzt die Schmerzen der Rippen anzuzeigen. Im Judo hatte er einmal zwei Rippen gebrochen. Ein Arschloch hatte sich nach einem Maki Komi auf ihn fallen lassen. Auch damit würde er leben können.

»Bitte tief einatmen.«

Das Stethoskop war kalt.

Der Arzt richtete sich auf. »Sie sind bald wieder einsatzfähig. Dank Ihrer guten allgemeinen Verfassung und dem Stützkorsett Ihrer Muskeln sollten die gequetschten Rippen schnell heilen.

Sie müssen sich aber schonen. Keine großen Bewegungen. Kein Bücken. Am besten bleiben Sie ein paar Tage im Bett.«

Leonie fragte: »Wann entlassen Sie ihn?«

»Frühestens morgen. Ich will noch ein paar Testresultate abwarten.«

Der Arzt nickte Winter zu. Die Crocs quietschten. Die Arztvisite war vorbei. Die Skisaison ruiniert. Die wunderbare Frische des Morgens schon eine Ewigkeit her.

Leonie setzte sich aufs Bett. »Dirk hat mich angerufen.«

»Mhm.«

»Deine Sachen sind hier.« Sie zog die Schublade des Bettmöbels auf und zeigte auf Brieftasche, Schlüssel, Uhr und Telefon. Dann stand sie auf und öffnete die Schranktüren. Leer.

»Soll ich dir Kleider besorgen? Ich kann bei dir vorbeifahren und etwas holen.«

Winter nickte.

»Was ist mit Tiger?« Das war Winters Katze. Leonie hatte einen Hund, einen langhaarigen Mischling.

»Tiger kommt zurecht. Danke. Der ist Selbstversorger.«

»Brauchst du sonst noch etwas?« Sie schaute auf die Uhr. »Soll ich dir etwas zum Lesen mitbringen? Ein paar Zeitschriften vielleicht?« Leonie dachte mit, aber Winter ging alles ein bisschen zu schnell.

»Ein Traktormagazin?« Sie lächelte schelmisch. Bei Leonie lagen Traktormagazine mit Werbung für John Deere und Saatgut herum. Mit dem Traktor ihres Onkels nahm sie manchmal an Traktorpulling-Wettbewerben teil. Darauf hatte er nun wirklich keine Lust. »Nein danke.«

Es klopfte. Stefan Schütz mit Blumen. Auch das noch. Der Kundenberater der Bank war ein guter Kollege, vielleicht sogar ein Freund. Schütz hatte ein höheres Wohlfühlgewicht als Winter, kümmerte sich gerne um andere und war ganz nebenbei einer der erfolgreichsten Verkäufer.

»Hallo zusammen.«

»Das wäre nicht nötig gewesen.« Winter deutete auf die Blumen, die wahrscheinlich mit tiefroter Ökobilanz eingeflogen worden waren.

»Doch, doch. Wir wollen, dass du schnell wieder gesund wirst.« Schütz hielt ihm den Blumenstrauß unter die Nase. Winter roch nichts. In der anderen Hand hielt Schütz die Tüte einer Konditorei. »Und hier ein bisschen Nahrungsergänzung zum Spitalfraß.« Er beugte sich mit besorgter Miene über Winter, beäugte anerkennend dessen Arm mit den Schienen und Schrauben. »Robocop.«

Winter wackelte mit den Fingern. »Wenn du nicht aufpasst, terminiere ich dich.«

Schütz grinste und fügte ernst an: »Das wird schon wieder.«

»Ja. Es hätte schlimmer kommen können.« Aber er würde für ein paar Monate nicht trainieren können, tonnenweise Tippfehler machen und sich den Arsch nur mit der linken Hand abwischen können. Doch es hatte keinen Sinn, sich darüber aufzuregen.

Leonie hatte unterdessen die Pralinenschachtel geöffnet. »Ui, das sind meine Lieblingspralinen.«

»Die sind für Winter«, protestierte Schütz.

Winter winkte Leonie heran, klaubte mit der linken Hand eine Trüffel heraus und signalisierte den anderen, dass sie sich bedienen sollten. Champagnertrüffel. Obwohl die Schokolade nach nichts schmeckte, genoss er die lockeren Momente mit seinen Kollegen.

Schütz schmatzte.

Winter sagte: »Danke. Ist halb so wild. Der Arzt hat gesagt, dass ich bald wieder einsatzfähig bin.« Er würde wohl ein bisschen arbeiten und vielleicht zurück ins Wallis in die gemietete Ferienwohnung auf der Riederalp fahren. Winter schielte auf Leonies klobige Uhr. »Aber ich will euch nicht aufhalten, Leute.«

Leonie nahm noch eine Praline und stand auf. Winter wusste nichts über ihr Privatleben. Sie trug einen Ring, was nicht viel bedeutete. Und es ging ihn nichts an.

»Okay, Winter. Soll ich dir morgen die Kleider bringen?«

»Ja, gerne. Du brauchst den Schlüssel, den großen.« Das Schloss seines kleinen Bauernhauses etwas außerhalb von Bern war aus dem vorletzten Jahrhundert.

Sie begutachtete den alten Schlüssel. »Sehr dekorativ.«

Schütz war ins Badezimmer gewandert und kam mit einer vollen Vase zurück »Ich habe heute den ganzen Nachmittag Däumchen gedreht.« Er arrangierte die Blumen in der Vase.

Leonie ging zur Tür: »Ich muss.«

Winter hob die gesunde Hand und versuchte sich zu erinnern, ob er zu Hause etwas herumliegen hatte, was Leonie besser nicht sähe. Zum Glück hatte er vor Weihnachten aufgeräumt.

Schütz lehnte sich an den Tisch. »Ich wurde von meiner Lieblingskundin versetzt.«

»Das Schicksal ist unerbittlich.«

»Ja, ja. Sie ist ansonsten sehr pflegeleicht. Sie kommt immer in der Altjahreswoche vorbei und lässt sich bestätigen, dass noch alles da ist.«

»Musst du ihr das Geld zum Nachzählen auszahlen?«

»Nein, nein, so schlimm ist es nicht. Im Kopf ist sie noch voll da. Ich habe sie vor Jahren von Hodel geerbt.« Hodel war der Chefjurist, von Toblers rechte Hand und damit der zweitmächtigste Mann der Privatbank. »Aber sie ist völlig beratungsresistent.« Schütz schüttelte den Kopf.

Winter machte zustimmende Geräusche. Offenbar war es Schütz ein Anliegen, über sein gescheitertes Rendezvous zu reden.

»Ihr Portfolio ist nicht gerade balanciert. Völlig fahrlässig. Bis jetzt hat sie damit Glück gehabt.«

»Wie alt ist sie denn?«

»Ich weiß nicht genau. Rollator-alt.«

»Hast du sie angerufen?«

»Natürlich. Mehrmals. Und sie hört noch gut. Akustisch, meine ich.«

»Mail mir die Daten, und ich kümmere mich darum.«

»Mach ich.« Schütz stieß sich vom Tisch ab und tätschelte Winters Oberarm. »Gute Besserung.«

Winter nickte dankbar.

Er war todmüde.

Aber zum Glück nicht tot.

29. Dezember 10:12

Die Straßenbahn ruckelte. Winter wackelte gedankenverloren mit seinen Fingern. Das Gestell am Unterarm spannte seinen Ärmel. Die Schrauben drückten eine Miniaturberglandschaft durch den Stoff. Der Arzt war froh gewesen, dass Winter so schnell wie möglich rauswollte. Je schneller die Patienten das Spital verließen, desto einfacher konnte er seine Quoten erreichen. Er hatte ihm für den Arm Physiotherapie und für die Rippen Ruhe verschrieben. Gegen die Schmerzen gab es Co-Codamol. »Für den Fall der Fälle. Aber nicht übertreiben.«

Winter atmete die feuchte Luft ein. Die gequetschten Rippen protestierten. Würde er von der Lawine ein Trauma davontragen? Würde er sein weißes Grab vergessen können? Er schloss für einen Moment die Augen und versuchte sich zu erinnern. Am schlimmsten war der Moment gewesen, als der Hohlraum vor seinem Gesicht eingestürzt war und er zu ersticken drohte. Er schob die Erinnerung weg. Das war Vergangenheit.

Die hydraulischen Türen des Trams zischten. Niemand stieg ein oder aus. Die Menschen erholten sich von Weihnachten. Wie hatte die alte Frau, die Schütz gestern versetzt hatte, wohl Weihnachten gefeiert? Umringt von Kindern und Enkeln mit einem großen Weihnachtsbaum voller Kerzen? Oder einsam und verlassen? Die Einpersonenhaushalte nahmen in überalterten Wohlstandsgesellschaften zu.

Er schaute an der schweigsamen Leonie vorbei hinaus in den grauen Morgen mit den matschigen Straßen. Die dünne Schneeschicht der Nacht hatte sich mit dem Dreck zu einer grauen Pappe vermischt. Nur ein selbstmörderischer Radfahrer im gelben Ölzeug getraute sich auf die rutschigen Straßen. Ein Supermarkt, ein Matratzen-Großhändler mit Megasuperpreisen, ein Media Markt.

»An welcher Haltestelle müssen wir aussteigen?«

Leonie studierte ihr Smartphone. »Noch zwei Stationen.«

Die Straßenbahn hielt. Eine Frau mit Kopftuch und diversen schweren Taschen stieg mühsam aus. Sie rumpelten durch die

Vorortsiedlung von Bern. Die Wohnblöcke von Bethlehem, wo die Kundin wohnte, waren in den siebziger Jahren gebaut worden, als die Wirtschaft noch wuchs. Heute war es günstiger Wohnraum für Studenten, Sozialhilfeempfänger und Ausländer. Ein altes Patrizierhaus, vor hundert Jahren noch das einzige Steingebäude, stand ziemlich verloren zwischen den grauen Quadern.

Ein Kollege von Winter hatte hier gewohnt. Bis die Kinder kamen. Dann war er weggezogen, weil er nicht wollte, dass diese in Schulklassen mit mehr Ausländern als Schweizern kamen. Ein asiatisches Take-away. Wann war das chinesische Neujahr?

»Aussteigen!« Leonie stieß Winter an.

Die Haltestelle war verlassen, aber erst kürzlich modernisiert, die Plattform angehoben worden. Investitionen in die Infrastruktur zur Überwindung der letzten Wirtschaftskrise. Es schneite fette Flocken. Winter konnte seine rechte Hand nicht in die Tasche stecken. Er kam sich ungelenk vor. Irgendwo zu Hause hatte er noch alte Fäustlinge.

Er schaute sich um.

Die Wohnblöcke sahen alle gleich trist aus. Längliche Quader mit etwa zehn Stöcken, dahinter doppelt so hohe. Der Architekt war wahrscheinlich mit Lego sozialisiert worden.

Leonie zeigte mit dem Mobiltelefon auf eines der Hochhäuser. »Dahinten muss es sein.«

Sie gingen zwischen den Häusern hindurch. Auf dem verschneiten Rasen stand schräg und traurig ein zusammengesackter Schneemann.

Winters Telefon klingelte. Umständlich klaubte er es mit der linken Hand hervor. Sein Chef. »Herr von Tobler?«

»Hallo, Winter. Ich habe gehört, was passiert ist, und wollte Ihnen gute Besserung wünschen.«

»Danke.«

»Sind Sie im Spital gut aufgehoben?« Das Lohnpaket der Bank enthielt auch einen Beitrag an die Krankenversicherung, der Winter das Einzelzimmer zu verdanken hatte.

»Ich habe mich vorhin ausgecheckt.«

»Ah, gut! Gönnen Sie sich ein paar Tage Ruhe.«

»Ja, werde ich machen. Ich schaue nur schnell bei einer Kundin vorbei, die Schütz gestern versetzt hat. Sie ist schon alt und nimmt das Telefon nicht ab.«

»Bernadette Berger?«

»Ja.« Winter war erstaunt, dass von Tobler den Namen kannte. Der Alte war wieder einmal bestens informiert. Die Privatbank konzentrierte sich auf die Vermögensverwaltung sehr reicher Kunden.

Winter drehte sich um seine Achse und sah auf einem Balkon einen Schwarzen im Unterhemd einen Joint rauchen. Auf einem anderen Balkon hingen grellorange Schutzkleider. Der Bewohner arbeitete bei der Straßenreinigung oder war Gleisarbeiter. Eine der verbleichten Sonnenstoren hing zerfetzt herunter. Waren sie hier an der richtigen Adresse? Schütz hatte nur Name, Adresse und Genesungswünsche mit einem »;-)« gemailt. Von Tobler seufzte und sagte: »Grüßen Sie sie von mir.«

»Selbstverständlich.«

Leonie trat auf der Stelle und zeigte mit dem Kinn gegen den roten Hauseingang. Jeder Eingang hatte seine eigene Farbe, damit die Kinder nach dem Spielen wieder nach Hause fanden und immer wussten, zu welcher Bande sie gehörten.

Jemand hatte den Schneematsch vom Vorplatz geschaufelt. Die Tür aus Sicherheitsglas war offen. Ein Keil verhinderte, dass sie ins Schloss fiel. Drinnen zwei Wände mit Briefkästen voller Kleber. Stapel achtlos hingeworfener Werbesendungen. Zwei Fahrstühle, einer mit einem »Außer Betrieb«-Schild. In der Ecke zwei weiße Plastikstühle.

Leonie drückte den Fahrstuhlknopf. »Sie wohnt im sechzehnten Stock.« Als sie hochfuhren, ächzten die Innereien des Schachts, die Stahlkabel schlugen aneinander. Das Innere des Fahrstuhls war kürzlich frisch gestrichen worden, was jemanden dazu eingeladen hatte, mit schwarzem Filzstift eine Reihe Penisse zu malen. Moderne Kunst. Der neue Kleber mit der Notfall-Anleitung war bereits wieder zerkratzt.

Im Sechzehnten erwartete sie ein dunkler Korridor mit einem Dutzend Wohnungstüren. Winter drückte einen orangen Knopf. Neonröhren flackerten und erwachten zu neuem Leben. Ein kalter Luftzug pfiff unter der Treppenhaustür hindurch und zog zum Schacht. Der Fahrstuhl fuhr wieder nach unten. Vor einigen Türen standen Abfallsäcke.

Sie gingen von einer Tür zur nächsten. Eine Galerie bunter Kinderstiefel. Ein Lorbeerzweig. Leonie entzifferte die Türschilder. Bei der vierten Tür richtete sie sich auf und klingelte. Winter musterte das gestickte Bild am Türrahmen. Ein Reh im Wald. Weiße Blumenblüten im Vordergrund. Hellblauer Himmel. Bambi-Kitsch. Über Geschmack ließ sich ja bekanntlich nicht streiten.

Leonie klingelte erneut. Ein bisschen länger.

Im Inneren der Wohnung hörten sie das Plärren der Klingel.

Sie lauschten.

Die Tür hinter ihnen öffnete sich. Sie drehten sich um. Eine alte Frau im Morgenrock schaute durch den Spalt. Aufgedunsenes Gesicht mit zusammengekniffenen Augen. »Was wollen Sie?«

Leonie sagte: »Guten Tag. Frau Berger hatte eine Verabredung und ist nicht gekommen. Da sie auch das Telefon nicht abgenommen hat, wollten wir persönlich vorbeischauen.«

»Frau Berger bekommt keinen Besuch.«

Winter lächelte das Mondgesicht freundlich an. »Ich war im Spital und wollte nur schauen, ob es ihr gut geht.« Als Beweis hob er seinen steifen Arm. Das Mondgesicht sprach sicher gerne über Operationen und Gebrechen.

»Ist sie im Spital?«

»Nein, nein. Wir haben schon lange nichts mehr von ihr gehört. Geht es ihr denn gut?«

Die Frau löste die Sicherheitskette. Mit einem Pantoffelfuß trat sie in den Korridor und schaute sich um. Ein faulig schaler Geruch kam aus der Wohnung. In vertraulichem Tonfall sagte sie: »Sie hockt dauernd in ihrer Wohnung und stickt. Aber letzthin habe ich sie mit dem Neger gesehen. Vielleicht ist sie mit ihm ausgegangen.«

Winter und Leonie schauten sich an.

Leonie echote: »Dem Neger?«

»Der fegt hier neuerdings den Korridor.« Flüsternd fügte sie an: »Oder tut wenigstens so. Er nässt den Boden, steht dann herum und schwatzt.« Sie schüttelte den Kopf.

Winter studierte den Boden, der sauber war. Wahrscheinlich gebohnert durch die Pantoffeln der spionierenden Nachbarin. Er fragte: »Er schwatzte mit Frau Berger?«

»Ja, er braucht für einen Stock zwei Stunden. Früher hatten wir eine Jugoslawin. Die war viel besser.«

Winter nickte verständnisvoll. Vorurteile nahmen den Leuten das Denken ab. Er hörte Leonie fragen: »Wir machen uns Sorgen. Wann haben Sie Frau Berger denn das letzte Mal gesehen?«

Das Mondgesicht schaute zur Decke. »Vor Weihnachten.«

»Und sie bekommt keinen Besuch?«

»Nein. Sie hat keine Verwandten.«

»In diesem Fall sind wir wohl vergebens gekommen.« Winter las den Namen auf dem Türschild neben dem Morgenrock. »Jedenfalls vielen Dank für Ihre Hilfe, Frau Haudenschild.«

Auf dem Weg zurück zum Fahrstuhl spürten sie Frau Haudenschilds Blick im Rücken. Schweigend warteten sie zwei Minuten auf den Fahrstuhl und fuhren nach unten.

Leonie sagte: »Vielleicht ist sie in die Ferien gefahren und hat den Termin vergessen.«

»Schütz hatte nicht den Eindruck, dass sie vergesslich war.«

»In diesem Alter kann das schnell gehen.«

»Das ist keine Frage des Alters.« Winter schaute auf seinen Arm, dachte an die Lawine und sagte: »Lass uns den Hausmeister anrufen. Sicher ist sicher.«

Sie fanden die Telefonnummer am Anschlagbrett bei den Briefkästen. Frau Grindic wohnte im ersten Stock, hatte eine beeindruckende Haarkonstruktion, einen säuerlichen Körpergeruch, drei Kinder und keinen Mann. »Zum Glück!«, wie sie betonte. Winter und Leonie brauchten eine halbe Stunde und ihre ganzen Überredungskünste, bis sie zu dritt mit einem Passepartout wieder vor Frau Bergers Tür standen.

Sie klingelten.

Zwei Mal.

Frau Grindic klopfte an die Holztür. »Frau Berger! Hallo? Sind

Sie da? Ich bin es. Frau Grindic.« Sie legte das Ohr an die Tür. »Nichts.«

Winter zeigte mit seinem Robocop-Arm auf den Hauptschlüssel.

Frau Grindic schaute sich unsicher um.

Leonie machte ein besorgtes Gesicht. »Vielleicht ist ihr etwas zugestoßen. Vielleicht ist sie gestürzt.«

Frau Grindic seufzte lautstark und öffnete die Tür.

Im engen Foyer war es dunkel.

Sie schaltete das Licht ein. »Frau Berger?«

Winter sah an der Wand kleine gerahmte Stickereien. Bambis Verwandte. Ein Schlüsselbrett. Ein mageres Schuhgestell machte den schmalen Korridor noch enger. Am Gestell lehnten zwei Krücken. Am Boden Spannteppich und zwölf Flaschen Mineralwasser. Zwei mal sechs in Cellophan eingeschweißte Anderthalb-Liter-Flaschen mit Tragegriff aus dem Supermarkt. Sonderangebot. Frau Berger traute offenbar den alten Wasserleitungen nicht.

Der Schrei von Frau Grindic riss Winter aus seinen Gedanken. Sie stolperte rückwärts in den Korridor und stieß mit ihm zusammen. Ein stechender Schmerz durchzuckte ihn. Frau Grindics nicht unbeträchtliches Gewicht hing an seinem kaputten Arm. Er biss auf die Zähne, richtete die Hauswartin auf und zwängte sich an ihr vorbei.

Nordsudan – Provinz Südkordofan, Heiban

Eine Sukhoi Su-30 donnerte über Tijo hinweg. Das Kampfflugzeug der sudanesischen Regierung war bei Khartum gestartet und unterwegs zu einem Einsatz irgendwo im Süden. Tijo stand langsam auf und hob den Kopf. Die knorrige Akazie seiner Familie warf einen langen Schatten. Die Dunkelheit schlich bereits um die Felsen des Tals. Die Stille mit den vertrauten Geräuschen kam zurück. Das Klagen der Trauernden hatte schon vor Stunden aufgehört. Die Familien seiner Frau und seines Bruders waren zurück ins Dorf gegangen.

Doch Tijo konnte Zarina, seine Frau, und Yaya und Nafy, seine beiden kleinen Töchter, noch nicht ziehen lassen. Ihre frischen Gräber waren umrandet mit kleinen Steinen. Alle hatten zum Abschied einen abgeschliffenen Stein mitgebracht und auf die Gräber gelegt. Drei kleine Tongefäße mit Bohnen, ein wenig Mais und Fett standen darauf. Obwohl die Menschen in den Nuba-Bergen wegen des Krieges zwischen dem Norden und dem Süden wenig zu essen hatten, durfte man die Davonziehenden nie ohne Verpflegung gehen lassen.

Die Ziegenmilch, die der Kujour, der heilige Mann von Heiban, auf die Gräber gesprenkelt hatte, war längst versickert.

Tijos Mund war ausgetrocknet, und die Augen brannten. Er schaute sich um. Der Handkarren und die Schaufel waren weg. Wahrscheinlich hatte der ältere Bruder sie mitgenommen. Das Bier hatten sie dagelassen. Tijo stemmte den Tonkrug. Auf der Oberfläche schwammen tote Fliegen. Er nahm einen großen lauwarmen Schluck. Und noch einen. Merissa-Bier rann in sein verstaubtes T-Shirt.

Tijo stellte den Krug auf den Boden und zog das T-Shirt aus. Mit der Hand fuhr er über seine Narben. Als junger Mann war er ein gefürchteter Stockkämpfer gewesen. Damals hatte er Zarina mit seinem mutigen Kämpfen beeindruckt und sie nach drei Jahren Arbeit auf den Feldern ihrer Familie endlich heiraten dürfen.

Die Erinnerungen schmerzten. Er schloss die Augen und presste die Handballen gegen seine Schläfen. Er hatte alles verloren. Ein lang gezogener, seufzender Schrei kam aus seiner Kehle. Er atmete die heiße Luft tief ein. Er war ein Nuba vom Stamm der Heiban. Der Geist seiner stolzen Vorfahren lebte in ihm weiter.

Langsam atmete er aus. Was würden seine Ahnen machen? Was würde sein Großvater tun, der die Nuba-Berge nie verlassen hatte? Was sein Vater, der noch viele Rinder besessen hatte?

Er wusste es nicht.

Vielleicht würde die Höhle helfen. In der Ferne konnte er zwischen den Felsen ihren Eingang ausmachen. Bald würde die Sonne ganz untergehen. Er senkte den Blick und sah vor sich die Gräber seiner Familie. Eingewickelt in frische Tücher waren die Toten kurz nach Sonnenaufgang in ihre Gräber gelegt worden.

Tijo legte sich ein letztes Mal zwischen seine Frau und seine Mädchen auf die Erde. Minutenlang verharrte er mit ausgestreckten Armen. Ihr Geist vereinte sich.

Danach stand er auf und strich sich mit den sandigen Handflächen übers Gesicht, nahm Bierkrug und T-Shirt und machte sich auf den Weg. Er durchquerte das seichte Bachbett und begann die Felsen hochzusteigen. Als Kind war er diesen Weg tausend Mal gegangen. Flink und unbekümmert. Und auf der Schwelle zum Mann hatte er einen Monat alleine in der Höhle gelebt und sich auf seinen ersten richtigen Kampf vorbereitet. Vielleicht würde das Warten heute wieder belohnt. Seine Füße fanden den Weg trotz der hereinbrechenden Dunkelheit alleine.

Sein Haus war von einer Streubombe getroffen worden, aber hier oben war die Welt unverändert. Hier kannte er jeden Winkel. Die Höhle bestand seit ewigen Zeiten und würde auch nach den Kämpfen zwischen der nordsudanesischen Armee von Omar al-Bashir und dem Sudanese People's Liberation Movement aus dem Süden von Salva Kiir weiterbestehen. Die Höhle war unzerstörbar.

Er stieg behände von Felsblock zu Felsblock zur Höhle. Ihr Schlund war von der Hitze des Tages noch warm. Tijo glitt durch den schrägen Spalt in die Tiefe und tastete sich in die Dunkelheit hinein, wo ihn der Geruch des kühlen Steins umfasste.

Weiter hinten hatte er seine mit Sand gefüllte Steinwanne. Alles war so, wie er es in Erinnerung hatte. Er stellte den Bierkrug ab, faltete das T-Shirt zu einem Kissen und legte sich in die Wölbung im Felsen. Er schloss die Augen und hörte das Rauschen seines Blutes.

29. Dezember 11:38

Die alte Frau hatte ein klaffendes Loch im Kopf und eine Stricknadel im Auge. Das Blut in den Haaren war eingetrocknet. Winter konnte ihr nicht mehr helfen. Nachdem er die Polizei benachrichtigt hatte, schaute er sich im Wohnzimmer um.

Bis auf das Ticken der Standuhr war es still. Er hatte die Tür hinter Leonie geschlossen, die die außer sich geratene Frau Grindic in ihre Wohnung zurückbrachte. In einigen Minuten würde der erste Streifenwagen der Wache Bethlehem da sein. Er hatte nur ein kurzes Zeitfenster. Und nur eine Chance, um den ersten Eindruck auf sich wirken zu lassen.

Das Wohnzimmer war vollgestopft mit alten Möbeln und Stickereien. Gobelins überall. Heile-Welt-Kitsch. Und religiöse Motive. Überall Stickereien von Madonnen. Ohne Maria kein Jesus und ohne Jesus keine Vergebung. Es roch muffig und staubig und bereits ein wenig faulig. Wahrscheinlich sparte Frau Berger auch bei den Heizkosten und hatte die Fenster schon lange nicht mehr geöffnet. Zum Glück hatten sie die Tote nicht erst nach Wochen gefunden.

Das Loch im Schädel sah aus, als hätte ein unförmiger Meteorit eingeschlagen. Jemand musste mit voller Kraft mehrmals zugeschlagen haben. Wo war die Mordwaffe? Winter ging in die Knie, suchte den Boden unter den Möbeln ab. Kein dumpfer Gegenstand. Nur Staub.

Er richtete sich auf und trat auf die Tote zu. Die Nadel im Auge war interessant. Der Korken an ihrem Ende hatte es dem Mörder ermöglicht, die Stricknadel tief durchs Auge ins Hirn zu treiben, ohne sich selbst zu verletzen. Aber warum eine Nadel ins Auge? War Frau Berger mit der Nadel gefoltert worden? Der Schmerz einer Nadel im Auge musste fürchterlich sein. Eine Nadel im Auge alleine war nicht tödlich. Anatomisch wurde es erst dahinter lebensgefährlich. Ein Zwilling der grünen Nadel lag auf dem Tisch neben einem Stapel Schnittmuster und Gratiszeitungen. Ihrer Länge nach zu urteilen, steckten etwa zehn Zentimeter in Frau Bergers Kopf. Das reichte bis ins Hirn.

Winter schauderte und versuchte sich den Ablauf vorzustellen. Frau Berger saß in einem Lehnstuhl. Keine Abwehrspuren. Sie musste die Täterschaft gekannt und ihr die Tür geöffnet haben. Als die Hauswartin vorhin aufschloss, hatte er nichts Außergewöhnliches bemerkt. Die Tür war nicht aufgebrochen und nach der Tat offenbar wieder abgeschlossen worden.

Die Nadel im Auge.

Das Auge zu treffen war nicht einfach. Obwohl Frau Berger alt war, hätte sie reflexartig den Kopf gedreht. Der Schlag auf den Kopf war der Nadel wahrscheinlich vorausgegangen. Das Loch im Kopf war auf der linken Seite oberhalb des Ohrs. Die Forensiker des Instituts für Rechtsmedizin würden sich ausführlich mit der Todesursache beschäftigen.

Aber warum? Was war das Motiv?

War etwas gestohlen worden?

Er riss sich von der Toten los.

Leichen zogen den Blick an.

Tatorte waren viel mehr als leblose Körper.

Gobelins, Gobelins, Gobelins.

Winter zwang sich, das Wohnzimmer systematisch zu scannen. Er drehte sich langsam im Kreis und prägte sich die mentalen Bilder ein. Sektor für Sektor.

Balkontür geschlossen, heruntergelassener Rollladen, darunter ein Gestell mit Radio und altmodischem Kassettengerät. Der Tisch mit einem verdorrten Adventskranz. Ein Gedeck, eine Teekanne, eine Tasse. Zweiersofa mit Gobelin-Kissen. Davor ein mit Gobelin bestickter Schemel. Ein mit Stickzeug überstelltes Beistelltischchen. Verfluchte Gobelins.

Geschmacksverstauchung.

Eine Ständerlampe. Der Lehnstuhl.

Was war im Blickfeld der Toten? Vis-à-vis dem Lehnstuhl stand auf einem kleinen Gestell ein fetter Fernsehapparat. Frau Berger war noch nicht im Zeitalter der Flachbildschirme angekommen. Daneben eine mannshohe Pendüle, rot lackiert mit vergoldeten Rändern. Winter schaute auf seine Uhr. Die Pendüle lief auf die Minute genau. Die Polizei würde jeden Moment da sein.

Daneben eine geschlossene Tür. Wahrscheinlich das Schlafzimmer. Dann der Korridor mit dem Schuhgestell und den Krücken.

Ein Büfett mit einem halben Dutzend Schubladen. Eine längliche Gobelin-Stickerei schützte die lackierte Oberfläche. In der Mitte des Büfetts stand eine beige Kerze mit einem Heiligenbildchen. Die Kerzenflamme hatte ein tiefes Loch in das Wachs gefressen.

Rechts der Kerze Porzellanfiguren. Die Heilige Familie, die Heiligen Drei Könige mit Gaben und Getier. Links der Kerze ein leerer Platz. Fehlte da etwas? Winter trat näher und bemerkte in der Gobelin-Matte einen ovalen Eindruck. Bis vor Kurzem hatte da noch eine schwere Vase oder so gestanden.

Insgesamt nichts Auffallendes. Winter hatte schon viele Wohnungen gesehen und bemerkte nichts, das er nicht in einer bescheidenen Blockwohnung einer alten Frau erwartet hätte. Doch er wusste viel zu wenig, um Schlüsse zu ziehen.

Der Mord ging ihn nichts an.

Er war nicht mehr bei der Polizei.

Aber Frau Berger war eine Kundin der Bank.

Tote Kunden waren schlecht fürs Geschäft.

Er musste die Interessen der Bank im Auge behalten. Mit dem kleinen Finger zog er vorsichtig die oberste Schublade des Büfetts auf. Teures Besteck. Ein Dieb hätte das versilbern können.

Winter drückte mit dem Unterarm die Klinke der Schlafzimmertür. Er kam sich ungelenk vor und verfluchte innerlich die Snowboarder. Wenigstens brauchte er keine Krücken. Die Tür schwang auf. Im verdunkelten Zimmer dominierte ein hohes Doppelbett, das mit einem gesteppten rostbraun glänzenden Überzug bedeckt war. Hinter der Tür ein riesiger Kleiderschrank. Mehr Gobelins. Eine Durchsuchung war Sache der Kriminaltechniker.

Im Wohnzimmer schlug die Pendüle.

Winter ging zurück. Die Standuhr sah antik, wertvoll und poliert aus. Winter öffnete mit einem filigranen Schlüsselchen die gerahmte Glasfront. Das Ticken und Klicken wurde lauter. Die Gewichte in Form geschuppter Tannzapfen hingen an feinen

Ketten und zogen an den Zahnrädchen im Innern der Uhr. Winter bewunderte die komplizierte Mechanik. Das leicht gewölbte emaillierte Ziffernblatt mit den römischen Ziffern hatte ein Loch, in das man den Schlüssel zum Aufziehen des Uhrwerks steckte.

Frau Berger musste die Uhr regelmäßig aufgezogen haben. Wo war der Schlüssel? Er hing nicht an oder in der Pendüle. Winter tastete mit seiner Linken das vom Ziffernblatt verdeckte Gehäuse ab. Darauf ein aufgerauter Schlüssel.

Und etwas Papierenes.

Ein vergilbter Umschlag.

Nordsudan – Provinz Kordofan, Nuba-Berge

Tijo träumte von seinem Großvater. Er sprach mit ihm. Als er in der Höhle aufwachte, wusste er, dass er nicht länger in den Nuba-Bergen bleiben konnte. Er schlug die Augen auf und sah das dünne Morgenlicht, das sich durch den Felsspalt stahl. Er würde nach Europa gehen.

Tijo schälte sich aus seiner Felswölbung und stieg aus der Höhle.

Er klopfte den Sand ab und streckte sich. Das Tal breitete sich vor ihm aus, durchsetzt mit Büschen und niedrigen Bäumen, dazwischen ein paar vereinzelte Ziegen. Die Rinder waren alle getötet oder geschlachtet worden. Aus alter Gewohnheit hielt er Ausschau nach dem Hirtenjungen, konnte ihn aber nirgends entdecken. Er kniff die Augen zusammen und sah in der Ferne die Konturen von Heiban. Einige dünne Rauchwolken stiegen hoch. Die Familie seines Bruders hatte ihr Tagwerk aufgenommen. Am Rande des Dorfes glänzten die weißen Container.

Er hockte sich auf einen Felsen. Die Zeit für eine Reise war gut, die Regenzeit gerade vorbei. Tijo öffnete den Reißverschluss seines kleinen Bauchbeutels. Seit seiner Studienzeit in der Hauptstadt Khartum trug er die schwarze Tasche immer bei sich. Im Schlafsaal des Studentenheims hatte er sie auch in der Nacht anbehalten. Obwohl der Koran für Diebstahl harte Strafen vorsah, war in der ehemaligen Hochburg der Sklavenhändler nichts sicher.

Die Reise nach Europa würde Geld kosten.

Das Bündel mit den Dollarnoten und den sudanesischen Pfund war im hintersten Fach, eingewickelt in eine dünne rote Plastiktüte. Er wusste nicht, wie viel die Reise kosten würde. Essen, Tickets, Bestechung. Auf dem Markt der Provinzhauptstadt Kaduqli hatte er Gerüchte gehört. Er würde unterwegs arbeiten.

Sein dunkelgrüner Pass mit dem Adler steckte in einer durchsichtigen Schutzhülle. Er stopfte ihn zurück zur zerdrückten Medikamentenschachtel, zum Kugelschreiber und zum Messer.

Die Frau seines Bruders würde ihm Proviant mitgeben. Wie Zarina, Yaya und Nafy. Tieftraurig schloss Tijo für einen Moment die Augen. Dann nahm er eine abgewetzte Plastiktüte heraus und wickelte vorsichtig seine Fotos aus. Zuoberst Yaya und Nafy in weißen T-Shirts.

Zärtlich strich er mit den Fingerkuppen darüber. Sein Herz zog sich zusammen.

Unten im Tal sah er die Akazie, erahnte die Gräber daneben. Der Ast seiner Familie war abgehackt worden.

Tijo schluckte.

Rasch packte er die Fotos weg.

Eine Sukhoi dröhnte heran, die Sonne im Rücken.

29. Dezember 13:20

Leonie und Winter saßen auf den weißen Plastikstühlen in der Eingangshalle des Wohnblocks und ließen die verschiedenen Einsatzkräfte an sich vorbeiziehen. Zuerst mehrere Polizisten, Sanitäter, der Gerichtsmediziner und vor fünf Minuten zwei Bestatter mit Plastiksarg. Winter studierte die Wand voller Briefkästen, viele mit improvisierten Schildchen.

Er war ausgelaugt.

Eigentlich war er ja krankgeschrieben. Metallgestell und Bandagen juckten. Er kratzte sich durch die Jacke hindurch. Das verstärkte den Juckreiz nur.

Leonie schaukelte mit dem Stuhl, dessen Beine sich bedrohlich bogen, und fragte: »Sollten wir nicht verschwinden? Es ist nur eine Frage der Zeit, bis Journalisten auftauchen.«

»Das ist nur Lärm.«

»Aber eine Schlagzeile wie ›Mord in Bethlehem – Banker findet erschlagene Kundin‹ wollen wir doch nicht?«

Winter schüttelte den Kopf. »Was hast du gesehen?«

»Nichts. Ich dachte nur, dass früher oder später ein Journalist auftauchen wird.«

»Nein, ich meine, in der Wohnung?«

»Die Tote.«

»Und?«

»Ich habe nur das Wohnzimmer gesehen. Diese Stickereien. Alles vollgestopft, ein Esstisch, ein Büfett und –«

»Welchen Eindruck hattest du?«

»Ich weiß nicht. Es war ...« Sie hörte auf zu schaukeln. »... die Wohnung einer alten Frau, die in ihrer Zeit stecken geblieben ist. Der Fernseher war ein vorchristliches Modell. Irgendwie war es ein wenig schäbig. Nicht billig, aber abgenutzt. Zum Glück haben wir sie gefunden. Ansonsten wäre sie wahrscheinlich vermodert.« Leonie warf Winter einen schnellen Blick zu.

Dieser lächelte aufmunternd. »Und?«

»Ich weiß, dass man mit Vorurteilen vorsichtig sein muss, aber irgendwie passt sie nicht ins Beuteschema der Bank. Weißt du, wie viel sie wert war?«

»Keine Ahnung, sie hätte gut zu Warren Buffett gepasst.«

»Stickt der auch?«

»Nein, wegen der bescheidenen Wohnung.«

Vor der Haustür bedrängte ein Journalist den Polizisten, der ihm den Zutritt verweigerte. Der Videojournalist vom lokalen TV-Sender TeleBärn schaltete sein Spotlight ein und begann den Wachhabenden mit Fragen zu löchern.

Leonie und Winter schauten sich an. Die Tür des Fahrstuhls öffnete sich und entließ zwei Polizisten. Als sie den bedrängten Polizisten vor der Haustür im Scheinwerferlicht sahen, zögerten sie.

Winter stand auf. Den Älteren kannte er vom Sehen. Vor Jahren hatten sie gemeinsam an einem Fahrtraining teilgenommen und die Grenzen des Schleuderns ausgelotet.

»Hallo.« Winter winkte mit den Fingerspitzen seiner bandagierten Hand.

»Hallo, Winter. Wie immer mitten im Trubel?« Der Polizist deutete auf seinen Arm.

Winter ignorierte die Frage. Er konnte sich nicht mehr an dessen Namen erinnern. War das diese verdammte Lawine, oder nagte der Zahn der Zeit an seinen grauen Zellen? »Und selbst? Immer in Form?«

Der Wachtmeister grunzte. »Wie man's nimmt.« Er stützte die Hände auf seinen Materialgurt. »Du hast die Tote gefunden?«

»Ja, sie hat einen Termin mit uns verpasst, und da wollten wir einmal vorbeischauen.«

»Gehört wohl alles zum Service.« Der Wachtmeister warf einen Blick gegen oben. »Nicht deine übliche Kundschaft?«

Winter war sich die Sticheleien seiner Ex-Kollegen gewohnt und kannte alle Variationen davon. Sein letzter größerer Fall, bei dem ein arabischer Scheich ermordet worden war, hatte sich in der Gerüchteküche herumgesprochen. »Und *du*? Hast du schon ein Konto bei uns?«

»Ich arbeite daran.«

»Sag mir einfach, wenn du eine Empfehlung brauchst.«

Der Wachtmeister schaute an Winter vorbei und wechselte das Thema. »Verdammte Journalisten.«

»Tja, Würde bringt Bürde.«

»Es ist eine Ehre, diese Uniform zu tragen«, erwiderte der Wachtmeister und strich sich über seine Winterjacke mit den Insignien der Berner Polizei.

Ernst erkundigte sich Winter: »Wer ist eigentlich für den Fall verantwortlich?«

»Wahrscheinlich Habermas.« Ein Urgestein des Dezernats »Leib und Leben«. »Er wird dich früher oder später zum Lunch aufbieten.« Habermas verband gerne das Angenehme mit dem Nützlichen und hatte einen entsprechenden Umfang.

»Es wird mir ein Vergnügen sein.« Die ersten Polizisten hatten von Winter und Leonie nur die Personalien aufgenommen, kurze Vorinterviews geführt und sie gebeten, sich zur Verfügung zu halten.

Winter fragte: »Habt ihr die Tatwaffe gefunden?«

»Das darf ich dir nicht sagen.« Der Wachtmeister drehte sich zu seinem Kollegen. »Lass uns den Hinterausgang nehmen. Ich habe keine Lust, im Fernsehen zu kommen.« Er hob die Hand. »Gute Besserung!« Dann stieß er die Tür zum Korridor mit den Parterrewohnungen auf.

Winter setzte sich wieder.

Leonie hob ihr Mobiltelefon. »Meeting um siebzehn Uhr in der Stadt.«

Winter nickte, rollte seine rechte Schulter und spürte, wie die Schmerzen in seinem Arm rumorten. Das nasskalte Wetter half nicht gerade. In seiner linken Jackentasche tastete er nach den Schmerztabletten. Aber er wollte noch warten. Es war zum Aushalten.

Er lehnte den Kopf an die Wand. Frau Bergers Wohnung war trostlos gewesen. Wie hatte sie Weihnachten verbracht? Er hatte keine Geschenke, keine Karten gesehen. Vielleicht war das nur eine Alterserscheinung. Die Einsamkeit. Statistisch wurden die Frauen ja älter als ihre Männer. »Leonie, hattest du den Eindruck, dass Frau Berger verheiratet war?«

Leonie ließ das Mobiltelefon sinken. »Nein. Aber man weiß ja nie. Ein Mann hätte es in dieser Wohnung jedenfalls nicht lange ausgehalten. Vielleicht war sie es einmal.«

»Kinder?«

»Aus A folgt B. Eher nicht.« Und nach einer Pause fragte sie: »Warum?«

Wortlos klaubte Winter den vergilbten Umschlag hervor und reichte ihn Leonie. Sie öffnete ihn und blätterte durch den Stapel abgegriffener Fotos.

Einige farbig, andere schwarz-weiß. Eine Schulklasse mit über fünfzig ernsten Mädchen. Frau Berger als blutjunge Frau im Sommerkleid, an ihrer Seite ein schlanker Mann im schicken Zweireiher mit Borsalino. Ein Schwarz-Weiß-Foto mit einer Bernadette Berger im züchtigen Bikini als Badenixe am Meer. Ein farbiges Familienfoto, ebenfalls am Meer. Drei kleine Kinder um eine Sandburg. Dahinter fläzte in einem Liegestuhl ein korpulenter Mann. Frau Berger stand mit säuerlichem Lächeln daneben. Die beiden Mädchen hatten sich bunte Plastikkessel als Hüte aufgesetzt. Der etwa dreijährige Junge hielt eine Schaufel in der Hand und schaute verloren zur Seite.

29. Dezember 16:55

Unter den Lauben von Bern stieß Winter die massive Holztür zur Bank an. Der Elektromotor surrte, und die Tür schwenkte automatisch auf. Er stieg die Treppe hoch. Leonie und er hatten in Bethlehem eine Pizza gegessen. Zurück in der Stadt hatte er seine Teilzeitassistentin zum Recherchieren vorgeschickt und war einkaufen gegangen. Sein Kühlschrank war leer, und man wusste nie, wie lange es hier dauerte.

Er ging direkt zum fensterlosen Zimmer hinter den Kulissen mit dem Namen »Einstein«. Helfer war schon da. Winter zweifelte, ob sich Einsteins Genie auf den Schönling der Kommunikationsabteilung abfärbte.

Helfer sagte: »Hallo, Winter. Ich habe von deinem Missgeschick gehört.«

Winter stellte seine Tüten in eine Ecke.

Helfer feixte: »Ich halte mich an Churchill: ›Sport ist Mord.‹«

Mit der linken Hand drückte Winter in seiner Jackentasche eine Schmerztablette aus dem Blister. Ein bisschen Betäubung konnte nicht schaden.

Schütz trat durch die offene Tür. »Kollegen.«

Winter nickte. Als er das Schmerzmittel diskret einwarf, sah er Leonie im Türrahmen. Sie schaute ihn direkt an und reichte ihm kommentarlos ein Mäppchen mit den Recherchen zu Frau Berger.

Winter schluckte die Tablette. »Danke. Etwas Interessantes?«

»Nein, nicht wirklich. Aber sie war zwei Mal verheiratet.«

Der Borsalino und der Fette in der engen Badehose.

Das Telefon der Konferenzschaltung klingelte. Leonie verschwand. Winter setzte sich, und Helfer nahm den Anruf an. Bevor er etwas sagen konnte, dröhnte von Tobler aus den Lautsprechern der kleinen Weltraumstation auf dem Tisch: »Meine Herren, ich hoffe, Sie hatten angenehme Feiertage. Unschöne Geschichte mit Frau Berger. Wie sieht es aus?«

Schütz räusperte sich. »Guten Abend, Herr von Tobler. Danke, gleichfalls. Ja, das Ganze ist unangenehm. Hier im Raum sind alle Eingeladenen außer Herrn Hodel.«

»Winter?«

»Wir haben Frau Berger aufgesucht, nachdem sie ihren Termin mit Schütz verpasst hatte. Sie lag erschlagen in ihrer Wohnung …« Winter beschränkte sich auf die Fakten. Die Fotos erwähnte er nicht. Nach seinem Bericht schenkte er sich ein Glas Mineralwasser ein, um den bitteren Nachgeschmack der Schmerztablette und die Erinnerungen an die Erschlagene mit der Nadel im Auge zu verjagen.

Schütz erzählte von seinen Kundenkontakten mit Frau Berger. Sie war jedes Jahr in der Altjahreswoche vorbeigekommen und hatte sich ihr Depot zeigen lassen. Er habe jedes Jahr versucht, sie zu einem ausgewogeneren Portfolio zu bewegen, aber sie habe sich standhaft geweigert, dessen Zusammensetzung zu ändern. »Beim dritten oder vierten Besuch hat sie mich nur noch mitleidig angelächelt.«

Winter kniff die Augen zusammen. Hatte er da gerade etwas verpasst? »Was hat sie denn im Portfolio?«

»Cash und Aktien.«

»Was für Aktien?«

»Novartis.«

»Und?«

»Das ist die einzige Position. Habe ich doch gesagt. Und natürlich ein wenig Cash von den Dividenden.«

Die betäubende Wirkung der Tablette musste eingesetzt haben. »Hat sie Geld abgehoben?«

»Nur ganz selten.« Schütz blätterte in den Kontoauszügen zurück. »Sie hat einmal dreihunderttausend Deutsche Mark überweisen lassen. Das war noch vor der Einführung des Euros und vor dem verschärften Geldwäschereigesetz.«

»Und vor Uli Hoeneß.« Dem jovialen Ton nach hatte von Tobler bereits einige Gläschen intus. Vielleicht hatte er auch auf seiner Seite Zuhörer. Aufgrund der gedämpften Hintergrundgeräusche schloss Winter auf eine Hotellounge. Er hatte gehört, dass von Tobler die Feiertage in Aspen verbrachte. Manchmal kam er sich vor wie einer von Charlies Engeln. Nur weniger beflügelt.

Helfer lachte, allerdings einen Sekundenbruchteil zu spät.

Winter fragte: »Du hast gesagt ›ein wenig Cash‹? Wie viel ist sie denn insgesamt wert?«

»Cash: gut sieben Kisten. Und …« Schütz fuhr mit seinem Zeigefinger an den unteren rechten Rand des Auszuges. »184'568 Novartis-Aktien. Das macht …«, Schütz öffnete seine Dokumentenmappe mit einem integrierten Taschenrechner, »… beim heutigen Aktienkurs zusammen etwa neunzehn Komma fünf acht Millionen.«

»Kleiner Fisch«, kommentierte von Tobler verächtlich aus der Ferne seines Feriendomizils.

Snob, dachte Winter und fragte mit dem Bild der schäbigen Wohnung in Bethlehem vor Augen: »Und sie hat tatsächlich nie etwas angerührt?«

»Nein. Soviel ich weiß, hat es sonst nie Kontobewegungen gegeben. Früher hatte sie Sandoz-Aktien, die wurden bei der Fusion in Novartis gewandelt.«

Von Tobler schwärmte: »Aaahh, 1996. Das war ein guter Jahrgang. Die Feuertaufe von Daniel Vasella.« Er tönte, als lobe er den Abgang eines edlen Weins. Nach einer Weile brach Winter die peinliche Stille. »Schütz, das heißt, sie hätte problemlos von den Dividenden leben können.«

»Kommt auf den Lebensstandard an, aber bei gut zwei Franken Dividenden macht das etwa vierhunderttausend pro Jahr. Also, mir würde das knapp reichen.« Schütz wohnte in einem Reiheneinfamilienhaus außerhalb von Bern, hatte kleine Kinder und Winter beim Bier schon öfters geklagt, wie teuer das alles sei.

Von Tobler kam zur Befehlsausgabe. »Wir wollen uns nicht in den Details verlieren. Wir machen Folgendes: Schreiben Sie den Verwandten, schließlich wollen wir den Account nicht verlieren. Behalten Sie die Presse im Auge, obwohl ich nicht glaube, dass das große Wellen wirft. Und, Winter, erkundigen Sie sich gelegentlich bei Ihren alten Freunden nach den Ermittlungen. Diskret bitte. Verstanden?«

Drei synchrone »Ja«.

Sie hörten, wie sich von Tobler ausklickte.

Delegieren war das Privileg des Chefs.

Zwei Stehlampen beleuchteten den mit alten, gestemmten Holzpaneelen getäferten Raum.

»Das war's dann wohl. Sturm im Wasserglas.« Helfer stand auf, nickte seinen beiden Kollegen zu und verschwand. Winter hätte schwören können, dass er eine parfümierte Duftwolke zurückließ. Aber er traute seinen Sinnen noch nicht ganz.

Schütz schaute betreten vor sich hin.

Winter rieb seine Bandagen. »Irgendwie passt das nicht zusammen. Du hättest die Wohnung sehen sollen. Ziemlich bescheiden, fast ärmlich. Die hat sich verkrochen. Das war wie in einer Höhle.«

»Von den Reichen lernt man sparen.«

»Ja, ja, ich weiß. An wen schreibst du die Beileidskarte?«

»Keine Ahnung. Kinder hatte sie ja nicht.«

»Drei.«

»Was?«

»Frau Berger hat drei Kinder, mindestens.«

»Mir hat sie nie etwas von ihnen erzählt.«

Winter überflog Leonies Dossier und fügte an: »Und verheiratet war sie auch. Zwei Mal. Allerdings sind beide Ehemänner schon vor langer Zeit gestorben.«

»Hast du die Adressen der Kinder?«

Winter schob Schütz das Mäppchen zu. »Von Leonie.«

Schütz blätterte durch die Seiten. »Manchmal frage ich mich, wo sie das Zeug herhat.«

»Ich frage nicht.«

Die Tür ging auf, und Hodel trat ein. Wie immer perfekt gekleidet.

»Guten Abend. Bitte entschuldigt meine Verspätung.« Er entledigte sich seines maßgeschneiderten Wintermantels und drapierte diesen über eine Stuhllehne. »Ich komme gerade von einem Kollegen, der mich ein wenig aufgehalten hat.«

Schütz sagte: »Keine Ursache. Wir sind schon fertig.«

Es starben regelmäßig Kunden der Bank. Das war Routine. Normalerweise handelte es sich um Unfälle, krankheitsbedingte Todesfälle, Herzinfarkte, Krebs oder einfach Altersschwäche. Je nach Kundenrating kümmerten sich die Berater mehr oder weniger um die Hinterbliebenen. Eine Beileidskarte und ein Anruf einige Wochen nach dem Todesfall waren das Minimum. Bei einem sehr reichen Kunden ging man zur Beerdigung, spendete einen Kranz oder einer gemeinnützigen Stiftung und hielt bei der richtigen Person Händchen. Ziel war immer, die Erben bei der Stange zu halten.

Hodel setzte sich, faltete seine schlanken Hände mit dem Siegelring und sagte mit sonorer Stimme, die eine natürliche Autorität ausstrahlte, ohne je laut zu werden: »Ich befürchte, dass wir erst am Anfang sind.«

Seine von der Kälte gerötete Adlernase triefte. Er zog ein gestärktes Taschentuch hervor und tupfte sie ab. »Die Familie Berger ist seit Jahren Kunde bei uns.«

Hodel strich sich über die ergrauten Schläfen, und für einen Moment wanderte sein Blick ins Unendliche. »Als ich jünger war, hatte ich ein paarmal das Vergnügen.«

Winter erkundigte sich: »Weißt du etwas über ihren Background?«

»Wenn ich mich richtig erinnere, war sie zuerst mit einem Chemiker und dann mit einem Bäcker verheiratet. Die Kinder stammen aus der zweiten Ehe mit dem Bäcker, das Vermögen vom Chemiker, der früh bei Sandoz ein- und aufgestiegen ist.« Die Sandoz-Aktien. »Am Schluss war er Geschäftsführer einer Tochtergesellschaft in Italien.« Der Borsalino. »Frau Berger hat mir einmal erzählt, dass ihr erster Ehemann bei einem Autounfall ums Leben kam. An der Küste bei Portofino. Das muss in den fünfziger Jahren gewesen sein.«

Schütz sagte: »Das erklärt, warum sie all die Jahre an diesen Aktien festgehalten hat. Emotionale Bindung. Irrational, aber verständlich.« Er schien erleichtert zu sein, eine Erklärung für das einseitige Portfolio gefunden zu haben.

Hodel fuhr fort: »Vielleicht haben wir die alten Aufzeichnungen noch.«

Winter machte sich eine mentale Notiz, Leonie ins Archiv zu schicken.

Hodel seufzte. »Item, das war damals. Heute Nachmittag habe ich einen Anruf von einem Kollegen bekommen. Notar. Er macht beim Erbschaftsamt der Stadt Versiegelungen. Die Polizei hat ihn angerufen.«

Winter wusste, dass nach einem Todesfall Konten, Wohnung und Wertsachen versiegelt und inventarisiert wurden. Meistens war das eine Formalität. Doch bei umstrittenen Erbschaften konnte eine Versiegelung Jahre dauern. Der Siegelungsdienst der Stadt war für die Formalitäten zuständig und arbeitete mit lokalen Notaren zusammen.

»Offenbar hat die Berger ein Testament gemacht. Mein Kollege sagt, dass es im Tresor des Erbschaftsamtes liegt. Sie hat Vorgaben hinterlegt, wie bei ihrem Tod vorzukehren ist. Wir haben einen kleinen Auftrag gefasst.«

Hodel lächelte Winter an. Dann zog er aus der Innentasche seines Jacketts ein gefaltetes Blatt Papier hervor. Winter sah eine krakelige Handschrift. Er tastete in seiner Jacke nach dem Umschlag mit den vergilbten Familienfotos.

Nordsudan – bei Kaduqli

Tijo klammerte sich an den Bügel über der Fahrerkabine des Lastwagens. Der Wind blies ihm ins Gesicht. Es rüttelte und schüttelte ununterbrochen. Steine, Schlaglöcher, Ausweichmanöver, Kurven. Der alte, hoch bepackte Lastwagen schwankte bedrohlich und zog eine schwarze Rauchwolke aus gepanschtem, halb verbranntem Diesel hinter sich her.

Seine Hände schmerzten. Ab und zu, wenn die Straße gut aussah, löste er eine Hand und prüfte die Knoten der Plastiksäcke mit seinen Habseligkeiten an der Stange vor ihm. Schon als Jugendlicher hatte er gelernt, dass man sich bei diesen Fahrten immer festhalten musste. Ein Sturz war gefährlich, vor allem wenn man weitab war. Die Fahrer hielten nicht immer an.

Laut seinem Bekannten vom Markt in Kaduqli konnte man diesem Fahrer vertrauen, er hatte ihn als »alten Freund« gelobt und einen »guten Preis« ausgehandelt. Der Fahrer war vom Stamm der Krongo und fuhr »Dinge« zwischen Malakal am Weißen Nil in Südsudan über Kaduqli bis in die Lager in Darfur. Bis jetzt hatte er Wort gehalten.

Tijo saß eingeklemmt zwischen drei anderen Männern auf den aufgetürmten Kisten, Bündeln und Säcken. Zum Glück hatte er einen weichen Sack als Unterlage erwischt.

Vorhin hatten sie am Rande des großen Camps der United Nations Missions, mit seinen weißen Baracken und Zelten, nördlich der Provinzhauptstadt einen Teil der Waren ab- und zwei weitere Passagiere aufgeladen. Nun fuhren sie weiter nach Norden, zuerst am Stadion, dann am Flughafen vorbei. Ein fetter Helikopter, dessen runde Formen Tijo an saftige Wassermelonen erinnerten, landete. Die Hektik bei der Abfahrt im Camp hatte sich gelegt.

Tijo hatte ein Ziel: Europa. Der Abschied von seiner Familie lag vier Tage zurück. Nach dem Traum war er ins Dorf mit den niedergebrannten Häusern gegangen, hatte sich verabschiedet und war nach Kaduqli aufgebrochen. Zuerst zu Fuß über die Berge mit einer Nacht im Schutze der Felsen, danach auf dem schmalen Weg entlang des Bachs bis zur Hauptstraße, wo ihn ein Pick-up mitnahm. Die letzte Nacht hatte er auf dem Markt von Kaduqli hinter dem Kiosk seines Bekannten verbracht und nicht viel geschlafen. Die Stadt war laut und gefährlich.

Jetzt wechselten sich karge Felder mit sanften Hügeln ab. Ab und zu ein Haus mit Ziegen. Wie lange würde es dauern, bis er seine Heimat wiedersehen würde? Der Lastwagen schaukelte. Sein Körper glich das Schwanken automatisch aus. Tijo nickte ein.

Ein scharfes Ausweichmanöver, gefolgt von beidseitigem Hupen, weckte ihn. Er krallte sich fester an den Bügel vor ihm. Die Sonne brannte von oben. Bald Mittag. Die Straße war gut.

Die Pipeline. Deshalb.

Sie fuhren entlang der Pipeline, in der das Öl aus den Ölfeldern bei Heglig, der »Wüstendattel« bei Kaduqli, nach Port Sudan am Roten Meer floss.

Der Lastwagen verlangsamte die Geschwindigkeit, und Tijo sah in der Ferne einen mobilen Checkpoint. Sein Herz begann heftig zu schlagen. Flaggen der nordsudanesischen Armee wehten an den Antennen der neuen Pick-ups. Maschinengewehre. Hinter Sandsackmauern stand ein Dutzend Soldaten, einige im Kampfanzug und mit roten Bérets, alle schwer bewaffnet.

Reguläre Soldaten und »freiwillige« Milizen, bezahlt von Khartum und den Ölbossen, sicherten die Pipeline vor Anschlägen des Sudanese People's Liberation Movement. Nebenbei erhoben sie auf privater Basis verschiedene Steuern und Gebühren.

Langsam schlich der Lastwagen auf den Checkpoint zu, hustete und hielt quietschend an. In der plötzlichen Stille hörte Tijo das Flattern der sudanesischen Flaggen.

29. Dezember 17:55

Hodel strich die Fotokopie vor sich glatt und sagte gedankenverloren: »Obwohl ich seit Jahren nichts mehr von Frau Berger gehört habe, hat sie mir offenbar vertraut.« Nach einer Pause fügte er schulterzuckend an: »Doch was wissen wir schon von anderen Menschen.«

Der dumpfe Schmerz in Winters Arm war verschwunden. Er war erschöpft und hellwach zugleich. Er sah Frau Berger mit der Nadel im Auge. Sie hatte sich ihren Tod wohl anders vorgestellt.

Hodel sagte: »Es ist am einfachsten, wenn ich euch ihre Anweisungen vorlese. Zuoberst steht ihre Adresse in Bethlehem und das Datum.« Er räusperte sich.

»›Anweisungen zu meinem Tod:
1. Mein signiertes Testament ist beim Erbschaftsamt der Stadt Bern hinterlegt.
2. Mit der Vollstreckung dieser Anweisungen und des Testaments beauftrage ich Herrn Rechtsanwalt Dr. Hodel.
3. Das Testament darf erst vollstreckt werden, wenn geklärt ist, welches Kind am Tod meines zweiten Ehemannes schuld ist.
4. Mein Leichnam soll kremiert und die Asche im Beisein meiner anderen Kinder auf dem Titlis verstreut werden.‹«

Hodel faltete die Kopie. »Das ist alles.« Schütz und Winter tauschten einen ratlosen Blick aus. Winter hatte den Chefjuristen noch nie so unentschlossen gesehen. Nach einer Weile sagte Hodel: »Ich habe keine Ahnung, was sie meint. Das Erbschaftsamt hat neben dem eigentlichen Testament keine weiteren Unterlagen. Mein Kollege vom Siegelungsdienst weiß von nichts.«

Winter kratzte nachdenklich seine Bandagen. »Das sind schwere Anschuldigungen. Bevor wir etwas unternehmen, müssen wir mehr wissen. Ich hatte schon in ihrer Wohnung ein komisches Gefühl.« Das hier erklärte, warum sie keine Familienfotos aufstellte und die Nachbarin glaubte, dass sie keine Verwandten hatte.

»Du glaubst an einen Zusammenhang zwischen der Ermordung von Frau Berger und dem Tod ihres Mannes?«

»Vielleicht.«

»Wir wissen nicht, was geschehen ist.« Schütz blätterte wieder in den Unterlagen. »Da steht nichts darüber.«

»Ich werde Leonie bitten, tiefer zu graben.« Winters Gedanken schwirrten, und er hörte Schütz fragen: »Würden die Kinder eigentlich alles erben?«

»Die Kinder haben einen Mindestanspruch auf den Pflichtteil. Der beträgt in diesem Fall drei Viertel«, erläuterte Hodel.

Bei Schütz setzte der Verkäuferreflex ein. »Das gibt bei zwanzig Kisten fünfzehn. Also etwa fünf Millionen pro Kind.«

»Sind das noch immer die Sandoz- respektive die Novartis-Aktien, die sie nie verkaufen wollte?«, erkundigte sich Hodel.

»Ja. Plus Dividenden.« Schütz hatte einen Nachgedanken. »Kann sie ihre Kinder überhaupt enterben?«

»Kinder können nur enterbt werden, wenn sie ein schweres Verbrechen gegen den Erblasser begangen haben oder schuldhaft andere Rechtspflichten verletzt haben. Wenn man seine Eltern nur einmal pro Jahr besucht, reicht das nicht.«

»Mord würde sicher genügen, oder?«

Hodel antwortete: »Ja. Aber wir wissen nicht, um was es hier geht. Mord, Totschlag, Fahrlässigkeit, Unfall. Wir mutmaßen nur.« Er steckte die Fotokopie ein und fügte an: »Das Leben ist eine große Wundertüte.«

»Voller Süßigkeiten«, fügte Schütz an.

»Haltet mich auf dem Laufenden.« Hodel stand auf und nahm seinen Mantel. »Und, Winter, gute Genesung.«

»Danke.« Winter winkte ungelenk.

Hodel verabschiedete sich in den Feierabend.

Schütz warf Leonies dünnes Mäppchen auf den Tisch. »Dann warte ich besser noch mit dem Schreiben der Beileidskarten.«

Winter zog das Mäppchen zu sich und öffnete es. Der Kontoauszug, die spärlichen Gesprächsnotizen aus der Kundendatenbank, ein Ausdruck einer Firma, die die Solvenz prüfte, und ein alter Strafregisterauszug: sauber. Kopien einer großen Todesanzeige von 1955 und einer kleinen von 1971 sowie eine

Liste mit den Adressen der Kinder. Winter schaute genauer hin: Azoren? Manchester? Nürnberg? »Die Kinder sind alle ausgeflogen.«

»Logisch, die sind ja schon lange erwachsen.«

»Nein, ich meine, die sind ziemlich verstreut. Eine Tochter, Helen, wohnt auf den Azoren, der Sohn, Rolf, in England und eine weitere Tochter, Brigitte, in Nürnberg.«

»Vielleicht wollten sie einfach weg. Schließlich haben wir freien Personenverkehr.« Er schaute auf die Uhr. »Apropos ›weg‹, ich sollte auch langsam.« Seine Familie wartete.

»Schon gut. Falls ich dich nicht mehr sehe: einen guten Rutsch und alles Gute fürs neue Jahr.«

Winter blieb sitzen. Vielleicht war Leonie noch da. Er rief sie an. Sie war schon auf dem Heimweg. Gefrorener Schnee knirschte unter ihren Schuhen. Nach Winters kurzem Bericht versprach sie, später weiterzurecherchieren. »Es eilt nicht, oder?«

»Nein, nein. Das ist eine alte Geschichte. Ob wir die einen Tag früher oder später klären, spielt keine Rolle. Wenn überhaupt. Es ist schon ewig her. Und schau bitte auch im Archiv unten nach.«

»Mach ich.«

»Danke.«

Winter wollte schon aufhängen, als Leonie sagte: »Unsere Frau Berger ist ja eine richtige schwarze Witwe. Zwei tote Ehemänner und ein volles Konto.«

»Langsam, Leonie, sie hat das Geld nie angerührt. Wir machen einen Schritt nach dem anderen.«

»Ist gut. Bis dann. Und pass auf dich auf.«

»Gleichfalls.« Er unterbrach die Verbindung. Diese guten Wünsche gingen ihm langsam auf die Nerven. In Gedanken versunken verließ er die Bank. Es war dunkel, aber frischer Schnee verzuckerte die Stadt und verdeckte den Dreck darunter. Nach der beklemmenden Wohnung richtig zauberhaft. Erst auf dem Bundesplatz kam Winter in den Sinn, dass sein Audi nicht wie gewohnt im Parkhaus, sondern immer noch im Wallis stand.

Alzheimer im Frühstadium.

Beim Hotel Bellevue nahm er ein Taxi, das ihn zwanzig

Minuten später bei seinem alten Bauernhaus absetzte. Das Taxi knirschte rückwärts aus der Ausfahrt und fuhr davon. Alles still und verschneit. Nur die Spuren von Tiger waren auszumachen. Im großen Bauernhaus der Mettlers leuchteten die Stubenfenster. Ansonsten war der Weiler beim Eichenhubel in ein milchiges Dunkel gehüllt, die Bäume durch die zarten Schneeflocken nur schemenhaft zu sehen.

Es war gut, zu Hause zu sein. Winter hatte das Häuschen vor ein paar Jahren gekauft und war dabei, es zu renovieren. Aber in der kalten Jahreszeit konnte er nicht viel machen. Die Terrasse war fertig. Im Frühling würde er die Fensterläden streichen. Er arbeitete gerne mit den Händen. Manchmal war er froh um die Ablenkung.

Er klopfte die Schuhe ab und schloss auf. Tiger kam langsam auf ihn zu und wollte gekrault werden. Eine halbe Stunde später war das Wohnzimmer wohlig warm. Winter verdrückte ein Fertiggericht und setzte sich auf den Kachelofen. Der Talisker half beim Verdauen – nicht nur des Essens.

Der vollgefressene Tiger schnurrte in seinem Schoß. Er strich ihm behutsam übers Fell. Das Holz im Ofen unter ihm knackte. Das Wohnzimmer lag im Halbdunkel, nur die Leselampe war an. Das Mäppchen mit den spärlichen Unterlagen über Frau Berger und ihre toten Ehemänner lag auf dem Tisch.

Winter sog den moosigen Duft des zwölfjährigen Whiskys ein, ließ den ersten Schluck im Mund zergehen. Es waren hektische Tage gewesen. Die Lawine, dann das Spital und heute Frau Berger. Er stellte das Glas ab und nahm den Umschlag mit ihren Fotos.

Er lehnte seinen Kopf an die Kacheln. Zwei tote Ehemänner. Der erste ein Autounfall, der zweite offenbar ein Familiendrama. War das Zufall? Was ging in einer Mutter vor, die eines ihrer Kinder beschuldigte, ihren Mann umgebracht zu haben? Sie wusste offensichtlich nicht, welches Kind es gewesen war. Wenn überhaupt.

Die Kinder waren damals noch klein gewesen: der Junge etwa fünf, die beiden Mädchen näher beisammen, vielleicht zehn- und zwölfjährig. Was bedeutete diese Anschuldigung für die Beziehungen zwischen der Mutter und den Kindern? Ätzendes

Misstrauen? Dauernde Vorwürfe? Grausames Schweigen? Kein Wunder, waren die Kinder über ganz Europa verstreut.

Die Frage war der Bluthund der Intelligenz.

Winter ließ den Umschlag sinken und trank mehr Whisky. Wie war Frau Berger mit diesem Wissen umgegangen? Hatte sie mit ihren Kindern darüber gesprochen? Hatte sie den Verdacht in sich hineingefressen? Hatte dieser sie zerfressen? War sie deswegen in die kleine, heile Welt der Stickereien mit Bambi und Co. geflüchtet? Hatte sie sich deshalb so verkrochen?

Warum wurde die Wohnung immer kleiner und muffiger? Warum wurde es darin immer dunkler und kälter? Die Möbel schoben sich auf Winter zu. Er wollte hinaus, aber die blutrote Pendüle versperrte ihm den Weg. Das Büfett mit dem Hochzeitsbesteck erdrückte ihn. Der altertümliche Fernseher aus Eis fiel auf ihn zu. Die Stickereien umhüllten ihn. Winter versuchte sich zu wehren, doch das Gestänge seines Arms verhedderte sich in den losen Fäden. Die Pendüle schlug. Winter sah das Ziffernblatt. Es war fünf vor zwölf, aber die Pendüle schlug und schlug. Er schnappte nach Luft und wachte auf.

Sein klingelndes Mobiltelefon rutschte auf dem Tisch herum. Er war eingenickt und hatte geträumt. Winter stemmte sich vom Kachelofen hoch. Seine Hand schmerzte. »Verflucht!« Er biss auf die Zähne und nahm mit der linken das Telefon. Leonies Nummer.

»Ja.« Seine Kehle war ausgetrocknet.

»Winter?«

»Ja, ich bin hier.« Es war bald elf, die Temperatur gesunken, das Feuer im Kachelofen zusammengefallen. Am Boden lagen die Fotos. Winter klemmte sich das Telefon zwischen Ohr und Schulter und nahm einen Schluck Talisker.

In der Ferne sagte Leonie: »Hab ich dich geweckt? Sorry, ich dachte –«

»Schon gut. Kein Problem. Hast du etwas herausgefunden?«

»Der zweite Ehemann hatte eine Bäckerei.«

»Ja.« Das hatte Hodel schon erzählt. »Und?«

»Sie haben ihn in seinem Ofen gefunden. Karamellisiert.«

30. Dezember 11:34

Normalerweise machte Winter einen großen Bogen um Medikamente. Doch gestern Abend hatte er nach Leonies Anruf sowohl eine Schmerz- als auch eine Schlaftablette genommen und daraufhin tief geschlafen.

Vorhin bei der Arztkontrolle hatte der Arzt die Schrauben des Metallgestells justiert und mit den Röntgenbildern gewedelt. Die Krankenschwester hatte desinfiziert und bandagiert. »Wie neu«, hatte die gute Seele trocken gesagt und seinen Arm getätschelt.

Jetzt stapfte er durch den Matsch und hatte Hodel am Telefon. »Ja, du hast richtig verstanden. In seinem Ofen.« Der Verkehrslärm machte ein flüssiges Telefongespräch schwierig. »Ja, in einem dieser Industrieöfen. Einer dieser großen Apparate, in denen man hundert Croissants auf einmal backen kann.«

Hodel wollte wissen, wie der Bäcker in den Ofen gekommen war.

»Keine Ahnung. Leonie hat Zeitungsartikel von 1971 ausgegraben.«

Ein Lastwagen röhrte vorbei, und Winter musste sich vor dem Schneematsch in Sicherheit bringen. Laut sagte er: »Wahrscheinlich ein Unfall. Verurteilt wurde jedenfalls niemand.«

Er hörte nichts mehr. Die Verbindung war unterbrochen. Er würde später wieder anrufen. Winter steckte das Telefon in die Tasche und rutschte beinahe aus. Streusalz, Straßendreck und Schneematsch hatten sich zu einer glitschigen Masse vermengt. Vorsichtig ging er Richtung Innenstadt. *Ein* gebrochener Arm reichte.

Einige Minuten später betrat er beim Bahnhofsplatz das Jack's, wo er mit Habermas, seinem ehemaligen Kollegen und dem für den Fall Berger Zuständigen der Berner Kantonspolizei, zum Essen verabredet war.

Er war früh dran, nahm beim Eingang die Zeitungen und suchte sich im großen Speisesaal eine ruhige Nische. Eines der Boulevardblätter titelte: »Mord in Bethlehem!« Fette Lettern über einem großen Foto des grauen Wohnblocks. Ein Pfeil zeigte Frau Bergers Balkon.

Interessant war das verschwommene Porträt eines Schwarzen unten rechts. Die Polizei suchte offenbar einen dringend der Tat verdächtigten Asylsuchenden aus dem Sudan. Dazu wurde erklärt, dass das wegen der oft falschen Papiere jedoch keineswegs sicher sei. Es wurde spekuliert, dass der Verdächtige auch aus dem Kongo, Eritrea, Äthiopien oder dem Tschad stammen könnte. Einer der vielen Flüchtlinge. Sofort abgestempelt als schwarzes Schaf.

In einem Kasten neben dem Foto eine Personenbeschreibung: Tijo Obado, circa hundertneunzig Zentimeter groß, kurze gekrauste Haare und vierundvierzig Jahre alt. Bewaffnet und gefährlich.

Winter studierte das Foto, das wahrscheinlich aus einem Personalausweis stammte. Die Kopie einer Kopie einer Kopie. Ein ernster, fast trotziger Blick, gerader Mund, weißes Hemd.

Er zog das Foto des Sudanesen näher heran. Je drei feine, parallele Narben zierten die obere Hälfte seiner Wangen. Ein Ritual oder Körperschmuck? Was wusste er schon. Hodel trug an seiner Schläfe auch den Schmiss einer schlagenden Studentenverbindung. Und im Sommer wimmelte es in den Freibädern nur so von Arschgeweihen und anderen Tattoos.

Winter überflog den Artikel. Der Journalist schien sich mit seinem »Wanted!« ziemlich sicher zu sein. Hatte die Nachbarin geplaudert und den Schwarzen vom Reinigungsinstitut angeschwärzt? Er schob die Zeitungen zur Seite und schickte Leonie eine SMS: »Zeitungen gesehen? Wer ist der Sudanese? LG Winter«.

Habermas zwängte sich durch die Drehtür, hängte Mütze und Wintermantel auf. Während er sich umschaute, ordnete er mit beiden Händen seine Tonsur. Warum rasierte er die spärlichen Haarreste nicht?

»Winter.« Als Habermas Winters bandagierten Arm sah, runzelte er fragend die Stirn.

»Hallo. Frag nicht.«

Habermas setzte sich und arrangierte seinen umfangreichen Bauch mit der Tischkante. »Gut, dich zu sehen.« Sie kannten sich schon lange und hatten einige Male auch enger zusammengearbeitet. Als Winter Einsatzleiter der Sondereinheit Enzian war, hatte er sich manchmal über die desillusionierte Gemütlichkeit von Habermas geärgert. Habermas beklagte sich über die Zusammenlegung der Polizeikorps. Winter war das recht, denn das Essen nahm wegen der Verletzung seine ganze Konzentration in Anspruch. Aus praktischen Gründen hatte er Geschnetzeltes mit Rösti bestellt.

Erst beim Espresso kam Habermas auf den »Fall Berger« zu sprechen. Winter wiederholte seine Geschichte. Danach quetschte er seinen Kollegen etwas aus. »Du scheinst dir mit dem Sudanesen ziemlich sicher zu sein?«

Die Zeitungen lagen noch immer auf dem Tisch.

»Ja, das ist ein klarer Fall. Wir haben seine Fingerabdrücke in der Wohnung gefunden. Da er einen Asylantrag gestellt hat, war er schon im System. Er wurde vor ein paar Monaten vorläufig aufgenommen und hat für ein Reinigungsinstitut gearbeitet. Er ist untergetaucht.«

Winter musste innerlich über die Nachbarin von Frau Berger schmunzeln, die es schon immer gewusst hatte. Sicherheitshalber fragte er: »Und sonst hatte es keine Fingerabdrücke in der Wohnung?« Frau Berger empfing ja keinen Besuch.

»Nur ein weiteres Set, das wir noch nicht zugeordnet haben.«

»Was war das Motiv des Sudanesen?«

»Wir gehen davon aus, dass sie sich kannten. Wahrscheinlich hat sich der Sudanese eingeschmeichelt. Dann hat sie ihn beim Klauen erwischt, und er hat sie ruhiggestellt. Wir haben in der ganzen Wohnung kein Bargeld gefunden. Seine Fingerabdrücke sind aber an der Schublade des Esstisches. Darin waren Postbuch, Quittungen und Kassenzettel. Gemäß Frau Bergers Buchhaltung fehlen dreihundert Franken.«

Winter ärgerte sich, dass er das gestern nicht gesehen hatte. »Und der Schmuck?«

»Der war noch da. Im Schlafzimmer im Schrank versteckt. Aber der ist nicht viel wert und schwer zu verkaufen. Wusste gar nicht, dass deine Bank solche Kunden hat. Ich habe nicht den Eindruck, dass sie vermögend war.«

Ein Fragezeichen hing in der Luft.

»Ihr Mann war bei uns Kunde, und nach seinem Tod ist das Konto einfach weitergelaufen. Gelebt hat sie von ihrer Rente.« Das war die Wahrheit, wenn auch nicht die ganze. »Habt ihr eigentlich die Mordwaffe gefunden?«

»Nein. Muss ein stumpfer Gegenstand gewesen sein. Der Täter hat ihn mitgenommen. Wir haben die Umgebung abgesucht, bis jetzt aber nichts gefunden. Die Müllabfuhr in der Gegend ist gestoppt.«

»Und wie erklärst du die Nadel im Auge?«

»Doppelt genäht hält besser.« Habermas tätschelte seinen Bauch. »Vielleicht ist das so ein afrikanisches Ritual. Voodoo, weißt du. Da piksen sie doch auch. Um die bösen Geister auszutreiben.« Habermas machte große Augen und improvisierte mit dem Kaffeelöffel und seinem Espressotässchen ein Voodoo-Ritual. »Oder vielleicht war die Berger eine Hexe.« Als er sah, dass Winter nicht besonders amüsiert war, fügte er bestimmt hinzu: »Wir kriegen ihn, das ist nur eine Frage der Zeit.«

Winter war nicht überzeugt.

30. Dezember 14:10

Vor dem Jack's schaute Winter aufs Mobiltelefon. Eine Combox-Nachricht von Leonie. »Hallo, Winter. Hab den Artikel auch gesehen. Über Mittag konnte ich aber nicht viel über diesen Obado herausfinden. Die Migrationsbehörde blockt, aus verständlichen Gründen. Bei der Reinigungsfirma geht niemand ran, und im Telefonbuch hat es keinen Obado. Aber nicht verzweifeln, Leonie fragen.« Stolz und Schalk. Dann, nach einer Kunstpause: »Mein Walliser Kontakt beim Mobilfunkanbieter hat einen Obado in seiner Datenbank, inklusive einer Adresse in der Länggasse.« Leonie las die Adresse vor. »Der Name ist selten. Das kann kein Zufall sein, oder? Melde dich, wenn du mehr brauchst. Bon App und tschüss.« Klick.

Winter steckte sein Telefon ein. Das Länggassquartier war nur zehn Minuten zu Fuß. Ein kleiner Verdauungsspaziergang konnte nichts schaden.

Winter wanderte durch den Bahnhof. Dabei fielen ihm die schwarzen Gesichter auf. Am Ende der Unterführung stieg er in den gläsernen Fahrstuhl und fuhr zum Hauptgebäude der Universität hoch. Dahinter begann das Länggassquartier mit seinen großzügigen alten Häusern. Die von Leonie genannte Adresse führte in eine Seitenstraße mit einer dreistöckigen Bausünde aus den siebziger Jahren.

Verschneite Autos standen entlang der Einbahnstraße. Nur ein blauer Passat war frisch geparkt, darin ein junger Mann mit kurzen Haaren und einem dicken Buch. Die Polizei observierte offenbar die Wohnung des Sudanesen. Er war an der richtigen Adresse. Winter hatte Mitleid mit dem jungen Polizeiaspiranten, aber jeder hatte einmal klein angefangen. Wenigstens hatte er ein Buch.

Winter spazierte vorbei und studierte das Haus. Schiefe Rollladen. Die Betonfassade schwarz genässt. Gehörte wahrscheinlich einer renditeorientierten Pensionskasse. Das längliche Haus erstreckte sich über vier Eingänge. Er nahm den nächsten. Im

Eingangsbereich saßen zwei leicht bekleidete Thai-Girls und lächelten ihn lasziv an. »Hallo, Großer. Was möchtest du heute?« Eine Alte daneben rauchte gelangweilt eine Filterzigarette. Winter ignorierte sie und stieg die Treppe in den ersten Stock hoch. Die Alte hustete verächtlich hinter ihm her.

Oben angelangt, blieb er stehen. Ein langer Korridor. Türen und Linoleumboden erinnerten ihn an ein Gefängnis. Nur etwa die Hälfte der Neonröhren brannte. Durch einen Türspalt sah Winter eine Duschkabine. Im Waschraum dahinter war eine lautstarke Diskussion im Gang. Jemand schlug zur Untermalung seiner Argumente auf ein Metallbecken.

Langsam ging er den Korridor entlang. Musik drang aus den Zimmern. Hip-Hop. Rap. Unbekannte Gerüche da, Hasch dort. Hinter ihm knallte eine Tür, und jemand fluchte: »Verdammte Hure.« Winters Augen gewöhnten sich ans schlechte Licht. Neben den Türen hatte es Plastikklingeln. Winter versuchte im Vorbeigehen die Namen zu entziffern. Viele Osteuropäer. Tamilenschrift. Ein Meier.

Eine Tür öffnete sich, und eine fette Afrikanerin kam mit zwei kleinen Kindern heraus. Mit wallendem Rock und aufgeplusterter Steppjacke blockierte sie den Korridor.

Winter fragte: »Hallo, wissen Sie, wo Obado wohnt?«

»Obado?« Französischer Akzent.

»Oui, Obado. Il est Soudanais«, antwortete Winter.

»Ah, le Soudanais. Là-bas.« Sie zeigte auf eine der gegenüberliegenden Türen, hob das kleinere der beiden Kinder hoch und zwängte sich an Winter vorbei.

»Merci.«

Die Klingel war nicht angeschrieben. Winter lauschte. Er hörte nichts. Dann drückte er den Plastikknopf. Nichts. Die Klingel war kaputt. Er klopfte. Nichts. Er klopfte noch einmal. Wieder nichts. Winter drückte mit dem Ellbogen die Klinke, und die Tür schwang gegen innen. Für einen Moment war er wieder in Bethlehem, in Frau Bergers Korridor. Das Bild ihrer Leiche überlagerte sich mit der Leiche eines Schwarzen. Absurd.

Winter schüttelte die Gedanken ab.

Ein Blick konnte nichts schaden. Das Zimmer ging gegen

hinten. Der Polizeiaspirant würde ihn nicht sehen. Aber besser keine Fingerabdrücke hinterlassen. Winter trat ein. Niemand zu Hause.

Das Zimmer maß etwa vier mal drei Meter. Keine Möbel, nur ein klobiger Fernseher mit Antenne. Am Boden lagen zwei alte Matratzen mit zerwühlten Militärdecken. In der Mitte des Zimmers stand auf einer Kiste ein blauer Bunsenbrenner. Eine PET-Flasche. An den Wänden hingen an improvisierten Wäscheleinen Socken, Unterhosen, Hemden und an einem Bügel die Uniform eines Reinigungsinstitutes. Neben der Tür eine enge Toilette mit Miniaturwaschbecken und überstelltem Spülkasten.

»Hey! Was suchen Sie da?«

Winter fuhr herum. In der Tür stand ein schwarzer Mann. Er trug nur Turnhosen, Flipflops und über der Schulter ein Badetuch. Keine Narben auf den Wangen. Musste Obados Mitbewohner sein. Winter hob entschuldigend seine Hände. »Sorry. Ich suche Obado. Wissen Sie, wo er ist?«

»Sind Sie von der Fremdenpolizei?«, fragte der etwa Vierzigjährige mit französischem Akzent. Er warf einen schnellen Blick in den Korridor und trat ein, ohne die Tür zu schließen.

»Nein, ich bin ein Freund.« Winter schob den gebrochenen Arm vor. Die Polizei würde nicht alleine kommen und keinen Verletzten schicken. Wenigstens für etwas war das Gestell gut.

»Ich weiß nicht, wo Obado ist.« Der Mitbewohner hängte das feuchte Badetuch über die Wäscheleine und nahm ein Hemd von der Leine. »Sie dürfen hier nicht reinkommen.«

»Tut mir leid. Ich habe geklingelt und geklopft und dann gedacht, dass Obado vielleicht schläft.«

Der Mann schlüpfte in sein Hemd und knöpfte es zu.

»Wann kommt Obado wieder?«

»Ich weiß nicht. Was wollen Sie von ihm?«

Winter wusste das nicht so genau. Er antwortete mit einer Gegenfrage: »Kann ich ihm eine Nachricht hinterlassen?«

»Kein Problem. Das ist seine Seite.« Der Mann zeigte auf eine der Matratzen, auf der ein spanisches Klatschheftchen, ein ¡Hola!, lag. Winter klaubte einen Kugelschreiber hervor und nahm die Illustrierte mit der Bikini-Schwangeren und einen abgegriffenen

Berner Stadtplan mit eingekreisten Adressen von der Matratze. Es mussten die Orte sein, an denen Obado putzte. Der Flyer eines Zürcher Straßen- und TV-Pfarrers fiel zu Boden. Waren die Sudanesen eigentlich Christen oder Muslime?

In ungelenken Buchstaben schrieb Winter in die Seat-Reklame auf der ¡Hola!-Rückseite: »Mein Name ist Tom Winter, und ich kenne Frau Berger. Bitte rufen Sie mich an.« Plus seine Geschäftsnummer. War einen Versuch wert. Winter riss die Rückseite heraus. »Können Sie ihm das geben?«

»Okay.« Der Mitbewohner nahm die Nachricht, las diese und sagte: »Sie sind Tom Winter? Das ist ein komischer Name. Wie jetzt?« Er deutete mit der Nachricht zum Fenster.

»Ja, wie die Jahreszeit. Andere Leute heißen Sommer.«

Der Mann lachte. »Verrückte Welt.«

»Von wo kommen Sie?«

»Kamerun.«

»Lange Reise?«

»Oui.« Der Kameruner steckte die Seat-Werbung mit Winters Angaben in die Brusttasche von Obados Uniform. Er wollte offenbar nicht über seine Reise reden. Stattdessen zeigte er auf Winters Arm. »Unglück?«

»Ein Unfall. Ich bin in eine Lawine gekommen.« Winter war sich nicht sicher, ob er den Begriff der Lawine erklären musste.

Der Kameruner nickte. »Winter ist gefährlich.«

»Ja.« Er wollte auch nicht darüber reden.

»Gebrochen?«

»Leider.«

»Gute Spitäler hier. Wissen Sie, ich habe Medizin studiert, aber hier darf ich nur als Pfleger arbeiten.« Der Kameruner lächelte. *»Guérissez bientôt.«*

Winter erwiderte das Lächeln, nickte und trat auf den Korridor hinaus. Als er die Tür hinter sich zuzog, wurde er gepackt.

Nordsudan – nördlich von Kadugli

Tijo hörte zwischen dem dumpfen Schlag des Gewehrkolbens und dem Schrei, wie der Kieferknochen knackte. Die Reisenden standen aufgereiht neben dem Lastwagen, die Soldaten mit den Waffen im Anschlag um sie herum.

Sein Mitfahrer ging in die Knie. Er hatte sein Geld nicht schnell genug herausgerückt.

Der Offizier schob den Unteroffizier zur Seite und nahm dem Verletzten ein Bündel Dollarnoten ab.

Tijo schaute wieder in die Ferne.

Der Fahrer hatte den Wegzoll in Frage gestellt. Er wollte wissen, für welche Strecke dieser galt. Da musste er aussteigen. Nach einer hitzigen Diskussion mit dem kommandierenden Offizier wurden alle Passagiere herunterbefohlen. Als die Männer umständlich vom Lastwagen kletterten, hatte Tijo unbemerkt seinen Beutel gelöst und zurückgelassen. Zum Glück hatte er schon vorher die sudanesischen Pfund auf seine Hosentaschen verteilt.

Jetzt hielt er eines dieser Geldbündel vor seine Brust.

Der Mitfahrer mit dem gebrochenen Kiefer wimmerte.

Der Offizier mit den Kampfstiefeln stieg über ihn hinweg.

Als die blutunterlaufenen Augen Tijo fixierten, senkte er sofort seinen Blick. Er roch Alkohol und spürte, wie ein Wochengehalt aus seiner Hand verschwand.

Der Offizier schritt die Reihe ab und befahl den Kindersoldaten, eines der Benzinfässer abzuladen. Er klopfte dem eingeschüchterten Fahrer auf die Schulter und flüsterte diesem ins Ohr, dass er glücklich sein solle. Eigentlich hätte er die ganze Ladung beschlagnahmen müssen. Dann durften sie den Mann mit dem gebrochenen Kiefer aufladen und weiterfahren. Als sie den Checkpoint hinter sich ließen, rief einer der Soldaten: »Gute Fahrt!«

30. Dezember 14:42

Winters Kopf wurde gegen die Wand gepresst. Der Beton raute seine Haut auf. Eine andere Hand drehte ihm den verletzten Arm auf den Rücken. Ein schmerzender Blitz durchzuckte ihn, und er unterdrückte einen Schrei. Für einen Moment erwartete er einen Schlag ins Genick und spannte instinktiv seine Muskeln.

Stattdessen sprang vor seinen Augen ein Stellmesser auf. Eine lange, schmale Doppelklinge. Die Hand mit dem Messer war haarig. Und den langen Fingernägeln hätte eine Maniküre nicht geschadet. Es waren zwei Angreifer. Beide kräftig. Er hatte sie nicht kommen gehört. Hatten sie sein Gespräch mit dem Kameruner belauscht?

Jemand zischte in sein Ohr: »Wo ist Obado?«

Eine Männerstimme mit französischem Akzent. Die Wohnungstür fiel definitiv ins Schloss. Der Kameruner wollte nichts damit zu tun haben. Hatten die Herren hinter ihm den Kameruner schon gefragt? Vorhin war im Duschraum hitzig diskutiert worden.

Der Sudanese schien heute sehr populär zu sein.

»Keine Ahnung. Was willst du denn von Obado?«

Sein Kopf wurde stärker an die Wand gedrückt. »Wir stellen hier die Fragen.«

Winter schwieg. Ihm war das recht, denn eine Frage war oft schon die halbe Antwort.

»Was willst du hier?«

»Ich wollte Obado besuchen.«

»Und?« Mehr Druck.

»Er war nicht da.«

»Wer bist du?«

»Ein Freund.«

Eine Hand tastete ihn ab. Sie suchten etwas. Die Hand strich über die großen Taschen seiner Winterjacke, ohne in sie zu greifen. Sie suchten einen größeren Gegenstand. Winter hörte, wie sich die beiden Männer auf Französisch unterhielten.

»Er hat das Paket nicht bei sich.«

»Scheiße. Wo kann es nur sein?«

»Vielleicht hat er es schon verkauft.«

»Dann hat er vielleicht die Kohle.«

Die Hand glitt Richtung Hosentaschen. Jetzt hatte Winter genug. Die gebückte Haltung, das Messer, das Abtasten behagten ihm nicht.

Er ließ sich seitlich fallen. Seine Wange kratzte zuerst der Wand entlang, aber dann befreite sich sein Kopf, und der Griff um seinen Arm lockerte sich. Auf die Schwerkraft seines Körpers waren die Angreifer nicht gefasst gewesen. Noch während der Fallrotation fegte er dem Mann hinter sich die Beine weg. Dieser sackte in sich zusammen. Winter fiel auf seine gesunde Schulter, rollte ab und stand auf.

Zwei drahtige Figuren. Der Mann am Boden hielt stöhnend seinen Kopf, der andere das Stellmesser.

Die beiden Männer trugen dunkle Lederjacken, abgewetzte Jeans und Turnschuhe. Die Gesichter waren schlecht rasiert. Schmale Nasen, dunkle Augen und schwarze Haare. Südfrankreich, Nizza, vielleicht Algerier. Handlanger, aber nicht ungefährlich.

Der Korridor war eng. Einer nach dem anderen.

Das Messer kam auf Winter zu. »Schweinehund.«

Es wechselte von Hand zu Hand.

Klinge gegen oben. Die Knie angriffsbereit gebeugt.

Winter war unbewaffnet.

Er hatte keine Lust, wieder im Spital zu landen, und machte einige Schritte rückwärts. »Lass es bleiben. Das ist besser für dich.«

Hinter ihm im Korridor ging eine Tür auf. Wummernde Rap-Musik und Licht strömten heraus. Jemand beklagte sich lautstark über den Lärm und knallte die Tür wieder zu.

Der Mann mit dem Messer folgte ihm. Die Klinge reflektierte das bläuliche Neonlicht.

Winter hob beschwichtigend seine gesunde Hand. »Deine Entscheidung.« Freie Welt. Jeder durfte seine Meinung haben. »Aber ich will später keine Klagen hören. Ich habe dich gewarnt.« Winter ignorierte den Schmerz seines herunterhängenden Arms.

Der Angreifer schnaubte, zog die Lippen hoch. Er sollte nicht nur zur Maniküre, sondern auch zu einem anständigen Zahnarzt. Die Augen blitzten Winter wütend an. Winter fragte höflich: »Möchtest du gerne wissen, wo Obado ist?«

»Wenn wir den Schweinehund erwischen, ist er tot. Aber zuerst bist du dran.«

Eine kreisende Bewegung mit dem Messer.

Klinge gegen unten.

»Dafür musst du ihn zuerst finden. Solange du mit dem Ding da so in der Gegend herumfuchtelst, verplemperst du deine Zeit.« Winter grinste und machte mit seiner Linken eine wegwerfende Bewegung. Eine Provokation verleitete ihn vielleicht zu einem Fehler. Die beiden Lederjacken schienen eher kurze Lunten zu haben.

Das Messer war wieder in der rechten Hand. Klinge gegen oben.

Geduld. Winter wartete.

Das Messer kam mit einer gestreckten Geraden.

Nicht sehr originell.

Winter wich aus, umwickelte mit seiner linken Schulterhöhle den gestreckten Arm des Angreifers, blockierte ihn und trat ihm mit dem Knie zwischen die Beine.

Der Franzose schrie auf und knickte ein.

Winter hob seine Rechte für einen Handkantenschlag in den Hals. Gerade noch rechtzeitig erinnerte ihn der Schmerz an sein Robocop-Gestell. Er hielt inne. Er wollte das erst heute Morgen justierte Gestänge nicht verbiegen. Der Franzose schaute verwundert auf.

Da entschied sich Winter für einen Kopfstoß. Dazu drehte er den Franzosen zur Wand. Sein Kopf war zwischen Hammer und Amboss. Sekundenbruchteile später brach der Nasenrücken, und der Hinterkopf knallte gegen die Wand.

Winter ließ den bewusstlosen Angreifer sinken und bückte sich nach dem Messer. Schritte. Die zweite Lederjacke wollte ihn von hinten anspringen. Die hatten nicht nur eine kurze Lunte, sondern auch eine lange Leitung. Winters Karatekick in den Bauch stoppte die zweite Lederjacke auf halbem Weg.

Er richtete sich auf und ordnete seine Jacke über dem verletzten Arm. Keine Verluste. Nur die Haut seiner Backe war ein bisschen zerkratzt.

Er steckte das Messer ein und ging am Duschraum vorbei zum Treppenhaus zurück. Vielleicht hatte Habermas recht. Wenn der Sudanese in solcher Gesellschaft verkehrte, war ihm ein Mord durchaus zuzutrauen. Was hatten die beiden Franzosen gesucht? Drogen? Oder wollten sie Schulden eintreiben?

Winter ging die Treppe hinunter und verließ das graue Haus. Der blaue Passat mit dem Aspiranten war immer noch da. Nachdenklich ging er zurück ins Stadtzentrum. In der Bahnhofsunterführung klingelte das Telefon. Winter hörte Kaugeräusche. »Morgen, Winter, von Tobler hier.« Aspen war ein paar Stunden im Rückstand. »Ich habe vorhin mit Hodel telefoniert. Unschöne Geschichte mit dem Backofen. Das verdirbt einem grad das Frühstück. *Anyway.* Sprechen Sie mit den Kindern von Frau Berger und finden Sie heraus, wer das war mit dem Ofen.«

Leichter gesagt als getan, dachte Winter und sagte: »Mache ich.«

»Und, Winter, lassen Sie uns die Sache rasch erledigen.« Klick. Winter verließ den Bahnhof über die Treppe in die Altstadt und spazierte durch die Lauben. Der Ausverkauf war in vollem Gange, aber er brauchte nichts. Manchester, Nürnberg oder die Azoren. Auf den Azoren war er noch nie gewesen. Sonnenschein im Azorenhoch. In einem Reisebüro kaufte er ein Flugticket und in der gegenüberliegenden Buchhandlung einen Reiseführer.

1. Januar 05:32

Nach einem ruhigen Silvester zu Hause fuhr Winter im Halbschlaf mit dem Zug nach Genf. Obwohl er den letzten Tag des Jahres fast die ganze Zeit im Bett verbracht hatte, war er ausgelaugt und schlecht gelaunt. Am Flughafen musste er sich wegen seines Armes abtasten lassen. Im Flieger war es eng und im TAP-Magazin las er auch noch, dass das Azorenhoch nur im Sommer aktiv sei. Im Januar regnete es auf den Inseln mitten im Atlantik meistens.

Winters Stimmung hellte sich erst auf, nachdem er im Lissabonner Flughafen zwei Pastel de Nata gegessen hatte. Am frühen Nachmittag wechselte er auf der Azoreninsel Terceira von der großen TAP in eine kleine Turboprop-Maschine der SATA, die ihn weiter nach Pico flog, wo es bereits dunkelte und aus tief hängenden Wolken Bindfäden regnete.

Die nette Uniformierte am Mietwagenschalter hatte leider keinen Wagen mit automatischem Getriebe. Winter lernte, dass das portugiesische *»desculpe«* für »Entschuldigung« stand. Er hastete über den Parkplatz und zwängte sich in einen kleinen Hyundai. Heftiger Regen prasselte aufs Dach und strömte über die Frontscheibe. Die Lawine rauschte wieder heran. Winter atmete tief durch und verdrängte die Bilder.

Die Reisstäbchen-Scheibenwischer hatten Mühe mit dem Regen. Winter wischte mit der Hand über die angelaufene Frontscheibe und drehte die Ventilation voll auf. Vorgebeugt ruckelte er der frisch geteerten Straße entlang und hielt nach Ortsschildern Ausschau. Gottverlassene Gegend. Schwarzes Vulkangestein zu seiner Linken. Graues Meer mit schäumender Brandung zur Rechten. Ab und zu ein heruntergekommenes Haus. Keine Menschenseele.

Windböen drückten gegen den Wagen.

Auf dem Beifahrersitz lag eine Karte. Erstes Ziel war Madalena, der Hauptort, der sich als ein aus einigen Betonblöcken zusammengewürfeltes Dorf mit einem kleinen Hafen entpuppte. Einige Kilometer dahinter die Abzweigung zum Bed and Breakfast, das Helen mit ihrem Mann führte. Eine einspurige, ungeteerte Straße schlängelte in engen Kurven durch wogende Büsche.

Plötzlich fiel die Straße steil zum Meer hin ab.

Winter hielt an der mit verzahnten Betonelementen vor den Wellen geschützten Mole. Einige geduckte Häuser aus schwarzen, genässten Gesteinsquadern. Er stellte den Motor ab, stieg aus und roch das Meer. Der Wind peitschte die Brandung hoch. Es hatte aufgehört zu regnen, die Wolken rissen auf.

An die Mole grenzte ein verlassener Spielplatz mit ein paar Bänken, einer verrosteten Schaukel und einem verriegelten Holzkiosk. Daran eine schiefe Glacé-Tafel. Winter musste unwillkürlich an die Bäckerei der Bergers denken. Ihre Kinder waren damals noch klein gewesen, im Spielplatzalter.

Keine Boote, keine Autos, kein Mensch zu sehen; wie ausgestorben. Nirgends ein Licht. Über dem Torbogen einer hohen Steinmauer ein schräges B-&-B-Schild.

Er hatte die älteste Tochter von Frau Berger gefunden.

Eine massive Holztür. Keine Klingel, kein Türgriff.

Er klopfte. Nichts geschah.

Hatte er die Reise vergeblich gemacht? Er hatte mit sich debattiert und entschieden, sich nicht anzumelden. Er wollte das Überraschungsmoment auf seiner Seite behalten.

Winter drückte die unverschlossene Tür gegen innen auf. Automatische Flutlichter gingen an und beleuchteten ein zweistöckiges Haus mit einem gekiesten Innenhof. Alle Fensterläden geschlossen.

Winter blieb unter dem Torbogen stehen.

Geräusche im Kies. Ein weißer Pitbull, übersät mit Kampfnarben, preschte heran. Das hässliche Muskelpaket hatte die Krallen ausgefahren, das Gebiss entblößt.

Winter sprang zurück und riss die Tür zu. Der Pitbull rutschte im Kies zu einem Stopp. Hinter der Tür hörte er ein gutturales Knurren, ein Kratzen am Holztor, dann schlug der Köter an. Interessante Interpretation von Gastfreundschaft. Das Viech wäre bei einem Wettbewerb um den hässlichsten Hund sicher auf dem Podest gelandet.

Im Haus waren die Läden geschlossen gewesen, und es hatte drinnen kein Licht gebrannt. Er wartete, aber niemand kam. Der Köter bellte pausenlos weiter. Er war offenbar alleine zu Hause. Vielleicht hieß er Kevin. Seine Atemtechnik war jedenfalls beeindruckend.

Er schaute sich um. Kein anderer Eingang. Die Mauer des Nachbargrundstückes schloss nahtlos an, war ebenso hoch, aber mit frischem Mörtel zwischen den porösen Lavasteinen. Ein Geräusch. Die Silhouette eines Kopfes tauchte auf.

»Hallo?«

Ein älterer Mann schaute von oben auf ihn herab. Es stellte sich heraus, dass der alleinstehende Portugiese lange in Deutschland gearbeitet hatte und jetzt ebenfalls ein B-&-B betrieb. Die Nachbarn hatte er schon seit Tagen nicht mehr gesehen. Angeblich waren sie zum Bruder auf Faial gefahren.

Er bot Winter ein Zimmer an, und dieser verbrachte die Nacht in einem umgebauten Hühnerstall. Er schlief unruhig, wälzte sich hin und her. Jedes Mal, wenn er sich im Schlaf auf seinen Arm drehte, weckte ihn der Schmerz. Der Wind rüttelte an den Fensterläden.

***

Am anderen Morgen waren die Wolken verschwunden. Winter fuhr an ummauerten Rebstöcken vorbei zurück nach Madalena. Er parkte und setzte mit der Passagierfähre auf die Nachbarinsel Faial über. Der mächtige Vulkankegel des Picos schrumpfte hinter ihm. Im Hafen von Horta fand Winter mit schwammigen Beinen ein Taxi.

Der Schwager wohnte am anderen Ende der kleinen Stadt in einem bescheidenen Haus am Quai. Winter stieg die schmale Treppe hoch und klingelte. Eine mittelalterliche Frau mit zurückgebundenem Haar öffnete, beäugte ihn und schickte ihn dann auf Portugiesisch zu einer Bar um die Ecke. Aus Tonfall und Gestik schloss er, dass sie das missbilligte.

Vor der Bar standen vereinsamt einige Tischchen und Stühle aus Holz. Winter stieß die Tür auf. Die Bar war bis auf zwei

Männer in einer Ecke leer. Der Portugiese hinter dem Tresen wirkte neben der riesigen, auf Hochglanz polierten Kaffeemaschine noch schmächtiger. Sägemehl am Boden.

Winter bestellte einen Kaffee. Ohne Milch.

Die beiden Männer saßen über einer Sammlung kleiner Schnapsgläser. Das Ungetüm von Kaffeemaschine fauchte und gurgelte. Ein Tässchen wurde auf ein Silbertablett gestellt, ein Löffelchen hinzugefügt. Eine offene Zuckerdose und eine Metallbox mit Miniservietten folgten. Diese Bar war noch nicht prozessoptimiert worden.

»Obrigado.«

Winter klaubte mit seiner Linken zwei Euro hervor. Er nahm das Silbertablett und ging auf die beiden Männer zu. Die Schnapsgläser gruppierten sich um den vornübergebeugten Mann mit dem Rücken zur Fensterfront. Er hatte volles schwarzes Haar, trug eine abgewetzte Jacke, Jeans und Gummistiefel. Kräftige Hände.

Der andere Mann schaute auf.

Winter fragte lächelnd: »Herr Macedo?« Das war gemäß Leonie der Familienname von Frau Bergers Tochter Helen. Nun schauten ihn beide Männer an. Brüder. Beide nickten. Der Betrunkene etwas langsamer und runder. Winter sagte auf Englisch: »Mein Name ist Tom Winter. Ich arbeite für Bernadette Berger und suche ihre Tochter. Können Sie mir sagen, wo ich sie finde?«

Der Betrunkene schaute konfus und fragte mit schwerer Zunge: »Berger?« Der andere schüttelte langsam den Kopf und erklärte in gebrochenem Englisch: »Seine Frau ist verschwunden. Wir wissen nicht, wo Helen ist. Mein Bruder und ich suchen sie.« Er zeigte wechselweise auf sich und den Betrunkenen.

»Seit wann denn?«

»Tag vor Weihnachten.«

»Einfach verschwunden?«

»*Sim*. Helen hat eine Tour mit Touristen gemacht und ist nicht zurückgekommen.« Der Betrunkene mischte sich ein, und die Brüder begannen miteinander auf Portugiesisch zu diskutieren. Als die Stimmen lauter wurden, knallte der Betrunkene wütend die flache Hand auf den Tisch. Der Bruder versuchte, ihn zu beruhigen, doch der Betrunkene starrte Winter unverwandt an.

Winter sah die geplatzten Äderchen auf dessen Wangen. Hoher Blutdruck und wenig Blut im Alkohol. Er stellte den Kaffee ab und setzte sich an den Nachbarstisch. »Es tut mir leid. Aber ich verstehe nicht.«

»Touristen weg, Frau weg.« Der Betrunkene machte eine ausholende Bewegung und begann dann plötzlich zu weinen. Winter sah durch das Fenster das Meer. Sie waren auf einer Insel irgendwo im Atlantik. Frau Bergers Tochter hatte sich am Rand von Europa niedergelassen. Hatte sie etwas zu verbergen?

Winter fragte: »Haben Sie die Polizei benachrichtigt?«

»Sim«, sniffte der Betrunkene.

»Könnte sie einen Unfall gehabt haben?«

Der Bruder antwortete: »Wir wissen es nicht. Aber Helen ist nicht im Spital.«

»Und sie hat nicht gesagt, wohin sie wollte?«

Der Betrunkene: »Normale Tour: Capelinhos und die Caldera.«

»Und was sagen die Gäste?«

»Wir wissen nicht. Gäste weg.«

»Die Polizei hat die Gäste doch sicher kontaktiert?«

»Keine Namen, kein Kontakt.«

Winter streute Zucker in den Kaffee. Der Ausflug auf die Azoren wurde komplizierter. Hing das Verschwinden von Helen mit dem Mord an Frau Berger zusammen? Oder war es Zufall? Winter glaubte nicht an Zufälle.

»Haben Sie Kinder?«

»Nein.« Schroff. Kein Kommentar.

»Aber Sie führen zusammen das B & B auf Pico, oder?«

Der Betrunkene sagte: »Frau macht Essen, Bett und Internet, ich mache Tiere, Haus und Garten.« Der Köter.

Winter studierte die Arbeiterhände des Mannes. Wo hatte er Helen kennengelernt? War er als Gastarbeiter in die Schweiz gekommen? Was hatte Helen in ihm gesehen?

»Sie haben ein schönes Haus.«

»Sie haben es gesehen?« Stolz.

»Ja, ich war dort. Wo haben Sie Ihre Frau kennengelernt?«

»In Genf. Arbeit.« Er öffnete seine Hände und blickte verloren in die Vergangenheit. »Gute Frau.« Es folgte eine laute Bestellung in Richtung des Tresens.

Die beiden Brüder diskutierten wieder auf Portugiesisch. Winter leerte seinen Kaffee. Draußen vor dem Fenster schaukelten Schiffsmasten. Früher mussten viele Schiffe hier angelegt haben, auch die aus Südamerika mit den Kaffeebohnen.

Der Bruder fragte: »Warum sind Sie gekommen? Es ist ein langer Weg auf die Azoren.«

»Ich bin im Auftrag von Bernadette Berger hier.« Keine Reaktion. »Der Mutter.« Winter hielt inne. »Sie ist gestorben.«

»Mutter tot?«

»Ja.« Die Polizei hatte die Angehörigen offenbar nicht benachrichtigt. Oder noch nicht erreicht. Winter sah die Hoffnung in den Augen des Ehemannes. »Frau zu Mutter.«

»Frau Berger ist erst nach Weihnachten, am 29. Dezember, tot in ihrer Wohnung gefunden worden.« Die Tochter war vorher verschwunden. »Haben Sie das nicht gewusst?«

»Nein.«

»Hat Sie denn niemand angerufen?«

»Nein.«

Der Bruder ergänzte: »Er wohnt seit Weihnachten bei uns.«

Der Barmann kam, stellte wortlos ein weiteres Schnapsglas auf den Tisch und verschwand wieder. Der Betrunkene trank das Glas in einem Zug aus und stellte es mit einem Knall auf den Tisch.

»Wie haben sich Mutter und Tochter verstanden? Es dürfte nicht einfach gewesen sein. Sie hier und Frau Berger in der Schweiz.«

Die Brüder schauten sich an.

Der Betrunkene sagte: »Okay.«

»Haben Sie Frau Berger besucht?«

»Nein. Flugzeug ist teuer.«

»Ist sie in Ihr Haus gekommen? Hat sie hier Ferien gemacht?«

»Nein. Keine Zeit.«

Eine Ausrede. Der katholische Portugiese konnte nicht zugeben, dass die Familien wenig Kontakt miteinander hatten. »Sie haben sicher oft zusammen telefoniert?« Vielsagend fügte er an: »Frauen, Sie verstehen, oder?«

»Nein!« Der Betrunkene schlug die flache Hand wieder auf den Tisch und stand auf. Er schwankte einen Moment und ging zielgenau Richtung Toilette, deren Tür lautstark verriegelt wurde.

Der Bruder lehnte sich zu Winter herüber. »Frau und Mutter hatten Probleme.« Er stieß zur Illustration seine Fäuste zusammen. »Sie haben nicht miteinander gesprochen. Ich habe die Mutter nie gesehen.« Er zeigte auf sein Ohr und dann nach oben. »Bei Gott, Frau Berger war eine böse Frau.« Er bekreuzigte sich.

»Warum?«

»Sie kam nicht einmal zur Hochzeit ihrer Tochter.« Verächtlich spie er aus. Die Spülung rauschte, und der Betrunkene knallte die Toilettentür an die Wand. Auf dem Weg bestellte er einen weiteren Schnaps.

Winter stand auf.

Der Betrunkene sah erst jetzt den Arm und fragte: »Sie verletzt?«

»Ja, ich hatte einen Unfall.«

»Auto?«

»Nein, Skifahren.« Winter zog seine Brieftasche hervor und entnahm ihr mühsam zwei Visitenkarten. »Bitte rufen Sie mich an, wenn Sie sie finden.«

Schwerfällig setzte sich der Betrunkene wieder und studierte mit zusammengekniffenen Augen Winters Karte.

»Sie arbeiten für eine Bank?«

»Ja. Frau Berger hat bei uns ein Konto.«

»Warum sind Sie hier?«

»Frau Berger hat ein Testament hinterlassen …«

»Testamento?«

»Ja, aber ich weiß nicht, was drinsteht.« Winter hob seine Hände. »Zuerst müssen wir die Kinder finden.« Die Brüder redeten wieder aufeinander ein. »Rufen Sie mich an.« Winter nickte ihnen zu und verließ die Bar.

Die Sonne blendete. Er überquerte die Straße und wanderte auf der Promenade zurück. Auf der Nachbarinsel der fast perfekt kegelförmige Vulkan Pico. Wahrscheinlich hatten sich die Inselbewohner schon lange daran gewöhnt, auf Vulkanen zu leben. Man konnte sich an vieles gewöhnen, aber nicht an Mord.

Was war zwischen Mutter und Tochter vorgefallen? Hatte die alte Berger ihre Tochter beschuldigt, ihren Ehemann umgebracht zu haben? Oder waren die Anschuldigungen im Testament nur die kranke Einbildung einer vereinsamten Frau? Vorhin hatte sich der Portugiese bekreuzigt, als er von Frau Berger gesprochen hatte.

Winters Blick schweifte über das Meer.

Die Yachten im Hafen waren alle winterfest vertäut, die Segel eingerollt, mit Blachen zugedeckt. Alles festgezurrt. Viele davon waren über den halben Atlantik hierhergekommen. Winter war froh, festen Boden unter den Füßen zu haben. Lieber auf einem Vulkan als auf dem Meer. Frau Berger war einsam gewesen, verloren wie ein kleines Boot im Atlantik, obwohl sie in einer Siedlung mit Hunderten von Menschen gewohnt hatte. Hatte sie das so gewollt, oder war es die Folge der toten Ehemänner?

Er ließ seinen Gedanken Raum, aber das führte ihn nur zurück zum Hafen. Es war erst elf Uhr. Auf der anderen Straßenseite sah Winter die Capitania do Porto da Horta. Hafenpolizei? Vielleicht hatte die Polizei schon etwas herausgefunden.

Er stieg die Stufen zum stattlichen Gebäude hoch und zwei Minuten später wieder hinunter. Für vermisste Personen war die Guarda Nacional Republicana zuständig, ihre Station war nur ein paar Meter weiter. Der pflichtbewusste Unteroffizier, der Winter in der Rua Nova empfing, brauchte mehr als eine Stunde, bis er bereit war, ihn durch die schwere Eichentür ins innere Sanktum vorzulassen. Er klopfte, trat ein, salutierte stramm und kündigte Winter an.

2. Januar 12:34

Hinter einem massiven Schreibtisch erhob sich eine uniformierte Frau und musterte ihn neugierig. Schwarz glänzendes Haar und mandelförmige Augen. Hinter ihr zwei Flaggen, eine portugiesische und eine grüne mit Helm, Schwert und Drachen. Wahrscheinlich den Insignien der Guarda Nacional.

»*Bom dia.*« Die Chefin des Posto Territorial da Horta winkte ihn herein. Winter kam nicht umhin, unter dem hellblauen Uniformhemd ihre Brüste zu bemerken. Sie lächelte ihn mit makellosen Zähnen an. Dabei bildeten sich über den hohen Wangenknochen feine Lachfältchen. »Capitão Maira Teixeira.«

»Tom Winter. Danke, dass Sie mich empfangen.«

»Jemand muss die Stellung halten.«

Die zierliche Hand wies ihn an, Platz zu nehmen.

Winter knirschte in den zugewiesenen Ledersessel, legte den verletzten Arm auf die Lehne und schlug die Beine übereinander. Vor ihm lag eine steife olivgrüne Schirmmütze. Daneben standen ein überquellender Aschenbecher, eine marmorne Schreibgarnitur inklusive archaischem Tintentrockner und ein flacher Bildschirm. Er versuchte die Inschrift der Flagge zu deuten. Es war immer gut, die obersten Gebote zu begreifen.

Capitão Maira Teixeira hatte Winters Blick bemerkt und erklärte, ohne sich umzudrehen: »Unser Auftrag. Pela Lei e Pela Grei, für Volk und Gesetz.« Ihr fließendes Englisch war mit einem weichen portugiesischen Akzent unterlegt und kam aus einer Kehle, die durch Zigarettenrauch aufgeraut war. Sie legte ihre Hände übereinander. »Wie kann ich Ihnen helfen, Herr Winter?«

Diese Frage wurde von Verkäuferinnen und Pfarrern ebenso gestellt wie von Prostituierten und Ärzten. Es gab darauf viele Antworten. Winter stellte die Frage selbst immer dann, wenn er dem Gegenüber die Wahl des Themas lassen wollte.

Er schaute sich im hohen Raum um. Holzboden. Weiß verputzte, unebene Wände. Große Sichtbalken an der Decke, drei vergitterte Fenster. Ein riesiger verzierter Holzschrank aus dem

Mittelalter und ein niedriges Metallgestell mit Aktenordnern, darauf eine Kaffeemaschine und eine Karaffe mit Wasser. An der Wand Fotos mit lokalen Größen in Anzügen, Teixeira vor der Autoflotte der Guarda Nacional und eine aufgereihte Abschlussklasse.

»Ich weiß nicht.«

»Was suchen Sie?«

Noch eine dieser Fragen. »Die Wahrheit.«

»Gibt es die?«

»Ich hoffe.« Und bestimmter sagte er: »Für mich schon.«

Zwischen Teixeiras Augen bildete sich ein Grübchen.

»Ich habe gesehen, dass Sie Polizist waren.«

»Ja, in einem früheren Leben.«

Sie schaute ihn fragend an.

Winter schwieg.

»Und jetzt arbeiten Sie für eine Bank?«

Neutraler Tonfall. Die Skandale der Banken waren ihr offenbar egal. Oder sie war eine gute Diplomatin. Laut erklärte Winter: »Ja, eine Kundin von uns wurde ermordet, die Mutter von Helen Macedo.« Wahrscheinlich wusste sie das alles schon. »Wir können das Testament erst öffnen, wenn wir die Kinder gefunden haben.«

Teixeira hob ein Päckchen Ventil-Zigaretten. Winter lehnte ab, und sie zündete sich eine an. Nachdenklich blies sie den Rauch zur Seite. »Dann suchen wir also beide Frau Macedo.«

Keine Frage, sondern eine Feststellung. »Ja.«

»Mein Chef, der Major in Ponta Delgada, meint, das sei eine normale Vermisstenmeldung. Er geht davon aus, dass sie früher oder später wieder auftaucht.«

»Und was glauben Sie?«

»Ich glaube nichts, ich befolge Befehle.« Gekräuselte Nase, Schalk in den Augen und mehr Krähenfüßchen.

»Das tun wir doch alle.« Winter dachte an von Tobler und fragte: »Haben Sie die Passagierlisten der Flüge schon geprüft?«

»Ja, haben wir. Aber sie hätte auch ein Schiff nehmen können. Vielleicht hatte sie einfach genug von ihrem Mann und ist bei einer Freundin untergeschlüpft.«

Winter sah, dass Frau Teixeira keinen Ehering trug.

»Eine andere Frage, Herr Winter: Hatte Frau Macedo bei Ihrer Bank ein Konto?«

»Das kann ich Ihnen nicht sagen. Bankkundengeheimnis.«

»Ich weiß. Ich repräsentiere hier zwar auch die Unidade de Acção Fiscal, die Finanzpolizei, aber es geht mir nicht um Geldwäscherei oder so. Ich frage mich nur, ob sie in letzter Zeit Geld abgehoben hat.«

»Sie meinen, falls sie verschwinden wollte?«

»Ja, dafür brauchte sie Geld.«

Winter dachte an die alte Berger mit ihren Gobelin-Stickereien in der beklemmenden Wohnung in Bethlehem und nickte. »Ich weiß es wirklich nicht.«

»Danke.«

»Was ist mit den Touristen, die sie herumgeführt hat?«

»Schwierig. Ihr Mann wusste weder Namen noch Hotel. Sie haben nur mit Frau Macedo telefoniert und die Tour kurzfristig gebucht. Sie ist eine der registrierten Tour-Guides und wird wegen ihrer Sprachkenntnisse offenbar gerne gebucht.«

»Könnten die Touristen und Frau Macedo nicht zusammen verschwunden sein? Vielleicht sind sie mit dem Auto über eine Klippe gefahren oder in einen Vulkan gestürzt.«

»Daran habe ich auch schon gedacht. In den letzten Tagen hat es sehr viel geregnet. Es hat einige Hangrutsche gegeben.« Sie drückte die Zigarette aus. »Haben Sie Lust auf einen kleinen Ausflug? Ich wollte schon länger die Tour von Frau Macedo nachvollziehen.«

»Gerne.«

Sie stand auf. »Sie haben Glück, Herr Winter. Heute ist der erste Tag mit schönem Wetter.«

»Glück kann ich immer gebrauchen.«

Sie nahm die Uniformjacke von der Stuhllehne, steckte die Zigaretten ein und setzte ihre Schirmmütze auf. »Das können wir alle, nicht wahr?«

Vor dem Stützpunkt kletterten Winter und Teixeira in einen bulligen Geländewagen der Guarda Nacional, der im Halteverbot stand und über riesige Bodenfreiheit verfügte. »Netter Untersatz.«

»Ja, wir haben auf der Insel einige notorische Cannabispflanzer. Die suchen sich gerne abgelegene Felder aus.«

Sie steckte sich eine weitere Zigarette an, nahm ihr Mobiltelefon vom Gürtel, steckte es in die Freisprechanalage und legte den ersten Gang ein. Während sie den Geländewagen durch die engen Gassen aus der Stadt zirkelte, telefonierte sie mit einem kleinen Jungen und einem Mädchen. Winter verstand nur *»comer«* und *»tempo«*. Sie unterbrach die Verbindung. »Entschuldigen Sie. Meine Kinder. Eigentlich sollte ich schon längst zu Hause sein.«

»Tut mir leid.«

»Man kann nicht alles haben. Und ich bin der Chef.« Die zierliche, aber resolute Frau warf Winter einen Blick zu.

»Haben Sie versucht, das Mobiltelefon zu orten?«

»Ja, aber es ist ausgeschaltet oder hat keine Batterie mehr.«

Auf der Überlandstraße beschleunigte Teixeira. Wiesen mit mageren Rindern. »Jeder, der hier eine Kuh hat, bekommt Subventionen.«

Winter sagte lachend: »Bei uns auch.«

Nach einer Viertelstunde und einem »Vulcão dos Capelinhos«-Schild bogen sie in eine Nebenstraße mit eingefallenen Häusern. Die Wiesen wichen einer kargen Öde. Sie hielten auf einem Parkplatz.

»Vor 1957 war das hier der westlichste Punkt. Dann ist dort«, Teixeira zeigte auf eine grauschwarze Mondlandschaft, »der Vulkan ausgebrochen. Er hat über ein Jahr lang gewütet.«

Winter schloss die Autotür. »Der Vulkan war unter Wasser?«

Teixeira kam ums Auto herum und stellte sich mit verschränkten Armen neben ihn. »Ja. Zuerst gab es nur eine Dampfwolke. Die vielen Erdbeben haben die Häuser zerstört. Vulkanasche überall. Alle hatten Angst, dass auch noch andere Vulkane ausbrechen würden. Viele sind weggezogen.« Wie Helen.

»Der Leuchtturm dort. Die ersten drei Stockwerke wurden verschüttet. Das hier«, sie machte eine großzügige Armbewegung, »ist alles neu. Verrückt. Nicht wahr?«

»Ihr Territorium wurde größer.«

»So kann man es auch sehen.«

Sie schauten schweigend aufs Meer und die unwirkliche Landschaft. Die Wellen nagten unermüdlich am porösen Vulkangestein. In ein paar tausend Jahren würde das Wasser den Vulkan wieder weggefressen haben. Hoch oben zogen graue Wolken über den Atlantik. Teixeira wischte eine Haarsträhne aus dem Gesicht, und Winter fragte: »Sind Sie von hier?«

»Nein, ich komme aus Lissabon.« Sie schaute zu Winter auf. »Ich habe eine lange Geschichte.« Sie legte den Kopf schief und überlegte sich wohl, was sie offenbaren wollte. »Mein Großvater kam aus Brasilien, um sein Glück in Portugal zu versuchen.«

»Und? Hat er es gefunden?«

»Ich weiß nicht. Ich habe ihn nie kennengelernt. Kommen Sie.« Sie zog die Schirmmütze ins Gesicht und stapfte davon.

Winter folgte. »Sind Sie sicher, dass Frau Macedo hierherkam?«

»Alle kommen hierher.«

»Von Kodak gesponsert.«

»Die sind bankrott.« Sie machte eine wegwerfende Handbewegung und kraxelte über eine Mauer. Kampfstiefel. Durch Trümmerfelder stiegen sie den Vulkan hoch. Die Lavasteine hier waren leicht, die kargen Geröllhalden schwarz, andere rostrot. Ab und zu zwängten sich zwischen den Steinen trotzige Grasbüschel hervor. Trostlos und faszinierend zugleich.

Teixeira ging in die Hocke und streckte die Hände aus. »Hier.« Aus einer breiten Spalte strömten warme Gase aus dem Innern der Erde. Beißender Schwefelgeruch.

Ideal, um eine Leiche zu entsorgen.

Sie marschierten durch einen Canyon, an dessen Ende eine Geröllhalde hundert Meter ins Meer abfiel. Das Ende der Welt. Vorsichtig tasteten sie sich heran. Loses Gestein unter den Füßen. Der Pfad hörte einfach auf.

Dunkelblaues Meer. Wellen, Wirbel und weißer Schaum.

Darüber ein unendlicher blauer Himmel.

Wer hier abstürzte, wurde nie mehr gefunden.

»Jedes Jahr rutschen da ein paar Meter weg.« Teixeira beugte sich vor und lugte in die Tiefe.

»Vorsichtig!« Winter hielt sie am Ellbogen zurück.

Einige Steine der Kante bröckelten ab und taumelten in die Tiefe. Sie trat zurück und zeigte mit ernstem Gesicht in die Tiefe. »Hier hatten wir einmal einen Selbstmord. Er wollte sich ins Meer stürzen, ist aber dort unten aufgeschlagen. Wir mussten einen Kletterspezialisten abseilen.«

»Wenigstens ist es schnell gegangen.«

»Nein, eben nicht. Der Arzt meinte, er habe dort unten noch ein paar Stunden gelebt.«

Sie schwiegen.

»Frau Macedo hat keinen Abschiedsbrief hinterlassen?«

»Nein. Aber das besagt nichts. Vielleicht haben wir ihn noch nicht gefunden. Vielleicht hat sie keinen geschrieben. Weihnachten ist nicht nur die Geburt Jesu, sondern auch die Zeit der Suizide.«

Der Geröllhalde vorgelagert, ragten schwarze Lavasäulen aus dem Meer. So hoch wie mehrstöckige Häuser. Erstarrte, harte Lava von Nebenvulkanen, deren weichere Mäntel vom Meer bereits wieder abgetragen worden waren.

Auf beiden Seiten senkrechte rotschwarze Klippen aus schrägen Sedimentschichten. Unzugänglich. Abweisend. Schroff. Erst vor gut fünfzig Jahren entstanden und schon wieder im Zerfall begriffen.

Winter glaubte nicht an die Hölle, aber diese Klippen kamen einem Abbild davon ziemlich nah. Eine Möwe glitt heran, schwebte einen Moment still im Aufwind und glotzte sie mit glasigen Augen an, bevor sie sich in die Tiefe stürzte. Schwere Schritte näherten sich.

Tschad – Oasenstadt Faya

Zum Glück hatte er vor ein paar Tagen in Abéché einen Kaftan gekauft. Die Luftschicht zwischen Haut und Stoff hielt die trockene Hitze auf Distanz. Es war schon am Morgen erdrückend heiß, auch im Schatten. Tijo hockte an der Mauer im Sand und biss in einen Granatapfel. Der Saft wässerte seinen ausgetrockneten Mund. Er spie die Kerne aus und nahm einen Schluck lauwarmen Wassers aus seiner PET-Flasche.

Er beobachtete, wie der Mann im Kampfanzug mit dem weißen Kopftuch sich durch den Markt von Faya bewegte. Manchmal sprach er mit einem Händler, bückte sich und begutachtete die Auslagen. Datteln, Eier, Granatäpfel und andere Früchte, die aus den hiesigen Palmengärten kamen und deren Namen Tijo nicht kannte. Er hatte den Mann mit der Pistole schon an seinem ersten Tag in der Saharaoase gesehen. Die Händler schienen ihm mit Respekt zu begegnen.

Tijo wusste nicht weiter. Am Anfang war er recht schnell vorangekommen. In einem der UNHCR-Lager in Darfur voller Soldaten aus Bangladesch hatte er einen anderen Lastwagen erwischt, der ihn über die Grenze in den Tschad brachte. Kurz darauf hatte er dank seiner US-Dollars in Abéché einen Platz auf einem ausrangierten Toyota Pick-up der französischen Armee ergattert, der ihn zusammen mit einem Dutzend anderer Passagiere über Sandpisten nach Norden fuhr.

Nun war er seit Tagen in Faya gestrandet. Niemand wollte ihn durch die Sahara ins unstabile Libyen mit seinen verfeindeten Milizen mitnehmen.

Die Tage verbrachte Tijo am Rande des Marktes, die Nächte in einem offenen Pavillon neben dem staubigen Platz der Unabhängigkeit. Der steinige Pavillonboden war erhöht und für Tanzveranstaltungen errichtet worden.

Als er am ersten Abend seine Plastiksäcke abstellte, hatten ihn etwa zwanzig Männer misstrauisch beäugt. Einige der Männer saßen in kleinen Gruppen herum und flüsterten bis weit in die kalte Nacht hinein. Alle hier waren unterwegs und hatten kein Geld. Tijo bildete sich ein, dass die Schicksalsgemeinschaft einen gewissen Schutz bot. Es war fast wie ein Stamm zu Hause in den Bergen. Trotzdem schlief er mit dem Rücken zur Mauer und dem Messer in der Hand.

Tijo hörte, wie eine schwere Transportmaschine niedrig über die Stadt flog. Der Himmel war verhangen mit Stromkabeln. Als er deren Verlauf studierte, blieb ein Esel mit klapprigen Beinen vor ihm stehen, bepackt mit Körben und einem Dutzend grüner Plastikspritzkannen obenauf. Ein halbwüchsiger Junge versuchte das Tier anzutreiben, zuerst sanft, dann mit heftigen Schlägen. Erst nachdem der Esel ein paar stinkende Äpfel fallen gelassen hatte, bewegte er sich wieder.

Tijo erhob sich und stand dem Mann im hellen Kampfanzug gegenüber. Die Kufiya verdeckte dessen Gesicht. Unter buschigen Augenbrauen sah Tijo stählerne Augen. Der Mann schlug das Tuch zurück. Dunkle, von den Wüstenstürmen gegerbte Haut. Tijo verstand, warum ihm die Händler mit Ehrfurcht begegneten. Ein dünnes Lächeln, dann auf Arabisch: »Gegrüßt sei Allah. Von wo kommst du?«

»Aus dem Sudan.«

»Du bist schon lange hier?«

Tijo nickte.

»Und wohin geht deine Reise, Bruder?«

Tijo war vorsichtig. »Wohin der Weg Allahs mich führt.«

Der Mann schaute ihn prüfend an. »Du bist ein Kämpfer?«

In seiner Jugend war er ein stolzer Stock- und Ringkämpfer gewesen, bis er als junger Mann in die Armee gezwungen worden war. Sie hatten Essen, Kleider und Gummistiefel versprochen. Er wusste, wie man einen Karabiner lud und abfeuerte.

Er wusste, wie man tötete. Zögerte.

»Ich habe es gewusst. – Wie wär's mit einem Tee? Vielleicht habe ich ein Angebot für dich.«

Die Luft flimmerte.

2. Januar 15:12

Winter drehte sich um. Ein mittelalterliches Paar in bunten Windjacken und mit Rucksäcken. Der Mann streckte ihm eine Kamera entgegen und fragte, ob er ein Foto von ihm und seiner Frau machen könne. Mit dem Abgrund im Hintergrund.

»Selbstverständlich.«

Danach gingen sie durch die Mondlandschaft zurück.

Teixeira zog zwei Snickers-Riegel hervor. »Sie auch?«

»Gerne.«

Kauend kraxelten sie zurück zum Geländewagen. Teixeira hievte sich hinein und fuhr los. »Nächster Halt: die Caldera.«

Sie verließen die Ödnis und fuhren durch fette Vegetation in die Höhe. Nach unzähligen spitzen Haarnadelkurven und fast tausend Höhenmetern mündete die Straße in einen schmalen, leeren Parkplatz. Kein Mensch zu sehen. Durch einen tropfenden, in den Kraterrand gehauenen Tunnel traten sie auf eine Aussichtsplattform.

Vor ihnen breitete sich der kreisrunde Krater des Vulkans aus. Er hatte etwa zwei Kilometer Durchmesser, und seine grün bewachsenen Hänge fielen mehrere hundert Meter steil in die Tiefe. Auf dem Kratergrund konnte Winter zwischen Nebelschwaden zwei bräunliche Seen ausmachen. Graue Wolken warfen schnell ziehende Schatten.

»Das Wetter kann sich hier sehr schnell ändern.«

Es hätte Winter nicht überrascht, wenn da unten langhalsige Dinosaurier aufgetaucht wären. Die in vielen Grüntönen schimmernde Szenerie erinnerte ihn an einen Film, den er als Kind gesehen hatte. Wissenschaftler entdeckten darin einen sechsten Kontinent mit allerlei schlecht animiertem fleischfressendem Getier.

»Die meisten kommen nur bis hierher und fahren dann wieder zurück. Nur wenige wandern auf dem Grat rund um den Krater. Der Weg ist an sich gut, aber bei Regen nicht ganz ungefährlich.«

Mit den Augen folgte Winter dem schmalen Grat rund um den Krater. An den Flanken hatten Regen und Schwerkraft feine Couloirs in die steile Landschaft gefressen. An einigen Stellen war der Hang abgerutscht und hatte frische braune Narben hinterlassen.

»Ich habe die Tour letzten Sommer mit meinen Kindern gemacht und war froh, als wir wieder heil zurück waren.«

»Wie alt sind sie?«

»Zehn und zwölf. Sie sind alleine zu Hause.« Teixeira hob ihren Feldstecher und suchte das Gelände ab. Winter musterte sie von der Seite. Sie war klein und gut gebaut, die Uniform brachte ihre Rundungen zur Geltung. »Und Sie glauben, Frau Macedo hat ihre Kunden auf die Tour rund um den Vulkan mitgenommen?«

Sie setzte den Feldstecher ab. »Das sagt jedenfalls ihr Mann.«

»Wie war das Wetter am Tag, als Frau Macedo verschwand?«

»Ähnlich wie heute. Wechselhaft.« Sie hob den Feldstecher wieder. Winter war sich nicht sicher, ob das zu etwas führen würde. Der Krater war riesig, sein Kessel etwa vierhundert Meter tief. Dickes, mannshohes Gebüsch überall. Teixeira versteifte sich und justierte den Feldstecher. »Sehen Sie auf drei Uhr diesen Erdrutsch?«

Winter sah einen Erdrutsch, dessen Ausläufer bis in einen der Seen reichte. »Ja. Sieht ziemlich frisch aus.«

»Etwas unterhalb des Grates.«

Winter kniff die Augen zusammen. »Ich sehe nur Gestrüpp.«

Sie reichte ihm den Feldstecher. »Sehen Sie selbst.«

Mit der Linken hob Winter das Fernglas. Er roch das daran haftende Parfum. Mit dem Fadenkreuz folgte er dem Grat bis zum Erdrutsch, wo ein schmaler Fußweg in eine Abbruchstelle mündete. Der Erdrutsch hatte auf einer Länge von etwa dreißig Metern alles in die Tiefe gerissen. Aber er sah nichts Besonderes. »Ich sehe nichts.«

»Etwa achtzig Meter von oben. Auf der linken Seite bei diesem kleinen Vorsprung.«

Winter suchte den Hang erneut ab und entdeckte in einem der zerdrückten, verdreckten Gebüsche auf einem kleinen Vorsprung einen Fetzen. »Ja, ich sehe etwas. Etwas Rotes. Ein Plastiksack? Oder eine Jacke.« Er schraubte an der Optik, doch das Bild verschwamm.

Teixeira fluchte. »Verdammte Schweinescheiße.«
Winter setzte den Feldstecher ab. Das Fluchen stand ihr.
Sie kniff sich in den Nasenrücken. »Bevor ich die Spezialisten anrufe, schaue ich mir das genauer an.«
Teixeira machte kehrt, stapfte durch den Tunnel im Kraterrand und flankte über einen Zaun. Nach einer Kuhweide wurden sie von mannshohen Hortensiensträuchern eingemauert. Der schmale Pfad war glitschig, nasse Blätter verfaulter Stauden klatschten ihnen ins Gesicht. Teixeira schien das alles nicht zu beirren. Ab und zu hob Winter den Kopf und warf einen Blick auf ihren Hintern.
Es begann wie aus Kübeln zu regnen. Innert kürzester Zeit waren sie durchnässt. Plötzlich blieb Teixeira stehen. Winter stieß mit ihr zusammen und rutschte aus. Sie hielt ihn am Arm fest. »Sorry, ich muss das klären. Es dauert nicht lange.«
Ein Wasservorhang triefte vom Schild ihrer Mütze. Ihre Augen blitzten Winter entschlossen an.
Winter fuhr sich durchs nasse Haar. »Bin wasserdicht.«
Sie blinzelte. »Ich nicht.«
Ein paar Minuten später lichtete sich das Hortensiendickicht. Dichter Nebel umhüllte den Vulkankrater. Sie standen an der Abrisskante. Winter starrte in die Tiefe. Eine dreckige Rutschbahn ohne jeglichen Halt. Kleine Wasserfälle strömten unaufhörlich und zogen ihn beinahe hypnotisch nach unten. Er trat unwillkürlich einen Schritt zurück. Fester Halt. Seine Füße schwammen in den durchnässten Schuhen.
Teixeira sagte: »Feldstecher.«
Winter reichte ihn ihr.
Sie kauerte an der Abbruchkante nieder, strich sich das Wasser aus den Augen und begann, das Gebüsch entlang der Dreckzunge unter ihr abzusuchen. Sie beugte sich vor, um das Sichtfeld zu erweitern. »Es ist eine Jacke.«
Teixeira ließ den Feldstecher auf ihrem Oberschenkel ruhen und drehte sich zu Winter um. Dieser sah, wie der Boden unter ihr nachgab. Sie schrie auf. Wie in Zeitlupe sackte sie ab. Ihre Arme ruderten, fanden jedoch keinen Halt. Winter hechtete vorwärts und konnte mit der linken Hand gerade noch den Kragen ihrer Jacke packen. Er krachte mit vollem Gewicht platt

zu Boden und begrub den einbandagierten Arm unter sich. Er unterdrückte einen Schrei.

Der Feldstecher taumelte in die Tiefe.

Teixeira hing schief in ihrer Jacke. Mit den Händen hatte sie sich in die Dreckkante gekrallt, mit den Stiefeln suchte sie verzweifelt Tritt. Winters Knöchel färbten sich vor Anstrengung weiß. Hoffentlich riss die Uniformjacke der Guarda Nacional nicht.

Der Regen prasselte auf seinen Rücken.

»Langsam. Nicht bewegen! Ich hab dich.« Je mehr sie strampelte, desto schwieriger war es, sie festzuhalten. Vorsichtig kroch er zurück und zog sie langsam hoch. Ein Arm erschien, dann ihr Kopf. Der Pferdeschwanz hatte sich aufgelöst, und nasses schwarzes Haar wucherte übers Gesicht.

Große Augen schauten ihn an.

Winter kroch weiter zurück.

Teixeira zog ihr Knie über die Kante und kletterte ganz aus der Gefahrenzone. Keuchend saßen sie Schulter an Schulter in den Hortensien. Sie wischte den Dreck von Jacke und Hose. »Erst gestern gewaschen.« Sie rümpfte die Nase, lachte erleichtert und strich sich das Haar aus dem dreckverschmierten Gesicht. Sie beugte sich vor und küsste Winter auf die Wange. »Danke! Das war knapp.«

Winter war sprachlos und hörte Teixeira sagen: »Ich bin sicher, dort unten ist eine rote Jacke. Sie kann noch nicht lange dort sein. Sie ist noch ziemlich sauber.«

Winter betastete sein Metallgestänge. »Weißt du, welche Kleider sie trug?«

»Eine rote Outdoorjacke.«

»Verflixt.« Eine Erschlagene mit zwei toten Ehemännern und einer verschwundenen Tochter. Teixeira stieß den nachdenklichen Winter mit dem Ellbogen an. »Komm.«

Sie standen auf und marschierten zurück. Als sie in den Geländewagen stiegen, realisierte Teixeira, dass sie nicht nur das Fernglas, sondern auch ihre Schirmmütze verloren hatte.

»Könnte schlimmer sein«, sagte Winter.

Verärgert drehte sie die Heizung voll auf und fragte nach der dritten Spitzkehre: »Wo wohnst du?«

»Nirgends. Mein Auto ist im Hafen von Madalena.«
»Bei diesem Wetter fährt die Fähre nicht.«
»Dann nehme ich ein Hotelzimmer.«
Nach einem Seitenblick sagte sie: »Wenn du willst, kannst du mein Gästezimmer haben.«
»Ja, gerne.«
Auf der Fahrt rief Teixeira die Bergungskräfte an. Wegen des Regens und der aufziehenden Dunkelheit konnten diese jedoch erst am nächsten Morgen ausrücken. »Sie wollen kein Risiko eingehen.«
Winter dachte an »seine« Lawine. Es war komisch, wie er diese personalisierte. Wahrscheinlich war es besser, das sein zu lassen.

Teixeira wohnte in einem weißen Reihenhaus, drei Straßen hinter dem Hafen. Sie ließ den Wagen am Straßenrand stehen und öffnete die Tür.
»Olá mamã!« Ein Mädchen und ein Junge stürmten durch den engen Korridor heran und hielten inne, als sie den dreckverkrusteten Winter sahen.
Winter wischte seine Schuhe ab. *»Olá.«*
»Lumi und Luiz, sagt Hallo zu Tom.« Die Kinder gaben Winter artig die Hand und beäugten ihn mit großen braunen Augen. Er streifte mühsam seine Jacke ab. Als er sah, dass Teixeira auf einer niedrigen Bank ihre Stiefel aufschnürte, streifte auch er seine Schuhe ab. Barfuß führte sie ihn die Treppe hoch in ein kleines Gästezimmer mit einem schmalen Bett und weiß verputzten Wänden. Der Regen trommelte auf das Dachfenster. Stolz öffnete Teixeira eine Tür. »Mit eigenem Bad.«
»Danke. Ich bin nicht sicher, ob ich das annehmen kann?«
»Das ist das Mindeste, das ich für dich tun kann. Schließlich hast du mir das Leben gerettet.« Sie zwängte sich an Winter vorbei, der mit nassen Socken dastand, zögerte kurz und verschwand. Er hörte, wie sie die Treppe hinunterstieg und mit den Kindern diskutierte. Winter hängte seine Socken über die Stuhllehne neben der alten Kommode.
Das Bad war für Zwerge. Oder Schlangenmenschen. Ein genialer Sanitär hatte auf weniger als zwei Quadratmetern WC,

Dusche, Boiler und Waschbecken montiert. Der Spiegel zeigte ein dreckiges Gesicht. Kein Wunder, hatten die Kinder große Augen gemacht. Er wusch sich mit einem Lappen.

Im Zimmer würgte er sich umständlich aus seinem nassen Pullover und blieb auf halbem Weg darin stecken. Er hörte, wie sich die Zimmertür öffnete. Teixeira sagte: »Warte, ich helfe dir.«

Ihre Hände zogen den feuchten Stoff hoch und befreiten seinen Kopf. Vorsichtig rollte sie den umgekrempelten Ärmel über seinen rechten Arm. Sie hatte die feuchten Haare gekämmt, trug ein weites weißes T-Shirt, graue Trainerhosen und war noch immer barfuß. Auf dem Bett lagen frische Frottiertücher.

Teixeira berührte das Metallgestänge, und ihre Augen fragten: Was hast du da gemacht? Winter schüttelte fast unmerklich den Kopf. Die Lawine war in der Vergangenheit. Sie legte ihre warme Hand flach auf seine Brust. Als er seine Augen wieder öffnete, hatte sie den Kopf in den Nacken gelegt. Winter atmete ihren Duft ein und küsste sie.

Langsam. Sie schmeckte salzig und aufregend. Ihre Zunge fand die seine. Dann stieß sie ihn weg. Die Bettkante brach Winters Gleichgewicht. Er ließ sich rücklings aufs Bett fallen. Seine nackten Schultern rieben sich am groben Muster des Bettüberwurfs.

Teixeira zog leise die Tür zu und hielt mit einem verschmitzten Grinsen den Zeigefinger vor ihre Lippen. »Psssst.« Sie stieg geschmeidig aus der Trainerhose und streifte ihr T-Shirt ab.

Winter genoss im Halbdunkeln der Dachkammer für einen langen Moment die wunderbare Aussicht.

Dann knöpfte sie seine feuchten Jeans auf. Ihre Hände waren wie zwei kleine gewiefte Teufelchen mit dreizackigen Fingernägeln. Heiß, kribbelig und unberechenbar wie ihre Zunge. Die langen Haare kitzelten ihn in der Nase, die den moosigen Duft einatmete. Er wünschte sich, diesen für immer in seiner Lunge behalten zu können. Er pulsierte immer heftiger. Der Regen trommelte auf die Lukarne.

4. Januar 19:10

Um die stickige Luft loszuwerden, drückte Winter sein Bürofenster in den Lichtschacht auf. Er streckte sich auf dem Ledersofa aus, verschränkte die Arme hinter dem Kopf und lauschte dem Rauschen der Lüftung. Er vermisste das Meer, den Wind und vor allem Maira.

Gestern hatte Maira freigenommen, und sie hatten den ganzen Tag mit Lumi und Luiz verbracht. Zuerst am Hafen, dann in einem Teehaus mit Spielecke und Kuchen, später in einem Restaurant mit Steingrill. Nach einer kurzen, aufregenden Nacht in der Dachkammer war er heute früh aufgestanden, hatte alle drei Mitglieder seiner kurzzeitigen Gastfamilie umarmt und die Rückreise angetreten.

Die vier Pastel de Nata, die er im Flughafen Lissabon verdrückt hatte, lagen noch immer schwer in seinem Magen. Trostessen war erlaubt. Wenigstens ab und zu.

Eine SMS summte. Winter nahm das Telefon vom Schreibtisch. »Guarda Nacional Bergungskommando hat Jacke geborgen. Herr Macedo identifizierte sie positiv. Capitão Teixeira«.

Interessant.

Der unpersönliche Stil machte Winter traurig.

Eine zweite SMS summte. »Ich vermisse dich, Maira xxx«.

Eine SMS für die Akten und eine für ihn. Sie konnte mit der Bürokratie umgehen und war nicht vergebens die Chefin. Winter antwortete: »Ich dich auch, TW xxx«.

Es war beiden klar gewesen, dass es nur ein Abenteuer gewesen war. Hoffentlich hatten die Bergungskräfte auch Mairas verlorene Schirmmütze gefunden. Er würde Maira in guter Erinnerung behalten.

Abgesehen vom Rauschen im Luftschacht war es still, die Bank leer. In seinem Fach hatte er eine handgeschriebene Weihnachtskarte von Toblers und eine Notiz des Empfangs gefunden. Jemand wollte ihm ein Sofa liefern. Musste eine Verwechslung sein. Das Mäppchen mit den Unterlagen zu Frau Berger war nur geringfügig dicker geworden: Leonie hatte noch ein paar kleine

Artikel ohne Neuigkeiten ausgedruckt. Der Sudanese blieb verschwunden und war von der öffentlichen Meinung bereits verurteilt.

Wo war er untergetaucht? Winter nahm den Artikel mit dem verschwommenen Passfoto auf und studierte das Gesicht. Schwierig zu lesen. Er kam aus einer anderen Welt. Je länger Winter das Foto studierte, desto unsicherer wurde er. Wo hatte Obado die letzten Tage verbracht? Hatte er Familie? Kinder? Wo waren diese? Überwies er ihnen Geld? Hatte er sie angerufen?

Winter rief seine Assistentin an. »Hallo, Leonie, Winter hier.« Er hörte im Hintergrund die Geräusche einer Bar oder eines Restaurants.

»Winter? Bist du zurück?«

»Ja.« Eine Tür knallte, dann war es ruhig.

»Hallo, Winter.« Walliser Singsang. War sie ein wenig angeheitert?

»Du, ich will dich nicht lange aufhalten. Nur eine Frage.«

»Ja?« Getuschel im Hintergrund.

»Kann dein Walliser Freund auch herausfinden, ob der Sudanese sein Mobiltelefon benutzt hat?«

»Ja, klaro.« Gekicher.

Winter schwieg, lauschte und wartete schweigend, bis er Leonie ernst sagen hörte: »Winter, bist du noch da? Das habe ich schon organisiert. Er ist ein Braver. Der Sudanese hat bis jetzt nur einen Anruf gemacht. Heute Mittag. Von Zürich aus. Auf ein spanisches Prepaidhandy.«

»Du hast nicht zufällig die Antenne in Zürich?«

»Doch, doch. Die Antenne steht auf dem Axpo-Gebäude beim Hauptbahnhof. Mehr kann er leider nicht machen, ohne aufzufallen.«

»Das ist schon viel. Gib ihm einen Kuss von mir.«

»Lieber nicht.« Leonie würgte demonstrativ.

»Sehr gut.« Doch innerlich war Winter enttäuscht. Der Bahnhof Zürich war ein Ameisenhaufen mit x-tausend Passagieren.

»Sonst noch was?«

»Nein, nein. Vielen Dank und einen schönen Abend.«

»Gleichfalls.«

Winter stand auf, schloss das Fenster und legte sich wieder hin. Das Verschwinden der ältesten Tochter kurz vor Frau Bergers Ermordung war komisch. Kam die Tochter als Täterin in Frage? Oder war der Sudanese wirklich Frau Bergers Mörder? Vielleicht war er nur untergetaucht, weil er nicht ausgewiesen werden wollte. Für die Polizei war das so gut wie ein Geständnis. Das fehlende Haushaltsgeld genügte Habermas als Motiv. Es war schon für weniger gemordet worden.

Winter streckte sich.

Der Sudanese hatte zu zweit in einem schäbigen Zimmer gewohnt, auf einer Matratze am Boden geschlafen und von der Hand in den Mund gelebt. Geld konnte er sicher brauchen. Vielleicht sollte er dem Reinigungsinstitut einen Besuch abstatten. Aber was wussten die schon? Die würden einfach den Nächsten auf der Warteliste nehmen und ihm eine Auftragsliste in die Hand drücken.

Winter erinnerte sich an den Berner Stadtplan mit den markierten Adressen. Und an den Flyer des Zürcher Pfarrers mit dem wirren Haar und den klaren Augen. Betonte der in seinen Predigten nicht immer, dass er Menschen ohne Papiere in seiner Kirche aufnehmen würde? Predigte er nicht, dass die Weihnachtszeit die Zeit der Barmherzigkeit und es eines jeden Christen heilige Pflicht sei, die Hand auszustrecken und den Verfolgten Nahrung, Kleider und ein Dach über dem Kopf anzubieten? Hieß es nicht, dass Menschen, die auf ihr Herz hörten, nicht nur dem Zimmermann aus Nazareth, sondern allen Menschen in Not und unabhängig von ihrer Herkunft und Hautfarbe halfen?

Für viele Geistliche waren das gut eingeölte Plattitüden. Aber der Straßenpfarrer meinte diese ernst und hatte verschiedene Hilfsangebote geschaffen. Winter schloss die Augen und stellte sich vor, wie der Sudanese auf seiner Matratze hockte und sich im alten Fernseher eine Predigt anschaute.

Der Sudanese hatte von Zürich aus telefoniert.

Winter massierte seine Stirn, schwenkte die Beine vom Sofa und schaltete seinen Computer ein. Während dieser gemächlich startete, holte er sich einen Kaffee. Schwarz. Er lokalisierte auf einer digitalen Karte das Axpo-Gebäude beim Zürcher

Hauptbahnhof und suchte auf der Website des Pfarrers, der die Galionsfigur einer weitverzweigten Organisation war, nach Standorten in der Nähe der Antenne. Bingo! Keine hundert Meter Luftlinie von der Antenne entfernt betrieben sie ein Brockenhaus. Und einen Unterschlupf. Bilder zweier Container in einem Hinterhof mit einem rauchenden Ofen und lachenden Gesichtern. Ein improvisiertes Camp mitten in der Stadt.

Es war ein Schuss ins Blaue, aber einen Versuch wert.

Die Karte ruckelte aus dem Drucker. Keine weitere SMS von Maira. Winter war müde, die letzte Nacht war kurz gewesen. Morgen war auch noch ein Tag. Sein Computer war schon eingeschlafen. Vorbildlich. Er löschte das Licht und stieg beim Bahnhof in ein Taxi. Es hatte nicht viel Verkehr, und die Straßen waren schneefrei. Allerdings nahm der bräunliche Schnee erst außerhalb der Stadt wieder seine ursprüngliche Farbe an. Auf den Feldern der vertrauten Landschaft schimmerte er in der Dunkelheit bläulich.

Zu Hause nahm er die Tasche vom Rücksitz und stieg aus. Der Schnee knirschte. Während seiner Abwesenheit war die Temperatur über null Grad geklettert und hatte einen Teil des Schnees geschmolzen. Jetzt war das schwarz gefrorene Schmelzwasser spiegelglatt.

Er öffnete die Tür und blieb einen Moment stehen. Tiger war ausgeflogen. Wahrscheinlich jagte er auf dem Gehöft der Mettlers Mäuse. Winter schaltete das Licht ein und begann sich zu organisieren. Jemand hatte angerufen, aber keine Nachricht hinterlassen. Er warf die Tasche ins Schlafzimmer, schälte sich aus seiner Jacke und öffnete den Kühlschrank. Im Tiefkühler fand er eine Pizza, die er spätestens im vergangenen November hätte essen müssen. Er schaltete den Backofen trotzdem ein und füllte Tigers Napf.

Das Wohnzimmer war abgekühlt, der Kachelofen musste eingeheizt werden. Die Öffnung unter dem Ofen für die kleinen Holzscheite war leer. Nachschub. Auf der gedeckten Holzveranda blieb Winter einen Moment stehen. In der Stille der Nacht fühlte er sich frei. Am Horizont die Zacken der Alpen, darüber ein klarer Sternenhimmel. Nach einer Weile stieg er fröstelnd die knarrende Außentreppe hinunter, unter der er das klein gehackte Feuerholz lagerte.

Gedankenverloren füllte er den Weidenkorb mit den Holzscheiten. Morgen würde er wieder unterwegs sein. Die zweite Tochter wohnte in Nürnberg. Da machte es keinen Sinn, die Ölheizung hochzufahren. Der Kachelofen würde für eine Nacht genügend Wärme geben. Zum Glück hatte er genügend Brennholz. Nach einem frustrierenden Tag in der Bank hackte er manchmal mit der Axt die Scheite aus Nachbars Wald zu Kleinholz.

Über ihm erreichte der Backofen seine Betriebstemperatur und begann zu piepsen.

Er bückte sich, um den vollen Korb hochzuheben, und sah die Umrisse des uralten Hackstocks beim offenen, wettergeschützten Bretterverschlag.

Winter richtete sich ohne Korb auf.

Seine Axt war verschwunden.

4. Januar 21:10

Winter versuchte sich zu erinnern, wann er das letzte Mal Holz gehackt hatte. Es war ein sonniger Wintertag gewesen. Vor etwa vier Wochen. Er war sich ziemlich sicher, die Axt nach getaner Arbeit im dicken Eichenblock stecken gelassen zu haben.

War die Axt zu Boden gefallen? Hatte sie jemand gestohlen?

Er hielt den Atem an und schaute sich um.

Totenstill.

Der Backofen über ihm piepste.

Langsam näherte er sich der dunklen Ecke.

Tiger. Er schloss die Augen, schluckte leer und befahl sich, ruhig zu bleiben. Vorsichtig zog er das Stellmesser aus Tigers Bauch. Jemand hatte seinen Kater auf den Hackstock genagelt und ihm die Pfoten abgehackt.

Winter ging in die Knie und sammelte die vier Stumpen auf. Schmerzerfüllt murmelte er immer wieder: »Nein, nein, nein.« Um den Schmerz zu erdrücken, schlug er seine Stirn gegen die Bretter. Der Holzverschlag rasselte dumpf, Staub fiel herunter. Schützend beugte er sich über Tiger.

Ausgerechnet. Tiger konnte doch nichts dafür.

Er strich über das samtene Fell.

Der weiße Fleck auf dem Bauch war blutverschmiert. Das Blut schon lange geronnen. Winter schaute sich um. Die Axt war verschwunden. Er nahm das Stellmesser auf. Es sah genau gleich aus wie dasjenige, das er vor ein paar Tagen den beiden französischsprachigen Männern vor Obados Zimmer abgenommen hatte.

Der Backofen piepste.

Winter ging nach oben, schaltete den Backofen aus und knallte die Pizza zurück in den Tiefkühler. Im Keller holte er eine Schaufel und begann damit, in einer Ecke des Gartens den Boden zu traktieren. Da er nur eine Hand gebrauchen konnte, hackte und stocherte er fluchend herum. Er trieb die Schaufel mit dem Absatz durch gefrorene Erde und faserige Baumwurzeln.

Perverse Bastarde.

Er malte sich aus, wie er die Mörder mit der Schaufel verprügeln, wie er ihnen mit der Kante des stählernen Schaufelblattes ins Genick schlagen würde.

Nach zehn Minuten wütenden Schaufelns war das kleine Grab tief genug. Er schmiss die widerspenstige Schaufel weg. Trotz der Kälte glänzten Schweißtropfen auf Winters Stirn.

Aus der Küche holte er ein frisches weißes Geschirrtuch mit zwei ausgewaschenen blauen Streifen. Er wickelte Tiger und seine abgetrennten Pfoten darin ein und trug das weiche Bündel den Hang hinunter. Die Baumgruppe war einer der Lieblingsplätze von Tiger gewesen. Hier am Waldrand konnte er stundenlang im langen Gras sitzen und wie gebannt auf ein Mauseloch starren.

Wenigstens hatte Tiger hier eine schöne Aussicht.

Er legte die Katze ins kalte Loch.

Winter fröstelte und hob die Schaufel auf. Dann hielt er inne, stieg zum Haus zurück und holte den gefüllten Fressnapf. Tiger hatte Winter immer an die Sphinx erinnert. Und die alten Ägypter hatten ihren Toten jeweils Essen auf den Weg in eine andere Welt mitgegeben. Manchmal sogar lebende Sklaven.

Er legte den Napf ins Grab und schaufelte dieses zu.

Zurück im Wohnzimmer schob Winter Holzscheite in den Ofen und zündete diese mit einigen Spänen an. Er schenkte sich einen großen Talisker ein. Der Whisky brannte in seiner Kehle. Schnelle Medizin. Er starrte ins Feuer. Die Flammen züngelten um das kalte Holz, das knatternd Funken spie.

Er tauschte das Glas gegen das Mobiltelefon und tippte umständlich eine lange SMS an Maira, in der er ihr von Tiger und seinem Schmerz schrieb. Als er den Text nochmals las, löschte er die SMS wieder. Tiger war nur eine Katze. Und es gab Millionen von Menschen, die täglich fürchterlich litten. Winter vernichtete den Rest des Taliskers.

R.I.P. – rest in peace.

Dann verriegelte er das Ofenfenster.

Tiger war tot und begraben.

Auf dem Tisch lagen die beiden Stellmesser. Das aus der Länggasse und das von vorhin. Identisch. Das war kein Zufall. Eine

Botschaft. Was hatten die beiden gewollt? Wie hatten sie ihn gefunden?

Er hatte im Zimmer des Sudanesen seine geschäftliche Telefonnummer hinterlassen. Seine Privatadresse stand nicht im Telefonbuch. Er füllte sein Glas nach und ließ sich aufs Sofa fallen. Da erinnerte er sich an die Notiz in seinem Postfach, die er achtlos zerknüllt hatte. Jemand hatte in der Bank angerufen, um ihm ein Sofa zu liefern. Der Empfang hatte seine Privatadresse herausgegeben.

5. Januar 04:02

Um vier Uhr nachts wachte Winter mit steifem Nacken neben dem Sofa auf. In seinem Alptraum hatte er zusammengekrümmt in einem Grab gelegen, schwanger mit Tiger. Als er ein Dutzend kleiner Katzen gebar und diese aus dem Grab krabbeln wollten, wurde dieses verschüttet. Winter rappelte sich auf.

Das Feuer im Ofen war ausgegangen. Er tappte ins Schlafzimmer und legte sich angezogen aufs Bett. Als er nicht einschlafen konnte, stand er wieder auf, duschte und fuhr dann mit einem Taxi zum Bahnhof.

Im Intercity-Zug kam keine Minibar mit Kaffee vorbei. Wenigstens dösten die Mitreisenden oder klapperten leise auf ihren Laptops herum. Um sechs Uhr stieg er in Zürich aus und kämpfte sich durch die Menschenmassen. Dichtestress.

Winter frühstückte im Bahnhofbüfett. Nach einem doppelten Espresso und einem Birchermüsli fühlte er sich wieder einigermaßen menschlich. Er strich die ausgedruckte Karte flach und prägte sich den Weg zum Brockenhaus ein. Draußen war es immer noch dunkel und kalt. Er überquerte im Morgenverkehr den Sihlkanal. Rechts lärmten Autos, links ein- und ausfahrende Züge. Nebel- und Auspuffschwaden vermischten sich.

An Bürogebäuden und Baustellen vorbei schlenderte er durch eine Einbahnstraße. Arbeiter mit grellorangen Helmen, zitronengelben Sicherheitswesten und schweren Schuhen standen wie überdimensionierte Leuchtstifte herum. Der Lieferwagen einer Bäckerei hielt vor einem Hotel mit Thai-Restaurant. Nach der unruhigen Nacht weckte der Morgenspaziergang Winters Lebensgeister. Er bog einige Male ab. Alte vierstöckige Reihenhäuser mit kleinen Geschäften im Erdgeschoss. Ein Taxi zwängte sich an einem geparkten Kastenwagen vorbei, der mit Tags vollgesprayt war.

Neben einem Laden für Feuerwerkskörper fand er das Brockenhaus. Hinter einer dreckigen Fensterfront standen verstaubte Möbel, die gar nicht erst versuchten, sich als Antiquitäten auszugeben. Sie waren überstellt mit Kleinkram, vergilbten Bildern und einem emaillierten Waschbecken. Kein Licht. Eine mit Inseraten verklebte Glastür.

Nirgends ein Schild. Nur Eingeweihte fanden die Notschlafstelle. Aus den Augen, aus dem Sinn. Winter ging durch einen schmalen, mit Abfallcontainern verstellten Durchgang. Hier konnte man sich wie ein Murmeltier verkriechen.

Im geteerten Hof hockten zwei verbeulte Normcontainer, einer geschlossen, einer mit angelehnter Tür. Davor dienten rostige Fässer als Feuerstellen. Abseits eine mobile Toilette. Auf der anderen Seite ein rechteckiges Partyzelt mit einer improvisierten Küche. Holzpalette und aufgespannte Militärblachen schützten diese vor dem Wetter. Einige dick vermummte Gestalten wärmten sich am Campingherd. Winter konnte weder erkennen, ob es sich um Männer oder Frauen handelte, noch, wer Gast und wer Gastgeber war.

Er näherte sich langsam.

Kein schwarzes Gesicht.

Zwei mittelalterliche Frauen in guten Jacken und drei früh gealterte Männer in zusammengewürfelten Kleidern schauten auf. Sie hielten dampfende Tassen in den Händen und musterten ihn. Winter nickte, zog den Kopf ein und trat unter die Zeltmarkise. »Guten Morgen.«

Es roch nach frischem Kaffee. Ein Topf Porridge. Große Milchflaschen aus Plastik. Die Frau mit der Hornbrille stellte ihre Tasse ab. »Guten Morgen.« Sie rührte mit einem hölzernen Kochlöffel im Porridge. »Kaffee?«

»Gerne.«

Die andere Frau mit randloser Brille und einem grob gestrickten Schal füllte aus einer zerbeulten Thermosflasche eine große Tasse und hielt sie ihm hin.

»Danke.« Winter nahm die Tasse und wärmte seine Hände daran. Schweigen. »Der riecht aber gut.«

Einer der Männer verschwand wortlos. Aus der Distanz hatte er mit dem eingefallenen Gesicht wie sechzig, aus der Nähe wie vierzig ausgesehen.

»Von wo kommst du?«, fragte ein alter Mann mit spitz zulaufendem Bart neugierig. Er trug eine alte gefütterte Militärmütze, einen langen schwarzen Ledermantel und rote Turnschuhe. An seinem linken Ellbogen hing ein schwarzer Schirm.

»Von einem Begräbnis.«

»Das tut mir leid«, kondolierte der dritte Mann, eine magere Bohnenstange, fast einen Kopf größer als Winter. Er trug einen zu kurzen Pullover. Er legte Winter mitfühlend die Hand auf die Schulter. Winter war versucht, den Fremden von Tiger zu erzählen, entschied sich anders. Er blinzelte, schlürfte verlegen den Kaffee und sah, dass ihn alle fragend anschauten. »Ich suche jemanden. Einen Afrikaner. Sein Name ist Obado.«

Die Frau mit der Hornbrille hörte auf, im Porridge zu rühren. »Warum suchen Sie ihn?«

»Ich wollte Obado vor ein paar Tagen besuchen, aber da war er verschwunden. Er hatte einen Flyer von hier, und da habe ich gedacht, dass ich einmal vorbeikomme.«

»Sind Sie von der Polizei?«

»Nein.«

»Vom Migrationsamt?«

»Nein.«

»Sicher?«

Ein elektrischer Heizofen glühte. »Sehe ich wie ein Beamter aus?«

»Nein, aber heutzutage weiß man nie.«

»Heißt das, dass Obado da ist?«

»Ich weiß nicht. Wir haben einige Afrikaner hier, aber ich kann mir die Namen nur schlecht merken.«

»Haben Sie eine Liste oder so?«

»Ja, alle, die hier übernachten wollen, müssen einchecken. Mit Namen und Ausweis.«

»Wären Sie so gut und würden Sie einmal nachsehen?«

Die Frau mit der Hornbrille nickte der mit der randlosen zu. Winter folgte ihr zum Container mit der angelehnten Tür. Im Halbdunkel sah er aufgereihte Matratzen mit schnarchenden Gebirgen aus Schlafsäcken, Decken und tief in die Gesichter gezogenen Mützen. Die Frau mit der randlosen Brille nahm ein Clipboard von der Innenwand des Containers.

»Dann wollen wir mal sehen.« Sie fuhr mit dem Finger den

Kolonnen entlang und blätterte mehrere Tage zurück. »Wir sind komplett ausgebucht. Aber ich sehe da keinen Obado. Tut mir leid, Ihr Freund ist nicht bei uns.«

»Schade.« Winter bedankte sich, brachte die Kaffeetasse in die Küche zurück und verabschiedete sich. Auf dem Hof kreuzte er einen kleinen Tamilen, der wortlos in der Toilette verschwand. Winter ging durch den Durchgang und trat auf die Straße. Der Himmel war mittlerweile grau. Morgendämmerung. Was stand an? Ein Besuch in Nürnberg.

Die hintere Tür des Kastenwagens schwenkte lautlos auf den Gehsteig, und Winter musste ausweichen. Auch im Lastwagen schliefen Menschen. Ein Schwarzer mit Jeans, graublauer Daunenjacke und einer aufgerollten Wollmütze schälte sich aus einer Militärdecke und kletterte aus dem Laderaum. Morgentoilette. Wie viele Menschen mussten sich wohl das eine kalte WC teilen?

Winter blieb stehen.

Der Mann zwängte sich zwischen Lastwagen und dem dahinter geparkten Auto hindurch.

»Obado?«

5. Januar 06:57

Für einen Sekundenbruchteil fixierten sie sich, dann wandten sich die gehetzten Augen ab. Der Mann aus dem Lastwagen machte kehrt und rannte auf der Quartierstraße zum Bahnhof. Ein kleiner Usain Bolt.

»Halt! Warten Sie.«

Winter fluchte und sprintete hinterher.

Der Sudanese verschwand. Als Winter um die Ecke kam, sah er, wie Obado mit dem Elektrodreirad eines Postboten davonbrauste. Das elektrische Dreirad beschleunigte lautlos. Winter prallte in den verdutzten Boten, und sie drehten sich wie ein tanzendes Paar einmal im Kreis.

Aus einer Querstraße kam ein silberner Mercedes. Obwohl dessen Fahrer voll auf die Bremse trat und der Sudanese auswich, rammte der Mercedes den Anhänger des Dreirades. Obado wurde weggeschleudert, landete auf einer Motorhaube und schlitterte zu Boden. Der Autofahrer hieb wütend aufs Steuerrad und pochte auf sein Vortrittsrecht.

Briefe flatterten wie riesige Schneeflocken herum.

Wurfsendungen.

Der Sudanese rappelte sich auf und rannte weiter.

Winter schlängelte sich um den Zusammenstoß herum. »Obado!« Seine Lunge verbat sich längere Äußerungen. Er war nicht in Form. Die Lawine hatte ihn mehr mitgenommen, als ihm lieb war. Oder war es der Wintersmog?

Der Sudanese war fit. Winter musste ihn im Quartier erwischen, bevor er in der Menge beim Bahnhof untertauchen konnte. Ein kleiner Platz mit einem verschneiten Baum. Zwei Frauen in Wintermänteln mit einem struppigen Rauhaardackel und einem Pudel mit Designerdecke versperrten den Weg. Winter sprang über die Leinen, rutschte aus und schlitterte auf die Straße, wo er beinahe in einen Smart prallte.

Die Köter kläfften, die Frauchen zeterten.

Winter raffte sich auf und sah durch den Smart hindurch, wie der Sudanese kurz zurückschaute und um eine Ecke verschwand.

Winter lächelte der smarten Dame zu und hetzte hinterher. Wenig später sah er auf der dicht befahrenen Straße zum Bahnhof Obados Mütze vor sich durch den entgegenkommenden Passantenstrom schwimmen. Er joggte hinterher. Als er sich Obado näherte, blickte sich dieser um. Winter hechtete nach vorne und packte ihn. Der Sudanese riss sich los. Die Tür einer Bretterwand knallte Winter ins Gesicht.

Verdammte Baustellen.

Winter schob sich durch die halb offene Tür und wurde vom Fahrtwind eines vorbeirauschenden doppelstöckigen Personenzuges an die Wand gedrückt. Er war am Rande des riesigen Gleisfeldes des größten Bahnhofs der Schweiz. Vor ihm ein Schild: »Überschreiten der Gleise strengstens verboten! Lebensgefahr«.

Das Jahr fing ja gut an.

Unter dem fahrenden Zug hindurch sah er Obado. Es war sieben Uhr. Der Luftdruck ließ nach. Nach dem letzten Wagen sprang Winter quer über die für einen Moment freien Gleise. Lokomotiven näherten sich. Schotter, Stumpfsignale, Kabelschächte. Eine Rangierlokomotive pfiff. Der daranhängende Gleisarbeiter in Orange winkte und sprach in sein Funkgerät.

Langsam rollte ein Bauzug heran. Der Sudanese überquerte die Gleise und verschwand hinter dem Bauzug, der Winter den Weg abschnitt. Ungeduldig musste er mehrere Wagen vorbeifahren lassen. Endlich! Auf der anderen Seite hatte der Sudanese seinen Vorsprung ausgebaut. Er rannte auf einer provisorischen Baustellenstraße gegen den Bahnhof. Der Dreck war hier uneben gefroren, durchfurcht von allerlei Spuren.

Hinter ihnen fuhr ein Zug ein.

In der Stadt heulten Sirenen.

Winters Lunge brannte. Ein riesiger gelber Bagger rumpelte ihnen mit erhobener Schaufel entgegen. Obado wich aus, und sie landeten in einem Barackenhof, in dem sich ein Betonmischer drehte. Sackgasse. Der Sudanese schnappte sich von einem Zaun eine rot-weiße Latte.

Winter hielt keuchend inne. »Obado. Keine Angst. Ich bin nicht von der Polizei.«

Der Sudanese funkelte den unbewaffneten Winter an.

Winter fragte schwer atmend: »Verstehen Sie Deutsch?«

Angriffsbereit hob Obado die Latte schräg über seinen Kopf.

»Englisch? Französisch?«

Die Latte zischte heran. Winter duckte sich, stolperte über eine Furche im gefrorenen Schlamm. Kaum hatte er sein Gleichgewicht wiedergefunden, kam der nächste Schlag. Diesmal von oben. Beidhändig und mit voller Wucht. Winter wich aus, die Latte knallte auf seine Schulter. Er ging zu Boden, wo er einen Erdklumpen zu fassen bekam, den er dem Sudanesen ins Gesicht schleuderte. Dieser torkelte zurück und fiel über die halb demontierte Absperrung in einen Schacht dahinter.

Scheppernd schlug die Latte irgendwo in der Tiefe auf. Winter rappelte sich auf und beugte sich über den riesigen, dreißig Meter tiefen Betonschacht. Unten der Tunnel der unterirdischen Durchmesserlinie. Der Sudanese klammerte sich an ein Baugerüst und hangelte sich auf die Einstiegstreppe zurück.

»Zäher Hund.«

Winter preschte die glitschigen Treppenstufen hinunter. Im Zickzack polterten sie in die Tiefe. Zwei Meter über Grund flankte Winter übers Geländer und landete neben einer Schuttmulde in knöcheltiefem Wasser. Neonröhren beleuchteten den zweispurigen Tunnelrohbau. Kabel und Schläuche hingen an den Wänden. Armierungseisen. Ein Bagger. Irgendwo lief ein Kompressor. Schlecht gelaunt stapfte Winter im kalten Wasser hinter dem Sudanesen her. Wäre er nur im Bett geblieben.

Tief im Innern des Stollens quakte ein Alarmhorn.

Der Sudanese erreichte einen halb fertigen, unterirdischen Bahnsteig. Wenigstens war es dort vorne trocken. Obado schien müde zu sein. Er bewegte sich wie in Zeitlupe.

Jetzt hatte er ihn! Winter sprang auf den Bahnsteig und versank im frischen Zement. Seine Schuhe waren ruiniert. Er watete so schnell es ging auf eine bereits eingetrocknete Stelle zu. Obado sprintete eine halb fertige Treppe hoch. Der Vorsprung vergrößerte sich wieder.

Ein Bauarbeiter mit Sicherheitsweste kam unter der Treppe hervor und zerrte einen Schlauch hinter sich her. »He! Was machen Sie da?«

»Baustelleninspektion.«

Dann hetzte auch Winter die Betontreppe hoch. Ein Zwischengeschoss, eine Unterführung. Überall stand Baumaterial herum. Obado war verschwunden. Schritte hallten. Wegen des Echos konnte Winter die Richtung nicht erkennen. Er hielt inne und lauschte in die Intervalle des Alarmhorns hinein. Schwierig. Plötzlich hörte er über sich den ohrenbetäubenden Lärm einer Betonfräsmaschine. Ein angesägter Betonblock neigte sich langsam in seine Richtung. Er brachte sich in Sicherheit.

Winter ging suchend hin und her. Blachen und Holzwände schirmten die Aufgänge ab. Zu viele Optionen. Zu viele Verstecke. Er rückte Absperrungen zur Seite und stieg eine weitere Treppe hoch. Nach einer Holzschranke stand er mit zementierten Stiefeln auf einem Bahnsteig. Zugpassagiere musterten ihn, eilige Passanten machten einen Bogen um ihn. Niemand wollte dem Verdreckten zu nahe kommen.

Mit klammen Fingern suchte Winter im Mobiltelefon die Nummer von Habermas. Er solle sofort seine Zürcher Kollegen informieren. Er war überzeugt, dass sie Obado bald erwischten.

Winter fröstelte und wischte sich mit dem Taschentuch den Dreck aus dem Gesicht. Dann joggte er zurück zum Brockenhaus. Im Hinterhof herrschte mittlerweile reger Betrieb. Zwei Dutzend mehr oder weniger schläfrige Obdachlose aßen Porridge und tranken Kaffee. Winter fiel mit seinen dreckverspritzten Kleidern nicht auf.

Die Frau mit der randlosen Brille erbarmte sich seiner und stattete ihn mit einem zweiten Kaffee aus. Er stellte sich vor das orange glühende Elektroheizgerät und beobachtete die Menschen, die ins erste Tageslicht blinzelten. An einem der Tische saß der Mann mit der Militärmütze und dem spitz zulaufenden Bart. Die Bohnenstange, die ihn getröstet hatte, war verschwunden. Ein wenig abseits unterhielten sich einige Schwarze, alle eingehüllt in dicke Jacken.

Kumpels von Obado?

Winter wartete.

Sein Atem ging wieder normal. Der bandagierte Arm schmerzte dumpf. Er tastete in seiner Jackentasche nach den

Schmerztabletten und röstete am Heizapparat seine Beine. Der Kaffee wärmte von innen. Die Helferinnen waren mit Ausschenken und Schöpfen beschäftigt. Wahrscheinlich hatte gar niemand mitbekommen, dass Obado oder wie auch immer er sich hier nannte, abgehauen war.

Plötzlich spürte er ein Kribbeln an den Beinen. Eine schwarze Katze strich um ihn herum. Winters Herz zog sich zusammen. Tiger war nicht mehr. Er stellte den Kaffee ab und hob die Katze hoch. Sie zeigte Krallen, sträubte sich und sprang auf den Boden zurück. Die Frau mit der Hornbrille und dem hölzernen Kochlöffel schubste sie mit ihren Pumps aus der Küche.

Nicht alle waren hier willkommen.

Er schlürfte seinen Kaffee, nickte nach einer Weile den Helferinnen zu und schlenderte davon. Es war Zeit, sich ein wenig umzusehen. Obado war ohne jegliches Gepäck getürmt. Vielleicht hatte er etwas zurückgelassen.

Auf der Straße war niemand zu sehen. Die Türen des Kastenwagens waren nur angelehnt. Im Halbdunkel dahinter lagen eng nebeneinander Matratzen mit zerwühlten Militärdecken. Alle ausgeflogen. Wahrscheinlich nutzte das Brockenhaus den Lastwagen am Tag als Möbelwagen. Winter öffnete die Türen ganz. Gut geölt. Obado hatte auf der äußersten Matratze geschlafen. *Last in, first out.* Menschliche Lagerhaltung.

Zwischen dem Kopfende der Matratze und der Wagenwand klemmte ein weißes Bündel. Obado hatte zwei knisternde Plastiksäcke ineinandergestülpt und bewahrte darin eine halb leere PET-Flasche mit Wasser, Fertignudeln, ein zerbeultes Metallgeschirr, einen Löffel und einen Campingkocher auf. Das gleiche Modell wie in seinem Zimmer.

Winter hob die Matratze hoch und zog einen flach gedrückten Plastiksack hervor. Darin waren zwei saubere T-Shirts, Unterhosen, Socken und ein speckiges Paket, das mit mehreren Lagen Klebeband verstärkt war. Es war ungeöffnet, hatte etwa das Gewicht eines Buches und war an jemanden in Frau Bergers Block adressiert.

Libyen – Sirte

Tijo lag in einem zerschossenen Wohnhaus an der westlichen Ausfallstraße von Sirte. Wie durch einen dicken Nebel hörte er in seinem fiebrigen Delirium die Schüsse automatischer Waffen und die einschlagenden Granaten. Neben ihm lagen der kaputte Karabiner und eine Plastikflasche. Beide leer. Wie der ausgeblutete Äthiopier mit dem Bauchschuss auf der anderen Seite der Betonruine.

Er hatte Glück gehabt.

Die Splittergranate, die vorgestern in das zu verteidigende Haus einschlug, hatte nur das Nebenzimmer getroffen. Da jedoch die Zwischenwand schon zuvor halb eingefallen war, steckten nun brennende Metallfragmente im Fleisch seines Oberschenkels und seiner linken Seite.

Nachdem er wieder zu sich gekommen war, hatte er einige davon aus dem Fleisch gezogen und sich notdürftig verbunden. Jetzt waren die Bandagen blutdurchtränkt.

Ein verwundeter Söldner war ein wertloser Söldner.

Ein Verwundeter in den Händen der Feinde ein gefährlicher.

Aber die anderen Kämpfer hatten ihn beim eiligen Rückzug in die nächste Häuserzeile nicht erschossen, sondern einfach liegen gelassen. Vergessen.

Tijo atmete schwer.

Das Meer war nah.

Wie der Anwerber der Miliz es ihm im Tschad versprochen hatte. Am Anfang war er sogar in Dollar bezahlt worden. Zuerst ein kurzes Training in der Wüste. Dann wurde er mit der zusammengewürfelten Truppe bei Murzuq in erste Kämpfe verwickelt.

Später versuchten sie einige Monate lang, Ras Lanuf zu verteidigen. Damals hatte Tijo das erste Mal das Mittelmeer gesehen. Nach dem Fall Ras Lanufs mussten sie sich wieder in die Wüste zurückziehen.

Vor etwa einem Monat war das Geld ausgeblieben. Der Truppenführer mit der silbernen Pistole, der über zwei Dutzend Männer und ihre Toyota Pick-ups herrschte, hatte gedroht, jeden zu erschießen, der sich mehr als hundert Meter entfernte.

Tijo hatte gehorcht. Er wollte nur überleben. Und nach Europa. Aber zuerst hatte er Durst. Der andere hatte noch Wasser.

Mühsam kroch er über den mit Trümmern übersäten Boden zum Äthiopier, der aufgehört hatte zu stöhnen. Tijo nahm einen Schluck aus der halb vollen PET-Flasche und kroch zurück. In seiner Ecke stützte er sich auf den rechten Ellbogen, hob vorsichtig die losen Bandagen und untersuchte seine Wunden. In einem der Löcher begann sich Eiter zu bilden. Er nahm das Messer und stach die Eiterbeule auf. Danach erhitzte er mit dem Feuerzeug die Messerspitze und brannte die Wunde aus. Der Schmerz war auch für einen Krieger fast unerträglich.

Erschöpft, aber klar lehnte er sich an die Wand. Nach einer Weile zog er aus seinem Bauchbeutel die abgewetzte Plastiktüte mit seinen Fotos heraus. Tijo ließ seinen Geist in die Vergangenheit wandern. Yaya und Nafy strahlten. Zarina, seine Frau, und er auf einem Nil-Boot. Damals waren sie überglücklich gewesen. Damals.

Ein zusammengefaltetes Farbfoto aus einem alten Magazin zeigte seinen Vater mit Festschmuck und rot-schwarzer Körperbemalung. Im Hintergrund standen die Frauen und Kinder des Dorfes, darunter Klein Tijo. Sein Vater hatte ihm später erzählt, dass eine sehr alte Frau mit weißen Haaren und einem Fotoapparat von ganz weit her gekommen sei, um ihn zu fotografieren. Es war das einzige Foto seines Vaters.

Er ließ die Fotos sinken. Er wollte das Meer sehen. Dahinter lag sein Ziel. Und er, Tijo Obado, würde nach Europa gehen. Er versuchte, sich aufzurichten, aber er war zu schwach.

Schritte knirschten in der Wohnung unter ihm.

Tijo steckte die Fotos weg und stellte sich tot.

5. Januar 07:35

Der Empfänger des Paketes sagte Winter nichts. Cirino Hiteng Ofuho. Vielleicht war das Obados richtiger Name. Aber warum hatte er das Paket nicht geöffnet? Vom verwischten Absender konnte er nur die letzte Zeile entziffern. Aus Spanien. Der Inhalt gab beim Drücken leicht nach. Kein Buch. Winter roch daran. Nichts Besonderes, nur Klebebandgeruch.

Ein blauer VW-Kombi hielt neben ihm und blockierte die Straße. Zwei Männer in Windjacken stiegen aus. Zivilfahnder.

Winter ließ das Paket zurück im Plastiksack mit der Unterwäsche verschwinden. Er drückte die Lastwagentüren zu.

Aus dem Gepäckraum des VW-Kombis sprang eine gefleckte Promenadenmischung, die vom älteren Drogenfahnder an die Leine genommen wurde. Der Hund wedelte aufgeregt mit dem Schwanz. Gleich würde das Spiel beginnen. Auf dem Weg zum Durchgang musterten die Polizisten den verdreckten Winter.

Er wandte sich ab, ging zurück zum Bahnhof, durchquerte diesen und marschierte der Bahnhofstraße entlang. In einer Nebenstraße betrat er die Zürcher Filiale seiner Bank. Obwohl der Hauptsitz aus historischen Gründen in Bern war, machte die hiesige Filiale mittlerweile viel mehr Umsatz. Er fuhr mit dem Fahrstuhl in den vierten Stock und schloss sich in seinem Zweitbüro ein.

Mit der Kamera des Mobiltelefons fotografierte er das Paket. Dann arbeitete er sich vorsichtig durch die verschiedenen Verpackungslagen. Nach Teppichband und mehreren Lagen Packpapier stieß er auf einen hellbraunen kristallinen Block. Das Kokain war in dickes Plastik eingeschweißt. Die Drogenhändler nutzten offenbar die gleichen Haushaltsgeräte wie Hausfrauen, um ihre zehntausendmal wertvollere Ware luftdicht zu verpacken.

Winter wog den Beutel in der Hand. Ein gutes Kilo. Gestreckt war das auf der Straße über hunderttausend Franken wert. Nach weiteren Fotos wickelte er den Kokainblock wieder ein, steckte ihn zurück in die Tüte und schloss diese in seinem persönlichen Safe ein.

Winter mailte Leonie den Adressaten des Drogenpaketes und bat sie, ihre digitalen Recherchen auf Cirino Hiteng Ofuho auszudehnen. Danach machte er sich frisch und fuhr mit dem Zug zum Flughafen, wo er sich neu einkleidete. Während er seine Energiespeicher mit einem Apfelkuchen füllte, datierte er Hodel auf, allerdings ohne die Drogen zu erwähnen. In den Schließfächern der Bank lag schon genug Kompromittierendes.

Hodel hörte wortlos zu und sagte: »Überlass Obado der Polizei.«

»Es lag am Weg.«

»Konzentriere dich auf die Kinder.«

»Es war einen Versuch wert.«

Hodel ignorierte ihn und fragte: »Haben die Behörden auf den Azoren die Leiche von Frau Bergers Tochter schon gefunden?«

»Noch nicht. Sie haben nur ihre Jacke. Unterhalb der Absturzstelle hat es einen verschlammten Kratersee.«

»Das Verschwinden von Helen Macedo kann die Sache verzögern. Ohne Leiche dauert es ewig, bis die Portugiesen sie für tot erklären.« Hodel begann juristische Feinheiten zu diskutieren. Winter hörte höflich zu, verabschiedete sich bei erster Gelegenheit und gönnte sich ein zweites Stück Kuchen. Der unanständig teure Kaffee schmeckte grässlich.

Sein Mobiltelefon vibrierte.

Eine SMS von Leonie informierte ihn, dass Cirino Hiteng Ofuho der südsudanesische Kulturminister sei. Winter textete ein »Und …?« zurück. Ein Minister wohnte garantiert nicht in Frau Bergers Block. Mysteriös.

Zum Glück machten die Sicherheitsbeamten beim Check-in keine Drogentests. Im halb leeren Flugzeug bekam er eine Sitzreihe für sich. Der Arm schmerzte. Vielleicht sollte er einfach einmal richtig ausschlafen. Er nahm zwei Schmerztabletten und döste weg. Kaum hatten sie abgehoben, landeten sie wieder.

Mit einem Taxi fuhr er ins Stadtzentrum von Nürnberg. Unscheinbare Wohnblöcke, neue Fachwerkhäuser und eine fette rötliche Stadtmauer. Leonie hatte ihm in der Altstadt ein Zimmer in einem Holiday Inn reserviert. In der Hotellobby war ein Kongress im Gang, und Winter bediente sich am unbewachten

Mittagsbüfett. Dann deponierte er seine Zahnbürste im Zimmer, duschte und machte sich auf den Weg.

Er hatte zwei Adressen. Eine private und eine geschäftliche. Brigitte Berger war Chefin eines kleinen Pharmaunternehmens. Am Plärrer stieg Winter in ein Taxi, das eine Viertelstunde später durch eine moderne Industriezone schlich, in der Kugellager, Zahnimplantate, Schutzkleidung und Bodenbeläge produziert wurden.

Das Gebäude des Pharmaunternehmens war ein unauffälliger Quader. Winter bat den Fahrer zu warten und stieg aus. Die tippende Empfangsdame wurde durch eine Glasscheibe abgeschirmt. Erst als Winter den Klingelknopf gedrückt hatte, watschelte sie im Zeitlupentempo heran und schob das Schiebefenster auf: »Sie wünschen?« Ihr Tonfall machte klar, dass sie nicht gestört werden wollte.

Winter hatte keine Lust auf einen Drachenkampf und fragte freundlich: »Mein Name ist Winter. Wäre es möglich, mit Frau Berger zu sprechen?«

Wortlos schloss der Hausdrachen das Schiebefenster, machte einen Anruf und begann wieder zu tippen.

Winter klopfte ans Glas.

Der Drachen setzte einen Kopfhörer auf.

So viel zu seinem Charme. Vielleicht wäre der Zweihänder wirksamer gewesen, aber man wusste nie, wann solche Drachen Feuer spien. Winter schaute durch die gläserne Eingangstür nach draußen. Der Taxifahrer hatte eine Zeitung aufgeschlagen.

Im Eingangsbereich stand ein Gestell mit verschiedenen Prospekten und Hochglanzbroschüren. »BNMS« stand für »Berger Nano Medical Systems«. Die Firma gehörte zum Medical Valley der Europäischen Metropolregion Nürnberg und erforschte Krebsmedikamente. Günstiges Land und Steuererleichterungen.

Hinter ihm ging eine Tür auf, und er drehte sich um.

Eine sportliche Frau um die dreißig kam auf ihn zu. »Guten Tag. Kerstin Berger.«

Das musste die Enkelin der Ermordeten sein. »Tom Winter.«

»Sie wollten mich sprechen?«

Ein frecher, asymmetrischer Pagenschnitt rahmte ihr Gesicht.

Dezent geschminkte Lippen. Sie trug ein knielanges weinrotes Deuxpièces und flache Schuhe. Kerstin Berger schaute ihn fragend an.

»Bitte entschuldigen Sie. Ich vertrete die Bank von Bernadette Berger und würde mich gerne einen Moment mit Ihnen unterhalten.« Er gab ihr seine Visitenkarte.

Die Stupsnase kräuselte sich. »Und ich dachte, Sie seien ein Pharmavertreter. Bitte kommen Sie mit.«

Sie machte kehrt und führte Winter in ein schmuckloses Büro mit einem modernen Schreibtisch. An den Wänden standen Büchergestelle, vollgestopft mit wissenschaftlichen Büchern, Zeitschriften und Ordnern. In einer Ecke wartete auf einer Rolle ein Rennrad für das Trockentraining.

Kerstin Berger räumte ein paar Unterlagen vom runden Besprechungstisch und bat Winter, sich zu setzen. »Kann ich Ihnen etwas zu trinken anbieten? Wasser, Kaffee?«

»Nur ein Glas Wasser bitte.«

Während sie aus einer großen Wasserflasche zwei Plastikbecher einschenkte, studierte Winter die spitzbübischen Augen. Er war sich nicht sicher, ob sie grün oder blau waren. Trotz des Make-ups war er sich jedoch sicher, dass Kerstin Berger müde war. Zu viel Arbeit? Schlaflose Nächte? Trauer?

»Danke.« Er nahm einen Schluck. »Sie trainieren damit?« Winter deutete auf das Rennrad.

»Ja, meine Zeit ist beschränkt, und in der kalten Jahreszeit ist die Rolle ganz praktisch. Während des Radelns denke ich nach.«

Winter nickte. »Im Namen meiner Bank möchte ich Ihnen zuerst unser Beileid aussprechen.«

»Danke. Großmamas Tod hat uns schwer getroffen.«

»Wie geht es Ihrer Mutter?«

»Den Umständen entsprechend gut.«

»Ich bin eigentlich vor allem wegen ihr hier. Wäre es möglich, sie zu sprechen?«

»Im Moment ist sie leider nicht verfügbar. Aber wir stehen uns sehr nahe.« Sie reichte Winter eine Visitenkarte. Dr. med. Kerstin Berger, COO BNMS; sie war Chief Operating Officer des Familienunternehmens. Sie öffnete einladend die Hände.

»Sie können Ihr Anliegen gerne mit mir besprechen. De facto führe ich die Geschäfte hier.«

»Es geht um eine Privatangelegenheit.«

Die grünblauen Augen fixierten ihn. »Geht es um das Testament?«

»Wie kommen Sie darauf?« Was wusste sie von den schweren Anschuldigungen? Er musste zuerst mit *Brigitte* Berger sprechen. Diskretion war oberstes Gebot.

Kerstin spielte mit Winters Visitenkarte. »Sie sagten, dass Sie von Großmamas Bank sind.«

»Wann ist Ihre Mutter denn frei?« Winter schaute sich um. Wahrscheinlich saß sie im Nebenzimmer.

»Meine Mutter leidet an Krebs und ist nicht da.«

»Tut mir leid. Das habe ich nicht gewusst.« Winter beugte sich vor, schwieg und wartete. Er hatte die Erfahrung gemacht, dass Schweigen oft besser war als eine Zusatzfrage.

Tatsächlich fuhr sie fort: »Sie muss rund um die Uhr gepflegt werden. Im Moment kann sie noch zu Hause wohnen. Mein Vater und ich kümmern uns um sie.« Kerstin Berger rang einen Moment um ihre Fassung. »Ich werde ihr ausrichten, dass Sie da waren.«

Sie stand auf.

Winter verabschiedete sich, ging am Hausdrachen vorbei und stieg ins Taxi. Wenigstens war diese Tochter noch am Leben.

5. Januar 17:23

Eine halbe Stunde später stieg Winter in Fürth aus dem Taxi. Brigitte Berger lebte in einer ruhigen Nebenstraße in der Schwesterstadt von Nürnberg. Eine verwachsene, schräge Thujahecke schirmte das Grundstück ab. Die Außenbeleuchtung sprang automatisch an. Eine beschlagene Pforte quietschte. Fachwerkbalken verbarrikadierten das wuchtige Haus, das von einem spitzen Giebeldach gekrönt war.

Dunkle Fenster.

Auf dem Namensschild »H. + B. Berger«. Herr Berger hatte nach der Heirat mit Brigitte Berger offenbar ihren Familiennamen angenommen. Winter drückte die goldene Klingel. Tief im Innern des Hauses ertönte ein dumpfes Dingdong.

Nach einer Weile ging neben der Tür Licht an, und ein magerer Mann mit Anzug und Krawatte öffnete die Tür. »Sie wünschen?«

»Guten Abend. Mein Name ist Winter. Ich möchte gerne mit Frau Berger sprechen.«

Der bleiche Mann zog die Tränensäcke hoch und schwieg. Im Korridor glitzerte ein Leuchter.

»Es geht um eine persönliche Angelegenheit.«

»Meine Frau erwartet niemanden.«

»Es geht um Frau Bergers Mutter.« Herr Berger schaute an Winter vorbei in den Garten. Er hätte die Tür wohl am liebsten wieder geschlossen. Winter insistierte. »Es ist wichtig. Ich bin heute extra aus Zürich hergeflogen.«

Winter reichte Herrn Berger seine Visitenkarte.

Der ältliche Mann zog eine Lesebrille aus der Brusttasche, studierte die Karte und musterte ihn erneut. Winter war froh, sich nach der Verfolgungsjagd umgezogen zu haben.

Herr Berger steckte die Brille weg. »Meiner Frau geht es nicht gut.«

»Ich weiß, aber es ist wichtig. Ich habe vorhin mit Ihrer Tochter gesprochen.«

Herr Berger machte eine einladende Handbewegung. »Bitte.«

Winter trat ein. Zwischen geschlossenen, glänzend weiß lackierten Türen hingen schwere Ölbilder. »Danke.«

»Keine Ursache.«

Sie kamen in ein großzügiges Wohnzimmer mit einer vom Boden bis an die Decke reichenden Fensterfront. Einzige Lichtquelle war eine geschwungene Stehlampe, die sich über die riesige Polstergruppe beugte. Ein polierter, von Stühlen eingekreister Esstisch, ein offener, kalter Kamin. Im Halbdunkel hinter der Fensterfront machte Winter zugedeckte Gartenmöbel aus. In der Ferne die Lichter von Nürnberg.

Herr Berger verschwand wortlos durch eine Schiebetür. Kurz darauf kündigte ein Summen einen elektrischen Rollstuhl an. Das Zweite, was Winter auffiel, war Brigitte Bergers Dauerwelle. Darüber hing ein Tropf. Brigitte Berger trug drei Perlenketten, eine geblümte seidene Bluse und ein dunkelblaues Kostüm. »Es freut mich, Sie kennenzulernen, Frau Berger.«

»Herr Winter.« Eine knochige Hand zeigte aufs Sofa. Winter setzte sich. Mit tiefer, krächzender Stimme sagte sie: »Heribert. Kann ich einen Gin Tonic haben.« Keine Frage, sondern eine Anordnung. Herr Berger verzog keine Miene, und zu Winter gewandt fragte er: »Möchten Sie auch einen?«

»Gerne.«

Der Tropf baumelte hinter der Dauerwelle. Wahrscheinlich eine Perücke. Das Gesicht war unter den Backenknochen eingefallen, die Augen dunkelviolett, der Mund blutrot geschminkt.

»Sie sind also von der Bank meiner Mutter?« Brigitte Berger hatte Winters Visitenkarte in der Hand.

»Ja. Danke, dass Sie mich empfangen haben. Zuerst möchte ich Ihnen mein Beileid aussprechen. Es war für uns ein Schock, als wir vom Tod Ihrer Mutter erfuhren.«

»Wir müssen alle einmal abtreten. Einige früher, andere später.« Sie hustete und zog aus ihrer Jackentasche eine Zigarettenpackung Peter Stuyvesants hervor. Sie zündete sich eine an und inhalierte tief. »Heribert! Wo bleibt mein GT?«

»Ich komme, Schatz.«

Ihre Trauer schien sich in Grenzen zu halten. Aber das war schwierig zu beurteilen. Ein spitzbübisches Grinsen ging über ihr Gesicht und entblößte gelbliche Zähne. Das gleiche Lächeln hatte Winter vorhin bei ihrer Tochter gesehen. Vertraulich sagte sie: »Mein Doktor hat mir das Trinken und Rauchen verboten, aber bei mir kommt es nicht mehr darauf an.«

Winter nickte schweigend.

»Es kann jeden treffen.« Sie zog an ihrer Zigarette, als wäre es ihre letzte. Der Rauch kam durch die Nase zurück. Im Tischchen des Rollstuhls war ein Aschenbecher eingelassen. Herr Berger stellte einen Gin Tonic mit Eis daneben und einen vor Winter.

Dieser wechselte das Thema. »Ich habe vorhin Ihre Tochter kennengelernt.«

»Ich weiß. Sie kümmert sich nun um die Firma. Bis vor Kurzem habe ich sie noch selbst geleitet.«

Die knochigen Schultern zuckten.

Winter fragte: »Was macht die BNMS eigentlich?«

»Wir sind in der experimentellen Onkologie und haben uns auf magnetisches Drug Targeting spezialisiert. Die Nanotechnologie ermöglicht uns, Krebszellen sehr präzise zu bekämpfen. Mit einem speziellen Magneten werden kleinste magnetische Eisenoxidpartikel zusammen mit anderen Medikamenten in einen Tumor geleitet.«

»Mhm. Interessant.«

»Wir sind kurz vor dem Durchbruch und arbeiten mit dem Klinikum Fürth, dem Fraunhofer-Institut und anderen renommierten Universitäten auf der ganzen Welt zusammen.« Stolz schaute sie Winter an. »Aber ich will Sie nicht langweilen. Sagen Sie mir, weshalb Sie gekommen sind.«

»Also«, er nahm einen Schluck, »wie Sie wahrscheinlich wissen, sind die Umstände, die zum Ableben Ihrer Mutter geführt haben, noch nicht ganz geklärt.« Winter beugte sich vor. »Ich gehe davon aus, dass sich die Polizei bei Ihnen gemeldet hat?«

»Ja, die haben angerufen. Haben Sie den Neger schon erwischt?«

»Meines Wissens noch nicht.«

»Aber Sie sind nicht deswegen hier, oder?«

»Nein. Ich bin im Auftrag von Dr. Hodel hier.«

»*Diesen* Doktor kenne ich nicht.«

»Herr Hodel ist Rechtsanwalt. Ihre Mutter hat ein Testament hinterlassen und den Rechtsanwalt unserer Bank beauftragt, es zu vollstrecken.«

»Wegen ein paar Formalitäten hätten Sie nicht extra herkommen müssen. Hätten wir das nicht telefonisch erledigen können?« Den Verstand schien der Krebs verschont zu haben. Sie zündete sich mit dem letzten Stumpen ihrer Zigarette eine neue an und inhalierte mit erhobenem Kinn.

»Unsere Bank legt Wert auf persönlichen Service. Und im vorliegenden Fall ist die Ausgangslage nicht ganz einfach.« Winter warf einen vielsagenden Blick auf Herrn Berger, der regungslos unter der Lampe saß. »Durch die hinterlegten Bestimmungen sehen wir uns leider gezwungen, vor der Eröffnung des Testaments einige Erkundigungen einzuholen.«

Brigitte Berger hustete, als wollte sie Schleim in ihrem Hals lösen. Ihre Augen verengten sich zu Schlitzen. Sie leerte das Glas und nickte. »Heribert. Warum liest du nicht in der Bibliothek weiter?«

Dieser stand auf und verließ mit säuerlichem Lächeln das Wohnzimmer. Brigitte Berger zog an ihrer Zigarette und schaute auf die Lichter Nürnbergs. Eine Tür öffnete und schloss sich wieder. »Kommen Sie zur Sache.«

Winter entschied sich, zuerst das Terrain vorzubereiten und die Anschuldigungen nicht sofort anzusprechen. »Wer von den Angehörigen kümmert sich um die Beerdigung?«

»Ich nicht.«

»Ihre Geschwister?«

»Von mir aus.«

»Wie geht es Ihrer Schwester?«

»Keine Ahnung. Was hat das damit zu tun?« Sie blies Rauch zur Decke. Winter ignorierte die Gegenfrage. Offenbar hatte sie noch nichts von der Vermisstenmeldung auf den Azoren gehört.

»Wie war eigentlich die Beziehung zu Ihrer Mutter?«

»Ich bin Ärztin, nicht Psychoanalytikerin.«

Winter machte eine Pause und fragte dann: »Wann haben Sie Ihre Mutter das letzte Mal gesprochen?«

»Also wirklich! Verschwenden Sie nicht meine Zeit. Die wird

nämlich immer kostbarer.« Sie hustete demonstrativ und fingerte eine frische Zigarette hervor.

»Sie haben doch sicher an Weihnachten zusammen gesprochen?«

Sie inhalierte und verneinte schroff: »Lassen Sie den salbungsvollen Quatsch!« In versöhnlichem Tonfall sagte sie: »Wir haben uns nicht besonders gut verstanden. In meiner Jugend wollte ich weg. Ich habe in Berlin studiert und dann alle Energie in die Firma gesteckt. Meine Tochter hat meine Mutter in den letzten Jahren ab und zu besucht, aber ich …« Sie brach ab und fügte hinzu: »Haben Sie Kinder, Herr Winter?«

Er schüttelte den Kopf.

»Sie verpassen etwas.« Brigitte Berger lächelte fast kindlich. »Meine Tochter und ich haben eine sehr innige Beziehung.«

»Eine bessere als Sie mit Ihren Eltern?«

Brigitte Berger blies verächtlich Zigarettenrauch aus. War sie wütend? Verärgert? »Soviel ich weiß, ist Ihr Vater früh verstorben?« Sie nickte nur. »Können Sie sich an die Umstände erinnern?«

»Nein.«

»Ihre Eltern haben damals in Bern eine Bäckerei geführt.«

»Das ist schon lange her. Ich war noch ein Kind.«

Offensichtlich wollte Brigitte Berger nicht über die Vergangenheit reden. Ihr abgewandter Blick verriet jedoch, dass sie an einen ganz anderen Ort, in eine andere Zeit gewandert war. Winter hatte genug um den heißen Brei herumgeredet und zog den Umschlag mit den alten Familienfotos hervor. Zuoberst lag das Strandfoto, auf dem sich die Familie Berger um eine Sandburg gruppierte. Unter einem knallroten Plastikkessel-Hut lugte eine kindliche Version seines Visavis hervor.

Winter legte das Foto auf das Rollstuhltischchen.

Er fügte ein Familienfoto vor einem geschmückten Weihnachtsbaum hinzu. Die drei Geschwister in Sonntagskleidern und mit vom Blitz geröteten Augen.

Ein Kindergeburtstag. Brigitte beim Ausblasen der Kerzen auf einer riesigen Torte.

Brigitte Berger fixierte ihn, ohne die Fotos zu berühren.

Winter sagte: »Im Testament Ihrer Mutter steht, dass 1971 eines der Kinder den Tod ihres Ehemannes verschuldet hat. Ich muss Sie deshalb fragen: Waren Sie es?«

Sie reagierte nicht. Ihre Augen verrieten keine Reaktion. Weder Überraschung noch Ablehnung. Kein »Nein!«, kein »Spinnen Sie!«. Keine Wut und keinen Ärger. Absolut nichts. Sie schaute ihn einfach nur an, als ob sie ihn nicht gehört hätte. Der rote Mund war ein unbeweglicher Strich. Dann hob sie das Kinn, nahm einen Zug, inhalierte und wandte sich schweigend ab.

Winter schwieg ebenfalls. Er studierte geduldig die drei Perlenketten, die sich mit der schwachen Atmung langsam hoben und senkten. Die Perlen der längsten Kette waren am größten, die der kürzesten am kleinsten.

Manche Geständnisse brauchten Zeit. Einige brannten zwar regelrecht darauf, sich etwas vom Herzen zu reden, andere hingegen mussten sich überwinden. Vor allem kaltblütige Leute, die ihrer Intelligenz vertraut hatten. Diese benötigten Zeit, um zu begreifen. Zeit, um die Optionen zu kalkulieren, Kosten und Nutzen abzuwägen.

Winter wartete unbeweglich. Er war da und doch nicht. Im Raum war es still. Ruhige Gegend, gut isoliertes Haus. Nach einer Ewigkeit schlug im Haus irgendwo eine Pendüle. Wenigstens etwas hatten Mutter und Tochter Berger gemeinsam. Winter zählte die Schläge. Eins, zwei, drei, vier, fünf, sechs.

Danach drückende Stille.

Oberhalb der Perlenketten Zigarettenrauch.

Die Brust hob sich. Sie schluckte. Dann sagte Frau Berger mit klarer Stimme: »Holen Sie uns noch einen Gin Tonic.«

5. Januar 18:01

Winter steckte den Umschlag ein, stand auf und nahm die beiden Gläser. Das Büfett hatte eine Klappe, unter der sich die Alltagsdrogen versteckten. Im Gedränge der Bar fand er eine Flasche Gin und mehrere Tonic-Fläschchen. Das Glas seiner Gastgeberin füllte er halbe-halbe. Er hoffte, sie damit auf die richtige Betriebstemperatur zu bringen. Für sich nahm er den Rest des Tonics.

Er war erschöpft. Zum Glück hielt ihn das pulsierende Adrenalin wach. Der Rollstuhl surrte. Eine Schiebetür in der Fensterfront glitt wie von Geisterhand geschoben zur Seite. Kalte Luft wallte ins Zimmer. Der Rollstuhl mit dem baumelnden Tropf fuhr in die Dunkelheit.

Ein greller Scheinwerfer über der Terrasse ging an. Für einen Moment konnte er Frau Bergers ausdrucksloses Gesicht sehen. Er nahm die Gläser und folgte ihr.

Draußen war es kalt, deutlich unter null. Winter fröstelte. Die abgedeckten Gartenmöbel. Ein überdimensionierter Grill. Einige winterfest in Gaze eingewickelte Topfpflanzen.

Frau Berger fuhr aus dem Lichtkegel heraus und hielt auf einer kleinen Steinplattform. Dick verglaste Bodenlampen verströmten spärliches Licht und warfen von unten ungewohnte Schatten. Vor ihnen fiel das Grundstück leicht ab. Einige hundert Meter weiter unten waren die leeren Becken eines beleuchteten Schwimmbades zu erkennen. Geometrische Muster in Blau und Grau. Ein Planschbecken für die Kleinsten in Nierenform.

Er stellte den Gin Tonic auf das Rollstuhltischchen.

Sie nickte nur und nahm einen Schluck.

Winter setzte sich neben sie auf eine schmiedeeiserne Bank. Der Atem kondensierte zu Eishauch. In der Ferne rauschte schwach eine Schnellstraße. Seine Augen gewöhnten sich an die Dunkelheit. Zurückgeschnittene Rosenstauden. Geköpfte Schönheiten.

Die Tochter hielt die alten Fotos in der Linken, das Glas in der Rechten und starrte auf die Lichter von Fürth und Nürnberg.

»Als kleines Kind habe ich in der Bäckerei ausgeholfen. Am liebsten habe ich die Zöpfe angemalt. Mit Eigelb. Da konnte nicht viel schiefgehen. Ich stand auf einem Hocker und hatte einen breiten Pinsel. Damit habe ich alle angestrichen. Dann mussten wir warten, bis die Zöpfe schön aufgingen und goldbraun aus dem Ofen kamen. Ich war jedes Mal mächtig stolz auf meine Zöpfe.« Sie lächelte. »Was ich auch gerne gemacht habe, war das Einstechen. Mit einer Gabel habe ich den ausgelegten Teig angestochen. Fünfmal für die großen Kuchenbleche und dreimal für die kleinen. Das machte Spaß. Ich kann mich noch heute an das ›Pling‹ der Gabel auf dem Blech erinnern.«

Frau Berger drehte sich zu Winter. Ihre Augenhöhlen lagen im Dunkeln. »Manchmal schaute ich auch nur der Teigmaschine zu, die endlos drehte und alles durchknetete.«

Winter schwieg.

Fast entschuldigend fügte sie an: »Aber an vieles kann ich mich nicht mehr genau erinnern. Ich weiß nicht, was die Jahrzehnte mit meinen Erinnerungen gemacht haben. Ich habe nur noch ein paar Schnappschüsse im Kopf. Wahrscheinlich habe ich vieles verdrängt.« Frau Berger presste die Lippen zusammen.

Er fror und atmete ruhig. Eishauch.

»Manchmal frage ich mich, ob ich mir alles nur einbilde. Aber ich bin sicher, dass es in der Backstube immer heiß war. Wir trugen Sandalen und viel zu lange Schürzen.«

Sie lachte auf, hustete schleimig und leerte dann das Glas in einem Zug. Das Feuerzeug flammte auf. Ein tiefer Zug, eine große Rauch- und Dampfwolke hüllte die Perücke ein. »Und darunter waren wir nackt.«

Winter nickte. Mehr Eishauch.

»Mein Vater sagte, es sei wegen der Hitze und der Hygiene!« Sie spie verächtlich Tabakkrümel in den Rosengarten. »Dieses perverse Schwein.«

Ihre mageren Finger krallten sich in Winters Unterarm.

»Stellen Sie sich das vor. Als Sechs-, Siebenjährige sind Sie Ihren Eltern vollkommen ausgeliefert. Diese definieren, was normal ist und was nicht. Die Backstube war im Untergeschoss und hatte keine Fenster. Er trug immer eine kurze Turnhose.

Von der engen Sorte. Die waren damals Mode.« Sie machte eine Ekelgrimasse. »Und wenn wir warteten, bis der Teig aufging oder die Zöpfe gebacken waren, hat er mit mir ›gespielt‹.«

Frau Berger ließ Winter los und wackelte mit ihrem Mittelfinger vor seinen Augen.

Winter schluckte. »Und Ihre Mutter?«

»Die war oben im Laden und hat so getan, als ob sie nichts wusste. Sie hat den Kopf in den Sand gesteckt. Was nicht sein durfte, gab es nicht.« Sie zerdrückte die halb gerauchte Zigarette. »Das Schwein hat mich mit Zuckerguss bepinselt und dann abgeleckt.«

Unwillkürlich wischte sie etwas von ihrer Brust. Die Perlenketten klapperten. »Ich habe jahrelang nicht mehr daran denken wollen. Als die Polizei mich anrief, ist alles wieder hochgekommen. Als Ärztin fällt es mir schwer, es zuzugeben, aber vielleicht haben mich meine frühkindlichen Jahre mehr geprägt, als ich es mir eingestehen will.«

»An was können Sie sich noch erinnern?«

»Er hat vor dem ›Spielen‹ immer den Ehering abgenommen.«

»Und?«

»Danach musste ich mich jeweils waschen. Es hatte im Korridor zur Backstube eine Toilette mit einem Lavabo. Dort hat er mich abgeseift. Danach gab es einen kleinen Gugelhopf oder so als ›Belohnung‹, dass ich ihm geholfen habe.«

Winter fröstelte und fragte: »Und Ihre Schwester, hat Ihr Vater sie auch missbraucht?«

»Ich weiß es nicht. Wir haben nie darüber gesprochen. Aber ich denke schon. Sie ist zwei Jahre älter als ich. Ich habe lange zu ihr aufgeschaut. Als sie mit siebzehn ihren Portugiesen kennenlernte und mit ihm abhaute, war ich eifersüchtig und wütend. Damals hatte ich das Gefühl, dass sie mich im Stich lässt. Aber sie wollte einfach nur weg. Mein kleiner Bruder ist auch so schnell wie möglich gegangen. Wir haben uns alle bei der ersten Gelegenheit verdünnisiert.«

Winter erinnerte sich an das Gespräch mit der Nachbarin der toten Berger. Im tristen Korridor hatte sie gesagt, dass es keine Verwandte gebe. Das schlechte Gewissen hatte Frau Berger in die Einsamkeit getrieben. »Wie lange hat ...« Winter suchte nach den richtigen Worten, scheiterte und behalf sich mit »... das denn angedauert?«

»Ich weiß nicht, vier, fünf Jahre vielleicht. Als ich in den Kindergarten kam, hatte ich viele Freunde. Ich durfte manchmal einen ganzen Korb mit Backwaren mitnehmen. Ausschuss. So Sachen, die nicht mehr verkauft werden konnten. Aber einmal hat mir die Kindergärtnerin mit dem Lineal auf die Finger geschlagen.« Sie streckte die beringten Hände vor sich aus, die glimmende Zigarette senkrecht. Ein langer Aschenstummel fiel herunter. »Ich habe nicht verstanden, warum ich bestraft wurde. Ich hatte doch nur ›Bäckerei‹ gespielt.«

»Ist jemand der Sache nachgegangen?«

»Nein. Aber als ich älter wurde, habe ich mich gewehrt.«

War das ein Geständnis?

»Was ist passiert?«

»Einmal habe ich ein Blech mit Torten zu Boden geschmissen. Es waren Schwarzwälder.« Sie seufzte. »Komisch, an was man sich alles erinnern kann. Nicht wahr?«

Winter nickte und wartete, und als sie nicht fortfuhr, fragte er: »Und dann haben Sie ihn in den Ofen gesperrt?«

»Ich war damals ein Kind.«

»Haben Sie Ihren Vater getötet?«

Sie schüttelte den Kopf. »Aber als es vorbei war, war ich erleichtert.« Das gespenstische Gesicht drehte sich Winter zu. »Mein lieber Herr Winter, ich habe zwar nicht mehr lange zu leben, aber was ich nicht getan habe, kann ich auch nicht gestehen.«

Die Stimme klang wieder wie die der Geschäftsfrau, die einen Deal aushandelt. Sie entblößte ihr Gebiss. Das Verletzliche, Kindliche war in die Vergangenheit entschwunden. Laute Stimmen drangen in den Garten. Winter drehte sich um. Im nun hell erleuchteten Wohnzimmer gestikulierten zwei Gestalten. Eine der Silhouetten fiel hin.

5. Januar 18:29

»Wir gehen besser rein.« Brigitte Berger manövrierte den Rollstuhl in die andere Richtung und fuhr zurück. Auf halbem Weg hielt sie an und gab Winter die Fotos zurück. »Ich habe mit Heribert nie darüber gesprochen. Bitte sagen Sie ihm nichts. Er hat mit mir schon genug am Hals.« Sie lachte traurig.

Winter nickte.

Im Wohnzimmer war eine heftige Diskussion zwischen Vater und Tochter im Gang. Herr Berger lag unter einer gefalteten Decke begraben auf dem Ledersofa. Kerstin stand mit ausgestrecktem Zeigefinger über ihm. »Sie holt sich dort draußen noch eine Lungenentzündung! Warum hast du sie nicht in die Decke eingewickelt?«

Sie hielt abrupt inne.

Herr Berger rappelte sich auf, und Kerstin nahm ihm die Decke ab. »Mama, ich habe dir doch schon tausendmal gesagt, dass du dich bei diesem Wetter gut einpacken musst.« Sie kniete sich vor den Rollstuhl und legte ihrer Mutter die Decke über die Beine. »So, das sollte dich aufwärmen.«

»Danke.« Brigitte Berger hielt ihrem Mann das leere Glas hin.

»Papa hat mich angerufen.«

Herr Berger drückte mit dem leeren Glas in der Hand auf einen Knopf, und die Glasfront begann sich zu schließen. Kerstin war immer noch im Deuxpièces, aber mittlerweile barfuß. Die Zehennägel waren rot lackiert, an den kleinen Zehen schimmerten silberne Ringe. Sie legte ihrer Mutter beide Hände auf die Knie, stand auf und trat auf Winter zu. »Bitte entschuldigen Sie, aber Mama sollte sich in ihrem Zustand nicht erkälten. Konnten Sie alles mit ihr besprechen?«

»Keine Ursache. Ich bin Ihrer Mutter sehr dankbar, dass sie mich trotz allem empfangen hat.«

Kerstin musterte Winter, der noch immer den Umschlag mit den Fotos in der Hand hielt, und fragte nach einer Weile: »Und? Alles klar?«

»Ich denke schon. Ihre Mutter war sehr hilfreich.«

Sie lächelte ihn mit ihren grünblauen Augen an. »Und, bleiben Sie länger bei uns?«

»Nein. Ich übernachte in Nürnberg und fliege morgen zurück.«

Brigitte Berger hatte ihren dritten Gin Tonic in Empfang genommen und mischte sich ein: »Herr Winter und ich hatten ein nettes Gespräch. Wir haben einige Formalitäten geklärt. Nun wollen wir ihn aber nicht länger aufhalten.«

Winter stellte sein Glas ab: »Ja. Nochmals vielen Dank. Sobald alles erledigt ist, melden wir uns.« Er beugte sich vor, roch den mit Gin einbalsamierten Verwesungsgeruch aus ihrem Rachen und drückte mit seiner Linken eine kalte Hand.

Als er sich wieder aufrichtete, fragte Kerstin: »Wie sind Sie denn unterwegs? Kann ich Sie nach Nürnberg fahren?«

Winter antwortete: »Nein, nein. Ich habe gesehen, dass es zwischen Fürth und Nürnberg eine U-Bahn gibt. Zeigen Sie mir einfach die Richtung zur nächsten Station?«

»Es macht keine Umstände. Ich muss sowieso noch einmal raus.«

Winter schaute sich um. Er war hundemüde und nicht abgeneigt, sich von der jungen Berger chauffieren zu lassen. Vielleicht würde er von ihr mehr über Mutter und Großmutter erfahren. Aus Höflichkeit sagte er jedoch: »Das ist sehr nett. Aber ich kann das unmöglich annehmen.«

»Doch, doch.« Kerstin schob ihn praktisch aus dem Raum. »Keine Widerrede.«

Frau Berger hing erschöpft im Rollstuhl, sah Winter durch wässrige Augen nach. Ihr Glas war schon wieder leer. Herr Berger winkte linkisch vom anderen Ende der Sofalandschaft.

Kerstin öffnete eine Seitentür, und sie kamen durch einen Nebenraum mit Waschmaschine in eine geräumige Doppelgarage, wo neben einem warmen 1er-BMW ein eingemotteter Mercedes stand. Kerstin klickte den getunten schwarzen BMW und das Garagentor auf. Während sich das Tor langsam hob, warf sie ihre Schuhe, die neben dem gelochten Gaspedal gelegen hatten, auf den Rücksitz. »Ich fahre am liebsten barfuß.«

Das Spitzbübische war zurück.

Winter stieg ein und sah, dass der kurze Rock mehr als ihre Knie preisgab. »Gut fürs Fahrgefühl?«

»Ja, viel direkter. In welchem Hotel sind Sie?«

»Im Holiday Inn in der Altstadt, gleich beim Plärrer.«

»Sie sind im Rotlichtmilieu abgestiegen?«

»Ich bin Fußsoldat und brauche nur ein Bett.«

Sie kurvte aus der Garage und fuhr zügig durch die Nebenstraßen.

»Was haben Sie mit Ihrem Arm gemacht? Kriegsverletzung?«

»Sportunfall.«

»Sorry. Es ist ein Wunder, dass es mich auf dem Fahrrad noch nie erwischt hat. Was ist denn Ihr Sport?«

»Skifahren. Und Judo.«

»Oh«, ein schneller Seitenblick, »dann könnten Sie mich aufs Kreuz legen?«

»Nur wenn Sie ein böses Mädchen sind.«

Sie schwieg, beschleunigte und spurte auf eine Schnellstraße ein.

Winter fragte: »Wer organisiert eigentlich das Begräbnis?«

»Das wird wahrscheinlich an mir hängen bleiben. Wie fast alles.« Sie schaltete einen Gang zurück und überholte einen Range Rover. »Helen ist auf den Azoren und mein Onkel ein hoffnungsloser Fall.« Winter schaute fragend zu ihr hinüber. Das Gesicht war konzentriert, der Verkehr ziemlich dicht. Nach einer Weile antwortete sie: »Er trinkt. Mehr als meine Mutter. Und das will was heißen. Wahrscheinlich liegt es in den Genen.« Sie legte für einen Moment den Kopf schief. »Aber sonst ist er ganz brauchbar.«

»Ihre Großmutter wollte, dass ihre Asche auf dem Titlis verstreut wird.«

»Scheiße.«

»Keine Angst, es hat eine Seilbahn.«

»Der Berg macht mir nichts aus. Aber ich bin davon ausgegangen, dass wir Großmama hier begraben können.«

»Da muss ich Sie leider enttäuschen.« Und nach einer Pause fuhr er fort: »Haben Sie Ihre Großmutter eigentlich öfter gesehen?«

»Nicht allzu oft. Manchmal. Wir haben Geschäftspartner in der Schweiz, vor allem in Basel. Da machte ich ab und zu einen Abstecher nach Bern. Letzten Sommer waren wir zusammen im Rosengarten. Großmama war nicht mehr so gut zu Fuß.«

»Ich war in ihrer Wohnung und hatte den Eindruck, dass sie ziemlich einsam war.«

Die Lichtreklamen vor einem Industriequartier zogen vorbei.

»Ich weiß nicht. Sie hat sich immer gefreut, wenn ich bei ihr war. Großmama war alt. Einsamkeit ist eine Alterserscheinung. Stellen Sie sich vor, wenn Ihnen die Freunde wegsterben, Sie in der Zeitung als Erstes die Todesanzeigen lesen und Ihr Ausgang darin besteht, auf Beerdigungen zu gehen.«

Sie schauderte bei dem Gedanken.

»Vielleicht. Ich stelle mir das anders vor. Viel Sonne, ein langer Sandstrand und ein gutes Buch im Liegestuhl.«

»Ja. Recht haben Sie.« Sie berührte Winters Oberschenkel »Ich sollte nicht Trübsal blasen, sondern das Leben genießen.« Im Cockpit des BMWs war es wohlig warm. »Im Moment ist einfach viel los. Die Expansion der Firma. Mama, die das Haus nicht mehr alleine verlassen kann. Und jetzt noch die Geschichte mit Großmama.«

Sie verließen die Schnellstraße.

An der ersten Ampel fragte Winter: »Haben Sie letzthin etwas von Ihrer Tante auf den Azoren gehört?«

»Nein.« Sie gab Gas und arbeitete sich durch die Gänge.

»Haben Sie sie mal auf den Azoren besucht?«

»Für solche Ausflüge habe ich keine Zeit.«

Winter erkannte den Plärrer und die Stadtmauer. »Da um die Ecke muss es sein.«

Kurz darauf hielt der BMW vor dem Holiday Inn hinter einem Zuhälter-Bentley. Sie klickten die Sicherheitsgurte auf. Kerstin stemmte den nackten rechten Fuß auf die Mittelkonsole und drehte sich Winter zu. Der verrutschte Jupe entblößte athletische Oberschenkel. Er fixierte die Zehen mit den roten Nägeln und den kleinen Ringen. »Vielen Dank fürs Taxi.«

Die Zehen wackelten.

Winter hob den Kopf und sah ein Lächeln, das die müden

Augen nicht ganz erreichten. Er stieg aus und schaute dem davonbrausenden BMW nachdenklich nach.

In der Bar genehmigte er sich einen Teller Pasta und eine Cola Zero. Im Kopf spielte er die Gespräche des Tages nochmals durch. Die Kinder der Bergers mussten eine furchtbare Kindheit gehabt haben. Kein Wunder, dass sie ausgeflogen waren. Aber hatte er die Bedingung für die Testamentseröffnung geklärt? Einen Moment lang hatte er geglaubt, dass Brigitte Berger gestanden hatte. Aber dann hatte sie es doch deutlich verneint.

Und was wollte Kerstin? Sex? Zuwendung? Informationen? Sie war geschäftsmäßig und rührend und offenherzig zugleich. Winter gestand sich ein, dass er der Versuchung fast erlegen war, sie zu einem Schlummertrunk einzuladen.

Was Maira wohl gerade machte?

Als seine Verdauung einsetzte, merkte Winter wieder, wie erschöpft er war. Traurig dachte er an Tiger. Dann verdrängte er diesen Gedanken, bezahlte, ging auf sein Zimmer und zog die Vorhänge zu. Bevor er sich ins Bett legte, schluckte er eine Schmerz- und eine Schlaftablette. Die Lichtreklame des gegenüberliegenden Puffs spaltete mit einem verzogenen rosaroten Balken seine Zimmerdecke.

Er schloss die Augen. Warum hatte heute Abend niemand nach der Erbschaft gefragt? War es der Todkranken nach dem Missbrauch in ihrer Kindheit einfach egal? Was verriet das Nichtstellen einer Frage? Auf der Straße kläffte ein kleiner Hund mit Größenwahn. Vielleicht war es ganz einfach, und die Bergers hier wussten schon von den Millionen auf dem Konto.

Libyen – Grenze zu Tunesien

Tijo saß nach einem langen Arbeitstag hungrig vor seinem Haus und schaute Yaya und Nafy zu, wie sie ihrer Mutter beim Zubereiten der Bohnen halfen. Es roch gut. Die Sonne versank am Horizont und färbte alles in ein dunkles Orange. Etwas juckte zwischen seinen Beinen. Tijo schaute an sich hinunter und sah eine schwarze Mamba. Die Giftschlange schoss zischend heran und grub ihre spitzen Fangzähne in sein Geschlecht.

Er schrie und wachte auf.

Der über ihn gebeugte Mann fuhr hoch und riss vor Schreck einen Streifen Klebband von Tijos Oberschenkel.

Tijo herrschte ihn an: »Hey!« Der Hilfspfleger, der versucht hatte, ihn zu beklauen, hastete davon und schlüpfte durch einen Spalt aus dem großen Zelt. Rechts von ihm murrte der Mann mit dem amputierten Bein. Tijo fuhr mit der Hand zwischen seine Beine. Der mit Klebband an der Innenseite des linken Oberschenkels befestigte Plastikbeutel mit dem Geld war noch da.

Es war nicht mehr viel. Würde es bis Europa reichen?

Schweißgebadet sank Tijo auf die Matte zurück und zog die dünne Isolierdecke wieder über sich. Zum Glück war die Mamba ein Traum gewesen. Er kratzte sich zwischen den Beinen.

Mitternacht war vorbei.

Die Zeltplane über ihm bewegte sich leicht. Ein paar Matten weiter stöhnte ein Verwundeter. Die dünnen silbernen Decken knisterten, wenn sich einer im Schlaf wälzte.

Das Auffanglager im libyschen Grenzgebiet zu Tunesien war überbelegt. Sie lagen dicht gedrängt Matte an Matte. Die Hilfsorganisationen machten hier die Triage der angespülten Verwundeten und trennten die Hoffnungslosen von den hoffnungsvollen Fällen.

Tijo war froh, hier zu sein. Es gab zu trinken und zu essen. Und sie hatten seine vom Schrapnell infizierten Splitterwunden desinfiziert und frisch bandagiert. Sie eiterten nicht mehr. Gestern hatte ein blonder Europäer, der Erik hieß und ziemlich gut Arabisch konnte, sich sogar danach erkundigt, woher seine frischen Striemen auf dem Rücken kamen.

Wenn sein Glück anhielt, würde er bald einen der Busse besteigen und nach Tunis fahren.

Tijo stützte sich auf und trank einen Schluck Wasser.

Links neben ihm schnarchte Tafari. Seelenruhig. Der hatte den versuchten Diebstahl des Pflegers gar nicht mitbekommen.

Den schmächtigen Äthiopier hatte Tijo unmittelbar nach seiner Gefangennahme in Sirte kennengelernt. Sie saßen zusammengepfercht mit anderen Gefangenen nebeneinander auf der Pritsche des Pick-ups. Als die Milizen sie in einem provisorischen Lager irgendwo bei Tripolis verhörten und auspeitschten, wurden sie plötzlich beschossen.

Daheim in den Nuba-Bergen hatte Tijo gelernt, nicht in Panik auszubrechen. Im Chaos der Explosionen und des Feuers war er zusammen mit Tafari in die Steinwüste geflüchtet.

Um der Miliz zu entkommen, die nach dem Beschuss Jagd auf die Geflohenen machte, lagen sie stundenlang bewegungslos in einer Senke. Obwohl die Sonne erbarmungslos auf sie niederbrannte, getrauten sie sich erst in der Nacht, die Flucht fortzusetzen. Den nächsten Tag verbrachten sie in einem ausgetrockneten Wadi. Tafari hatte sich um Tijos Wunden gekümmert und mit den Fingernägeln die schwer zugänglichen Eiterbeulen am Rücken aufgestochen.

Zwei Nächte und zwei Tage später waren sie völlig dehydriert und halb verhungert auf eine stark befahrene Piste gestoßen. Aus sicherer Distanz beobachteten sie, wie alle paar Minuten in Staubwolken gehüllte Fahrzeuge vorbeibrausten. Als sie einen kleinen Konvoi weißer Autos mit Fahnen des roten Halbmondes sahen, waren sie winkend aus ihrem Versteck getorkelt.

Tijo schloss die Augen und hoffte, im Traum wieder mit seiner Familie vereint zu sein. Er wanderte mit seinen Gedanken zurück in sein Dorf, an die Feuerstelle vor dem Haus, wo die Bohnen schmorten.

Aber der Schlaf kam nicht.

Eine halbe Stunde später stand Tijo auf. Leise schlüpfte er in seine Trainingshose, nahm seinen Beutel und suchte sich einen Weg durch die herumliegenden Leiber. Er trat in die Nacht hinaus und blieb einen Moment zwischen den Zelten stehen. Vollmond. Die Nacht war frisch. In der Luft hing ein diffuses, säuerliches Gemisch aus Desinfektionsmitteln und Fäkalien.

Durch die Zeltreihen ging er zu den Toiletten, wo der Geruch von

Ausscheidungen überhandnahm. Die Sanitäranlage bestand aus mit Blachen abgetrennten Gräben. Er hockte sich auf einen der Balken.

Nach einer Weile hörte er, wie neben ihm zwei Männer ihre Notdurft verrichteten. Sie unterhielten sich angeregt über einen Camp-Aufseher, der einem einen Platz in den Bussen verschaffen konnte. Natürlich gegen einen entsprechenden Betrag. Mit heruntergelassenen Hosen beugte sich Tijo vor, linste durch einen Spalt und prägte sich die Gesichter der beiden rauchenden Männer ein. Vielleicht würde er schon morgen nach Tunis fahren.

Nachdem die beiden Männer verschwunden waren, nahm er die an einer Schnur befestigte Plastikschaufel und streute weißes Desinfektionspulver über seine Ausscheidungen.

6. Januar 06:38

Winter duschte, frühstückte und ließ sich mit einem gefederten Mercedes-Taxi zum Flughafen schaukeln, wo er einen Swiss-Flieger bestieg. Ein zuvorkommender indischstämmiger Steward verbreitete gute Laune und verteilte vor der Landung Schokolade.

Als Winter danach im unterirdischen Bahnhof von Zürich-Kloten auf den Zug wartete, überlegte er, was er mit dem Drogenpaket machen sollte. Die Bank interessierte sich nicht für Obado, aber er hatte noch eine Rechnung offen. Jemand hatte Tiger gepfählt.

Er wählte die Mobiltelefonnummer des Sudanesen, und nach einigen Klicks erklärte ihm eine automatisierte Frauenstimme, dass der Teilnehmer nicht erreichbar sei und er eine Nachricht hinterlassen solle. Winter sagte auf Englisch: »Hallo, ich bin Tom. Wir haben uns gestern in Zürich getroffen. Bei den Zügen.« So konnte man die Jagd über das Gleisfeld und durch die Baustelle auch nennen. »Ich habe deine Unterhosen, Socken und das andere Zeugs gefunden. Wenn du es wiederhaben willst, ruf mich an.«

Vielleicht würde der Sudanese den Köder schlucken.

Winters Zug fuhr quietschend ein.

In Zürich blieb Winter sitzen. Das Kokain ließ er in seinem Safe in der Zürcher Filiale. Während der Zugfahrt nach Bern schaute er aus dem Fenster und dachte nach. Die vernebelte Landschaft flitzte vorbei. In der Nacht war etwas Schnee gefallen. Auf den abgeernteten Feldern lugten daraus braune Stoppeln hervor. Ihre geschwungenen Muster wechselten sich mit verschneitem Wald und vibrierenden Tunnels ab.

Eine gute Stunde später stieg er die Steintreppe zur Bank hoch. Leonies Tür war offen, und Winter blieb stehen. Seine Assistentin starrte auf einen Bildschirm voller Codes.

Dahinter hingen ein Wimpel des FC Sion, ein grelles Poster für einen Traktorpulling-Wettbewerb und das gerahmte Foto eines F1-Rennwagens mit Originalunterschriften des Sauber-Teams.

Leonie hatte Winter einmal erklärt, bei welchen elektronischen Komponenten der Rennwagen sie mitgeholfen hatte. Er hatte nicht viel davon verstanden.

Leonie hatte am Bildschirm einen kleinen Rückspiegel montiert, mit dem sie den Raum hinter sich im Auge behalten konnte. Sie drehte sich um und zwitscherte: »Hallo, Winter. Schon zurück?«

Dieser sah dunkle Ringe unter ihren Augen und nickte. »Ja, *home sweet home*.«

Er setzte sich neben den Schreibtisch. Leonies Büro war kleiner als seins und hatte nicht einmal ein Fenster, aber es war definitiv ordentlicher aufgeräumt. Sie legte alles digital ab. Er fragte: »Wolltest du nicht länger im Wallis bleiben?«

Sie schnitt eine Grimasse wie jemand, der vermeiden will, dass die in Alkohol eingelegte Hirnmasse mit dem Schädel kollidierte. »Winter, kann ich dich etwas Persönliches fragen?«

»Ja, selbstverständlich.« Er nickte und ging im Kopf beunruhigt verschiedene Möglichkeiten durch. Hatte er bei seiner Mitarbeiterin letzthin etwas übersehen oder überhört? Hatte er etwas Falsches gesagt? Er konnte sich beim besten Willen nicht vorstellen, was Leonie wollte.

»Glaubst du, dass der liebe Gott einem die Sünden vergibt?«

Damit hatte er nicht gerechnet. Leonie war katholisch. Aber seines Wissens nicht besonders. Winter kratzte verlegen seinen bandagierten Arm. »Da fragst du den Falschen. Ich kenne mich mit der Bibel nicht so aus.« Der Religionsunterricht war schon lange her. Und damals war er mehr an Mädchen als am Neuen Testament interessiert gewesen.

»Ich meine nicht die Bibel, sondern was du persönlich glaubst.« Die großen Augen schauten ihn erwartungsvoll an.

Winter erinnerte sich an die erschlagene Frau Berger mit der Stricknadel im Auge. An ihren Ehemann, der seine wehrlosen Töchter missbrauchte, und war versucht, »Nein!« zu sagen. Doch er war sich nicht sicher. Erinnerungen verblassten mit der Zeit. War es möglich, zu vergessen und zu vergeben? Vielleicht war die nachlassende Erinnerung ein Trick der Natur, der zum Überleben der Spezies beitrug und den die Bibel »vergeben«

nannte. Vorsichtig sagte er: »Wahrscheinlich kommt es auf die Sünde an.«

Leonie hatte Winters nachdenklichen Ausdruck bemerkt. »Es geht nicht um Mord oder so. Es ist etwas Kleineres.«

»Ja, dann wahrscheinlich schon.«

»Und glaubst du auch daran, dass Sünden nach der Sühne erlassen werden?«

»Ich denke schon. Irgendwie müssen die Menschen danach ja weiter zusammenleben.«

Als Winter Leonies Erleichterung sah, fragte er misstrauisch: »Was hast du angestellt?«

»Du hast mich doch gebeten, deinen Audi aus dem Wallis nach Bern zu überführen.« Verlegen fügte sie an: »Ich habe vorhin ein wenig zu schwungvoll eingeparkt.«

Er strengte sich an, ein Grinsen zu verkneifen. »Und? Was willst du beichten?«

»Er hat einen klitzekleinen Kratzer abbekommen.« Und todernst fügte Leonie an: »Ich streue Asche auf mein Haupt.« Pantomimisch streute sie diese auf ihren Kopf.

Der Wagen gehörte dem Geschäft und war versichert. »Wie klein?«

Leonie spreizte ihre Hände wie ein Fischer, der den Fang einer Forelle beschreibt, die mit der Zeit auf einen halben Meter anwächst. »Winter, es tut mir wirklich leid. Kannst du mir verzeihen?«

Die Wimpern senkten sich langsam. Unschuldslamm.

Winter versuchte, eine verärgerte Miene aufzusetzen, und zog die Augenbrauen zusammen. Doch er konnte das sich ausbreitende Lachen nicht länger verkneifen. Ausgerechnet Leonie. Es würde ihr ein Leben lang peinlich sein.

Sie schaute auf die Uhr. »Ich lade dich dafür zum Mittagessen ein. Ich habe Hunger. Kommst du?«

Winter nickte. »Deal.«

Im Korridor gabelten sie Schütz auf, der ebenfalls auf dem Weg zur Pizzeria im Erdgeschoss war. Zu dritt ließen sie sich am runden Tisch in der Ecke nieder. Es war nicht viel los, und

Domenico freute sich über seine Stammgäste. Nach der überschwänglichen Begrüßung verkündete Winter: »Leonie lädt uns alle ein.«

Schütz fragte: »Was verschafft uns die Ehre?«

Winter antwortete: »Sie leistet Ablass. Erste Rate.«

Leonie gab kleinlaut zu: »Ich habe Winters Audi mit einem Kratzer verziert.«

»Dann lass uns eine Flasche Champagner und das Filetsteak bestellen.« Als Schütz Leonies erschrockenes Gesicht sah, bestellte er den Tagesteller mit Suppe. Erleichtert entschied sich Leonie für eine Pizza ai Funghi. Winter orderte einen Teller Tagliatelle tricolori Domenico. Und drei Salate.

Als Domenico außer Hörweite war, erzählte Winter von seiner Begegnung mit dem Sudanesen und dem Gespräch mit Brigitte Berger.

Leonie und Schütz schwiegen betroffen.

Die Salate wurden schwungvoll vorgesetzt. Domenico spürte die gekippte Stimmung, hielt inne und erkundigte sich besorgt, ob alles in Ordnung sei. Als alle höflich nickten, verschwand er, und Leonie fragte: »Und du meinst, es war Brigitte, die ihren Vater damals in den Ofen gesperrt hat?«

»Ich weiß nicht. Gestern Abend glaubte ich einen Moment lang, dass sie es zugegeben hatte, aber später stritt sie es wieder ab.«

Schütz schüttelte den Kopf. »Ich kann das nicht verstehen.«

»Ja, das ist nur sehr schwer vorstellbar. Sie hat offenbar lange nicht darüber gesprochen und mich gebeten, den Missbrauch ihrem Mann gegenüber nicht zu erwähnen.«

Leonie sagte: »Sie war damals ein kleines Kind.«

»Ich weiß.«

»Als Kind ist sie nicht schuldfähig, oder?«

»Nein, in diesem Alter sicher nicht.«

Schütz sagte: »Das Ganze ist sowieso verjährt.«

Winter fügte an: »Ja, aber daran kann es nicht liegen. Das Komische war, dass sie nicht gefragt hat, was sie erbt. Erst im Nachhinein ist mir aufgefallen, dass sie sich nicht nach dem Inhalt des Testaments erkundigt hat.«

»Höflichkeit?«

»Nein, sicher nicht.« Winter erzählte, wie Brigitte Berger ihren Mann herumkommandiert hatte. »Wahrscheinlich weiß sie schon, was drinsteht.«

»Aber sie würde ja niemals verurteilt.«

»Die Bedingungen verlangen keine Verurteilung. Wenn ich mich recht erinnere, steht da nur, dass das Testament erst vollstreckt werden darf, ›wenn geklärt‹ ist, welches Kind es war.«

»Kein Schuldiger, kein Geld.«

Winter nickte. »Wenn das Testament angefochten wird, kann es jahrelang dauern, bis entschieden wird. Wegen des Krebses läuft ihr die Zeit davon.«

Schütz sagte: »Vielleicht ist ihr die Erbschaft egal. Das letzte Hemd hat ja keine Taschen.«

»Kann sein. Wir müssen auf jeden Fall noch mehr über Brigitte Berger herausfinden. Kannst du dich darum kümmern?«

»Mach ich.« Leonie stopfte sich Grünzeug in den Mund und fragte: »Was ist eigentlich mit der Azoren-Schwester? Wahrscheinlich wurde diese auch missbraucht, oder?«

»Ich weiß nicht. Wahrscheinlich.«

»Hast du etwas von den Portugiesen gehört?«

»Nein. Sie gehen davon aus, dass sie im Schlammsee des Vulkankraters ertrunken ist. Aber es gibt noch keine Leiche.« Winter machte sich eine mentale Notiz, bei Maira nachzufragen. Die Zeit mit ihr schien bereits Wochen her zu sein.

Schütz wischte mit einem Stück Brot die Reste der italienischen Salatsoße auf. »Das Timing ist suspekt. Zwei Tote innerhalb kürzester Zeit können doch kein Zufall sein?«

»Schon. Aber wie hängen sie zusammen? Auf den Azoren sah es nach einem Unfall aus.« Maira wäre auch beinahe abgerutscht. »Oder es könnte Selbstmord gewesen sein.«

»Oder ein als Suizid getarnter Mord?«

»Vielleicht. Im Moment wissen wir nicht einmal, welcher Todesfall zuerst war.«

Leonie ließ ihrer Phantasie freien Lauf. »Du meinst, Helen hat zuerst ihre Mutter umgebracht und sich danach selbst in den Krater gestürzt?«

»Das glaube ich nicht. Die Azoren liegen mitten im Atlantik. Die Guarda Nacional hat alle Passagierlisten überprüft und Helen nicht gefunden.«

Schütz sagte: »Winter hat recht. Der Sudanese hat die alte Berger in Bethlehem auf dem Gewissen. Fingerabdrücke. Gestohlenes Geld. Für mich ist der Fall klar.«

Leonie blieb hartnäckig. »Vielleicht ist sie unter einem anderen Namen gereist? Vielleicht hat sie noch ihren alten Pass. Haben die Portugiesen auch nach Helen *Berger* gesucht?«

»Ich weiß nicht.« Eine weitere offene Frage für Maira.

Domenico kam mit drei heißen Tellern aus der Küche und wünschte einen guten Appetit. Sie aßen schweigend und wälzten ihre Gedanken. Winter traute der Sache nicht. Seine ungelenke linke Hand kämpfte mit den widerspenstigen Tagliatelle. Er hätte besser die Tortellini bestellt. Die konnte man aufspießen. Tiger. Winter schob den Teller von sich.

6. Januar 14:12

Nach dem Essen klopfte Winter an Hodels Bürotür. Als niemand antwortete, ging er in sein Büro, streckte sich auf dem Ledersofa aus und informierte ihn telefonisch. Nach den Formalitäten fragte Hodel: »Und was ist mit dem dritten Kind?«

Winter: »Der Sohn lebt in England. Ich kümmere mich um ihn.«

»Je schneller wir das erledigen, desto besser.«

»Die Wahrheit braucht manchmal etwas Zeit.«

»Zeit ist Geld.«

»Schon klar.«

Hodel wollte das Ganze unter den Teppich kehren. Doch Winter hatte das Gefühl, erst an der Oberfläche gekratzt zu haben. Er lehnte den Nacken auf die Seitenlehne und prüfte die Fingerfertigkeit seiner bandagierten Hand. Sobald er Finger und Handgelenk zu fest bewegte, schmerzte es höllisch.

Der karamellisierte Bäcker schmorte in der Hölle.

Er musste mehr über den Tod des pädophilen Ehemannes wissen. Winter wählte die Nummer seines ehemaligen Kollegen.

»Habermas.«

Restaurantgeräusche im Hintergrund. Der Polizist von »Leib und Leben« kümmerte sich gerade um seinen eigenen Leib. »Winter hier. Hat sich in Zürich etwas ergeben?«

»Nein. Der ist untergetaucht.« Kurz angebunden.

»Ich habe eine Bitte: Der Ehemann der Berger ...«

»Der Bäcker?«

»... ja, der wurde in den Siebzigern tot aufgefunden. Könntest du mir die alten Berichte dazu organisieren?«

»Vielleicht.«

»Es könnte sein, dass der Schlüssel zur Lösung in der Vergangenheit liegt.«

»Ich schaue, was ich machen kann.«

»Danke.« Doch Habermas hatte schon aufgelegt.

Winter stand auf und räumte den Papierkram auf seinem Pult weg. Das allermeiste wanderte direkt ins Altpapier. Dann lehnte er sich zurück und studierte seine weiße magnetische Wandtafel mit der To-do-Liste.

Gute Vorsätze fürs neue Jahr.

Schnee von gestern.

Unter bunten Magneten steckten die Weihnachtskarten. Winter entsorgte die Karten und klebte die Magnete in eine Ecke. Entwickelte die Firma der Bergers in Nürnberg nicht ein magnetisches Medikament? Etwas Eisenhaltiges gegen Tumore?

Winter weckte seinen Computer, tippte »Berger Nano Medical Systems« in die Suchmaschine. Der BNMS-Webauftritt war professionell, aber vollgestopft mit unverständlicher medizinischer Fachterminologie: Studienphasen, renommierte Partner, internationale Patente, wissenschaftliche Publikationen und Investoren.

Die BNMS war daran, eine eisenhaltige Medikamentenkomponente zu entwickeln. Mit Hilfe externer Magnetfelder konnte diese Komponente andere Medikamente punktgenau zu Tumoren führen. Der amerikanische Konzern General Electrics hatte die Apparate, BNMS die Medikamentenkomponente.

Winter stieß auf ein gestyltes Foto von Brigitte und Kerstin Berger. Der Fotograf musste eine gute Visagistin gehabt haben. Oder die Mutter war in kürzester Zeit zwanzig Jahre gealtert. Die Tochter stand hinter der sitzenden Mutter. Die beiden Doktorinnen lächelten über den polierten Tisch hinweg in die Kamera und versprachen, dass die Nanomedizin der BNMS Leben rettete.

Winter studierte seinen Arm. Ein medizinisches Wunder könnte er auch gebrauchen. Er schaltete den Computer aus, nahm seine dreckige Wäsche und den Autoschlüssel. In zwanzig Minuten musste er zur Kontrolle im Spital sein.

Draußen war es matschig, grau und trostlos. Die öffentliche Tiefgarage, in der die Bank einige Parkplätze reserviert hatte, war nicht viel besser. Sein Audi begrüßte ihn trotz des Kratzers mit einem freundlichen Blinken. Leonie hatte untertrieben. Der Lack auf der Beifahrerseite hatte auf einer Länge von gut einem Meter Bekanntschaft mit dem Betonpfeiler gemacht.

Er würde sich später darum kümmern. Oder besser: Er würde Leonie den Papierkram erledigen lassen. Schuld und Sühne.

Schadenfroh drehte Winter den Zündschlüssel und wurde mit einem gleißenden Schmerz bestraft. Scheiße. Gott strafte sofort. Zum Glück hatte er ein automatisches Getriebe.

Vorsichtig manövrierte er aus der engen Parklücke. Die Straßen waren leer und schwarz geräumt. Seine ehemaligen Kollegen bauten Überstunden ab. Das Risiko, erwischt zu werden, war marginal.

Im Spital bat ihn eine thailändische Schwester, »einen Moment zu warten«. Winter landete in einem leeren Wartezimmer mit einer Ecke voller Kinderspielzeuge. Er ignorierte die Zeitschriften mit den Bazillenkolonien und schrieb Maira eine lange SMS. Es war nicht einfach, die richtigen Worte zu finden; besonders mit der linken Hand. Persönliches vermischte sich mit den Fragen zum Fall. Zu den Fällen? Er löschte die Nachricht und fing von vorne an. Am besten einfach: »Neuigkeiten? Leiche schon gefunden? Alter Pass? Deshalb: In Datenbanken auch nach Helen BERGER alias Helen Macedo(-Berger) gesucht? TW«.

Ein kleiner Junge mit spitzer Gelfrisur, Gipsarm und gut genährter Mutter eroberte lautstark die Spielecke. Krach. Bum. Zack. Nach einer halben Stunde waren die Transformer zurück in der Kiste, die Spielecke frei und das Wartezimmer wieder friedlich. Als sich Winter am Empfang erkundigte, vertröstete ihn die asiatische Schwester mit buddhistischer Gelassenheit. Erst nach einer weiteren Ewigkeit kam ein übermüdeter Assistenzarzt, der kurz an seinem Arm herumdrückte und die Stabilisierungsschrauben justierte.

Verärgert verließ Winter das Sprechzimmer. Über eine Stunde Wartezeit für fünf Minuten Kontrolle. Verdammte Zeitverschwendung. Verfluchte Snowboarder.

Der Korridor war leer, bis auf ein leeres Bett und einen älteren, schmächtigen Tamilen mit surrender Bohnermaschine. Der Boden glänzte im Neonlicht. Winter hielt inne. Im Zimmer des Sudanesen hatte er den gleichen Uniformkittel gesehen. Der Tamile und Obado arbeiteten für dasselbe Putzinstitut. »Entschuldigen Sie bitte. Kann ich Sie etwas fragen?«

Der Tamile schaute fragend auf, drückte auf einen Knopf, und die Maschine kam schlotternd zum Stillstand.

Winter ließ sich mustern. Dann sagte er: »Wenn ich wieder gesund bin, brauche ich Arbeit. Suchen die«, er zeigte auf das Logo des Kittels, »noch Leute?«

»Ich weiß nicht. Viele kommen und gehen.«

»Bezahlen sie gut?«

»Nicht besser und nicht schlechter. Aber es ist eine Arbeit.«

Winter sah trotz der braunen Haut dunkle Ringe unter den Augen. Wahrscheinlich hatte er mehrere Jobs nebeneinander, um seine Familie zu ernähren. »Haben sie ein Büro hier?«

»Ja. Nicht weit von hier. An der Freiburgstraße.« Der Tamile zeigte vage Richtung Westen.

»Wo genau?«

»Neben einem Blumenladen.«

»Danke.«

»Gerne geschehen.« Der Tamile fuhr die Bohnermaschine wieder hoch und polierte weiter.

Winter trat in die Dunkelheit des frühen Winterabends. Kälte schlug ihm entgegen. Er ließ das Auto stehen, verließ den Spitalkomplex und spazierte durch das verschneite Quartier. Hinter erleuchteten Fenstern flackerten Fernsehgeräte. Jedem seine Feuerstelle. Er ließ sich von der Ausfallstraße auffangen und folgte zu Fuß dem Abendverkehr aus der Stadt.

Nach zehn Minuten kam er an einem Blumenladen vorbei, der trotz der Kälte diverse Pflanzen und zwei griechische Säulen mit kitschigen Engelskultpuren auf den breiten Gehsteig gestellt hatte. Sie hofften wohl, damit Pendler zu stoppen. Männer, die sich auf dem Heimweg an den Hochzeitstag erinnerten. Oder wiesen die nackten Engel auf diskretere Services anderer Art hin?

Dahinter standen im beleuchteten Schaufenster der Reinigungsfirma steif drei Schaufensterpuppen in Uniformkitteln um verstaubte Putzutensilien herum. An der Innenseite des Schaufensters klebten Stellenangebote. Winter öffnete die Tür und trat ein.

Vor einem zerbeulten, mit Papieren übersäten Metallpult standen zwei abgewetzte Stühle. Kabel aus einem alten Computer schlängelten sich zu einem monströsen Drucker am Boden. An der Wand hing der Kalender einer Reinigungsmaschinenfirma, an der Decke eine Neonröhre. Durch eine offene Tür sah Winter in einem Nebenraum vier rauchende Männer Karten spielen. Unter der Zigarettenwolke schwarze Haare und Lederjacken.

Einer der bulligen Männer schaute auf, drückte die Zigarette aus, faltete sein Blatt zusammen und kam auf Winter zu. Der Mann war kräftig gebaut, schlecht rasiert und mittleren Alters. Nicht mehr jung, aber auch nicht alt. Irgendwo zwischen dreißig und fünfzig. Dunkle Augen fixierten Winter. »Was willst du?«

Gebrochenes Hochdeutsch mit Ostblockakzent.

»Man hat mir gesagt, dass Sie eventuell Arbeit für mich haben?« Winter deutete auf die Anschläge neben der Tür.

»Wer?«

»Mein Berater auf dem Arbeitsamt.«

»Setzen Sie sich.« Winter setzte sich auf einen der Stühle. Der Mann fischte aus dem Papierkram ein grünliches Formular hervor und schob es Winter zu. »Ausfüllen.«

Winter nahm einen herumliegenden Kugelschreiber. »Welche Arbeit haben Sie denn?«

»Putzen.«

»Ist im Moment etwas frei?«

»Vielleicht. Kannst du Auto fahren?«

»Ja.«

»Land?«

»Schweizer.«

Der Mann kniff die Augen zusammen.

»Probleme mit der Polizei?«

»Nein. Nicht mehr.«

Der Mann nickte. »Warum willst du hier arbeiten?«

»Ich brauche das Geld.«

»Schulden.«

»Ein wenig.«

»Wie viel?«

»Zu viel.«

»Wir können vielleicht helfen.«

Der Mann hatte gelbe Zähne, goldene Plomben und eine Zahnlücke links oben.

»Gut zu wissen.«

Der bullige Mann schwieg.

»Wie viel ist der Stundenlohn?«

»Kommt darauf an. Füll das aus!« Ein behaarter Zeigefinger klopfte auf das Formular. Diese Fingernägel würden eine Maniküre stundenlang beschäftigen.

Winter kritzelte ins Feld für den Namen: »Sommer«. Umständlich und mit viel Phantasie füllte er den Rest des Formulars aus und schob es zurück.

Der Mann zeigte mit dem Kinn auf den bandagierten Arm unter der Jacke. »Unfall?«

»Ja.« Winter konnte auch wortkarg.

Der Mann hinter dem Metallpult brummte. »Wir melden uns.«

»Wenn es sein muss, mach ich auch anderes.«

Sein Gegenüber zögerte und fuhr sich mit der Hand über das stoppelige Kinn. Die tiefschwarzen Pupillen zogen sich zusammen. »Wir melden uns.« Der Mann stand auf.

»Wiedersehen.«

Draußen war es Nacht und kalt. Winter zog den Reißverschluss hoch. Der Kies gegen das Glatteis auf dem Gehsteig knirschte. Zwischen den beiden nackten Engeln blieb er einen Moment stehen. Froren Pflanzen auch?

»Kann ich Ihnen behilflich sein?«

Winter erschrak und drehte sich um.

6. Januar 17:12

Eine pummelige Frau in einem dicken grünen Faserpelz stand neben ihm und strahlte ihn an. Die Blumenverkäuferin.

»Nein, nein. Danke. Ich war nur beim Putzinstitut.«

»Wir haben drinnen schöne Bouquets. Wenn Sie jemandem eine Freude machen möchten.«

»Nein danke. Wirklich nicht.«

Die pausbäckige Verkäuferin schaute ihn enttäuscht an und nahm einen weiteren Anlauf. »Wie wär's mit einer roten Rose für Ihre Frau oder Freundin?«

Winter hatte weder noch, schluckte und änderte seine Meinung. »Ich schaue einmal, was Sie drinnen haben.«

Die kleine Frau strahlte, als hätte sie im Lotto gewonnen. Sie machte kehrt, und Winter folgte ihr in den Laden, in dem auf weiteren Säulen einige wenige Blumensträuße verteilt waren. Dazwischen drei nackte Engelchen, umschlungen mit Efeu.

Winter fischte aus einem Kessel eine samtige weinrote Rose und legte sie auf den Tresen.

»Wie darf ich Sie Ihnen einpacken? Durchsichtig? Oder hätten Sie lieber Seidenpapier?«

»Seidenpapier bitte.«

Die Frau raschelte, und Winter fragte: »Wie sind die Nachbarn denn so?«

Die Verkäuferin wackelte unbestimmt mit dem Kopf, zog die rosaroten Backen nach unten und formte mit dem Mund ein umgekehrtes U. »Ich weiß nicht.«

Sie umwickelte die Rose mit einer isolierenden Lage Seidenpapier.

»Ich frage nur, weil ich mich bei ihnen beworben habe.«

»Wir haben keinen Kontakt. Ich weiß nicht, was sie machen.«

»Es ist ein Putzinstitut.«

Von einer schweren Rolle riss die Frau ein Stück Klebeband ab. »Ja, aber es sind Ausländer.« Sie lächelte entschuldigend.

»Das muss nicht schlecht sein, oder?«

»Schon, aber sie machen mir manchmal Angst.«

»Da hat es viele arme Teufel darunter.«

»Ich weiß. Doch manchmal hört man so Geschichten.« Mit dem Hefter klemmte sie energisch eine Visitenkarte und ein Efeublatt an die Verpackung. »Schauen Sie, dass die Rose nicht zu lange draußen in der Kälte ist.«

Winter wollte nicht in Erinnerung bleiben als der, der sich nach den Nachbarn erkundigt hatte, und fragte deshalb: »Von wo kommen die Rosen um diese Jahreszeit?«

»Der Rosenkurier bringt mir die von der Blumenbörse in Amsterdam. Diese Sorte stammt aus Ecuador.«

»Das ist nicht gerade gut für die Umwelt. Oder?«

»Es ist nicht ideal. Aber denken Sie an die Arbeitsplätze, die Sie damit in den armen Ländern unterstützen.«

Globalisierung pur. Sie reichte ihm die eingewickelte Rose. Winter bedankte sich, bezahlte und verabschiedete sich von der einsamen Verkäuferin mit ihren nackten Engeln. Vor dem Blumenladen warf er einen Blick ins erleuchtete Putzinstitut. Leer. Die Tür zum Nebenraum war geschlossen.

Auf dem Weg zurück zum Auto ignorierte Winter die erleuchteten Fenster mit ihren Geschichten dahinter. Er spulte das Gespräch in seinem Kopf zurück. Sein Atem kondensierte. Einer Dampflokomotive gleich zog er kleine Wölkchen hinter sich her, die sich in der Nacht auflösten.

Hatten die Leute des Putzinstitutes etwas mit Obados Drogenpaket zu tun? Gehörte das Kokain ihnen? War das Reinigungsinstitut eine Front? Wuschen sie durch den Laden Drogengelder? Bliesen sie ihre Bücher mit virtuellen Reinigungsarbeiten auf? Aber welche Beweise hatte er? Nur das vage Angebot eines Kredithais mit Zahnlücke.

Vielleicht ging die Phantasie wieder einmal mit ihm durch. Vielleicht hatte er sich gerade bei einem innovativen, hart arbeitenden Unternehmer beworben, der dank ausländischen Billigarbeitskräften die Drecksarbeit machte, für die sich die wohlsituierten Schweizer zu fein waren.

Nachdenklich stieg Winter beim Spital in seinen Audi und fuhr aus der Stadt. In einem Tankstellenshop kaufte er einen Beutel Fertigpasta und eine Plastikschale mit Salat. Zu Hause angekommen, nahm er seine Sachen und stieg in die klirrend kalte Nacht hinaus.

Die Autotür fiel zu.

Glatteisgefahr.

Ansonsten alles ruhig und friedlich. Sternenhimmel. Im nachbarlichen Bauernhaus brannte Licht. Die Mettlers waren beim Nachtessen. Die verschneiten Hügel schimmerten bläulich. Sein kleines Haus lag im Dunkeln. Auf der Holzveranda ging er um sein Zuhause herum und stieg die Treppe zum Garten hinunter.

Er folgte langsam seinen alten Spuren durch den Schnee. Die Abdrücke von Tigers Pfoten waren immer noch da. Seine Spuren kreuzten querbeet durch den Garten. Sie waren in der Sonne ein wenig geschmolzen und größer und unschärfer geworden. Sobald es wärmer wurde, würden Tigers letzte Spuren ganz verschwinden.

Winter nahm sich vor, Tiger in seinen Erinnerungen einen besonderen Platz einzuräumen. Dem geschmeidigen König des hiesigen Dschungels. Traurigkeit füllte sein Herz.

Der Schnee rund ums Grab war dreckig und zertrampelt.

Frisch waren einzig die unverwechselbaren Abdrücke eines Hasen, der kürzlich vorbeigehoppelt war. Die Spuren machten einen Abstecher zu Tiger und verschwanden dann über die Felder. Vielleicht hatte ein tierischer Freund von Tiger vorbeigeschaut. Er wickelte die Rose aus Ecuador aus und legte sie aufs Grab.

Er blieb einen Moment stehen.

Dann ging er zurück. Im Wohnzimmer war es ziemlich frisch. Winter schaltete das Licht ein und hob die Post vom Boden auf. Anzeiger, zwei Rechnungen, Ramschwerbung und ein Formular des Postboten. Eine gelbe Abholungseinladung, die ihn im Beamtendeutsch aufforderte, ein unzustellbares Paket bei der Poststelle im Dorf abzuholen.

Er spielte mit dem Zettel der Post. Das Drogenpaket. Was machte wohl der sudanesische Kulturminister? Er schaute auf die Uhr. Zeit für eine kleine Exkursion.

6. Januar 18:44

Im Schlafzimmer holte er die Metallkiste mit seinen Pistolen hervor und schloss sie auf. Er setzte sich aufs Bett und nahm die .45er SIG und die .22er Mosquito heraus. Er prüfte, lud und sicherte sie. Obwohl der Betreiber des Schießkellers ihn überreden wollte, auf eine modernere P227 umzusteigen, vertraute er lieber seiner bewährten P220. Sie war zuverlässig, präzise und unverwüstlich.

Die .45er SIG mit dem Biberschwanzgriff kam ins Gurthalfter. Umständlich montierte er die Mosquito am linken Unterschenkel. Zur Not konnte er auch mit der schwachen Hand schießen.

Auf dem Weg zurück in die Stadt blendeten ihn die Lichter der Autos, die in die Schlafgemeinden im Speckgürtel von Bern fuhren. Er schaltete das Radio ein. Abendnachrichten. Ein Satz über eine von Islamisten enthauptete Geisel, zwei Sätze über ein Geisterschiff mit Flüchtlingen auf dem Mittelmeer und drei Sätze zum Wetter: weiterhin kalt und Hochnebel.

Deprimierend.

Winter schaltete das Radio aus.

Er folgte den Schienen der Straßenbahn nach Bethlehem.

Die Geschäfte waren geschlossen, aber erleuchtet. Das Personal mit Aufräumen beschäftigt. Das asiatische Take-away leer. Winter umrundete Frau Bergers Quartier einem sich zusammenziehenden Lasso gleich. Zwischen den Blöcken eilten vermummte Gestalten nach Hause. Dahinter blinkte in der Ferne die Antenne der Kehrichtverbrennungsanlage. Über das Lenkrad gebeugt sah er Hunderte bunt leuchtender Fenster. Ein Quilt der Nacht. Gelblich, rötlich, bläulich.

Er parkte auf dem Gehsteig hinter der Haltestelle. Die Polizei hatte das Verteilen von Parkbußen einem privaten Sicherheitsdienst übertragen, aber um diese Zeit waren keine Profite mehr zu machen. Winter stapfte auf Frau Bergers Block zu. Der Schnee war zertrampelt.

Die Haustür aus Sicherheitsglas wurde immer noch von einem Keil offen gehalten. Daneben hing eine große Tafel mit Klingelknöpfen und den Namen. Winter zählte und rechnete:

zweihundertsechzehn Wohnungen. Ursprünglich waren die Namen in schwarze Plättchen eingraviert und hinter den Rahmen geschraubt worden. Mit der Zeit wurden die Namen nur noch auf Papier geschrieben und ein durchsichtiges Klebeband darübergeklebt. Er studierte die Namen. Viele klangen ausländisch. Die Wohnungen hier waren relativ billig.

In der dritten Reihe von oben »B. Berger«. Sie hatte noch ein altes Namensschild. In der fünften Reihe von oben der südsudanesische Kulturminister. Cirino Hiteng Ofuho residierte im vierzehnten Stock. Der Name war in ungelenker Schrift mit blauem Kugelschreiber geschrieben. Das Klebeband wirkte im Gegensatz zu vielen vergilbten noch neu. Erst kürzlich eingezogen.

Winter stieß die Haustür auf. In der Eingangshalle roch es nach feuchten Kleidern, nassen Schuhen und scharfem Zitronenputzmittel. Die beiden weißen Plastikstühle waren ein paar Meter gewandert. Am Boden lagen verstreut Werbesendungen und Gratiszeitungen.

Links und rechts an den Wänden sechs Reihen grauer Brief- und Milchkästen. Die unterste Reihe knapp über dem Boden, die oberste über Kopf. Viele Aufkleber verzierten die Kästen: »Bitte keine Werbung!«, »Atomkraft – nein danke!«, »Kein Anzeiger!«. Und ein Gangmitglied hatte kürzlich groß die Zahl »031«, die Telefonvorwahl von Bern, über die Kästen gesprayt.

Früher hatte ein Käser täglich Milch, Eier und Käse direkt in die kleinen Milchkästen geliefert. Man musste nur die Bestellung hinterlegen und wurde frühmorgens beliefert. Bezahlt wurde Ende Monat. *Tempi passati*.

Heute wurden die kleinen unverschlossenen Kästen nur noch von Paketboten benutzt. Das ersparte ihnen das Ausfüllen einer Abholungseinladung.

Winter suchte Cirino Hiteng Ofuho. Auch hier waren viele Namen nur mit Klebestreifen befestigt worden. Er fand den Kasten des Kulturministers auf der rechten Seite in der zweitobersten Reihe. Gleiche Schrift, gleiches Klebeband wie beim Klingelschild. Er schaute sich um und öffnete dann den Milchkasten. Leer. Kein zweites Drogenpaket.

Durch den schmalen Schlitz des Briefkastens ertastete er einige

Papiere und zupfte diese heraus. Zeugen Jehovas. Sexy Thai Massagesalon. Blitzschneller Pizza-Service. Neujahrskonzert. Keine persönlichen Briefe, keine adressierten Briefe.

Winter stopfte das Zeug zurück und fuhr mit dem Fahrstuhl in den vierzehnten Stock. Er drückte den orangen Lichtknopf, weckte die Neonröhren und ging dem Korridor entlang. Links und rechts Wohnungstüren mit Weihnachtskränzen, Wappenschildern, einem Poster von Shaqiri im Dress der Schweizer Nationalmannschaft. Dazwischen das Hämmern von Rockmusik, ab und zu eine laute Stimme oder klassische Musik. Am Ende des Korridors ein schräges Klappfenster, aber kein Kulturminister, kein Konsulat, nicht einmal eine sudanesische Flagge.

Verflucht.

Sein Mobiltelefon vibrierte.

Eine SMS von Maira: »Keine Leiche. Warte auf Taucher. Lasse Helen BERGER nochmals prüfen. Vermisse dich. M.«

Winter lehnte die Stirn ans kalte Fenster. Von hier oben sah man die Lichter der Dörfer um Bern. Das automatische Licht ging aus. Der Korridor lag im Dunkeln. Ein langer schwarzer Schlund, gesäumt von Kreaturen mit orangen Augen. Er steckte das Telefon ein und drückte einen der orangen Lichtknöpfe.

Auf dem Rückweg prüfte er noch einmal alle Namensschilder.

Kein Cirino Hiteng Ofuho. Auch keine Variation davon. Aber die letzte Wohnung hatte als einzige keinen Namen, nur eine abgetretene Fußmatte. Der Nachbar zur Linken hieß Torsten Härtelt. Winter fuhr nach unten. Torsten Härtelts Milchkasten war auch in der Eingangshalle der Nachbar von Cirino Hiteng Ofuho.

Mit dem ächzenden Fahrstuhl fuhr er wieder hoch, betrat den düsteren Korridor und wartete, ohne das Licht einzuschalten, bis sich der Fahrstuhl verzog. Der Schacht sog die Luft ein und seufzte. Unter der namenlosen Tür schien ein dünner gelblicher Lichtstreifen. Winter legte das Ohr an die Tür, öffnete seine Jacke und entsicherte die P220. Vorsicht war die Mutter der Porzellankiste.

Nichts zu hören.

Winter klingelte.

Tunesien – Golf d'Hammamet

Tijos Herz klopfte wild. Er stand bis zur Brust im Wasser und rutschte immer wieder auf den schleimigen Steinen aus. Tafari setzte einen Fuß in Tijos verschränkte Hände. Tijo hob seinen Freund hoch, der mit Hilfe der anderen Flüchtlinge kopfvoran ins Ruderboot kletterte. Das Boot neigte sich bedenklich zur Seite. Schaukelte.

Über ihm wurde klappernd ein Ruder ausgefahren. Es traf ihn beinahe am Kopf.

»Sssssscht. Leise!«

Als Letzter des kleinen Trupps griff er nach dem Bootsrand, ging leicht in die Knie und stieß sich ab. Kräftige Hände packten ihn unter den Armen und zogen ihn hoch. Die Kante schnitt sich in seine Hüfte, dann rutschte er bäuchlings ins Boot mit den dicht gedrängten Leibern.

Er atmete erleichtert auf. Tropfnass erkannte er Tafaris Sandalen und sah in der Dunkelheit dessen breites Grinsen. Bald würden sie in Lampedusa sein. In Italien. Europa!

Fröstelnd hockte er sich neben Tafari auf den Boden. In der Mitte hatte sich Wasser angesammelt. Zum Glück war es am Rand trocken. Die Männer über ihnen stemmten ihre Beine gegen die Planken und begannen zu rudern.

Der Himmel drehte sich.

Das Boot nahm Fahrt auf.

Die Ruderer fanden ihren Rhythmus. Das tief im Wasser liegende Boot schaukelte sanft durch die Wellen des Mittelmeeres auf den Fischkutter zu, der sie nach Europa bringen würde. Tijo lugte über den Rand und schätzte die Distanz zum dümpelnden Kahn auf etwa einen Kilometer. Doch in der Nacht und mit den Wellen war das schwer zu sagen.

Tijo tastete nach seinem Bauchbeutel und hoffte, dass die wasserdichte Verpackung gehalten hatte. Er legte seinen Kopf an die Planken und hörte, wie das Holz unter den Rudern ächzte.

Am Abend waren sie in Tunis am vereinbarten Treffpunkt ins Taxi der Schlepper gestiegen, das sie kreuz und quer durch verwinkelte Quartierstraßen fuhr. Unterwegs hatten sie vor einem kleinen Lebensmittelladen gehalten. In dessen Hinterzimmer hatte ein alter Mann mit

Wasserpfeife und drei Mobiltelefonen Tijo und Tafari lächelnd eine Tasse Tee angeboten und sie dann um ihr letztes Geld erleichtert.

Nach einer weiteren Irrfahrt hatte der Taxifahrer sie rausgeworfen und war davongebraust. In einem Hinterhof hatte ein anderer Mann der Schlepperbande sie in Empfang genommen und in einen fensterlosen Raum gesperrt. Bis kurz vor Mitternacht kamen neun weitere Flüchtlinge.

Alles Männer. Alle hatten sich für das billigste Angebot entschieden. Inbegriffen waren die dreistündige Fahrt, zusammengepfercht in einem Minibus bis zu einem verlassenen Küstenstreifen irgendwo am Golf d'Hammamet, wo das Ruderboot bereitlag, und die Überfahrt bis vor Lampedusa mit einem Fischkutter. Der Schlepper im Café beim Markt hatte gesagt, dass der Kapitän ein Freund von ihm sei und die Fahrt schon viele Male gemacht habe.

Vorhin hatte ihnen der Junge beim morschen Holzboot das blinkende Positionslicht des Fischkutters vor der Küste gezeigt und ihnen mehrmals eingeschärft, leise zu sein. Dann war er in den Büschen verschwunden.

Die beiden Ruderer über ihm arbeiteten hart. In Tunis hatten sie erzählt, dass sie Brüder aus dem Kongo seien.

Tijo fragte: »Bist du in Ordnung?«

Tafari schnitt eine Ekelgrimasse. Seekrank.

»Es ist nicht mehr weit.«

Schweigend saßen sie nebeneinander. Tatsächlich hörten sie nach einigen Minuten in der Ferne durch das Rauschen des Meeres ein dumpfes Stampfen. Der Kutter. Tijo streckte sich, drehte den Kopf und sah das nur noch etwa hundert Meter entfernte Fischerboot. Der junge Libyer im Bug winkte.

Geschafft.

Der kleine Kahn hatte einen geduckten zweistöckigen Aufbau für die Brücke mit einem Kamin und einem Ausleger für die Fischernetze. Die Silhouetten dreier Männer bewegten sich hektisch über das Deck. Die Schiffsschraube drehte und sandte Wellen in ihre Richtung.

Etwas stimmte nicht.

Das Fischerboot tuckerte von ihnen weg.

»Halt!«

Die Brüder ruderten wie wild.

Jemand hatte sie verraten. Die Schlepper. Ein verfeindeter Clan. Jemand hatte zu wenig Bestechungsgeld bezahlt.

Die Flüchtlinge schrien, standen auf. Das Holzboot schwankte bedrohlich. Tijo konnte nicht schwimmen. Das Boot durfte auf keinen Fall kentern. Im Gegensatz zu den Brüdern aus dem Kongo trug er keine Schwimmweste.

Hinter dem davonfahrenden Fischerboot tauchte ein Schnellboot auf. Ein hochtouriger Motor bellte. Suchscheinwerfer leuchteten auf und durchschnitten die Nacht. Die Küstenwache.

Die Brüder aus dem Kongo hörten auf zu rudern. Einer der Flüchtlinge sprang ins Wasser.

Die grellen Suchschweinwerfer glitten über sie hinweg. Eine Lautsprecherstimme dröhnte. Ein zweiter Mann sprang ins Wasser. Auch die Brüder aus dem Kongo ließen sich ins Wasser fallen.

Schüsse peitschten. Tijo sah kleine Wasserfontänen aufspritzen. Kugeln durchbohrten das Boot. Der junge Libyer im Bug schrie getroffen auf. Das Schnellboot raste mit einer großen Bugwelle um sie herum. Die restlichen Männer ergaben sich, streckten die Hände in die Höhe und standen auf.

Das Boot kenterte.

Tijo schrie und umschlang die Ruderbank. Das Boot drehte sich um seine Längsachse. Ein Ruder schmetterte auf seinen Kopf. Panik ergriff ihn. Er konnte nicht schwimmen. Er wollte nicht ertrinken. Er musste nach Europa.

Sein Mund füllte sich mit Salzwasser. Er prustete und spie. Verzweifelt klammerte er sich an die Ruderbank. Er holte Luft. Das gekenterte Boot umhüllte ihn wie eine Gebärmutter. Mit schrägem Kopf konnte er in der kleinen Luftkammer atmen. Ruhig bleiben.

Er blinzelte sich das brennende Salzwasser aus den Augen und hielt das Kinn über Wasser. Der gedrosselte Motor des Schnellbootes umrundete ihn. Die Lichtstrahlen der Suchscheinwerfer drangen durch die Einschusslöcher.

Stimmen. Die Polizisten fischten die Flüchtlinge aus dem Wasser.

Tijo lauschte.

Ein Platschen. Schreie. Metall gegen Metall. Laute Stimmen. Leichte Wellen. Befehle.

Nach einer Weile beschleunigte das Schnellboot und entfernte sich.

Das gekenterte Boot bewegte sich mit den Wellen auf und ab.

Fröstelnd wartete Tijo im kalten Wasser.

Fahles Mondlicht schien durch die Schusslöcher.

Etwas strich um seine Beine.

Tijo schluckte vor Schreck Meerwasser. Ein Fisch? Ein Haifisch, der Blut gerochen hatte? Im Mittelmeer gab es keine Haifische. Neben ihm blubberte etwas in den Rumpf des gekenterten Bootes. Eine klobige Schwimmweste tauchte auf. Darin bäuchlings einer der kongolesischen Brüder. Den Kopf leblos unter Wasser. Erschossen.

Tijo zitterte.

6. Januar 19:52

Winter lauschte. Nichts. Er klingelte noch einmal. Ein bisschen länger. Auf der anderen Seite der Tür hörte er das dürre Klirren der Klingel. Er klopfte. Vielleicht glaubte der Bewohner, dass er erst vor der Haustür im Parterre stand. Irgendwo dröhnten rockige Bässe.

Das Schloss wurde aufgedreht, und die Tür öffnete sich. Eine bleiche junge Frau mit Sommersprossen und einer wilden Mähne Rastazöpfchen schaute durch den Spalt. Sie steckte in einem viel zu großen grobmaschigen Wollpullover und engen Jeans. »Ja?«

Winter sog den süßlichen Duft von Haschisch ein. Er registrierte die geweiteten Pupillen und den seligen Gesichtsausdruck. Sie hatte eine süße Stupsnase mit silbernem Nasenring und war etwa fünfzehn. An einem Lederband baumelte ein großes Peace-Zeichen. Hinter ihr war eine leere Wohnung mit nacktem Linoleum.

»Sorry für die Störung. Ich suche Herrn Ofuho.«

Sie schaute ihn gelangweilt an.

»Cirino?«

Langsam schüttelte sie den Kopf und schloss die Augen.

»Ein Afrikaner? Aus dem Sudan?«

Sie lehnte sich müde an die Wand und hauchte: »Warum?«

»Ich habe etwas gefunden, das ihm gehört. Ich möchte es ihm zurückgeben.«

»Was hast du denn gefunden?«

»Das bleibt mein Geheimnis.«

»Oh, ich liebe Geheimnisse.« Ein Augenaufschlag in Zeitlupe.

Winter verlor langsam die Geduld, und lauter als gewollt fragte er: »Ist Ofuho da oder nicht?«

Aus der Tiefe der Wohnung fragte eine Männerstimme: »Kätzchen? Was ist da los?«

Die Fragen aus beiden Richtungen waren für das bekiffte Mädchen zu viel. Sie kniff die Augen zusammen. Etwas klirrte in der Wohnung. Um mehr zu sehen, machte Winter einen Schritt zur Seite, und seine Jacke entblößte die Pistole.

»Scheiße. Er hat eine Pistole«, kreischte das Mädchen und wollte die Tür zuschlagen. Erstaunliche Reaktionszeit für ihren Zustand. Winter hielt einen Schuh in die Tür. In der Wohnung dahinter zerbarst Glas. Vierzehnter Stock. Flüchten war zwecklos.

Er betrat die Wohnung und schloss die Tür. Ein Blick in die Küche. Nur eine dreckige Spaghetti-Pfanne. Der gleiche Grundriss wie bei Bernadette Berger. Allerdings war dieses Wohnzimmer leer. Auf dem Boden lagen zerquetschte Energy-Drink-Büchsen, Bierflaschen und Unrat herum.

Die Schlafzimmertür war zu.

An der Decke brannte eine nackte Glühbirne. Der vergilbte Anstrich schrie nach frischer Farbe. Winter stellte eine auslaufende Wodkaflasche auf. Sie hatten das billige Bier mit Wodka nachgeschärft. Gorbatschows Geist aus der Flasche.

»Hey. Keine Angst. Es tut mir leid, wenn ich eure Party gestört habe. Ich will euch nur ein paar Fragen stellen. Wir könnten dazu ein Bier trinken.«

Eine Tür schlug zu.

Winter drückte die Klinke zum Schlafzimmer. Abgeschlossen. Er schaute sich um. Der Balkon. Verflucht! Dieser erstreckte sich über die Front des Wohn- und Schlafzimmers. Er riss die Balkontür auf und trat in die Kälte. Leer. Von außen schaute er ins Schlafzimmer. Außer zwei Schlafsäcken auch leer. Die Balkontür des Schlafzimmers schlug lose gegen ihren Metallrahmen. Wo waren sie?

Verflucht.

Hoffentlich hatte er die Teenager nicht derart erschreckt, dass sie sich im Rausch in die Tiefe gestürzt hatten, und hoffentlich hatten sie die Energy-Drink-Werbung, die Flügel versprach, nicht wörtlich genommen. Winter beugte sich über die Betonbrüstung und starrte in die Tiefe. Über fünfzig Meter unter ihm Ameisenstraßen im Schnee. Nichts. Rundherum nur die bunten Fenster der anderen Blöcke. In der Ferne die blinkende Kehrichtanlage, das Spital und das beleuchtete Münster.

Er atmete erleichtert auf.

Der Balkon war durch Betonmauern begrenzt. Er lehnte sich

hinaus. Der linke Nachbarbalkon war erleuchtet, komplett vollgestellt mit Gerümpel und einem verdorrten Weihnachtsbaum. Auf der anderen Seite grenzte der Balkon ans offene Treppenhaus. Er beugte sich hinüber und hörte die schnellen Schritte der Flüchtenden. Die beiden Teenager waren tatsächlich hinübergeklettert. Lebensmüde Spinner. Zum Glück war nichts passiert.

Winter rannte aus der Wohnung ins Treppenhaus. Schritte über ihm. Fünfzehnter Stock, sechzehnter Stock, siebzehnter Stock. Winter blieb stehen und horchte. Die Korridortüren waren alle geschlossen und dunkel. Über ihm schlug eine Tür zu. Sie mussten im achtzehnten Stock sein. Er hastete in die unbeleuchtete Halle des obersten Stocks. Nichts. Im leeren Korridor glommen nur die orangen Lichtschalter. Die Treppenhaustür fiel hinter ihm zu.

Winter lauschte. Nichts. Keine Schritte. Der Fahrstuhl stumm.

Im Halbdunkel drückte er auf einen orangen Lichtschalter.

Verschlossene Wohnungstüren. Hatten sie sich in einer anderen leeren Wohnung versteckt?

Er drehte sich um die eigene Achse. Der Korridor sah genauso aus wie die anderen, abgesehen von einer Tür neben dem Fahrstuhl. Der Zugang zum Dach. Die Tür war nur angelehnt und gab einen Schacht mit einer Steigleiter frei. Winter hangelte sich einhändig an den kalten Eisensteigen hoch und stieß den Deckel über sich auf. Wind. Ein verschneites Flachdach. Hinter ihm das Gehäuse des Liftmotors. Unter den niedrigen Wolken blinkte ein Helikopter.

Winter kletterte ganz aus dem Schacht. Spuren im Schnee. Am Ende des länglichen Flachdaches sah er zwei schwarze Gestalten. Unter dem Schnee knirschte loser Kies. Die Teenager standen händchenhaltend am Abgrund. Ein Schritt und sie fielen in die Tiefe.

Deeskalation.

Als ehemaliger Einsatzleiter der Sondereinheit Enzian kannte Winter das Handbuch für solche Situationen auswendig. Er hatte es selbst geschrieben. Situationsanalyse. Der Wind zerzauste die lockigen Haare des jungen Mannes, der sich mit dünnem Erfolg als Bartträger versuchte. Unter dem trotzigen Kinn ein T-Shirt,

Schlabberhosen und Turnschuhe. Seinen Pullover hatte er ausgeliehen. Jetzt fror er in der Kälte jämmerlich.

Sie waren verladen, verängstigt und unberechenbar.

Winter blieb stehen und hob beschwichtigend seine Linke. »Ich tue euch nichts. Mein Name ist Tom Winter. Ich möchte nur etwas fragen. Und gegen ein Bier hätte ich auch nichts einzuwenden.« Persönliche Beziehung herstellen.

»Nicht schießen!«, schrie der junge Mann durch den Wind. Bekifft hielt er in der Dunkelheit Winters Robocop-Arm wohl für eine futuristische Waffe.

»Keine Angst. Ich tue euch wirklich nichts. Ich habe nur meinen rechten Arm gebrochen.«

Das Mädchen klammerte sich an seinen Partner und zeigte auf Winters Bauch. »Warum dann die Pistole?«

»Easy.« Winter sagte mit betont ruhiger Stimme: »Ich werde meine Pistole jetzt auf den Boden legen.« Ganz langsam und demonstrativ nur mit Zeigefinger und Daumen zog er die P220 aus dem Halfter, ging in die Knie und legte sie in den Schnee.

Dann trat er zwei Schritte zurück. »Okay?«

Der Wind wehte. Seine offene Jacke flatterte. Hoffentlich wurden die beiden Teenager nicht vom Winde verweht. Er winkte sie von der Dachkante weg. »Kommt schon.«

Die beiden Jugendlichen schauten sich an und machten ein paar Schritte auf Winter zu. Dieser sagte: »Ich bin Tom.«

Der junge Mann schien sich beruhigt zu haben und wollte einen Teil seiner Männlichkeit zurück. Mit fester Stimme erwiderte er: »Rainer. Und das ist Jelena.«

Jelena lächelte verlegen. »Sorry.«

Winter sagte: »Schon gut. Wollen wir in die Wärme?«

Rainer fragte: »Warum tragen Sie eine Pistole?«

»Ich bin Sicherheitschef einer Bank und habe manchmal mit gewalttätigen Leuten zu tun.« Er hob seine Pistole auf, sicherte sie und steckte sie weg.

Die Teenager tauschten Blicke aus und trotteten mit Winter zum Schacht zurück. Gemeinsam gingen sie in die leere Wohnung, wo Rainer als Erstes einen großen Schluck Wodka nahm, bevor er die Flasche Winter reichte.

»Lieber ein Bier.«

Jelena klaubte zwei Bierflaschen aus einem Karton. »Hier.«

»Danke.«

Sie stießen an. »Auf den Schreck!« – »Prost.«

Winter nahm einen Schluck. »Was macht ihr hier eigentlich? Eine kleine Party? Oder habt ihr die Wohnung besetzt?«

»Zwischennutzung«, sagten die beiden gleichzeitig und lachten.

»Aha. Und was heißt ›Zwischennutzung‹?«

Rainer antwortete: »Die Wohnung steht seit zwei Monaten leer, und da haben wir gedacht ...«, sie lächelten verlegen, »draußen ist es kalt.«

Winter erinnerte sich an die Schlafsäcke im Nebenzimmer. »Es geht mich ja nichts an, aber wie seid ihr an den Schlüssel gekommen?«

Jelena machte eine wegwerfende Handbewegung. »Die Hauswartin ist meine Tante.«

Winter sagte: »Ich suche einen Sudanesen. Er heißt Cirino Hiteng Ofuho und hat in dieser Wohnung gewohnt. Unten steht noch sein Name.«

Rainer schüttelte vehement den Kopf. »Das kann nicht sein. Unser Vorgänger war ein uralter Rentner. Der hat ewig hier gewohnt und erst im Oktober ausgecheckt.«

»Ja?«

Nach einem Schluck Wodka machte Rainer eine raumgreifende Bewegung. »Sehen Sie sich nur die Farbe an. Alles rauchgeschwärzt. Der hat während Jahrzehnten geschlotet wie ein Kamin. Jelenas Tante musste die Wohnung räumen, und wir haben ihr dabei geholfen. Und ich kann Ihnen sagen, unser Vorgänger war bestimmt kein Afrikaner. Der lebte im vorletzten Jahrhundert. Er hatte nicht einmal einen Computer.« Rainer konnte es kaum glauben.

»Und nach der Räumung seid ihr eingezogen?«

Nicken.

Hier in dieser leeren Wohnung gab es keinen Cirino Hiteng Ofuho. Aber warum war der Milchkasten unten in der Halle frisch angeschrieben worden? Hatte auch Obado eine Zwischennutzung gefunden? Hatte er den Milchkasten für die Anlieferung von Drogenpaketen genutzt? Für den putzenden Obado war es einfach, einen der unbenutzten Briefkästen zu beschriften, im Auge zu behalten und nach einer Lieferung die Drogen zu behändigen. Minimales Risiko.

7. Januar 07:20

Winter schlief tief und fest und wachte benebelt auf. Er konnte sich nicht mehr erinnern, ob er am Vorabend nach dem Bier noch Tabletten genommen hatte. Im Küchenschrank stieß er auf die Büchsen mit Katzenfutter. Er braute sich einen starken Kaffee und redete sich ein, dass Tiger »nur« eine Katze gewesen war.

Danach fuhr er in die Stadt, parkte, machte einen Abstecher zur halb leeren Bank und stieg in den Schnellzug. Am Flughafen Zürich überzeugte er die Sicherheitsleute, dass sein Arm wirklich gebrochen war, und bestieg dann die Mittagsmaschine nach Manchester.

Um kurz nach ein Uhr landete der Airbus A320 und rollte in die graue Wiege der industriellen Revolution. Im Flughafen legte Winter sich ein paar Pfund zu. Diese waren nicht mehr so viel wert wie früher, aber das Empire war ja auch geschrumpft.

Draußen roch es wie in einer Waschküche. Die Abgase der mit Werbung vollgekleisterten Taxis vermischten sich mit dem Nieselregen. Winter erwischte einen stoppelhaarigen Fahrer, der anstelle eines Halses Pirelli-Reifen hatte. Als das Taxi in den Verkehr einfädelte, stockte Winter kurz der Atem. Linksverkehr.

Auf der Autobahn M 56 blätterte Winter durch die Unterlagen von Rolf Berger. Er war das jüngste der drei Geschwister. Fünf Jahre jünger als Brigitte, sieben Jahre jünger als die verschwundene Helen. Hatten sich die beiden Schwestern um den Kleinen gekümmert oder ihm das Leben schwer gemacht? Vor einigen Jahren hatte Rolf eine Engländerin geheiratet und mit ihr drei Kinder bekommen. In Leonies Mäppchen war nur eine Adresse, keine Telefonnummer, kein Arbeitgeber.

Zehn Minuten später fuhren sie auf einer Hauptstraße an Doppelhäusern mit ansehnlichen Gärten vorbei nach Norden. Sportplätze, ein Multiscreen-Kino und ein flacher Aldi. Nach einem Sainsbury's-Supermarkt krochen sie hinter einem Doppelstockbus an kleineren Häusern vorbei. Ein Park, eine braune Kirche, Pubs, dann mehrere indische Restaurants.

Der Fahrer hielt abrupt auf einer doppelten gelben Linie, schob die Abtrennung zur Seite. »Dort drüben.« Er zeigte auf die andere Straßenseite. Eine enge Seitenstraße, eingeklemmt zwischen einem Mini-Market und einem Schneider, der trotz des Wetters draußen Kleider aufgehängt hatte. Optimist.

Winter zahlte und stieg aus.

Rund um ihn herum herrschte emsiges Treiben. Rusholme, der Vorort von Manchester, in dem Rolf wohnte, war fest in indischen Händen, in alten und jungen. Einige trugen traditionelle Kleider, andere westliche, einige Sikh-Turbane. Schmuckläden, Wäschereien, Geldwechselangebote, das Wettbüro einer englischen Kette. Und ein Dutzend bunter Curryrestaurants. Das Wasser lief Winter im Mund zusammen. Irgendwo hatte er gelesen, dass das englische Leibgericht nicht mehr Fish and Chips, sondern Curry war.

Er schlängelte sich durch den Verkehr. Die Seitenstraße führte ihn auf die Rückseite der Restaurants. Neben den Hinterausgängen und den asthmatischen Abluftsystemen stapelten sich Kehrichtsäcke, verfaulender Abfall und Kästen mit leeren Flaschen. Ein Paradies für kleine Nager. Ein rauchender Koch wies Winter den Weg um zwei weitere Ecken.

Rolf Berger wohnte in einem schmalen zweistöckigen Reihenhaus mit zubetoniertem Vorgarten, auf dem man bestenfalls einen Kinderwagen abstellen konnte. Abgesehen von der knallrot gestrichenen Tür unterschied es sich nicht von den anderen Häusern. Alle hatten die gleichen Antennenschüsseln, die gleichen knallgelben Alarmanlagen.

Die Vorhänge waren zugezogen. Kein Name, aber die Nummer stimmte. Mangels einer Klingel klopfte Winter. Eine junge Japanerin mit violetten Haaren öffnete die Tür. *»Yes?«*

»Guten Tag. Mein Name ist Winter. Ich suche Herrn Berger?«

»Sorry, aber hier wohnt kein Mann.«

Nicht schon wieder, dachte Winter. Nach einigem Hin und Her erklärte ihm die Studentin, dass sie zu Beginn des Semesters hier mit zwei Freundinnen eine Wohngemeinschaft gegründet habe und dass das Haus dem Inder des Maharaja Palace um die Ecke gehöre.

Der Besitzer des Maharaja Palace trug einen klassischen Dhoti und lud Winter höflichst ein, sich zu setzen. Winter erhielt einen Assamtee und erzählte, dass er extra angereist sei und einen Rolf Berger, einen ehemaligen Mieter, suche. Bei der Erwähnung des Namens begann der Inder zu schimpfen. »Dieser Herr Berger schuldet mir immer noch fünf Monatsmieten. In meiner Güte habe ich seinen Ausreden immer wieder geglaubt, aber am Ende musste ich ihn rauswerfen.«

»Wissen Sie, wo Herr Berger jetzt wohnt?«

»Und ob. Ich habe ihn betrieben, und wenn er nicht bald zahlt, wird er den Zorn der Götter spüren.« Der Inder ballte seine kleine Faust. Er war offensichtlich kein Anhänger Gandhis.

»Ich bin von der Bank seiner kürzlich verstorbenen Mutter und dabei, die Erbschaft zu klären. Aber dafür muss ich Herrn Berger zuerst persönlich sprechen.«

Die Augen des alten Inders blitzten auf. »Aha. Gut zu wissen. Moment.« Er schlurfte davon und verschwand durch eine Schwingtür. Winter schlürfte seinen Tee und studierte die laminierte Menükarte, bis der Inder mit einem kleinen Zettel in der Hand wieder auftauchte. Dankend verließ Winter den Palast und fragte sich nach der neuen Adresse durch.

Drei Abzweigungen später fand er die Straße. An der Ecke ein vergitterter Mini-Market. Die roten Backstein-Reihenhäuser dahinter waren niedriger und schäbiger. Sie hatten weder Erker noch Vorgärten. Ihre Türen gingen direkt auf den Gehsteig. Einige Fenster waren mit Spanplatten zugenagelt. An vielen Häusern hing ein »Zu verkaufen«-Schild.

Plötzlich schossen aus einem engen Zwischengang kahl geschorene Jugendliche auf kleinen Fahrrädern. Sie trugen Trainingsanzüge und viel zu große rote Fußball-Shirts mit Chevrolet-Logos. Sie flitzten an Winter vorbei und verschwanden um die Ecke.

Ein paar Schritte weiter dann die richtige Hausnummer. Auch hier kein Name und keine Klingel. Winter klopfte und wartete. Die rostrote Farbe an der Tür blätterte ab. Die schmale Einbahnstraße war mit Kleinwagen verstellt. Über den Dächern mit den schrägen Antennen drohten schwarze Wolken mit mehr

Regen. Am Horizont darunter kämpfte der gelbe Glimmer einer untergehenden Sonne gegen die Dunkelheit.

Die Vorhänge hinter dem Fenster bewegten sich und gaben für einen Moment den Blick auf eine verlebte Frau mit langen Haaren frei. Winter lächelte, und die Tür öffnete sich. Ein mageres, bleiches Gesicht mit strähnigem Haar musterte ihn. Sie trug einen weiten rosa Sweater mit einem großen Herz, eine Trainingshose und Wollsocken. Zwischen den dünnen, ungeschminkten Lippen steckte eine Zigarette.

Hinter ihr krächzte Liam Gallagher aus der Oase.

»Hallo. Frau Berger?«

Sie hob den einen Arm, lehnte sich an die Korridorwand, streckte die Brust raus und fragte mit kehliger Stimme: »Wer fragt?«

»Winter.«

»Ja, ich weiß. Es ist eine verfluchte Jahreszeit. *Fucking freezing cold.*« Nicht gerade die feine britische Art.

»Tom Winter. Das ist mein Name. Ich suche Rolf Berger.«

»Von wo kommst du?«

»Aus der Schweiz.«

»Wenn du von seiner Familie bist, kannst du gleich abhauen.«

»Herrn Bergers Mutter ist tot. Kann ich reinkommen?«

Sie studierte ihn misstrauisch. Die Frau musste früher einmal eine Schönheit gewesen sein. Prominente Backenknochen. Jetzt sah sie älter aus, als sie tatsächlich war. Harte Linien um die Augen. Der Korridor hinter ihr war vollgestopft mit Jacken und einem Nest voller bunter Stiefel und Fußballschuhe. Eine steile Treppe in den ersten Stock. Nach einer Weile nickte sie, öffnete die Tür ganz und ging wortlos ins angrenzende Wohnzimmer.

Winter trat ein und schloss die Tür. Ein abgetretener bräunlicher Spannteppich. Das Wohnzimmer wurde verstellt durch einen halb vollen Wäscheständer und zwei neue schwarze Ledersofas. Kleinkredit.

»Sie sind also Frau Berger?«

»Ja, noch. Also Kathy.« Sie blickte sich verlegen um. »Sorry. Ich bin gerade am Aufräumen.« Mit einer Fernbedienung brachte sie Gallagher zum Schweigen, schob den Wäscheständer und einen Korb mit zusammengefalteter Wäsche in eine Ecke. »Setzen Sie sich doch.«

»Danke.« Winter setzte sich und sah in einem Tragkorb ein schlafendes Baby. Es war in Decken eingewickelt und schlief friedlich. Eine kleine Faust hielt sich an einem Tröstertuch fest. Am Boden waren Plastikspielsachen verstreut.

»Kann ich Ihnen einen Tee anbieten?«

Er schaute auf. »Ja, gerne.«

Sie verschwand. Im Zentrum auf einem Plexiglasgestell mit CD-Spieler und DVD-Gerät ein riesiger Fernseher. Neben Gallagher lagen DVDs von Bob the Builder, Shrek und das digitale Dschungelbuch. Es war frisch, der elektrische Kamin aus, und in Winters Rücken zog kalte Luft durch das schlecht isolierte Fenster.

Kathy kam mit zwei großen Teetassen zurück. Unter ihrem Arm klemmte ein Päckchen Jaffa Cakes, und in ihrem Mund brannte eine neue Zigarette. »Hier.«

»Vielen Dank.« Winter zeigte mit dem milchigen Tee auf das Baby. »Wecken wir den Kleinen nicht auf?«

»Nein, nein. Der macht sein Mittagsschläfchen.« Sie legte die Schachtel mit den Keksen auf Winters Armlehne, setzte sich aufs andere Ledersofa und nahm einen Souvenir-Aschenbecher vom Kamin. Nach einem tiefen Zug an der Zigarette fragte sie: »Die Alte ist also tot?«

»Ja, jemand hat sie erschlagen.«

Sie nickte nachdenklich, schien jedoch nicht sonderlich schockiert zu sein. »Man soll nicht schlecht über Tote reden, aber meiner Meinung nach ist das kein großer Verlust für die Menschheit.«

»Haben Sie sie gut gekannt?«

»Nein, ich habe sie nur ein-, zweimal gesehen. Schon lange her. Rolf hat sie gehasst.«

»So schlimm?«

»Er wollte damals einfach nur weg. Sobald er konnte, ist er nach London abgehauen. Dort haben wir uns kennengelernt.« Ein schiefes Lächeln und ein nostalgischer Zug an der Zigarette. »Wir waren Punks.«

Winter nickte. Irgendwie passte das zu ihrem trotzigen Ausdruck.

Wehmütig fügte sie an: »Richtige Punks. Verstehen Sie? Wir waren frei und machten, was wir wollten.«

»Warum hat Ihr Mann seine Mutter denn gehasst?«

Sie zuckte mit den Achseln. »Er hatte eine miese Kindheit.«

Winter wartete, nahm einen Keks und hoffte auf mehr. Als nichts kam, deutete er auf die Familienfotos über dem Kamin. »Aber das hat ihn nicht davon abgehalten, eine eigene Familie zu gründen.«

Rolf hatte ein schmales, offenes Gesicht mit einem schiefen, nicht unsympathischen Grinsen und einem wilden Haarschopf. Auf den Familienfotos sah er glücklich aus. Eingefrorene Schnappschüsse aus dem unendlichen Strom der Zeit.

Sie schüttelte den Kopf. »Vor Jahren, als der Älteste zur Welt kam, hatten wir einen kleinen Engpass. Er hat sich überwunden und fragte seine Mutter um Geld. Sie hat ihn abblitzen lassen. Er sagte immer: ›Sie hat ein Herz aus Stein.‹«

Winter beugte sich vor. Doch Kathy hielt inne und fragte: »Was wollen Sie eigentlich von Rolf?«

»Ich vertrete die Bank seiner Mutter. Wir sind dabei, den Nachlass zu regeln.«

»Was erbt Rolf denn? Kann er damit unsere Schulden bezahlen?«

»Das kann ich Ihnen nicht sagen. Zuerst muss ich Ihren Mann sprechen. Wann ist er zurück?«

»Rolf ist ein lieber Kerl. Aber er hat nur im Pub herumgelungert und mich mit den Kindern hier hängen lassen. Er war schuld daran, dass der Inder uns gekündigt hat. Kurz vor Weihnachten hat er dann auch noch das ganze Haushaltsgeld verwettet. Da habe ich ihn rausgeschmissen.«

Sie drückte enerviert die Zigarette im Trevi-Brunnen aus und krempelte sich trotzig die Ärmel hoch.

Winter sah alte Narben von Einstichen. Großartig! Richtig punkig. Er trank einen Schluck Tee und fragte über den Tassenrand: »Wo ist er denn hin?«

»Keine Ahnung.«

»Aber seine Mobilnummer haben Sie?«

Sie nannte Winter eine Nummer, die er mit einem mentalen Post-it in seinem Gedächtnis ablegte.

»Hat er Freunde? Kumpels, bei denen er sein könnte?«

»Weiß nicht. Das müssen Sie die im ›Hedgehog‹ fragen.« Winter schaute fragend, und sie fügte an: »Ein Pub an der Oxford Road.«

Das Baby begann zu wimmern, und sie hob es aus dem Korb. Sie ging im Wohnzimmer herum und wiegte den Kleinen auf ihren Armen. »Schscht.«

»Wie heißt er denn?«

»Riley.« Sie lächelte und drehte das Baby Winter zu. »Sag Herrn Winter Hallo.« Das Baby sabberte, während Kathy mit seinem Arm winkte.

Winter stand auf und sagte hilflos: »Süß.«

Ihr Ärger war verflogen, und sie strahlte, bewegte das Baby vor Winter auf und ab, machte blubbernde Geräusche. »Sag Hallo, Hallo.«

Riley schaute Winter verdutzt an und begann dann zu schreien.

Er sah offenbar nicht allzu vertrauenerweckend aus. Zeit, den Rückzug anzutreten. »War nett, Sie kennenzulernen. Ich will Sie nicht länger aufhalten. Vielen Dank.«

Sie klemmte Riley unter den Arm und begleitete Winter zur Tür. »Wenn Sie Rolf finden, richten Sie ihm aus, dass ich sein Zeug in den Hinterhof geschmissen habe und er es dort abholen kann.«

»Mach ich.« Er wollte ihr zum Abschied die Hand geben; als er sah, dass sie in der freien Hand bereits ein zerknautschtes Zigarettenpaket hielt, nickte er nur. »Danke für den Tee. *Bye-bye, Riley.*« Sargnägel waren immerhin besser als Nadeln.

7. Januar 16:22

Winter ging in der Dämmerung zurück zu den Curryrestaurants und marschierte Richtung Zentrum. Aus der Wilmslow Road wurde die Oxford Road. Stinkende Busse, genervte Autofahrer, Studenten aus aller Welt mit Laptoptaschen, müde Pendler und lebensmüde Jogger machten sich Straße und Gehsteig streitig.

Das »Hedgehog« war ein massiver, einstmals dekorativer Backsteinbau, eingepfercht von modernen Universitätsgebäuden und einem mehrstöckigen Parkhaus. Kohlestaub und Abgase hatten die Mauern des Pubs geschwärzt. Die Fenster waren mit schwarzen Holzplatten verkleidet. Über dem Eingang hing ein handgemaltes Schild mit einem Igel und einem schäumenden Pint.

Winter schulterte die Schwingtür auf und trat in eine Halle mit stählernen Stützpfeilern und durch hölzerne Geländer abgetrennten Ebenen. Das Sports Pub war weder voll noch leer. Der Geräuschpegel umhüllte die herumstehenden Männer und die wenigen Frauen mit ihren Biergläsern. Auf den flachen Fernsehbildschirmen lief Fußball. Einheimische beim Boxenstopp zwischen Arbeit und Abendessen, Studenten beim Chillen.

Winter ging langsam durch die Gäste und hielt Ausschau nach einem Mann, der demjenigen auf den Fotos von vorhin glich. Kein Rolf zu sehen.

Hinter den Zapfhähnen stand eine stämmige Frau mit schwarzem Ledertop, die eine Jahreskarte für ein Solarium haben musste. Die unechte Blondine kommandierte lautstark eine Aushilfskraft herum. Winter steuerte auf die gebräunte Dame zu und legte einen Zehner auf die feuchte Bar. »Ein Boddingtons.«

Ein undurchdringlicher Blick unter künstlichen Wimpern. Während sie sein Pint zapfte, studierte Winter das Schlangen-Tattoo auf ihrem Oberarm. Sie stellte das überschäumende Boddingtons auf eine Beck's-Matte.

Winter fragte: »Wo finde ich Rolf?«

Sie nahm den Zehner. »Welchen Rolf meinst du, *love*?« Hier waren die Leute offenbar noch freundlich.

»Schweizer. Wohnt in Rusholme.«

»Ah, das kleine Wiesel.« Der Tonfall war durchaus liebenswürdig. Winter nickte. Der Kosename passte zu den Fotos.

»Er ist heute noch nicht aufgetaucht. Am besten fragst du Bill dort drüben.« Winter drehte sich um und hörte sie sagen: »Der mit dem Wayne-Rooney-Shirt.«

»Danke.« Winter nahm sein Bier und steuerte auf den ManU-Fan zu, der mit Kumpels Darts spielte. Er war um die vierzig, kahl geschoren und trug einen stattlichen Bierbauch. Seine rosa Haut und das aufgedunsene Gesicht erinnerten Winter an ein Baby. Schon das zweite heute.

Winter lehnte sich an die Balustrade neben den Dartspielern, die schon einige Pints intus hatten. Auf einem Tisch lagen zerknautschte Geldscheine. Das Spiel endete mit Gelächter, und das Geld verschwand.

Bill holte die Dartpfeile vom Brett, leerte sein dunkles Bier, und Winter fragte: »Ein anderes? Guinness?«

Verwundert fragte Bill: »Von welchem Wohltätigkeitsverein kommst du?«

»Rote Nasen.«

»Uhuh, ein Witzbold«, spottete Bill laut und schaute sich nach seinen Freunden um.

»Danke für das Kompliment«, entgegnete Winter mit ausnehmender Freundlichkeit, »aber ich wollte nur fragen, wo ich Rolf finde.«

»Was bist du? Ein Schuldeneintreiber? Ein Scheidungsanwalt?«

»Sorry, aber damit kann ich nicht dienen.«

»Woher kommst du denn?«

»Aus der Schweiz.«

Bill schüttelte den Kopf, kniff die Augen zusammen und zwickte sich mit Daumen und Zeigefinger den Nasenrücken. Dann sagte er in einem Tonfall, als spräche er mit einem Kind: »Mein Lieber, es ist doch ganz einfach. Ich möchte gerne wissen, was du von Rolf willst.«

»Keine Angst, ich will ihm nur ein paar Fragen stellen.«

»Fragen?«, echote Bill.

»Ja, das sind Sätze mit einem Fragezeichen am Ende«, erklärte Winter im gleichen Tonfall. Das Gesicht des Babys rötete sich. Bill atmete tief ein, wollte einen Schluck Bier nehmen, stellte fest, dass sein Glas leer war, und stellte es weg.

Winter fragte: »Wie wär's nun mit einem weiteren Bier?«

Bills Kumpel scharten sich grinsend um ihn. Er schnaufte wie eine anfahrende Dampflok, nahm einen Dartpfeil in seine rechte Hand und machte einen Schritt auf Winter zu, der ruhig am Geländer lehnte. Der Alkohol erschwerte Bill offenbar die Regulation des Höflichkeitsabstandes. Winter roch den Ale-Atem.

Bill starrte. »Du hast Glück, dass du ein Krüppel bist.«

Winter schaute auf seinen Arm, stellte sein Bier auf die Balustrade und strich über das Robocop-Gestell. Baby Bill war nicht gerade von der hellsten Sorte, aber sicherheitshalber verlagerte er sein Gewicht auf die Fußballen. Er wollte Bill nicht vor seinen Kumpels blamieren, sondern nur herausfinden, wo Rolf war. »Danke für deine Sympathie.«

»Willst du mich verarschen?«

»Nein, das käme mir nie in den Sinn.«

»Soll ich dir den Arsch polieren?« Bill war kein Gentleman.

»Ja, das wäre ab und zu ganz hilfreich.« Er hob den verletzten Arm.

»Du schwuler Krüppel hast ja keine Chance.«

»Für dich reicht ein Arm noch lange.« Bill schien nicht belehrbar zu sein. Winter hatte langsam genug und fragte seelenruhig: »Kennst du Quentin Tarantino?«

Bill glotzte.

Ein Kumpel sagte: »Das ist der Regisseur von ›Pulp Fiction‹.« Ein anderer grölte: »Und von ›Kill Bill‹.«

»What?«

Das Baby war wohl ein Fan von »Homer Simpson«.

Bill schäumte und rammte den Dartpfeil in die Balustrade, wo Sekundenbruchteile zuvor Winters linke Hand gelegen hatte. Doch diese hatte bereits das ManU-Shirt gepackt. Winter lehnte sich zurück und gab Bill einen Manchester-Kuss.

Einen Kopfstoß auf die Nase.

Die sanfte Version. Ohne die Nase zu brechen.

Bill verlor für einen Moment das Bewusstsein und schwankte bedrohlich. Winters Linke hielt ihn aufrecht. Blut begann auf das T-Shirt zu tropfen. Wayne Rooney war reif, ausgewechselt zu werden. Dann schüttelte sich das große Baby benommen. Seine Kumpels grölten, und er wischte sich mit dem Handrücken das Blut aus dem Gesicht.

Winter ließ ihn los und reichte ihm sein Taschentuch. »Hier.«

Der Kopfstoß schien Rolfs Freund auf einen Schlag nüchtern gemacht zu haben. »Danke.« Jedenfalls war er nun bedeutend freundlicher. Winter nahm die leeren Gläser und fragte: »Guinness?«

Bill nickte und tupfte an seiner Nase herum.

Als Winter das Bier brachte, saß Bill abseits an einem Tischchen, den Kopf zurückgelehnt und mit Papiertaschentüchern in der Nase. Die Kumpels hatten eine neue Runde Dart begonnen. Winter hob sein Glas. »Sorry wegen der Nase.«

Bill nahm einen großen Schluck Guinness und winkte mit nasaler Stimme ab. »Nicht so schlimm. Schlechte Gewohnheit von mir.«

»Vielleicht hätte ich mich besser erklären sollen. Rolfs Mutter ist gestorben und hat ein Testament hinterlassen. Ich arbeite für ihre Bank und bin dabei, ihre Kinder für die Öffnung des Testaments zusammenzubringen.«

»Und ich dachte, du seist ein Schuldeneintreiber.« Bills Pint war bereits wieder halb leer.

»Das mache ich manchmal auch. Aber nicht heute. Ich war vorhin bei Rolf zu Hause, und seine Frau hat gesagt, dass das hier seine Stammkneipe ist.«

»Ja, wir sind oft hier.«

»Und wo ist er jetzt?«

»Er arbeitet. Wahrscheinlich.« Bill lachte auf und warf einen Blick zur Decke. »Manchmal geschehen noch Wunder.«

»Wo denn?«

»Er ist Mädchen für alles im ›La Tasca‹.«

»›La Tasca‹?«

»Ja, an der Deansgate. ›La Tasca‹ ist Restaurant, Bar und Nachtclub in einem. Je nach Tageszeit. Die Preise sind schweinisch, aber der Salsa und die Girls sind gut.« Er kippte den Rest des Guinness weg.

»Seine Frau hat ihn rausgeworfen.«

»Kathy? Die versöhnen sich schon wieder.« Bill zupfte an den Papiertaschentüchern in der Nase herum. »Manchmal war es ihm einfach zu viel. Die Nörgelei, die Schulden und jetzt noch das neue Baby. Das Geschrei muss ein Alptraum sein.« Er schauderte vor Graus. »Sie hat ihn schon ein paarmal rausgeworfen. Wenn ihm die Decke auf den Kopf fällt, haut er für ein paar Tage ab. Manchmal hat er bei mir übernachtet, manchmal ist er nach London gefahren. Vor Weihnachten war es wieder einmal so weit. Weihnachtsstress halt.«

Winter trank sein Bier. Ein verlorener Sohn.

Eine halbe Stunde und ein Bier später stieg Winter in einen der Busse ins Stadtzentrum. Er hangelte sich zu einem geheizten Sitz. Als er im Stadtzentrum bei den »Piccadilly Gardens« ausstieg, hatte der Regen aufgehört.

Gemächlich ließ sich Winter durch das Gehetze einer Fußgängerzone treiben. Ausverkauf und Umtausch der Weihnachtsgeschenke waren in vollem Gange. Markengeschäfte, Schuhe, Sportartikel und ein Tesco-Lebensmittelgeschäft, dann das Arndale-Shoppingzentrum. Er kreuzte schlecht rasierte Männer in Trainingshosen und pickelige Büroangestellte, die in Polyesteranzügen und violetten Hemden steckten. Die Deansgate entpuppte sich als Shoppingmeile mit vornehmen Kaufhäusern und Kaffees. Der Verkehr kroch im Schritttempo daher.

»La Tasca« lag zwischen einer Bar und einem Gentlemen's Club, hatte ein paar Tische vor dem Eingang und versprach spanische Tapas und tropische Küche. Zwei gelangweilte Kellnerinnen mit Hotpants und Tanktops mit Einblick versuchten Gäste anzulocken. Billy Baby hatte recht gehabt. Lange Beine und umfangreicher Vorbau gehörten hier zum Anforderungsprofil.

Winter fragte: »Hi, wo finde ich Berger?«

Er erntete ein strahlendes Lächeln und ein mitleidiges Kopfschütteln. Die schwarzhaarige Kellnerin erklärte mit spanischem Akzent: »Sorry. Keine Burger. Da müssen Sie woandershin. Aber unsere Tapas sind die besten in der Stadt.«

»Ich meine Rolf Berger. Er arbeitet hier.«

Die blonde Kellnerin mischte sich ein: »Heißt nicht der Neue so? Rolf Berger. Yes, das ist doch der, der die Gläser einsammelt?«

Die Schwarzhaarige sagte: »Der Kleine mit den vielen Haaren?«

Die beiden Kellnerinnen kicherten und sagten: »Der kommt erst in etwa zwei Stunden. Möchten Sie vorher etwas essen oder einen Drink?«

Winter lehnte dankend ab und schlenderte der Deansgate entlang, stöberte in einem Waterstones-Buchladen herum und schlug in einem Café mit Sicht auf vorbeiziehende Mancunians die Zeit tot. Er buchte mit dem Smartphone ein Hotelzimmer und sah, dass Habermas den digitalisierten Polizeibericht von 1971 gemailt hatte. In einem griechischen Restaurant verdrückte er gegrilltes Lammfleisch mit in Feigenblätter eingewickeltem Reis.

Nach zehn Uhr ging er zurück ins »La Tasca« und vorbei am langbeinigen Empfangskomitee. Oben war »La Tasca« Familienrestaurant mit kitschiger Dekoration, Paella und Touristen, unten ein halb leeres Dancing. Zu früh für Salsa. In einer Ecke stöpselte ein Musiker mit keckem Hütchen an einem Mischpult herum. Vor ihm stand ein kleiner Mann mit schwarzem Wuschelkopf, T-Shirt, schwarzen Hosen und einer Schürze.

Winter näherte sich. »Rolf Berger?«

Dieser fuhr erschrocken herum und schaute hoch. »Kleines Wiesel« passte. Es waren nicht nur die spitze Nase und die vorstehenden Schneidezähne, sondern auch der nervöse Blick. Winter war froh, ihn endlich gefunden zu haben, und fragte: »Kann ich Sie einen Moment sprechen?«

»Ja?« Rolf schaute an Winter vorbei, als ob er einen Fluchtweg suchte. »Um was geht es?«

»Ihre Mutter.«

Die braunen Augen fixierten Winter. »Ich weiß, sie ist endlich abgekratzt.«

Der Musiker mischte sich ein. »Vergiss mein Bier nicht.«

»Kommt sofort.«

Winter hielt Rolf fest. »Wir müssen reden. Ich vertrete die Bank Ihrer Mutter.«

»Und?«

»Sie hat ein Testament hinterlassen.«

Rolf sagte nervös: »Nicht hier. Nicht jetzt. Ich muss arbeiten.« Wieder der gehetzte Blick.

»Wann haben Sie Zeit?«

»Wir schließen erst um vier Uhr.«

Winter hatte keine Lust, so lange zu warten. »Wie wär's, wenn ich Sie morgen zum Lunch einlade?«

Rolf schaute sich wieder um und wischte geistesabwesend seine Hände an der Schürze ab. Winter sah die Tattoos und die Narben an den Armen. Der Kopf bewegte sich hin und her. »Einverstanden. Wo übernachten Sie?«

»Im Midland.«

»Okay. Morgen um dreizehn Uhr im ›French‹. Das ist das Restaurant im Hotel. Da wollte ich schon lange mal hin.«

Winter nickte. »Einverstanden.«

Rolf wieselte mit fiebrigen Schritten davon. Winter verließ »La Tasca«. Auf der Deansgate kamen ihm trotz der niedrigen Temperatur viele Frauen in extrem kurzen Miniröcken entgegen. Sie hatten hier ein anderes Kälteempfinden oder suchten einen Lover. Er suchte das Midland-Hotel.

Das barocke Grandhotel war einfach zu finden. Beim Bau des riesigen Kastens mit seinen vielen Türmchen und Erkern mussten Millionen Backsteine verbaut worden sein. Der überdotierte Empfang bestand darauf, dass ein Page ihn zu seinem Zimmer begleitete. Im Fahrstuhl erzählte dieser, das Midland sei während des Zweiten Weltkrieges nicht bombardiert worden, weil Hitler es als sein nordenglisches Hauptquartier vorgesehen hatte. Gerüchte.

Der Jüngling schloss das Zimmer auf. »Zum Glück ist es anders gekommen.« Als er die verschiedenen Härtegrade der Kissen zu beschreiben begann, hob Winter abwehrend die Hände, gab ihm ein anständiges Trinkgeld und schob ihn zur Tür. Dann zog er sich aus und räumte die überzähligen Kissen vom Doppelbett. Er schlief sofort ein. Ein gutes Gewissen war das beste Ruhekissen.

8. Januar 09:42

Zehn Stunden später erwachte Winter. Er brauchte einige Momente, bis er wusste, wo er war. Die schweren Vorhänge waren zugezogen, durch einen Spalt schimmerte fahles Tageslicht. Im Handgelenk pochte ein dumpfer Schmerz. Eigentlich war er ja krankgeschrieben. Er raffte sich auf und bestellte Kaffee und ein Müsli aufs Zimmer sowie einen ruhigen Tisch für zwei Personen im »French«.

Gestärkt machte Winter einen Spaziergang durch den Nieselregen von Manchester. Entlang eines schwarzen Kanals lüftete er seinen Kopf und versuchte, sich Rolfs Kindheit vorzustellen.

Was wusste Rolf Berger vom Missbrauch? Als sein pädophiler Vater starb, war er noch ein Kleinkind gewesen. Winter selbst konnte sich nur flüchtig an seine Kindheit erinnern. Und er war sich nicht sicher, wie wirklich diese Bilder waren. Vielleicht hatte er später auch nur Fotos gesehen oder Geschichten darüber gehört.

Als Knabe war Rolf umgeben gewesen von seiner Mutter und seinen beiden älteren Schwestern. Hatte er seine Mutter schon damals abgelehnt, oder war der Hass, den er gestern in seinen Augen gesehen hatte, erst später gekommen?

Als Erwachsener kamen London und Drogen, Kathy und Riley. Das Licht im Dancing war schlecht gewesen, aber zwischen den Tattoos hatte Winter nur vernarbte Einstiche gesehen. Vielleicht spritzte er sich heute ins Fußgelenk. Gab es einen Zusammenhang zwischen Rolf und Obado? Zwischen »La Tasca« und dem spanischen Absender des Drogenpakets?

Winter ging zurück ins Grandhotel, betrat das »French« mit seinem modernen Chic und wurde in eine abgeschirmte Nische geführt. »Mineralwasser, bitte.« Er studierte die Karte: saftiges Essen und saftige Preise. Würde Rolf überhaupt kommen, oder würde das kleine Wiesel seinem Fluchtinstinkt folgen? Doch um Punkt eins führte ein Kellner Rolf Berger herbei. Der kleine Punk war ein pünktlicher Schweizer.

Er steckte in einem billigen Anzug und einem dunkelgrauen Rollkragenpullover. Die langen Haare waren zu einem Pferdeschwanz zusammengebunden. Rolf war frisch geduscht. Er hatte sich für den Lunch herausgeputzt und wollte offenbar einen guten Eindruck machen.

»Hallo, ich weiß gar nicht, wie ich Sie anreden soll?« Sein Lächeln entblößte die zugespitzten Schneidezähne. Er streckte die Hand aus und zog sie wieder zurück, als er Winters Arm sah.

Winter nickte einladend. Er hatte seinen Platz so gewählt, dass sich sein Gast mit dem Rücken zur Wand setzen konnte. Rolf Berger hielt sich an der Menükarte fest. Der Kellner tauchte wieder auf. Rolf bestellte.

Winter nahm das Gleiche.

Rolf schaute sich im Restaurant um. »Der Koch hier soll phantastisch sein. Jedenfalls danke für die Einladung.«

»Gerne geschehen.«

»Darf ich Sie etwas fragen?«

»Sicher.«

Die Wassergläser füllten sich.

»Wie haben Sie mich gestern eigentlich gefunden?«

»Dank Ihrer Frau und Ihrem Freund Bill.«

»Sie waren bei mir zu Hause?«

»Ja.«

Nachdenklich kratzte er sich unter den Augen. Winter sah dunkle Ringe und frisch geschnittene Fingernägel. »Hat Kathy etwas gesagt?«

»Nur, dass sie Sie rausgeschmissen hat.«

»Ich vermisse sie und die Kleinen. Vor Weihnachten, da hatte ich einen Aussetzer und bin kurz mal abgestürzt. Meinen Sie, dass sie sich wieder abgeregt hat?«

»Vielleicht.« Winter war kein Paartherapeut. Er nahm sich vor, erst einmal zuzuhören. »Kennt ihr euch schon lange?«

Rolfs Augen leuchteten auf. »Ja, sie ist mein Sonnenschein. Ich habe mich in sie verliebt. In London. Ich würde alles für sie tun.« Winter dachte an die Einstiche der beiden. Das ging ihn nichts an. Er hörte Rolf sagen: »Als das erste Kind kam, heirateten wir. Wir entschieden uns, uns zu ändern, und sind in den Norden gezogen. Aber auch hier ist es schwierig mit Jobs.«

»Was haben Sie denn vor dem ›La Tasca‹ gemacht?«

»Verschiedenes.«

Die Amuse-Bouches kamen: ein Mini-Rettich-Salat, dekoriert mit Mayonnaise und gerösteten Körnern. Rolf stocherte in seinem Häufchen herum und wechselte das Thema. »Nicht schlecht, oder?«

»Mhm.«

»Und Sie? Was machen Sie?«

»Ich bin Mädchen für alles.«

»Das bin ich im ›La Tasca‹ auch.« Rolf legte den Kopf schief und lächelte traurig. »Es ist ein Job.« Er schürzte die Lippen. »Gestern haben Sie etwas von einem Testament gesagt. Habe ich von meiner Alten etwas geerbt?«

»Ich weiß nicht. Ihre Mutter hat ein Testament hinterlassen, aber es darf erst geöffnet werden, wenn alle Kinder aufgestöbert sind.«

»Und dann?«

»Wird der bevollmächtigte Rechtsanwalt es in Anwesenheit der Nachfahren öffnen. Sobald alle Bedingungen erfüllt sind.«

Rolf verwarf die Hände. »*Bloody hell.* Sie stellt sogar noch tot Bedingungen.«

»Sind Sie mit Ihrer Mutter nicht gut ausgekommen?«

»Ich habe sie lange nicht mehr gesehen.« Diplomatisch.

»Wer hat Ihnen eigentlich gesagt, dass sie tot ist?«

»Brigitte hat mich angerufen.«

»Ihre Schwester?«

»Ja. Als ich klein war, haben sich Brigi und Heli – das ist meine andere Schwester – sehr um mich gekümmert. Wahrscheinlich war ich für sie eine Art lebende Puppe. Helen ist auch abgehauen, auf die Azoren. Brigitte machte Karriere. Jedem das Seine.«

Eine Suppe wurde gereicht. Darin schwammen Fetzen aus karamellisiertem Kohl. Schweigend löffelten sie die Vorspeise. Dann fragte Winter: »Wie gut können Sie sich an Ihren Vater erinnern?«

»Schwammig. Ich kann mich erinnern, dass er ein großer Mann war. Aber wahrscheinlich sind das alle Väter. Manchmal hat er mir im Bett vor dem Einschlafen Geschichten von Monstern vorgelesen. An die Bücher kann ich mich nicht mehr erinnern, aber an die Monster. Und an seine Stimme. Die war komplett normal. Glaube ich wenigstens. Ich sehe auch die Backstube noch vor mir. Wir haben manchmal dort gespielt. Indianer und Cowboy. Wer gewonnen hat, bekam einen Apfelkuchen. Manchmal haben wir nur die Soldaten aufgereiht.«

Rolf hielt inne.

Winter fragte: »Was heißt das?«

Rolf sah Winter lange an. Dann schob er den Suppenteller zur Seite, verschränkte die Arme und beugte sich vor. »Sie meinen, ob ich vom Missbrauch weiß?«

»Zum Beispiel.«

»Er war ein Schwein.« Rolf schlug mit der Faust auf den Tisch. Einige Gäste drehten den Kopf. Nach einer nervösen Entschuldigung lehnte sich Rolf erschöpft zurück und dachte einen langen Moment nach. »Manchmal habe ich das Gefühl, dass er mir mein Leben versaut hat.« Die Stimmbänder vibrierten. Er trank einen Schluck Wasser. »Ich darf gar nicht daran denken, dass ich seine Gene habe.«

»Wir sind alle einzigartig.«

»Nicht immer.«

»Hat er Sie auch angefasst?«

»Natürlich. Er war mein Vater. Er hat mich auf den Topf gesetzt. Aber ich kann mich beim besten Willen nicht erinnern, ob er mich auch missbraucht hat. Damals war ich vier, fünf Jahre alt. Da weiß man doch noch nicht, was richtig und was falsch ist, oder?« Er schaute Winter flehentlich an. »Aber Brigi hat davon erzählt. Ich muss etwa vierzehn gewesen sein. Heli war schon weg. Brigi wollte nach Deutschland. Ich habe sie angefleht, zu bleiben. Meine Noten waren nicht so gut. Sie hat mir immer geholfen. Ich hatte oft Probleme. Mit den Lehrern und so. Ich war verzweifelt. Einmal habe ich sogar gedroht, mich umzubringen, wenn sie geht. Da hat sie es mir erzählt. Es muss furchtbar gewesen sein.«

Der Kellner kam mit der Hauptspeise. Hühnerbrust mit Pilzen und Kartoffeln.

»Und Ihre Mutter?«

»Die hat alles gewusst und geschwiegen. Können Sie sich das vorstellen?« Er stocherte in den Kartoffeln herum.

Winter schnitt das Poulet auf. »Nein.«

»Schon als kleiner Junge hat sie mich immer genervt. Als ich älter wurde, habe ich sie richtig gehasst. Irgendwie war da immer eine dicke Glaswand zwischen uns.«

»Hat Ihre Mutter sich denn nicht um Sie gekümmert?«

»Doch, das schon. Aber sie war kalt. Es gab immer diesen Graben. Einmal hat mich das Gericht zum Psycho-Guru geschickt. In London. Dem habe ich die Geschichte erzählt. Er meinte, dass meine Mutter in mir ihren Mann sah und die Schuld unbewusst auf mich übertrug.« Mit dem Messer machte er eine rotierende Bewegung auf der Höhe seiner Schläfe. »Verrückt.«

»Der Psychiater oder Ihre Mutter?«

»Beide.« Rolf schüttelte den Kopf. »Man soll nicht schlecht über die Toten reden, aber ich will ehrlich sein: Als Brigi mich anrief und mir von ihrem Tod erzählte, war ich erleichtert.« Er lachte nervös und schob sich ein Stück Poulet in den Mund, kaute und fügte an: »Und dann habe ich mich dafür geschämt.« Und nach einer Pause hauchte er: »Ich werde sie einfach nicht los.«

»Wann haben Sie Ihre Mutter denn zum letzten Mal gesehen?«

»Uh, das war vor Jahren. Wir brauchten Geld für das Haus, und ich wollte sie anpumpen. Bin extra zurück in die Schweiz geflogen. Aber sie hat mich rausgeworfen und einen ›faulen Schnösel‹ genannt.« Er machte eine wegwerfende Handbewegung. »Das war's. Damals habe ich mir geschworen: Punkt. Schluss. Fertig!«

»Ihre Mutter wurde erschlagen.«

»Ja, Brigi hat so etwas gesagt. Weiß man schon, wer's war?«

»Nein. Die Polizei verdächtigt jemanden, aber der ist untergetaucht.«

»Wen denn?«

»Einen Sudanesen. Eine Reinigungskraft im Block Ihrer Mutter. Die Polizei glaubt, dass er sich eingeschlichen und sie bestohlen hat. Seine Fingerabdrücke waren überall.«

»Ausgleichende Gerechtigkeit.« Ein Lächeln flackerte über sein Gesicht.

Winter war sich da nicht so sicher und schwieg.

Rolf fügte an: »Ich weiß nicht viel, aber ich bin sicher, dass ich – trotz allem – ein besserer Vater bin. Und Kathy eine bessere Mutter.«

»Das glaube ich Ihnen.«

Sie aßen die Hühnerbrust und hingen ihren Gedanken nach. Winter hatte die Erfahrung gemacht, dass Drogenabhängige hervorragende Lügner waren, bereit, für Stoff die eigene Mutter zu verkaufen. Was sollte er dem Wiesel glauben? Eigentlich war ihm Rolf recht sympathisch. Aber man wusste nie. Nach einer Weile fragte er: »Haben Sie noch Kontakt zu Helen?«

»Nein. Ich habe sie schon lange nicht mehr gesehen. Früher wollten wir einmal auf die Azoren fliegen. Aber das war zu teuer.«

»Helen ist verschwunden.«

»Oh?« Rolf legte das Besteck nieder. »Seit wann?«

»Seit ein paar Tagen. Ich habe nur ihren Mann angetroffen. Die portugiesische Polizei sucht nach ihr.«

»Vielleicht wollte sie einfach für ein paar Tage für sich sein.«

»Wie Sie?«

»Manchmal brauche ich das einfach. Wenn mir die Decke auf den Kopf fällt, wenn mir alles zu viel wird, dann ist es besser, wenn ich für ein paar Tage abhaue.«

»Und Helen? Ist sie manchmal auch abgehauen?«

»Als Kind? Nein. Heute weiß ich nicht. Wir haben keinen Kontakt mehr.«

Die leeren Teller verschwanden.

»Wo waren Sie über Weihnachten?«

Rolf legte prüfend den Kopf schräg. »In London; aber ich bin's nicht gewesen, auch wenn ich zugebe, dass ich es mir ein paarmal vorgestellt habe.«

»Und was glauben Sie, wer hat Ihren Vater in den Ofen gesperrt?«

»Ich weiß es nicht. Er hat es jedenfalls verdient.« Das kleine Wiesel lächelte verschmitzt. »Vielleicht waren es die Indianer. Der Cowboy mit dem rauchenden Colt lag am Schluss immer tot am Boden.«

Die Nachspeise war eine Dreifaltigkeit aus Rhabarbern: Rhabarber-Sorbet, Rhabarber-Kuchen und Rhabarber-Mus. Eingefrorenes, Tiefgefrorenes und Eingemachtes. Wie die Bilder der Erinnerungen.

Marokko – im Hinterland von Ceuta

Tijo war trotz des ausgelutschten Kathbällchens hungrig. Seit Stunden kaute er die Kathblätter, die einer der Somalier herumgereicht hatte. Dicht zusammengedrängt hockten sie im Dunkeln um die Feuerstelle. Hier im waldigen Hinterland von Ceuta waren sie einigermaßen sicher vor den Hunden und Stöcken der marokkanischen Grenzwächter.

Tijo zog die dreckige Decke enger um sich.

Die Unterkunft am tunesischen Strand war besser gewesen. Er schloss die blutunterlaufenen Augen. Der Regen prasselte auf die Plastikblachen des Verschlages.

Wasser.

Die Schwimmweste des erschossenen Kongolesen war seine Rettung gewesen. Mit ihrer Hilfe hatte er es zurück an den Strand geschafft. Wie ein Hund hatte er gestrampelt. Ausgekotzt hatte er im Sand gelegen und sich geschworen, einen anderen Weg nach Europa zu suchen.

Auf der Suche nach Trinkwasser war er am Strand ein paar Kilometer nördlich auf eine Baustelle gestoßen. Die halb fertige Feriensiedlung hatte neben dem Betonmischer einen Wassertank und bot in der Nacht Schutz gegen Wind und Wetter. Dafür musste er vom Morgengrauen bis zum Sonnenuntergang schuften. Manchmal wurden sie bezahlt, manchmal geschlagen.

Er war ein umsichtiger und kräftiger Arbeiter gewesen. Die anderen, jüngeren hatten bald auf ihn gehört. Deshalb verfrachtete ihn das Bauunternehmen nach Fertigstellung des Rohbaus zusammen mit den Baumaschinen auf eine andere Baustelle in Marokko. In einer der halb fertigen Villen des marokkanischen Golfresorts hörte er das erste Mal von Ceuta.

Der europäischen Exklave in Afrika.

Um dorthin zu gelangen, musste er nicht schwimmen, kein Schiff besteigen.

Stickiger Rauch drang in seine Nase.

Tijo hustete und öffnete die Augen. Schatten flackerten über die Gesichter.

Einer der Somalier hatte einen feuchten Ast in die Feuerstelle geschoben, in der eine rußgeschwärzte Kaffeekanne stand, die jemand zurückgelassen hatte. Wer die Grenzzäune in die spanische Exklave Ceuta überwinden wollte, reiste ohne Gepäck.

Tijo lehnte sich an den Baumstamm. Bei seinem ersten Versuch vor ein paar Wochen hatte er schmerzhaft erfahren, dass die Grenze nicht nur durch einen Zaun, sondern durch drei gestaffelte Zäune abgeschirmt wurde. Die messerscharfen Zacken der Stacheldrahtrolle auf dem ersten Zaun hatten seine Hände aufgerissen. Im Niemandsland dahinter hatten ihn die Grenzwächter erwischt und zurück nach Marokko geprügelt.

Zum Glück war er nicht von den Hunden gebissen worden.

Letzte Nacht war Tijo zu seinem zweiten Versuch aufgebrochen. Vorher hatten sie lange diskutiert, sich zusammengetan, hölzerne Leitern aus jungem Gehölz gebastelt und Schaumstoff und Decken gegen den Stacheldraht organisiert. Heute früh hatten sie nach einem langen Marsch durchs Unterholz eine abgelegene Stelle an der Grenze erreicht. Als das Signal kam, waren sie zu Hunderten über den abgeholzten Streifen auf die Grenze zugestürmt.

Der Konsens war, dass es etwa drei Minuten dauern würde, bis die Grenzwächter kamen. Eine Minute pro Zaun. Ziel aller war das spanische Flüchtlingscamp, wo sie eine Fahrkarte für ein Schiff nach Spanien zu ergattern hofften.

Auf der spanischen Seite patrouillierte die gut ausgerüstete Guardia Civil, deren Helikopter regelmäßig der Grenze entlangflogen. Auch in der Nacht. Sie hatten Wärmebildkameras.

Gefährlicher waren jedoch die marokkanischen Grenzwächter, die nicht zögerten, Knochen zu brechen und ihre Hunde auf die Flüchtlinge zu hetzen. Einige wollten sogar gehört haben, dass sie tote Flüchtlinge einfach verscharrten.

Sie konnten es nur gemeinsam schaffen.

Am ersten, etwa fünf Meter hohen Zaun hatten sie planmäßig ihre wackeligen Leitern aufgebaut und die Decken über den Stacheldraht gewuchtet. Am zweiten Zaun bildeten die ersten Flüchtlinge Menschenpyramiden. Tijo war über Leiber hochgeklettert, hatte andere hochgezogen und sich dann in den zweiten Streifen Niemandsland fallen lassen.

Als die Geländewagen mit ihren Suchscheinwerfern angebraust kamen und die Hunde zu bellen begannen, war Panik ausgebrochen. Jeder begann auf eigene Faust, den dritten Zaun zu überwinden.

Auch er war am Maschendrahtzaun hochgeklettert und zuversicht-

lich gewesen, ein paar Sekunden später auf europäischem Boden zu sein. Doch oben entdeckte er, dass auf diesem Zaun nicht eine Stacheldrahtrolle, sondern ein überhängendes Gitterdach befestigt war, dessen Drahtgeflecht so fein war, dass seine Finger keinen Halt fanden.

Verzweifelt hatte er mit einer Hand sein Messer hervorgeklaubt und ein Loch ins Drahtgeflecht geschnitten. Mit letzter Kraft hatte er seinen Kopf durch den Spalt gesteckt, Schultern und Arme durchgezwängt und das Messer auf der anderen Seite ins Gittergeflecht gerammt, um sich endgültig nach Europa hinüberzuziehen.

In diesem Moment hatte ihn ein Grenzwächter an den Beinen gepackt und nach unten gerissen.

Die losen Enden des Gittergeflechts hatten seine Arme und seinen Hals aufgerissen. Während des Falls hatte er das Messer verloren. Er war mit dem Kopf hart aufgeschlagen und hatte das Bewusstsein verloren. Als er wieder zu sich gekommen war, spürte er seine Hände nicht mehr. Sie waren hinter dem Rücken zusammengebunden. Im Scheinwerferlicht knieten andere Flüchtlinge gefesselt am Boden.

Einer sagte, dass es einige geschafft hatten. Er erhielt dafür einen Tritt der Guardia Civil. Danach waren sie im Grenzkorridor zu einem Kontrollposten und zurück nach Marokko getrieben worden.

Der Regen prasselte ununterbrochen auf die Blache.

Tijo öffnete die Augen und betastete seinen Hals. Die Kratzer und die blauen Beulen würden bald verheilen.

Er spuckte den Kath aus.

Sein leerer Magen brodelte. Sobald der Regen aufhörte, musste er etwas zu essen auftreiben.

8. Januar 14:44

Nach dem Gespräch mit Rolf fuhr Winter nachdenklich zum Flughafen. Während er auf den Abflug wartete, versuchte er auf dem kleinen Display des Mobiltelefons vergeblich, den alten Polizeibericht zu lesen. Stattdessen rief er Hodel an und datierte ihn auf. Dieser sagte: »Das Ganze ist sowieso verjährt.«

Brigitte hatte im nächtlichen Rosengarten die Tat halb zugegeben, dann aber wieder abgestritten. Rolf hatte beim Mittagessen mit einem Geständnis kokettiert. Blieb Helen. Aber deren Leiche war noch immer nicht gefunden worden. Hodel blieb pragmatisch. »Dann sind sich sicher alle einig, dass sie es war. Das ist am einfachsten.«

Winter widersprach: »Wir haben keine Beweise.«

»Ja und? Wo kein Kläger ist, ist kein Richter.«

Winter musste sich eingestehen, dass es ohne harte Fakten, ohne eindeutiges Geständnis unmöglich war, festzustellen, ob eines der drei Kinder seinen Vater in den Ofen gesperrt hatte. Er verabschiedete sich. Juristen. Recht war nicht Gerechtigkeit.

Als er nach der Landung in Zürich sein Telefon wieder einschaltete, sah er, dass der Sudanese angerufen, aber keine Nachricht hinterlassen hatte. Er rief zurück, niemand nahm den Anruf entgegen. Er wanderte durch die Gänge des Flughafens, als sein Telefon klingelte. Der Sudanese. Winter trat in eine Nische. »Hallo?«

»Hallo.« Eine Stimme wie ein Gewölbe voller Kieselsteine.

»Hallo. Mit wem spreche ich?«

»Sie haben meine Sachen.« Der Sudanese sprach passables Englisch mit krachendem Akzent.

»Obado?«

»Wer sind Sie?«

»Mein Name ist Winter.«

»Warum verfolgen Sie mich?«

»Ich verfolge Sie nicht. Ich will nur mit Ihnen sprechen und Ihnen die Unterhosen zurückgeben. Ich bin nicht von der Polizei.«

»Was wollen Sie?«

Winter schwieg, dachte nach und hörte den Sudanesen fragen: »Geld?«

Gute Idee. Warum nicht? Laut sagte er: »Ja.«

»Ich habe kein Geld, aber ich kenne Leute, die Geld haben.«

»Was für Leute?«

»Reiche.«

»Und die bezahlen?«

»Ja. Sie bringen das Paket, ich kenne die Leute. Okay?«

»Wie viel?«

»Achttausend. Das ist viel Geld.«

»Zehntausend.«

»Okay, einverstanden. Sie bringen das Paket.«

»Ja. Wohin?«

»Nach Luzern. Sie kennen die Stadt am See?«

»Ja.«

»Gehen Sie morgen um zehn Uhr vom Bahnhof aus über die Brücke und dann dem See entlang. Okay?«

»Wo treffen wir uns?«

»Keine Sorge. Ich finde Sie. Tragen Sie das Paket unter dem Arm. Ich will es sehen. Okay?«

»Und die Unterhosen?«

»Bringen Sie die Unterhosen auch mit. Und kommen Sie alleine! Okay?«

»Ja.« Klick.

Interessant.

Winter kaufte eine Flasche Mineralwasser und nahm den Zug nach Zürich. Er schloss die Augen. War das eine Falle? Sollte er die Polizei anrufen? Bis jetzt hatte er noch niemandem von seinem Fund erzählt. Sollte er Habermas einweihen? Welche Optionen hatte er? Zehn Minuten später stieg er aus und holte in der Zürcher Filiale das Drogenpaket. Zurück auf dem Bahnsteig rief er fröstelnd Leonie an.

»Winter?«

»Hallo, Leonie. Sorry für den späten Anruf, aber hättest du Lust, morgen einen kleinen Ausflug nach Luzern zu machen? Mit mir.«

»Ist das ein Date?« Leonie war guter Laune.

»So kann man es auch nennen.«

»Charmeur!«
»Wo bist du?«
»Was denkst du?«
»An der Arbeit?« Winter schaute auf die Uhr, halb elf.
»Wo sonst.«
»Brav.«
»Wuff, wuff, grrr.«

Winter erzählte Leonie von Obados Anruf, dem Paket mit den Drogen und der Unterwäsche sowie seinem Plan für Luzern.

Leonie fragte: »Und das nennst du ein Date?«

Er hörte seine Assistentin am anderen Ende der Leitung auflachen und fragte: »Was schlägst du denn vor?«

»Du könntest zum Beispiel die Polizei einschalten.«

»Daran habe ich auch gedacht, aber dann habe ich keine Chance, mit dem Sudanesen zu sprechen.« Auch hatte er keine Lust, mit einem Paket voller Drogen erwischt zu werden. »Zur Polizei können wir später.« Während sie diskutierten, ging er auf dem Bahnsteig auf und ab. Es war ihm unangenehm, Leonie in eine möglicherweise gefährliche Situation zu bringen. Aber er brauchte ein zweites Paar Augen und Rückendeckung.

Leonie wischte seine Bedenken weg. »Da mach dir mal keine Sorgen. Am See hat es viele Leute. Er hat bewusst einen öffentlichen Ort für das Treffen gewählt. Der hat eine Riesenangst vor der Polizei.«

»Vorhin hat er überhaupt nicht ängstlich getönt.«

Nach weiteren fünf Minuten war der Schlachtplan fertig. Der Zug fuhr ein. Winter stieg ein und erkundigte sich: »Was machst du eigentlich um diese Zeit noch im Büro?«

»Ah, das habe ich vor lauter Exkursion ganz vergessen. Ich habe die Kinder von Frau Berger noch einmal unter die Lupe genommen.«

»Und? Hast du etwas Auffälliges gefunden?«

»Ja, Rolf Berger wurde in England mehrmals wegen Drogenbesitzes verurteilt. Allerdings ist das schon mehrere Jahre her.«

Das überraschte Winter nicht. »Hat er auch gedealt?«

»Nein, die Strafen waren *nur* für den Besitz kleiner Mengen.«

»Kokain?«

»Das weiß ich nicht.«

Der Zug fuhr langsam aus dem Bahnhof hinaus. »Gute Arbeit.«

»Danke. Und noch etwas. Die Firma in Nürnberg, die BNMS, ist hoch verschuldet und steht knapp vor dem Konkurs. Es ist nur eine Frage der Zeit, bis ihnen das Geld ausgeht. Im Internet gab es Gerüchte über Gespräche mit dem Chemiegiganten Bayer, der offenbar im letzten Moment abgesprungen ist.«

»Wahrscheinlich haben sie während der Due Diligence etwas gefunden, das ihnen nicht gepasst hat. Das kommt vor.«

»Ich weiß. Aber wenn das Medikament der BNMS in der nächsten Testphase durchfällt und sie kein neues Geld finden, dann können sie den Laden dichtmachen.«

»Mhm. Du meinst, das könnte ein Motiv sein?«

»Ja, stell dir vor, du hast ein vielversprechendes Medikament kurz vor der Marktreife, eine fast bankrotte Firma und eine uralte Mutter im Aufsichtsrat, die ein paar Millionen auf dem Konto hat, aber nichts davon rausrücken will.«

»Ich wusste nicht, dass Bernadette Berger im Aufsichtsrat war?«

»Sie ist formal sogar Präsidentin. Sie hält mit dreihunderttausend Aktien die Mehrheit an der BNMS. Sie hat ihrer Tochter das Geld zur Firmengründung gegeben.« Die Überweisung von dreihunderttausend Deutschen Mark. Das Startkapital nach einer versauten Kindheit? Eine Ablasszahlung? Winter hörte Leonie spekulieren: »Vielleicht haben sich Mutter und Tochter gestritten. Das soll es geben. Und dann hat Brigitte einen Killer angeheuert und das Erbe beschleunigt.«

Winter schaute sich um. Im Nachbarabteil saßen zwei Rentner, die trotz Hörapparaten die Ohren spitzten. »Langsam. Eins nach dem anderen.«

Doch er musste zugeben, dass er Brigitte Berger einiges zutraute. Allerdings war sie todkrank. Ihre Tochter hingegen, die neue Geschäftsführerin der BNMS, war topfit, hatte schlanke Beine, Ringe an den Zehen. Und bei seinem Besuch in Nürnberg hatte ihn niemand nach der Erbschaft gefragt.

Der Zug donnerte durch einen Tunnel. »Bleib dran.«

Doch die Verbindung war schon unterbrochen.

9. Januar 10:01

Tags darauf glitzerte die Wintersonne im Schnee. Der Westwind hatte den zähen Hochnebel aufgerissen und die Temperaturen deutlich unter null gedrückt.

In Luzern stieg Winter aus dem Zug. Auf dem Bahnsteig stülpte er umständlich einen Lederhandschuh über, zog diesen mit den Zähnen fest. Dann fischte er das verklebte Paket aus Obados Tüte und klemmte dieses gut sichtbar unter den Arm. Es fühlte sich trotz der Kälte heiß an. Einbildung.

Leonie war eine Stunde früher aufgebrochen und hatte rekognosziert. Sie würde ihn anrufen, wenn sie etwas Verdächtiges beobachten würde. Jetzt stand sie wie vereinbart und dick vermummt neben dem Imbissstand, wärmte die Hände an einem dampfenden Pappbecher Kaffee und strahlte. Vor Kälte und Aufregung. Ihre Handschuhe ließen die Fingerspitzen unbedeckt, sodass sie Kamera und Telefon bedienen konnte. Winter ignorierte sie.

Bei der Rolltreppe lungerten einige Schwarze herum. Sie trugen glänzende Winterjacken, unförmige NY-Schirmmützen und überdimensionierte Kopfhörer. Beim Vorbeigehen hörte er lokalen Dialekt.

Obado war nirgends zu sehen.

Er verließ die Bahnhofshalle, ging unter dem alten Torbogen mit den korrodierten Statuen hindurch und suchte sich zwischen Touristen einen Weg zur Schiffsanlegestelle. Vor ihm breiteten sich der tiefblaue Vierwaldstättersee und rundum die Berge aus.

Im Gegensatz zum Fall Berger war die Sicht hier klar. Winter beugte seinen Kopf gegen den Wind und zog die Mütze fester über die Ohren. Mit der linken Hand tastete er in der Tasche nach dem harten Biberschwanzgriff seiner P220. Sicher ist sicher. Doppelt genäht hält besser.

Er überquerte mit dem Autoverkehr die Reuss, in deren Wasser die hölzernen Pfähle der überdachten Kapellbrücke standen, die nach der Feuersbrunst vor einigen Jahren wieder wie neu aussah. Sehr fotogen. Ein guter Tag für Touristen, Fotos zu schießen. Aber er war nicht zum Fotografieren hier, sondern um einen Dealer zu treffen.

Auf dem breiten Quai entlang des Vierwaldstättersees verteilten sich die Menschen besser. Spaziergänger genossen die Sonne. Ein mickriges Hündchen mit Mäntelchen pisste an eine der Platanen, die ihre blattlosen Stumpen wie Boxer zu Fäusten ballten. Eine Gruppe junger Asiaten hatte keine Augen für das Panorama, sondern amüsierte sich prächtig mit einem Schneehaufen.

Einige Stellen waren mit glatten schwarzen Eisflecken zugefroren.

Vertäute, winterfest verpackte Boote schaukelten im Wasser.

Kein Obado.

Er drehte sich um dreihundertsechzig Grad.

Dreißig Meter hinter ihm Leonie.

Auf der anderen Straßenseite Klötze im klassischen Stil. Boutiquen, Versicherungen und Banken. Ziemlich viel Verkehr auf der mehrspurigen Hauptstraße.

Langsam ging Winter dem See entlang.

Nobelhotels schoben sich zwischen den Quai und die Straße und schirmten dieses vom Straßenlärm ab. Zuerst das »Grand Hotel National«, dann das »Palace«, das optimistisch die quadratischen Sonnenschirme aufgespannt hatte. Die Gäste auf der Terrasse hatten sich in weiße Wolldecken eingewickelt.

Ein Jogger mit hochgeschlagener roter Kapuzenjacke kam ihm entgegen. Der Schwarze blieb vor Winter stehen. Auf den Wangen je drei feine, parallele Narben. Obado.

Sein Atem kondensierte in der Kälte zu weißem Hauch. Dahinter kohlrabenschwarze poröse Haut mit tiefen Furchen. Leicht glasige, aber entschlossene Augen, die schon viel gesehen hatten und deren Weiß durchzogen war von aufgeplatzten Äderchen. Eine breite Nase und unter der Kapuze kurzes, gekraustes Haar. Obado war etwa gleich groß wie Winter und rollte wie vor einem Kampf die breiten Schultern. Bei der Verfolgungsjagd über die Gleise hatte Winter erfahren, wie kräftig und schnell Obado war.

Winter nickte.

Obado sagte: »Hallo«, und fragte auf Englisch: »Kommen Sie aus den Bergen?« Mit einer raumgreifenden Bewegung zeigte er auf die Berge. In natura war seine Stimme noch tiefer als gestern am Telefon und hätte einem Brummbären, der nach dem Winterschlaf in seiner Höhle aufwachte, gut gestanden.

Winter antwortete: »Ich bin mit dem Zug gekommen.«

»Ich komme aus den Nuba-Bergen. Dort hat es keine Züge.«

»Und keinen Schnee.«

»Nein. Aber viel Platz. Und Militärflugzeuge.«

»Davon haben wir auch einige.«

Sie schauten für einen Moment schweigend auf den See hinaus. Eine Kompanie Chinesen mit Fähnrich trippelte vorbei. Leonie machte Fotos von der Postkartenaussicht. See vor Schneebergen.

Winter fragte: »Und warum sind Sie hier?«

Obados Blick verdüsterte sich. »Wegen meiner Familie.« Mit dem Kinn zeigte er dem Quai entlang. »Kommen Sie.«

Nebeneinander gingen sie am See entlang.

Die tiefe Stimme sagte: »Hier haben die Leute große Häuser, Autos, schöne Kleider. Das Wasser ist sauber und kommt direkt in die Häuser. Aber sie sprechen nicht miteinander. Sie sind einsam. Bei uns zu Hause in den Nuba-Bergen sprechen wir den ganzen Tag miteinander. Wir sprechen mit den Tieren und den Pflanzen und den Steinen. Das hängt alles zusammen.«

Darauf hatte sich Winter nicht eingestellt. Er hatte einen kaltblütigen Drogendealer erwartet.

Obado drehte sich Winter zu. »Haben Sie meine Sachen?«

Winter reichte ihm den Plastiksack mit der Unterwäsche, behielt das Paket jedoch unter dem Arm. »Wo ist das Geld?«

»Ich habe kein Geld, aber der Boss wird bezahlen.«

»Oder uns umbringen.« Winter dachte an Frau Berger. Und Tiger. Und die Stellmesser.

»Nein. Das ist nur ein Geschäft. Die wollen keinen Ärger. Nur das Paket.«

»Und Frau Berger?«

Obado blieb abrupt stehen und stellte sich vor Winter. »Damit habe ich nichts zu tun.«

»Jemand hat ihr den Schädel eingeschlagen.«

Tiefe Trauer flackerte über Obados Gesicht, dann verengten sich seine Augen wütend. Die tiefe Stimme war nur noch ein Flüstern. »Ich bin unschuldig!«

»Ich habe durch das Loch in ihrem Kopf ihre Hirnmasse gesehen. Haben Sie die Drogen bei ihr versteckt?«

»Wer sind Sie?«

»Ich arbeite für die Bank von Frau Berger. Ich habe sie besucht und gefunden. Nun suche ich die Wahrheit.«

»Ich auch.«

»Gut. Ich kann beweisen, dass Sie in der Wohnung von Frau Berger waren.«

»Nein!« Obado presste den Kiefer zusammen.

»Die Polizei hat Ihre Fingerabdrücke gefunden.«

Obado stieß weißen Hauch aus und seufzte: »Okay, okay, ich war in der Wohnung.« Er hob verlegen die Hände. »Hören Sie. Ich habe nichts damit zu tun. Ich habe sie während der Arbeit kennengelernt. Ich habe die Korridore geputzt. Wir haben miteinander gesprochen. Sie war eine einsame Frau.« Er lächelte. »Sie war sehr nett. Ich habe ihr geholfen. Wir haben geschwatzt, und da hat sie mich gefragt, ob ich ihr das nächste Mal etwas mitbringen könnte, ob ich ihr Mineralwasser kaufen könnte. Das ist schwer, und sie war schwach.«

»Und dann haben Sie ihr eins übergezogen?«

»Nein. Sie war alt. In den Nuba-Bergen helfen wir den Alten.«

»Wie viele Flaschen?«

Obado schaute Winter misstrauisch an, kniff die Augen zusammen. »Zwölf große Flaschen. Warum?«

»Ich habe die Flaschen gesehen.«

»Sehen Sie!« Obado hob den Zeigefinger.

»Wie sind Sie in die Wohnung gekommen?«

»Sie hat mir die Schlüssel mitgegeben. Ich habe geklingelt. Sie hat nicht aufgemacht. Sie hatte Probleme mit den Beinen. Da habe ich aufgeschlossen, bin hineingegangen, habe die Flaschen abgestellt. Und dann habe ich sie gesehen. Sie war schon tot.« Traurig fügte er an. »Jemand muss sie gehasst haben.«

»Warum?«

»Die Nadel im Auge.« Er suchte einen Moment nach den richtigen Worten. »Wir haben bei uns im Dorf die Schlangen auch zuerst erschlagen und dann zerhackt. So können sie nicht wieder zurückkommen.«

»Schöne Geschichte, aber warum haben Sie das Geld genommen und nicht die Polizei gerufen?«

Obado zuckte mit den Schultern und streckte die Hand aus. »Geben Sie mir das Paket, dann habe ich genug Geld.«

»Nicht so schnell. Wie soll das funktionieren?«

»Ich rufe den Marokkaner an. Er ist der Boss hier. Bruder des Onkels. Ich sage ihm, dass ich den Mann mit dem Paket gefunden habe und dass er Geld will.«

»Onkel?«

»Von meinem Freund.«

»Warum soll ich Ihnen trauen?«

»Wir machen es zusammen. Heute Nachmittag. Das ist ein gutes Geschäft. Für Sie und mich. Okay?«

»Okay.« Winter reichte Obado das Paket, der die Drogen in der Hand wog und dann das Klebeband aufriss. Nach einem prüfenden Blick durch den Spalt verschwand das Paket im Plastiksack mit der Unterwäsche. Währenddessen zog Winter seine Mütze aus und kratzte sich am Hinterkopf. Seine Uhr zeigte zehn Uhr siebenunddreißig. Er fragte: »Wie viele Kästen leeren Sie?«

»Fünf, sechs. Ich bezahle meine Schulden.«

»Wenn Sie erwischt werden, gehen Sie in den Knast.«

»Ich putze nur.«

»Und warum gerade ein Minister?« Winter zeigte auf den Plastiksack mit dem Paket für Cirino Hiteng Ofuho, den virtuellen südsudanesischen Minister mit Klingelknopf und Milchkasten ohne Wohnung.

»Oh. Sie sind gut informiert. Ich wähle Namen, die der Postbote nicht verwechseln kann.«

»Und Sie geben die Namen und Adressen diesem Boss?«

»Nein, wenn ich einen neuen Kasten aufmache, schicke ich eine SMS an Mourad.«

»Mourad?«

»Freund von mir. Er hat einen wichtigen Onkel in Marokko.«

»Das Paket wurde in Spanien aufgegeben.« Winter hatte den erfundenen Absender nicht entziffern können.

»Die Pakete kommen oft aus Spanien. Ich bin nur ein kleiner Teil einer langen Kette.«

Das System war einfach. Das Kokain wurde in kleine Portionen aufgeteilt und per Post verschickt. Außer dem Kopf der Organisation hatte niemand den Überblick. Jeder Einzelne wusste nur so viel wie nötig. Wie die geheimen Zellen von Terrororganisationen. Schadensbegrenzung. Im Bankwesen nannte man das Risikomanagement. Wurde jemand erwischt, waren die Verluste verkraftbar.

Bei einem kleinen Park zog Obado ein Mobiltelefon hervor und blieb stehen. »Ich rufe ihn jetzt an.«

Während Obado auf Arabisch telefonierte, schaute Winter sich um. Leonie war nirgendwo zu sehen. Nach einigem Hin und Her steckte Obado das Telefon in seinen Bauchbeutel. »Er ist wütend, aber einverstanden. Zwanzigtausend. Heute, sechzehn Uhr. Gehen wir zum Bahnhof.«

Sie kehrten um und gingen mit den Touristen zurück.

Winter fragte: »Zwanzigtausend?«

»Zehn für Sie und zehn für mich. Wir teilen.«

Winter nickte. Obado wollte offenbar ein Nebengeschäft machen.

»Wo ist die Übergabe?«

»Bethlehem. Heiliger Ort der Christen, okay?«

Beim »Palace« kamen vier Männer die Treppe hinunter. Der dickliche Mann im Anzug trat auf sie zu und zog eine Pistole.

9. Januar 10:52

»Halt! Polizei! Sie sind verhaftet. Hände über den Kopf! Knien Sie auf den Boden!« Die vier Zivilfahnder umringten Obado und Winter. Die beiden jüngeren waren schlank und trugen Windjacken, die Anzüge der beiden älteren flatterten. Alle hatten Pistolen gezückt.

Obado zischte: »Verräter!«

Winter streckte langsam seinen gesunden Arm in die Höhe und den eingebundenen nach vorne. Keine schlechte Reaktionszeit der Luzerner Polizei. Und gute Technik. Sie standen nicht zu nah, um in ein Handgemenge verwickelt zu werden, aber nah genug, um notfalls sofort zugreifen zu können.

Obado schaute mit erhobenen Händen auf den See hinaus.

Winter sagte: »Lassen Sie es. Das Wasser ist eiskalt.«

»Ich kann nicht schwimmen.«

»Auf die Knie!«, wiederholte der Dicke im Anzug.

Winter und Obado knieten sich auf den Boden. Passanten blieben stehen und glotzten. Einige zogen sich zurück, andere gingen einfach weiter. Drei Jugendliche schossen mit ihren Mobiltelefonen Fotos, aber die Polizisten wiesen sie weg.

Einer der Männer begann, Obado abzutasten, und zog ein Stellmesser aus dessen Kapuzenjacke. Er hielt es in die Höhe. »Ein Stellmesser.« Dann das Mobiltelefon.

Als Winter an der Reihe war, sagte er: »Vorsicht. Ich trage eine P220 am Gürtel und eine Mosquito am Bein. Beide sind geladen und gesichert.« Winter wurde gründlich gefilzt und seiner Sachen entledigt.

»Hände hinter den Rücken.«

Obado gehorchte. Seine Hände wurden mit Handschellen gefesselt. Winters linke Hand wurde unsanft am Gestänge fixiert.

»Ich verhafte Sie wegen dringenden Verdachtes auf Drogenhandel und Mord. Sie haben das Recht, zu schweigen. Alles, was Sie sagen, kann gegen Sie verwendet werden. Aufstehen!«

Winter und Obado erhoben sich.

Die Pistolen verschwanden. Dafür rollten auf dem Quai ein Streifenwagen und ein dunkelblauer Passat-Kombi heran. Der Spuk war vorbei.

»Bingo. Hier ist das Paket.« Einer der Polizisten hielt den offenen Plastiksack in den Händen.

Die Luzerner Polizisten verfrachteten Obado in den Streifenwagen. Der Dicke im Anzug schob Winter auf den Rücksitz des Kombis.

Leonie saß auf dem Beifahrersitz und drehte sich zu Winter um. Sie hatte die Fingerhandschuhe ausgezogen. »Hallo, Winter. Bis du das Zeichen gegeben hast, hat es ja ewig gedauert. Ich habe schon gedacht, du kratzt dich nie am Kopf.«

Er hob seine gefesselten Hände. »Hauptsache, es hat funktioniert.«

Sie rollten vom Quai und fädelten in den Verkehr ein.

Leonie grinste breit. »Wir haben ihn.« Und zum Dicken im Anzug sagte sie: »Machen Sie ihn los!«

»Herr Winter ist wegen Verdachts auf Drogenhandel und Behinderung der Justiz verhaftet worden. Er bleibt bis auf Weiteres in Untersuchungshaft.« Ein Bürokrat.

Leonie rief: »Spinnen Sie?«

Winter verkniff sich ein Lachen. »Keine Angst. Ruf Hodel an. Er soll sich um die Formalitäten kümmern. Wohin bringen Sie mich?«

»Wir werden Sie erst einmal bei uns aufnehmen. Danach schauen wir in aller Ruhe weiter.«

Winter sagte: »Das ist Sache der Berner. Es ist Habermas' Fall.«

»Sie wurden auf Luzerner Boden verhaftet, und wir müssen die Prozesse einhalten.« Der Luzerner Bürokrat wollte sich die Verhaftungen auf seinem Konto gutschreiben lassen. Vor ihnen bahnte sich der Streifenwagen einen Weg durch den Verkehr. Obados Kopf von hinten. Ohne Kapuze. Sie fuhren an der Kapellbrücke und am Bahnhof vorbei.

Winter sagte mit ruhiger Stimme: »Aber schnell. Wir haben die Chance, heute Nachmittag eine Drogenbande zu erwischen.«

»Sie machen gar nichts.«

Leonie erklärte: »Er war früher bei der Polizei.«

»Unterstellen Sie mir etwa Ineffizienz? Meine Abteilung hat eine der besten Aufklärungsraten.«

Der Dicke zupfte an seinem Kaschmirhalstuch herum, das mit dem Anzug aus feinster Wolle abgestimmt war. Winter registrierte eine Seidenkrawatte, schütteres hellbraunes Haar und Aftershave. Die aus dem makellosen Hemdkragen quellenden Fettröllchen und die Designerbrille passten hervorragend zu diesem Arschloch.

Winter schluckte seinen Ärger hinunter. »Jetzt hören Sie mir gut zu: Obados Boss ist bereit, einen Finderlohn von zwanzigtausend Franken zu bezahlen. Obado hat vorhin mit ihm den Tausch vereinbart. Heute Nachmittag. Wir müssen uns beeilen. Das ist unsere Chance, den Kopf der Bande in flagranti zu erwischen.«

Als sich der Dicke Winter zuwandte, zogen sich dessen Fettröllchen über dem Kragen in die Länge. »Was Sie nicht sagen.«

Statt ihm den Ellbogen in den Hals zu rammen, schlug Winter vor: »Sie könnten eine interkantonale Task-Force bilden.« Und glorreichen Ruhm auf nationaler Ebene einheimsen, Herr Karrierist.

»Wir werden sehen.«

»Machen Sie einen Deal mit Obado. Er ist nur ein kleiner Fisch, ein Glied in einer langen Kette.«

»Deals sind Sache der Staatsanwaltschaft.«

Ein hoffnungsloser Fall.

»Leonie, ruf auch Habermas an! Er soll alles vorbereiten. Übergabe heute Nachmittag, sechzehn Uhr in Bethlehem.«

»Mache ich.«

Kurz darauf wurden sie bei der Polizeistation getrennt. Die wachhabenden Beamten speisten Winter freundlich, aber bestimmt ins System ein. Sie nahmen ihm Plastikfesseln und Gürtel ab. Winter protestierte. Die Zeit wurde langsam knapp. Aber das war den Beamten offensichtlich egal.

Nach dem Fotoshooting im reduzierten Outfit wurde die Routine durcheinandergebracht. Ein kurz vor der Pensionierung stehender Wachtmeister zweigte Winter ab und setzte ihn in einen Streifenwagen. Der Aspirant auf dem Fahrersitz roch noch nach Polizeischule. Winter versuchte, sich mit ihm zu unterhalten. Doch die Vorschriften und das Gitter zwischen ihnen erschwerten das. Als er sah, dass sie auf die Autobahn auffuhren, lehnte er sich zurück und döste bald darauf weg. Er wachte erst auf, als sie abrupt vor der Ampel beim Berner Wankdorf-Stadion hielten. Gutes Zeichen.

Im Berner Untersuchungsgefängnis, das er von früher her gut kannte, ließ er die Sprüche seiner Ex-Kollegen zum »Seitenwechsel«, zum »Nullsternehotel« und zum »Banker hinter Gittern« über sich ergehen. Dann reichten sie ihm seine Sachen in einer durchsichtigen Plastiktüte. Er war gerade dabei, seinen Gürtel wieder einzufädeln, als Habermas und Hodel den kahlen Raum betraten.

Habermas versteckte seine Tonsur heute unter einer Wollmütze und trug eine Winterjacke mit diversen Taschen, die ihn noch korpulenter machten. »Ha, Winter. Wir holen dich da raus! Wie war die Gastfreundschaft der Kollegen?«

Winter sagte: »Beim Service hat's noch Potenzial gegen oben.« Er schloss die Schnalle und heftete das Halfter der P220 an den Gurt.

Die aristokratische Nummer zwei der Bank überragte Habermas um mehr als einen Kopf. Ein langer, maßgeschneiderter Wintermantel betonte seine aufrechte Haltung. »Hallo, Winter. Ich habe ein paar Anrufe gemacht. Die Staatsanwaltschaft ist einverstanden, dich gegen Kaution vorläufig freizusetzen. Du musst dich also benehmen.« Und mit einem schalkhaften Lächeln, das sofort wieder verschwand, fügte er ernst an: »Als dein Anwalt rate ich dir dringend, nicht mit Drogen zu hantieren. Das könnte deiner Gesundheit schaden.«

Winter fixierte die Mosquito. »Wo ist Obado?«

»Bei ihm dauert es ein bisschen länger.«

»Kooperiert er? Nur über ihn kommen wir an die Hintermänner.«

»Im Moment blockt er.«

»Biete ihm einen Deal an.«

»Das ist bei einem Mörder nicht ganz einfach.«

»Ich glaube, dass er unschuldig ist. Ich habe ihn damit konfrontiert, und er hat es abgestritten.«

»Du weißt genau, dass sie das immer tun.«

»Ich habe seine Reaktion gesehen. Es war Trauer. Tiefe Trauer.«

»Das funktioniert nur in TV-Serien, aber nicht vor dem Strafgericht. Du hast zu oft ›Lie to Me‹ geschaut.«

Winter prüfte seine P220 und steckte seine restlichen Sachen ein. »Ich weiß. Okay. Obado hat die Korridore im Block geputzt und als Nebenbeschäftigung die Drogen aus den Milchkästen geholt, um seine Schlepper zu bezahlen. Wenn ich im Sudan geboren wäre, wäre ich wahrscheinlich auch abgehauen. Soviel ich weiß, haben die dort gerade den x-ten Bürgerkrieg. Jetzt ist er Tausende von Kilometern von seiner Heimat und seiner Familie weg. Er hat gesagt, dass er Frau Berger geholfen hat. Ich glaube, da haben sich zwei verlorene Seelen gefunden. Er hat für sie Mineralwasser eingekauft.«

Habermas fuhr sich gelangweilt über sein unrasiertes Gesicht.

Als Winter sah, wie Hodel mit gerunzelter Stirn leicht den Kopf schüttelte, hielt er den Mund. Obado war nicht Sache der Bank, sondern der Polizei. Er unterschrieb. Dann gingen sie durch die Gänge und Gitter des Untersuchungsgefängnisses. Winter fragte Habermas: »Hat Obado irgendetwas gesagt?«

»Nein, aber er wird.«

»Was macht dich so sicher? Macht ihr neuerdings Waterboarding?«

»Nein, er will mit dir sprechen.«

Großartig.

9. Januar 14:44

Im Gefängnishof verabschiedete sich Hodel. Habermas führte Winter zu einem Volvo und erklärte: »In höheren Gefilden«, er machte eine vage Handbewegung gen Himmel, »wurde vor einer halben Stunde entschieden, dass der Sudanese von Luzern nach Bern überstellt wird. Das Militär hat sich bereit erklärt, ihn mit einem Super-Puma herzufliegen. Wir übernehmen ihn bei der Kaserne.«

Sie stiegen ein, fuhren aus dem Hof und über die Lorrainebrücke.

Winter fragte: »Was will er von mir?«

Habermas zuckte mit den Schultern. »Er vertraut dir offenbar.«

Einige Minuten später bogen sie ins Kasernenareal. Ein wachhabender Infanterist prüfte die Ausweise und öffnete die Schranke. Sie hielten mit Sicht auf den großen Exerzierplatz und blieben sitzen. Habermas ließ Motor und Heizung laufen. »Er sollte jeden Moment da sein.«

»Wie willst du vorgehen?«

»Zuerst müssen wir wissen, wo und wie der Austausch genau geplant ist. Das ist dein Job. Deine alte Truppe ist bereits in Bethlehem in Bereitschaft. Sie haben den weißen Kastenwagen genommen.«

In der mobilen Einsatzzentrale hatte Winter in seinem früheren Leben lange Tage und noch längere Nächte verbracht.

Sie hörten den Super-Puma, bevor sie ihn sahen. Der Helikopter landete, ließ die Rotoren auslaufen und spuckte den Luzerner Fahnder und Obado in Handschellen aus. Der Dicke im Anzug trug das Paket in einem Plastiksack vor sich her, als sei es eine Handtasche von Gucci.

Habermas fluchte: »Scheiße, auf diesen Bürokraten hätte ich verzichten können.«

Sie stiegen aus dem Wagen. Am Rande des Exerzierplatzes reichten sich Habermas und der Luzerner Polizist die Hände. Winter erntete vom Drogenfahnder nur einen säuerlichen Blick.

Obados Gesicht war undurchdringlich, käsig. Musste der Helikopterflug gewesen sein.

Durch eine schwere Holztür betraten sie die alte Kaserne aus Sandstein. Habermas meldete sie an. Während sie warteten, neigte er sich Winter zu. »Ich habe dir ein Zimmer reserviert.«

Im Untergeschoss hatte es Zellen für Befehlsverweigerer und betrunkene Soldaten. Dort empfing sie ein älterer Berufsmilitär. »Alle ausgeflogen. Sie haben das ganze ›Hotel‹ für sich.« Im Kellergeschoss war es still, muffig und heiß. Jemand hatte die Heizung voll aufgedreht.

Winter und Obado bekamen eine olivgrüne Einzelzelle zugewiesen. Der Dicke im Anzug nahm dem Sudanesen die Handschellen ab. Die Schlafgelegenheit war ein Betonsockel mit integrierter Plastikmatte. Neben dem Eingang eine Nische mit Stahltoilette ohne Deckel und ein kleines Waschbecken. Unter dem hohen Fenster aus Sicherheitsglas ein festgeschraubter Tisch mit Bibel und Dienstreglement.

Der Berufsmilitär verließ die Zelle, und die Eisentür fiel ins Schloss.

Obado und Winter schauten sich an. Lauschten.

Der Schlüssel wurde nicht gedreht.

Winter lehnte sich an den Tisch. »Sie wollten mich sprechen, bevor Sie auf einen Deal eingehen?«

»Sie haben mich verraten.« Obados Stimme hallte von den Betonwänden. Doch er selbst schien ruhig zu sein.

»Es tut mir leid, aber einen Mörder kann ich nicht frei herumlaufen lassen.«

»Ich habe Ihnen gesagt: Ich bin unschuldig.« Trauer, dann Wut.

»Vielleicht. Und wenn Sie uns helfen, den Boss zu erwischen, dann helfen Sie sich selbst. Wie genau soll die Übergabe ablaufen?«

»Garantieren Sie mir, dass ich danach freigelassen werde?«

»Das kann ich nicht. Doch die Richter werden Ihnen die Kooperation hoch anrechnen.«

Obado schüttelte den Kopf. »Vielleicht.«

Gemischte Signale. Im Sudan funktionierte das anders. Winter sagte: »Ich kann Ihnen versprechen, dass ich Ihnen helfen werde. Ich bin Ihr einziger Freund hier. Entweder Sie helfen uns jetzt«, Winter schaute auf die Uhr, 15:12, »oder Sie sehen den Himmel für lange, lange Zeit nicht mehr.« Er erinnerte sich an ihr Gespräch in Luzern. »Und in einer Zelle haben Sie weder Platz noch Berge.«

»Aber fließendes Wasser.« Obado fuhr mit der Hand über das Waschbecken und setzte sich aufs Betonbett. »Und Sie helfen mir?«

»Ja.«

»Okay.«

»Gut. Das ist der richtige Weg. Wo genau wollen Sie mit dem Boss den Austausch machen?«

»Wir treffen uns im Haus von Frau Berger.«

»Wir?«

»Ja.« Er zeigte auf Winter. »*Sie* wollen das Geld. Der Boss zahlt nur, wenn *Sie* kommen.« Obados Gesicht war undurchdringlich.

Der Tag wurde immer besser. »Wo genau?«

»Wir gehen über die Wiese vor dem Haus. Er traut uns nicht. Er will sehen, ob wir alleine kommen. Wir treffen ihn in der Eingangshalle, wo die Kästen sind. Dort tauschen wir.«

Dort kannten sich Obado und die Marokkaner aus. Vielleicht waren einige von ihnen im Quartier aufgewachsen. Vielleicht wohnten sie sogar in einer der vielen Wohnungen.

»Danke.« Winter löste sich vom Tisch.

»Und danach helfen Sie mir? Ich bin unschuldig. Okay?«

»Ja, danach helfe ich Ihnen.« Winter öffnete die Tür. Habermas und der Dicke im Anzug saßen am Gemeinschaftstisch und beugten sich über einen Stadtplan von Bern. Winter zeigte darauf. »Hier. Die Übergabe findet im Block von Frau Berger statt, in der Eingangshalle. Obado bringt mich zum hiesigen Boss. Aber zuerst wollen sie uns auf der Wiese vor dem Block sehen. Alleine.«

Habermas nickte. »Gut, gehen wir.«

Eine halbe Stunde später verließen Winter und Obado auf dem Parkplatz eines Bethlehemer Shoppingcenters den Einsatzwagen.

Das Briefing war kurz, die Zeit knapp gewesen. Die Ausrüstung Standard. Winter trug eine Uhr mit Mikrofon und integriertem GPS-Sender. Und in den Drogen steckte ein Mini-Peilsender.

Es war 15:48 und saukalt. Die kraftlose Sonne stand schräg und schien milchig durch den grauen Abend. Sie gingen zur Haltestelle, lösten Tickets und warteten. Weißer Hauch vor den Gesichtern. Obado fror in der dünnen Kapuzenjacke und schlug die Arme um seinen Oberköper.

Die Straßenbahn rollte heran, sie stiegen ein und ein paar Haltestellen später zusammen mit einer alten Frau mit Shoppingtrolley wieder aus. Die Dämmerung tauchte die Betonquader in ein fahles Licht. Da und dort Bodennebel. Auf der zertrampelten Wiese waren Kinder dabei, eine Schneeburg zu bauen. Ein Auto fuhr vorbei.

Keine Marokkaner zu sehen. Auch keine Polizei.

Winter schaute Obado an. Dieser nickte und zog die Kapuze hoch. Die Schweiz war kälter als die Nuba-Berge. Nebeneinander gingen sie diagonal über die schneebedeckte Wiese mit dem Netz aus Trampelpfaden.

Winter trug das Drogenpaket unter dem linken Arm, Obado seinen Plastiksack mit der Unterwäsche.

Drei Blöcke umgaben die Wiese. Auf der großen Fläche waren sie ausgestellt. Trotz der Dämmerung konnte die Bande sie problemlos aus einer der vielen Wohnungen beobachten. Einige Fenster waren dunkel, einige hell erleuchtet, die meisten Fenster waren geschlossen, aber ein paar wenige standen offen. Hinter einem davon ein verborgener Scharfschütze.

Die bunt verpackte Kinderschar hatte Mauern gebaut. Die eine Hälfte presste Schneebälle, um die Schneeburg zu verteidigen. Die andere Hälfte füllte einen grellroten Bob mit Bällen und richtete andere Bobs als Schilde für den Angriff auf. Mit ernsten Mienen bereiteten die Kinder sich auf ihre Schlacht vor.

Winter versuchte, Frau Bergers Wohnung auszumachen. Seine Augen verloren sich im Muster der vielen Balkone. Ihre Wohnung musste irgendwo dort oben sein. Die zerfetzte Store hing noch immer herunter.

Ein lauter Knall.

Ein harter Schneeball hatte einen der Bobschilde getroffen. Ein kleines Scharmützel folgte. Dann ein Waffenstillstand. Beide Parteien wollten noch mehr Schneebälle vorbereiten. Wettrüsten. Obado schien unberührt zu sein. Er hatte seine Hände tief in den Taschen der Kapuzenjacke vergraben und stapfte mit seinen Turnschuhen leicht vornübergebeugt durch den Schnee.

Vor ihnen leuchtete die rote Eingangshalle.

Hinter dem Milchglas zwei verschwommene Gestalten.

Die Tür wurde durch den Holzkeil einen Spaltbreit offen gehalten. Schnelle Schritte knirschten hinter ihnen durch den Schnee und wurden rasch lauter. Winter drehte sich um. Eine junge Joggerin eilte auf sie zu. Mütze, enges Top und Leggings. Eine getarnte Elitepolizistin. Der Plan war, dass sie ihr Stretching beim Hauseingang machen und dabei Augen und Ohren offen halten würde.

In der Ferne schlug eine Kirchturmuhr.

Winters Uhr sendete ihren Standort und zeigte 16:01. Er klopfte den Schnee von den Schuhen, stieß die Tür auf, und sie traten ein.

9. Januar 16:01

Der unverkennbare Geruch des Zitronenputzmittels. Auf den weißen Plastikstühlen lungerten die beiden Typen herum, mit denen Winter vor Obados Zimmer bereits Bekanntschaft gemacht hatte. Auch heute waren die drahtigen Kerle mit den schwarzen Lederjacken schlecht rasiert. Katzenmörder. Einer der Marokkaner wandte sich auf Französisch an seinen Kumpel: »Schau an. Das ist doch tatsächlich der Typ, der deine Nase poliert hat.«

Dieser raunte mit nasaler Stimme: »Hoffentlich können wir uns nachher um ihn kümmern.«

»Und unser Nigger ist auch wieder da.«

Obado versteifte sich, und die Marokkaner schälten sich grinsend aus den Plastikstühlen. *»Quel plaisir!«*

Winter fragte: »Wo ist das Geld?«

»Sehe ich aus wie ein Bankomat?«

»Nein, die sind besser gepflegt.«

Die Nasenflügel blähten sich auf, die Lippen entblößten schlechte Zähne. »Du hast Glück, dass der Boss dich sprechen will.«

»Ich kann es kaum erwarten.«

Der Marokkaner mit der kaputten Nase steckte die rechte Hand in die Tasche seiner Jacke und machte einen Schritt auf Winter zu. »Nicht frech werden, ja!«

»Ich unterhalte mich nur. Wo ist die Kohle?«

Draußen stampfte die Joggerin ostentativ den Schnee von ihren Turnschuhen. Dann schlüpfte sie in die Eingangshalle. Ein Windstoß. Sie ignorierte die vier Männer und begann mit dem Stretching. Die schlanken Beine und der sexy Po zogen die Blicke der Marokkaner auf sich.

Winter sagte: »He, ihr Neandertaler! Wo ist es?« Er rieb Daumen und Zeigefinger aneinander.

Der kleinere der beiden Marokkaner schnaubte verächtlich und drückte auf den Fahrstuhlknopf. Sie warteten schweigend. Der Fahrstuhl stöhnte im Schacht und fuhr langsam heran. Das

Licht der Kabine erschien im Türfenster. Der eine Marokkaner öffnete die Tür. Der andere zeigte mit dem Kinn auf die offene Kabine.

Winter blieb stehen. »Nach Ihnen.« Er wollte die Kerle nicht in seinem Rücken. Die Marokkaner stiegen ein. Winter und Obado folgten. Der Fahrstuhl war eine clevere Idee. Es war unmöglich, alle Stockwerke zu überwachen.

»Warten Sie.« Die Joggerin hielt die zufallende Tür und betrat die Kabine ebenfalls. Einer der Marokkaner drückte auf den Knopf für den zehnten Stock. Die Polizistin drückte den für den zwölften. Der Fahrstuhl nahm Fahrt auf. In der ungemütlichen Enge der Kabine beobachteten sie sich gegenseitig. Winter atmete flach. Die Blicke der Marokkaner klebten an den Brüsten der Joggerin.

Im zehnten Stock hielt der Fahrstuhl ruckartig an, und die vier Männer stiegen aus. Die Joggerin senkte die Augen, als Winter an ihr vorbeiging. In ein paar Sekunden würden die Männer im Einsatzwagen ihre Lageeinschätzung im Ohr haben.

Im Korridor brannte Licht. Die Tür fiel hinter Winter zu. Ein dritter Marokkaner hielt die Tür des anderen Fahrstuhls auf und zischte: »Rein mit euch!« Er war älter, aber ebenfalls drahtig und schlecht rasiert. Er steckte in einem altmodischen karierten Anzug, trug ein schwarzes offenes Hemd und buschige Augenbrauen.

War das der Boss?

Winter warf Obado einen fragenden Seitenblick zu.

Im anderen Fahrstuhl drückte der ältere Marokkaner den untersten Knopf. Winter fragte: »Das Geld ist also im Keller?«

Der Alte ignorierte ihn, und sie fuhren schweigend wieder nach unten. Im dritten Untergeschoss stiegen sie aus. Feuchte Luft der angrenzenden Waschküche schlug ihnen entgegen. Die Waschmaschinen rumorten dumpf. Boden, Wände und Decken waren aus Sichtbeton, der die Übertragung des Mikrofons und des GPS-Senders blockierte. Verdammt. Sie hatten mit einer Übergabe in der Eingangshalle oder einer Wohnung gerechnet.

Das Skelett eines Büchergestells, verrostete Fahrräder, ein zerlegter Pingpongtisch und gebündeltes Altpapier verstellten den Vorplatz, von dem zwei Korridore abzweigten. Der Alte knipste das Licht in einem davon an.

»Los!«

Von der Decke hingen matte Lampen voller toter Insekten, links und rechts die Holzverschläge mit dem Gerümpel der Hausbewohner. Winter zählte vier Abzweigungen und wünschte sich, wie Hänsel und Gretel Brotkrumen streuen zu können.

Dann wuchtete der Alte eine vierzig Zentimeter dicke Betontür mit Stahlrahmen auf. Sie schlug mit einem dumpfen Knall gegen die Betonwand. Der Eingang zum atombombensicheren Luftschutzkeller aus der Zeit des Kalten Krieges.

Sie stiegen über die hohe Schwelle mit der zerbröckelnden Gummiisolation. Der Kalte Krieg war schon lange vorbei. Vergitterte Neonröhren flackerten grell. Die Etagenbetten waren zur Seite geschoben worden und mit Theaterkulissen verstellt.

Es war totenstill.

Winter blieb stehen.

Der Marokkaner mit der gebrochenen Nase schubste Winter. »Vorwärts!«

Sie durchquerten einen zweiten, mit den Trümmern einer Party übersäten Schlafsaal. Bierflaschen, Pizzaschachteln, Kondome. Nach dem Amüsieren hatten sich dem Gestank nach einige übergeben. Dieser Raum wurde von Obado nicht gereinigt. Dieser ballte wie ein Boxer vor dem Kampf immer wieder seine Fäuste.

In einem kahlen, komplett leeren Nebenraum stieß der Alte quietschend eine zweite Betontür auf. Dahinter ein mannshoher Evakuierungstunnel, durch den man die Schutzräume verlassen konnte, falls die normalen Ausgänge verschüttetet wurden. Das Licht der Neonröhren hinter ihnen warf lange Schatten, die sich in der absoluten Dunkelheit verloren.

Der Alte knipste eine Taschenlampe an und hetzte weiter. Der Lichtkegel geisterte wild um ihn herum. An einigen Stellen des modrigen Tunnels tropfte Wasser von kleinen Stalaktiten in glitschige Pfützen. Winter zog den Kopf ein. Nach etwa fünfzig Metern, einem scharfen Knick und weiteren dreißig Metern endete der Tunnel in einer Ausweitung mit einem engen senkrechten Schacht.

Mit der Taschenlampe zwischen den Zähnen kletterte der Anführer die eingelassenen Metallstiegen hoch. Obado und einer der jungen Marokkaner folgten behände. Winter steckte das Drogenpaket in seinen Hosenbund und hangelte sich einhändig hoch.

Verdammte Lawine.

Über ihm wurde ein Stahldeckel aufgestoßen. Fahles Licht.

Der Marokkaner unter ihm raunte: »Vorwärts, du Krüppel!«

Winter hatte große Lust, dem Ungeduldigen auf die gebrochene Nase zu treten. Mühsam zog er sich Griff um Griff nach oben, bis er den Kopf aus dem Loch strecken konnte.

Schneidend kalte Luft.

Sie waren auf einer schneebedeckten Wiese. Die Sonne versank hinter den Häusern. Darüber unter dunklen Wolken nur noch ein dünner gelber Streifen. Winter drehte sich um. Die erleuchteten Fenster der Wohnungsblocks. Moderne Mondrian-Gemälde. Er kletterte ganz auf das Betonpodest. »Netter Ausflug. Wo sind wir?«

Hier draußen funktionierte der Sender wieder.

Schemenhafte Silhouetten. Obado hatte die Hände auf dem Kopf. Der Alte richtete einen Revolver auf Winters Bauch. »Her damit.«

Gebrochene Nase zog ihm das Paket aus dem Hosenbund.

Winter fragte: »Was soll der Revolver? So war das nicht abgemacht.«

»Schnauze, du Dieb!«

»Ich will nur einen kleinen Finderlohn.«

»Die Pistole und das Telefon.«

Winter öffnete langsam seine Jacke. »Okay, nur keine Hektik.«

Die SIG Sauer P220 verschwand aus dem Gürtelhalfter, das Telefon aus der Jackentasche. Der junge Marokkaner begann, Winter abzutasten, griff in die Brusttaschen, in die andere Jackentasche, dann fingerte er an den Hosentaschen herum. Winter flüsterte ihm ins Ohr: »Bist wohl schwul?«

Der junge Marokkaner fuhr zurück und schüttelte angewidert den Kopf.

Der Alte zeigte mit dem Kinn gegen die Bäume. »Kommt schon.«

Winter folgte sofort. Die Mosquito am Bein blieb unentdeckt. Amateure. Eine kleine Provokation, und schon machten sie Fehler. Im Eiltempo marschierten sie durch den Schnee. Winter schaute sich um, sah niemanden, auch keine Joggerin. Sie waren auf der Rückseite der Siedlung. Hinter den Bäumen wartete auf einer verlassenen Straße ein Kastenwagen.

»Los, einsteigen!« Winter und Obado wurden in den fensterlosen Laderaum bugsiert. Die jungen Marokkaner folgten und zogen die Türen hinter sich zu. Einzig durch das Fenster zur Kabine schimmerte Licht. Winter und Obado setzten sich mit dem Rücken zur Kabine auf den Metallboden, die jungen Marokkaner ließen sich am anderen Ende nieder, die Stellmesser griffbereit.

Der Alte fuhr sofort los. Nach kurviger Fahrt durch Quartierstraßen beschleunigten sie auf einer Autobahn. Winter lehnte den Kopf an die Wand und schloss die Augen. Der Einsatzwagen würde ihnen folgen. Zwei Kastenwagen nach einem langen Tag auf dem Heimweg.

Nach einer Weile verließen sie die Autobahn. Die Schwerkraft sagte Winter, dass sie eine kurvige Bergstraße hochfuhren. Nach gut zwei Stunden Fahrt bogen sie in eine extrem steile Straße ein, die dem röhrenden Dieselmotor alles abverlangte und die jungen Marokkaner unruhig werden ließ.

Der Wagen stoppte.

Stimmen. Ein schweres Tor quietschte. Dann rollten sie langsam über gefrorenen Schnee und hielten an. Handbremse. Der Alte stieg aus und knallte die Fahrertür zu.

9. Januar 18:47

Die Türen öffneten sich, und sie kletterten aus dem Laderaum in eine Garage mit drei Parkplätzen. Durch das sich langsam schließende Tor sah Winter nur Schnee und dunkle Nacht. Neben dem Kastenwagen glänzte ein gepimpter weißer Range Rover mit Sicherheitsglas und Panzerplatten. Der Chef lebte gefährlich oder war ein Aufschneider. Wahrscheinlich beides.

Winter rieb sich den steifen Nacken. Über ihnen helle Holzbalken und ein neues Ziegeldach.

»Vorwärts!«

Sie traten in einen fensterlosen Skikeller, in dem es nach frischem Wachs roch. Sie waren in einem neuen Chalet.

»Hinsetzen!«

Winter und Obado setzten sich auf die niedrige Holzbank. Vis-à-vis führte eine Holztür ins Innere des Chalets. An den Wänden leere Skigestelle. Neben Winter standen verlassen drei Paar Rossignol-Skier. Neu. Weiß. Winter wettete mit sich, dass Weiß die Lieblingsfarbe des Bosses war.

Die Holztür öffnete sich.

Die Männer im Raum nahmen Haltung an.

Ein kleiner, dicklicher Mann mittleren Alters mit kultiviertem Gesicht, fein geschwungenen Augenbrauen, einer Zigarette zwischen den schwülstigen Lippen und mit Gel geglättetem Haar trat ein. Er öffnete den Reißverschluss einer aufgeplusterten weißen Winterjacke.

Wette gewonnen.

Die Hosen seines Anzugs steckten in lächerlichen Moonboots mit weißer Fellimitation. Seine überhebliche Miene passte bestens zum Range Rover.

Zwei Bodyguards in Anzügen und harten, rasierten Gesichtern bezogen Position im Raum, ihre Hände vor dem Geschlecht verschränkt, nur Sekundenbruchteile von den Pistolen entfernt.

Winter machte Inventur. Im Skikeller standen sechs Bandenmitglieder. Im Chalet lungerten wahrscheinlich noch einige mehr herum. Er würde etwas Zeit schinden müssen, bis seine ehemaligen Kollegen für die Verhaftung bereit waren.

Mit manikürten Fingerspitzen nahm der Chef die Zigarette aus dem Mund und wandte sich mit sanfter Stimme an seine Gäste: »*Bonsoir messieurs*, ich hoffe, Sie hatten eine angenehme Fahrt.« Die Glupschaugen fixierten Winter, dann fügte er mit triefendem Sarkasmus an: »Und es freut mich natürlich ganz besonders, unseren ehrlichen Finder endlich persönlich kennenzulernen.«

Winter schwieg. Er würde Babyface nicht unterschätzen. Die Sanftesten waren oft die Gefährlichsten. Die gestelzte Wortwahl tönte nach einer Eliteschule der Grande Nation.

Der Boss wanderte im Raum herum, zog an seiner Zigarette, paffte kleine Rauchwölkchen und studierte Winter, als sei er ein exotisches Tier im Zoo. »Sagen Sie, mein Lieber, aufgrund welcher Annahmen sind Sie zum Schluss gekommen, dass es sich lohnen könnte, eine geschäftliche Beziehung mit mir einzugehen?«

»Ich dachte nicht an eine Beziehung, mehr an einen Finderlohn. Wissen Sie, ich habe das Paket zufällig gefunden. Herr Obado«, Winter wies mit seiner bandagierten Hand auf den Sudanesen, »war dann so freundlich, den Kontakt mit Ihnen herzustellen. Er meinte, dass Sie meine Ehrlichkeit belohnen würden.«

Der Boss prüfte mit wurstigen Fingern die Kantenschärfe der Skier. »Fahren Sie auch Ski? Wahrscheinlich schon. Hier fährt alles Ski.« Er lächelte salbungsvoll. »Gestatten Sie mir eine Frage. Ich habe gehört, dass Sie für eine Bank arbeiten. Security. Was machen Sie da genau?«

»Räuber fangen.«

Der Boss warf Winter einen Reptilienblick zu und fragte: »Banker verdienen doch gut. Weshalb wollen Sie denn einen Finderlohn?«

»Hohe Löhne garnieren nur die Chefs. Mein Lohn ist nicht der Rede wert, und ich habe offene Rechnungen.« Zum Beispiel mit den beiden Katzenmördern.

Wie eine Schildkröte, die den Kopf aus ihrem Panzer streckt, lugte der Boss mit hochgezogenen Augenbrauen aus seiner gepolsterten Winterjacke hervor. Er spitzte die Lippen. »Soso. Und da würden Ihnen zwanzigtausend gerade recht kommen?«

»Selbstverständlich. Ein Mann wie Sie berappt das doch aus der Portokasse. Das Paket ist auf der Straße das Zehnfache wert.«

»Wo ist das Paket?«

Der ältere Marokkaner mit dem karierten Anzug trat vor und reichte dem Boss das Paket. »Hier.«

Dieser nahm das Paket entgegen, riss das Klebeband auf und prüfte das in Plastik eingeschweißte Kokain. Während er daran herumdrückte, musterte er Winter und Obado misstrauisch. Hoffentlich hatte der kriminaltechnische Dienst beim erneuten Verpacken keinen Fehler gemacht. Winter setzte seine unschuldigste Miene auf.

Der ältere Marokkaner zog die SIG Sauer hervor. »Er trug auch eine Pistole bei sich.«

Die Pistole wurde gegen das Drogenpaket getauscht.

»Erklären Sie mir bitte, weshalb Sie ein solch gefährliches Instrument zu unserem kleinen Rendezvous mitgebracht haben? Vertrauen Sie mir nicht?«

»Ich vertraue niemandem, der einen gepanzerten Range Rover fährt. Da verlasse ich mich lieber auf Schweizer Wertarbeit.«

Angewidert inspizierte der Boss die P220. »Waffen sind mir ein Gräuel.« Er warf die Pistole dem älteren Marokkaner zu und wandte sich an Obado. »Und du, erklär mir noch einmal, wie genau du das Paket verloren hast.«

Obado brummte: »Es ist, wie ich es Ihnen am Telefon gesagt habe. Nachdem ich die tote Frau entdeckt hatte, bin ich nach Zürich gefahren. Dort ist er dann plötzlich aufgetaucht, und ich musste abhauen. Als ich die Sachen später holen wollte, war alles weg.«

»Dann ist der Herr Winter also eher ein Dieb als ein ehrlicher Finder, nicht wahr?«

Obado antwortete: »Nein, nein. Er hat das Paket gefunden und mich dann angerufen, um es zurückzugeben.«

Der Boss fragte: »Von wo hatten Sie die Nummer?«

»Ich war in Obados Zimmer. Das können die beiden da bestätigen.«

Der Boss stolzierte auf und ab, die rechte Hand in Napoleon-Manier auf der Brust. Vor seinen beiden Handlangern blieb er stehen. »Wieso habt ihr den Nigger nicht gefunden?«

Der mit der gebrochenen Nase senkte wortlos seinen Blick und hob entschuldigend die Schultern. Irgendwo im Haus summte eine Heizung.

Der Boss griff ihm blitzschnell an die bandagierte Nase und schüttelte ihn wie eine Mutter ihren Lausbuben. »Wenn ich etwas frage, will ich eine Antwort.«

Winter hörte, wie die Nase knirschte.

Der junge Marokkaner japste. »Arrgh. Ich weiß nicht.«

Der Boss ließ ihn los, wischte die blutige Hand an dessen Lederjacke ab und wandte sich um. »Idiot.«

Der Boss zückte ein Messer und ließ die lange Doppelklinge aufspringen. Die Bodyguards legten ihre Hände auf die Pistolengriffe. Der Boss trat auf den sitzenden Obado zu, schaute verächtlich auf ihn herab und packte das gekrauste Haar. Obado ballte die Fäuste und wollte aufstehen. Die Klinge unter seinem Auge zwang ihn zurück auf die Bank. Der Boss brüllte: »Ich habe dir doch tausend Mal gesagt, keine Telefonnummern aufzuschreiben!«

Obado flüsterte: »Ich habe sie nicht aufgeschrieben.«

Die Klinge ritzte seine Wange. »Wie ist der Herr denn an diese Nummer gekommen? Über eine deiner Freundinnen?«

Obado versuchte, den Kopf zu schütteln, doch der Boss hielt ihn fest und ritzte seine Wange blutig. Dann fauchte er: »Erklär es mir!«

Winter sagte: »Lassen Sie ihn! Ich habe die Nummer von seinem Freund bekommen.«

Der marokkanische Napoleon sog Luft durch die Zähne, plusterte sich wie ein gallischer Hahn auf und drehte sich Winter zu. »Einem Freund? Soso.« Er tätschelte Obados Wange.

Winter betrachtete das perlfarbene Seidenhemd, das sich über dem Bauch des Bosses spannte, und stand langsam auf. Es wurde langsam Zeit für den Code. »Ja. Ein Freund. Aber warum trinken wir nicht einen Kaffee und reden in aller Ruhe darüber?« Nach Winters »*Go*« krachte und polterte es über ihnen. Geschrei. Kindergeschrei.

Alle schauten zur Tür.

Marokko – Grenzübergang Melilla

Tijo machte sich in der Morgendämmerung ganz klein. Trotz des Gedränges war es kalt und feucht, und er bildete sich ein, das nahe Meer riechen zu können. Nervös zog er das Kopftuch wieder über seine Nase. Die mehrlagigen Röcke waren ungewohnt. Frauenkleider. Er kratzte sich unter den Armen und prüfte, ob sein um die Brust geschnallter Beutel noch am richtigen Ort war.

Die Kleider gehörten der stämmigen Cousine seines Kontaktmannes. Sie stand mit rotem Kopftuch regungslos vor ihm und würde ihm helfen, über die Grenze nach Melilla zu kommen.

Um ihn herum drängten sich Hunderte marokkanischer Frauen. Eingepfercht wie Kühe vor dem Schlachthaus warteten sie darauf, dass sich die verrosteten Schleusen öffnen würden. Vielleicht. Hinter den hohen Gitterzäunen patrouillierten mit Knüppeln bewaffnete Männer mit gelben Westen und Mützen.

Einige der Frauen waren noch Mädchen, andere schon alt. Ein paar schwatzten, aber die meisten schwiegen und sparten ihre Kräfte. Allen stand die Müdigkeit ins Gesicht geschrieben. Nicht nur die Müdigkeit einer kurzen Nacht, sondern die Müdigkeit des dauernden Überlebenskampfes.

Um eine Handvoll Dirhams zu verdienen, schleppten sie Tag für Tag Güter aus der spanischen Exklave Melilla über die Grenze nach Marokko. Händler heuerten die Trägerinnen an, um die hohen Importzölle zu umgehen. Was eine Person tragen konnte, war steuerfrei. »Steuerschlupfloch« hatte sein Kontaktmann das genannt.

Gestern hatte Tijo aus der Distanz gebeugte Frauen gesehen, die riesige Bündel durch den etwa einen halben Kilometer breiten Grenzstreifen schleppten. Eine ältere Frau war unter dem Gewicht einer Waschmaschine zusammengebrochen. Ein Mädchen, das vier Lastwagenreifen mit einem Rollbrett transportierte, war von Hilfskräften belästigt und dann geschlagen worden.

Sein Kontaktmann hatte gesagt: »Wenn es heiß wird, dann trinken sie. Frühmorgens ist es am einfachsten. Dann pennen sie noch.«

Tijo hatte gefragt: »Und was mache ich, wenn sie mich entdecken?«

Der Kontaktmann mit der Sonnenbrille hatte geantwortet: »Keine

Angst. Dann zahlst du.« Sicherheitshalber hatte Tijo deshalb ein paar Dollarnoten in den Rocktaschen griffbereit.

Tijo hatte den asthmatischen Mourad im Gefängnis kennengelernt, nachdem er bei seinem dritten Versuch, die Zäune von Ceuta zu überwinden, eingesperrt worden war. Mourad war mit Drogen erwischt worden. Bei einer Messerstecherei hatte Tijo dem schwächlichen Jüngling das Leben gerettet. Einige Wochen später hatte ein »Onkel« Mourad und seinen Beschützer freigekauft.

Mourad hatte ihm auf der Fahrt zur Villa seines Onkels erklärt, dass dieser zusammen mit seinen Brüdern Hotels, Ländereien, Handelsgesellschaften und sogar eine Seifenfabrik besaß. Dann hatte er Tijo mit dem Ellbogen angestoßen und vielsagend geraunt: »Aber das ist alles nur Fassade. Mein Onkel hat gute Freunde in Südamerika.«

In der riesigen Villa hatte der Onkel Mourad für die Dummheit, sich erwischen zu lassen, zuerst eine Ohrfeige verabreicht. Nach dem Wutanfall, der so plötzlich verschwunden, wie er gekommen war, hatte er sich höflich nach Tijos Plänen erkundigt. Dieser hatte ihm erzählt, dass er nach Europa wolle. Mourads Onkel hatte ihn gefragt, ob er dort nicht für ihn arbeiten möchte. Da hatte Tijo genickt. Daraufhin hatte der Onkel angeboten, ihm etwas vorzuschießen.

Gestern hatte ihn Mourad mit einem klimatisierten Toyota nach Westen zum halb fertigen Haus des Kontaktmannes bei Nador gefahren. Dieser hatte ihm am Nachmittag den Grenzübergang gezeigt und ihn am Abend zu seiner Cousine mitgenommen. Diese hatte ihm verächtlich die alten Röcke in die Hand gedrückt. Er hatte ihr trotzdem geholfen, Wasser zu holen.

Jetzt fragte sich Tijo, ob die gedrungene Frau vor ihm eine blutsverwandte Cousine war oder nicht. Aber das spielte keine Rolle. Europa war nur noch ein paar Meter entfernt.

Die Köpfe der Menge folgten einem uniformierten Mann, der auf einer Mauer zu den Toren stolzierte, die Hände hinter dem Rücken verschränkt und die hohe Uniformmütze tief ins Gesicht gezogen.

Die Cousine flüsterte: »Gleich geht's los. Bleib dicht hinter mir.«

Ihre Augen trafen sich für einen Moment. Tijo lächelte, erinnerte sich, dass er ein Tuch vor dem Gesicht trug, und nickte. Sie hatte ihn heute früh gebeten, den Mund zu halten, um sich nicht durch seine tiefe Stimme zu verraten.

Die Hilfskräfte in den gelben Westen gravitierten zum Offizier der Grenzwache. Tijo richtete sich einen Moment auf und sah durch eine Lücke im abgeschirmten Grenzzaun, wie farbige Container und Lastwagentüren geöffnet wurden. Unter dem behelfsmäßigen Wachturm hatte es drei Drehtüren aus Stahlrohren. Die Cousine hatte ihm eingeschärft, den Kanal rechts zu nehmen. Dort kontrollierten die Männer des Chefs. Meistens.

Ein Murren ging durch die Menge.

Die Frauen, die direkt an den rostigen Drehtüren standen, klopften mit Gegenständen daran. Gelbe Westen bewegten sich in den Verschlägen dahinter. Die Frauen hinter ihnen schlossen dichter auf und drückten Obado vorwärts. Sein Beutel verschob sich. Er rückte ihn wieder an den richtigen Ort. Die Cousine hatte erklärt, dass es mehr Trägerinnen als Waren gab. Nur die schnellsten und ruchlosesten würden Güter ergattern. Viele würden vergeblich warten und leer ausgehen.

Links von ihnen schrien einige Frauen Zeter und Mordio.

Die Türen quietschten und begannen sich langsam zu drehen. Die Flut der Trägerinnen setzte sich in Bewegung. Die Cousine fuhr ihre Ellbogen seitlich wie Speerspitzen aus und sagte: »Rechter Kanal.«

Je näher sie den Toren kamen, desto enger wurde es. Die Zäune liefen konisch zu. Ein Ellbogen wurde in seine Niere gedrückt. Tijo stolperte über eine niedrige Mauer und wurde nur von den Leibern um ihn herum aufrecht gehalten. Für einen Moment hatte er keine Luft mehr. Das Kopftuch verrutschte wieder. Wo war die Cousine?

Die Masse drängte ihn an einen Drahtzaun, der umzustürzen drohte. Auf der anderen Seite schlug ein Mann mit einem Knüppel dagegen. Tijo wandte sich ab und duckte sich.

Vorwärts.

Da! Das rote Kopftuch tauchte vor ihm aus dem Gemenge.

Noch fünf Meter bis zur rechten Drehtür. Auf einem mit Stacheldraht gesicherten Baugerüst über den Kanälen überwachten Grenzwächter das Gedränge. Tijo senkte seinen Kopf und folgte dem roten Kopftuch.

Zwei Meter vor der Drehtür stockte die Menge plötzlich. Tijo getraute sich nicht, aufzuschauen. Er stemmte sich so gut es ging gegen die drängelnden Frauen und linste durch die Kopftücher vor ihm. Eine alte Frau war in der Drehtür eingeklemmt. Ihr Gesicht wurde von der anderen Seite gegen die verrosteten Stahlstangen gedrückt. Tijo sah die wenigen Zähne im vor Schmerz aufgerissenen Mund.

Zwei Männer drückten von der anderen Seite gegen die Drehtür. Die alte Frau wurde wieder ausgespuckt. Geschrei. Handgemenge, Knüppel. Die Cousine drehte sich um, brachte ihr Gesicht so nah an Tijos heran, dass er ihre Seife riechen konnte, und sagte: »Dollars.« Tijo nickte, hielt die Geldscheine bereit.

Die Männer schrien die Frauen an, endlich vorwärtszumachen. Die Stahltür drehte sich wieder. Ein abgewetzter Knüppel mit feinen Noppen senkte sich langsam vor Tijos Nase. Er nahm die rechte Hand aus der Tasche. Die Banknoten darin verschwanden.

Der Knüppel auch.

Er machte einen Schritt vorwärts.

Die Cousine war in der Drehtür.

Tijo drückte die Frau neben sich weg.

In diesem Moment traf ihn der Knüppel im Nacken. Ein stechender Schmerz durchzuckte sein Rückgrat. Er biss auf die Lippen, unterdrückte den Schrei und nahm die andere Hand aus der Tasche. Die Dollars verschwanden. Tijo legte beide Hände an den schweren Rost der Drehtür. Raue, abblätternde Farbe. Auf der anderen Seite das rote Kopftuch. Europa. Die Tür drehte sich quietschend.

9. Januar 19:15

Ein marokkanischer Junge im Trainingsanzug platzte in den Skikeller. Mit wedelnden Armen und weit aufgerissenen Augen schrie er: »*Police!* Sie kommen von hinten!«

Ohne zu zögern, riss der Boss Obados Kopf nach unten und knallte sein Knie dagegen. Wie ein Fußball sprang der Kopf zurück und prallte gegen die Betonwand. Der Boss winkte den beiden Bodyguards mit dem Kinn. »Gehen wir.«

Der eine Bodyguard öffnete die Tür zur Garage, der andere deckte mit der Pistole den Rückzug. Der Boss zeigte auf Winter und den bewusstlosen Obado und befahl den anderen Handlangern: »Macht sie fertig!« Mit der gegen seinen Hals gerichteten flachen Hand deutete er an, dass sie den Geiseln die Kehle durchschneiden sollten.

Der Junge folgte dem Boss und den Bodyguards. Oben im Haus fielen Schüsse. Eine Tür wurde aufgebrochen. Frauen und Kinder kreischten. Das Enzian-Kommando stürmte das Chalet.

Obado rutschte schlaff von der Bank.

Die beiden jungen Marokkaner mit den Lederjacken kamen mit gezückten Messern auf Winter zu, während der ältere ihn mit dem Revolver in Schach hielt. Drei gegen einen Verletzten war nicht fair. Aber die Welt war noch nie fair gewesen. Pech für die Marokkaner. Winter zeigte nach oben. »Die Polizei ist schon im Haus. Noch könnt ihr eure Haut retten.«

Die Lederjacken plusterten sich auf.

Winter war das recht.

Er hatte noch eine Rechnung offen. Er konnte die Idioten nicht zum Glück zwingen. Beide waren Rechtshänder. Der eine hielt die Klinge tief für einen Stoß von unten in den Bauch. Die andere Klinge zeigte gegen den Boden und wurde drohend hin und her gezogen für einen Angriff von oben oder einen queren Schnitt durch die Kehle. Hin und her. Winter wich zurück, drehte sich ab und hielt den bandagierten Arm schützend vor sich.

Der Marokkaner mit der gebrochenen Nase war der Wortführer. Er würde zuerst angreifen. Winter sah, wie er einatmete, das Gewicht verlagerte, und wartete geduldig.

Die Klinge von unten.

Winter wich aus.

Der mit der gebrochenen Nase zog seinen Arm zurück. Währenddessen packte Winter ein Paar Rossignol-Skier und schleuderte diese dem Angreifer entgegen. Dieser duckte sich, und die Skier flogen über ihn hinweg und trafen stattdessen den zweiten Marokkaner. Dieser fluchte »Sauhund« und schwang seine Klinge auf Winters Gesicht zu.

Winter machte einen Schritt rückwärts, stieß an die Bank und musste sich setzen. Seine Höhe schrumpfte. Das Messer sauste über ihn hinweg. Glück gehabt. Er warf das zweite Paar Rossignol-Skier auf die Marokkaner. Es knallte. Nachtigallen zwitscherten.

Nun kam die Klinge von oben. Winter hob seinen Robocop-Arm und blockierte den Hieb. Ein höllischer Schmerz durchfuhr ihn. Die Wucht des Schlages verschob die Schrauben, die seine Knochen zusammenhielten und sich an seinen rohen Nerven rieben. Winter wurde schwarz vor Augen.

Der Marokkaner über ihm drückte mit voller Kraft und seinem ganzen Köpergewicht auf das Messer. Die Spitze der Klinge ritzte beim Schlüsselbein Winters Hals. Nicht gut.

Der Marokkaner fauchte: »Jetzt bist du erledigt!«

Winter musste seinen ganzen Willen zusammennehmen, um vor Schmerz nicht das Bewusstsein zu verlieren. Er atmete ein. Ledergeruch, Seife und Wachs. Die Bartstoppeln des Marokkaners kratzten.

Tiger.

Katzenmörder!

Von unten stemmte er sich gegen das Gewicht. Das Gestänge bog sich. Sein Peiniger stocherte. Warmes Blut strömte übers Schlüsselbein. Der Schmerz im Unterarm war unerträglich. Tausend feurige Nadeln pikten. Winter legte den Schmerz in einen Tresor, verriegelte diesen und versenkte ihn im Ozean. Er biss die Zähne zusammen.

Wo blieb der verdammte Interventionstrupp?

Musste man immer alles selbst machen?

Der Alte zielte mit dem Revolver auf ihn.

Gebrochene Nase tapste auf unsicheren Beinen und mit schrägem Riechorgan auf Winter zu. Arm und Messer wie eine Lanze für einen Stich ins Herz ausgestreckt. Dabei trat er in die Schusslinie des Alten und verdeckte ihm die Sicht auf die verkeilten Männer.

Fehler.

Mit der Linken zog Winter die Mosquito und schoss dem Katzenmörder in den Bauch. Großes Ziel. Kurze Distanz. Auch mit der schwachen Hand einfach zu treffen. Das kleine Kaliber genügte.

Im geschlossenen Skikeller aus Beton dröhnte der Schuss.

Die Zeit stand für einen Moment still.

Winters Ohren sausten.

Der junge Marokkaner blieb ungläubig mit ausgestrecktem Arm stehen und schaute nach unten auf den Blutfleck. Die Kugel hatte ihn gestoppt. Doch dann stürzte er sich mit animalischem Röhren auf Winter. Dieser drückte noch einmal ab, und die zweite Kugel durchschlug den Kiefer, die graue Masse dahinter und die Schädeldecke.

Der zweite Schuss hallte.

Der Marokkaner sackte wie ein Kartoffelsack in sich zusammen. Der andere Angreifer drückte wutentbrannt das Messer gegen Winters Hals. Dieser hatte freie Sicht auf den Alten mit dem Revolver, der mit gespanntem Hahn auf ihn gerichtet war. Er schaute ihm in die Augen und zielte. Winter sah in ihnen Zorn und Wut, aber auch Angst, Desillusion und Hoffnungslosigkeit.

War der Alte vernünftig, oder würde er sich von seinen Reflexen leiten lassen? Winter war bereit. Gleich würde die Entscheidung zwischen Vernunft und Instinkt fallen. Er sah, wie der Alte seinen Zeigefinger am Abzug des Revolvers zu krümmen begann. Die Emotionen hatten überhandgenommen.

Falsche Entscheidung.

Winter drückte ab und durchbohrte mit seiner dritten Kugel die Schulter des Alten, dessen Zeigefinger sich trotzdem krümmte. Die abgelenkte Kugel traf statt Winter dessen Peiniger seitlich in die Lunge. Zischende Luft. Winter zielte mit der Mosquito ungerührt auf den Kopf des Alten und ließ diesen nicht aus den Augen.

Der Alte starrte mit offenem Mund zurück.

War der Marokkaner lernfähig?

Der Druck des Stellmessers am Hals ließ nach. Sein Angreifer taumelte röchelnd zurück. Er hustete Blut und hielt sich mit schmerzverzerrtem Gesicht die Seite. Dann beugte er sich vornüber und ging in die Knie.

Langsam erhob sich Winter. Blut rann über seine Brust. Wo steckte das Interventionskommando? Waren der Boss und seine Bodyguards schon davongefahren? Er hatte nichts gehört, seine Ohren summten von den Schüssen. Die Tür zur Garage stand offen, doch wegen des spitzen Winkels sah Winter nur eine Ecke der Garage. Er erinnerte sich an das langsame, automatische Garagentor.

Der Alte schloss seinen Mund.

Winter befahl: »Waffe fallen lassen!«

Die Kieferknochen mahlten. Der getroffene Arm mit dem Revolver hing halb herunter. Sein dunkler Blick wanderte durch den Raum. Vom leblosen zum angeschossenen Handlanger über den bewusstlosen Obado zurück zu Winter.

Winter trat einen Schritt auf den Alten zu, die Mosquito auf einen Punkt zwischen dessen Augen gerichtet. »Sofort.«

Der Blick des alten Marokkaners ging nach unten. Winter hörte, wie der angeschossene Marokkaner hinter ihm stöhnte. Am Rande seines Blickfeldes sah er, wie dieser nach dem Messer tastete.

Der Alte schaute zur offenen Garagentür. Schatten an der Wand in der Garage. Die Bodyguards und der Boss kamen zurück. Gleichzeitig öffnete sich die Tür ins Innere des Chalets einen Spaltbreit, und etwas Schweres kollerte in den Raum.

Eine Schockgranate.

Sie würde gleich explodieren.

Priorisieren! Erste Priorität: der Revolver des Alten, zweite Priorität: die zurückkehrenden Bodyguards und dritte Priorität: der angeschossene Handlanger mit dem Messer. Winter zertrümmerte mit einem vierten Schuss Hand und Revolver des alten Marokkaners. Dann schwenkte er die Pistole nach links zur Garagentür und wich zurück. Eine Pistole und dahinter der Arm des Bodyguards erschienen im Türrahmen. Winter ging in die Hocke und machte sich klein.

Timing.

Leibwächter oder Granate?

Granate.

Er öffnete zum Druckausgleich den Mund und schloss die Augen. Die Schockgranate explodierte mit einem grellen Lichtblitz und einem ohrenbetäubenden Knall. Zusammengepresst in einer Millisekunde entluden sich Blitz und Donner eines ganzen Sturmgewitters. Als hätte neben ihm gerade ein Kampfjet die Schallmauer durchbrochen. Die Druckwelle drückte Winter in eine Ecke. Seine Ohren fühlten sich an, als wären sie am Ende eines Konzertes zwischen die bronzenen Orchesterbecken gekommen.

Winter schüttelte betäubt den Kopf und öffnete die Augen.

Männer der Sondertruppe Enzian stürmten den Raum, die kurzen MP5K-Maschinenpistolen im Anschlag. Schutzbrillen, Gesichtsmasken und schusssichere Westen. Das volle Programm.

Endlich.

Wurde auch langsam Zeit.

Winter legte die Mosquito vorsichtig auf den Boden. Er wollte in der Hektik nicht von den eigenen Leuten erschossen werden. Er wies mit der linken Hand Richtung Garage, streckte für die vier verbleibenden Gegner vier Finger in die Luft und ballte die Faust. Achtung, Gefahr!

Die Enzian-Männer nickten und machten sich bei der Garagentür bereit, den nächsten Raum zu stürmen. Der letzte Polizist blieb stehen und sicherte mit seiner MP5K von Heckler & Koch den Skikeller. Die Kampfjets in Winters Ohren dröhnten. Er bewegte seinen Kiefer. Das Trommelfell sprang mit einem befreienden »Plopp« zurück. Er richtete sich auf. Wie ging es Obado?

In diesem Moment hob der Elitepolizist seine Maschinenpistole und feuerte eine Salve auf Winter ab.

9. Januar 19:19

Aus der kurzen Heckler & Koch MP5K flogen drei Kugeln auf Winter zu. Sie verfehlten ihn knapp und schleuderten den angeschossenen Handlanger hinter ihm gegen die Wand. Das Stellmesser, das er Winter in den Rücken rammen wollte, fiel zu Boden. Seine Hand ging zur Kehle, dann sackte er in sich zusammen.

Winter schaute dem Schützen in die Augen und nickte seinen Dank. Dieser signalisierte den wartenden Polizisten bei der Tür zur Garage mit erhobenem Daumen, dass er die Lage im Skikeller unter Kontrolle hatte.

Der zusammengekrümmte Marokkaner hustete Blut. Lungenschuss. Trotz der ledrigen Haut war das Gesicht fahl und leer. Dem war nicht mehr zu helfen. Winter fragte sich einen Moment, warum er kein Mitleid, kein Mitgefühl mit dem Sterbenden empfand. Dann schob er die philosophische Frage und mit dem Fuß das Stellmesser weg. Der Kerl hatte Tiger die Pfoten abgehackt, ihn gepfählt und langsam ausbluten lassen.

In der Autogarage explodierte eine zweite Schockgranate. Die Enzian-Spezialisten stürmten los. Schüsse. Salven aus den Maschinenpistolen. Einzelne Schüsse. Die Leibwächter erwiderten das Feuer. Eine weitere, kurze Salve.

Stille.

Nach einer Weile knappe Befehle. Die Garage war sicher. Sanitäter wurden angefordert. Verhaftete abgeführt.

Der Polizist, der ihm das Leben gerettet hatte, durchsuchte den alten Marokkaner, nahm ihm die P220 und das Mobiltelefon ab. »Habe gehört, dass das dir gehört.« Der Polizist berührte seinen Ohrenstöpsel und gab Winter Pistole und Telefon zurück. Seine alte Eliteeinheit hatte die ganze Zeit mitgehört.

»Danke.«

Winter prüfte die P220 und steckte sie ins Halfter. Dann nahm er die Mosquito vom Boden auf und sicherte seine Reservewaffe. Das kleine Insekt hatte wieder einmal gestochen.

Doppelt genäht hält besser.

Dann ging er neben Obado in die Hocke und fühlte seinen

Puls. Schwach. Obado hatte Kampf und Explosion verpasst. Vorsichtig untersuchte Winter den Kopf: eine Platzwunde, eine Beule und wahrscheinlich eine Gehirnerschütterung.

Obado rührte sich und schlug die Augen auf. Er griff sich mit verzerrtem Gesicht an den Schädel und schaute sich langsam um. Dann blinzelte er verschmitzt. Winter tätschelte Obados Schulter. Der Kerl hatte den toten Mann gespielt. Keine schlechte Taktik bei so vielen Waffen im Raum.

Zwei grellorange Sanitäter mit reflektierenden Leuchtstreifen und Notfallkoffern eilten herbei. Einer von ihnen begann sich um Obados blutenden Kopf zu kümmern. Der andere untersuchte die beiden Marokkaner auf Lebenszeichen. Vergeblich. Danach wandte er sich dem alten Marokkaner zu, um ihm notdürftig Hand und Schulter zu verbinden.

Straßenschuhe klapperten die Treppe herunter. Habermas und sein Luzerner Kollege traten mit gelösten Sicherheitswesten und Schweiß unter den Achseln in den Skikeller. Das Gesicht von Habermas glänzte. Er rieb sich die Hände. »Alles erledigt.«

Winter knurrte: »Bei dem Köder.«

»Hyänen fressen Kadaver. Besten Dank.« Schulterklopfen.

»Ihr habt euch ganz schön Zeit gelassen.«

»Sorry, lief doch alles nach Plan.«

»Fast.«

»Och, wegen ein paar Kratzern.«

Winter ignorierte ihn. »Wie viele waren oben?«

»Ein ganzer Harem. Drei Frauen mit einem halben Kindergarten und zwei Bodyguards. Da mussten wir vorsichtig sein.«

»Einen Moment dachte ich, dass ich es hier unten ganz alleine machen muss.«

»Hauptsache, wir haben sie. Die Operation ist ein voller Erfolg.«

Der Luzerner wies Obados Sanitäter an: »Vorsichtig. Der Schwarze da ist ein des Mordes Verdächtiger und in Haft.«

Obado starrte den Dicken im Anzug nur an. Der Sanitäter befestigte ein Gazekissen an seinem Hinterkopf. Winter mischte sich ein: »So war das nicht abgemacht. Er hat vorhin sein Leben aufs Spiel gesetzt. Freiwillig.«

»Nicht Ihre Entscheidung, sorry.«

Der Dicke im Anzug hatte natürlich recht. Winter phantasierte kurz, wie dessen hohler Kopf tönen würde, wenn er ihm ein Paar Skier um die Ohren hauen würde. Undank war der Welt Lohn. »Er muss ins Spital zum Röntgen. Der Boss der Drogenbande hatte ihm fast den Kopf zerschmettert.«

Der Sanitäter, der Winters Hals desinfizierte, sagte: »Ja. Der hat eine Gehirnerschütterung. Verdacht auf Haarrisse in der Schädeldecke. Wir müssen ihn röntgen lassen und für mindestens vierundzwanzig Stunden beobachten.«

Habermas sagte: »Bringt ihn in die gesicherte Abteilung nach Bern. Und nicht aus den Augen lassen.«

»Ich fahre mit ihm.« Winter untersuchte sein verbogenes Armgestänge. Er spürte einen dumpfen, pulsierenden Schmerz. »Ich sollte das auch untersuchen lassen.« Irgendwo in seiner Jacke mussten noch Schmerztabletten sein. Der Enzian-Polizist führte den notdürftig verbundenen Marokkaner ab.

Der Sanitäter klebte Winter ein gepolstertes Pflaster auf die Stichwunde am Hals und befestigte dieses mit einem Verband um den Hals. Eine Halskrause wie im Rokoko-Zeitalter.

Winter löste währenddessen die Uhr mit dem Mikrofon und dem GPS-Sender und gab sie Habermas zurück. Er hatte keine Lust, weiterhin abgehört zu werden. Habermas nickte. »Okay, ich organisiere eine Spitalwache.«

Winter und der Sanitäter halfen Obado auf die Beine. In der Garage waren weitere Sanitäter an der Arbeit. Einer der angeschossenen Leibwächter wurde unter den wachsamen Augen eines Elitepolizisten verarztet. Der Lieferwagen und der gepanzerte Range Rover waren übersät mit Schusslöchern. Durch das Garagentor flackerten die blauen und roten Stroboskoplichter der Einsatzwagen.

Draußen auf dem Vorplatz herrschte reger Betrieb. Die Einsatzkräfte hatten die Garage beim Stürmen mit zwei Wagen blockiert und dem Boss den Fluchtweg abgeschnitten. Verschiedene Polizeiautos, drei Ambulanzen, zivile Fahrzeuge und ein Feuerwehrauto. Funkgeräte knisterten. Blitzlichter leuchteten. Polizisten zogen Absperrbänder.

Winter fragte den Sanitäter: »Wo sind wir eigentlich?«

»Oberhalb von Gstaad.«

Der Nobelkurort im Berner Oberland bot nicht nur erstklassige Hotellerie und Sternerestaurants, sondern auch ein angenehmes Steuerklima. Eine ideale Basis für die Tarnfirmen der Drogenbande und ihren verwöhnten Statthalter.

Winter winkte zwei ehemaligen Enzian-Kollegen zu, die mit hochgestecktem Daumen antworteten. Er folgte ihrem Blick. Der blasierte Drogenboss saß schmollend in einem Streifenwagen. Einer der Polizisten spottete: »Der Feigling verschanzte sich im Range Rover.«

Einer weniger. Aber wahrscheinlich würde bald ein anderer seinen Platz einnehmen, die Tentakel würden nachwachsen, und das Spiel würde von vorne beginnen. Doch das ging ihn nichts mehr an. Der Sanitäter steuerte auf eine Ambulanz zu. Auf einer der beiden Pritschen lag bereits der alte Marokkaner. Handschellen und ein Polizist in Uniform der Gstaader Wache stellten sicher, dass er sich nicht aus dem Staub machte. Der Sanitäter verstaute den Rettungskoffer. »Rein mit euch!« Winter und Obado kletterten hinein. Der Sanitäter stieg als Letzter ein, zog die Türen zu und rief seinem Kollegen in der Kabine zu: »Abfahrt!«

Winter schluckte eine Schmerztablette und schwieg. Der Adrenalinspiegel sank, und die Müdigkeit kroch in seine Glieder. Es war ein langer Tag gewesen.

Er musterte den alten Marokkaner, der mit nacktem Oberkörper, Notverbänden und geschlossenen Augen reglos vor ihm lag. Die Sanitäter mussten ihm ein starkes Beruhigungsmittel gespritzt haben. Seine Brusthaare waren angegraut. In einem früheren Leben, bevor er sich für die dunkle Seite entschieden hatte, war er wahrscheinlich einmal Bauer, Bauarbeiter oder Hirte gewesen.

Der Sanitäter hatte sich halb aus seiner Jacke geschält und textete. Obado hatte seinen Kopf zurückgelehnt und die Augen geschlossen. Gute Idee.

Zwei Stunden später fuhren sie auf das Gelände des Inselspitals. Zwei Ärzte, zwei Krankenschwestern und zwei uniformierte Polizisten der Berner Kantonspolizei erwarteten sie. Eine halbe Stunde später war der alte Marokkaner sicher verstaut, Obados Kopf und Winters Arm geröntgt. Der Service in der sicheren Spezialabteilung war bedeutend speditiver als bei seiner letzten Kontrolle. VIP-mäßig. Verbrecher müsste man sein.

Winter rieb sich den Hals mit dem frischen Pflaster. Er saß mit neu bandagiertem Arm, gerichtetem Gestänge und einer vollen Schachtel starker Schmerzmittel neben Obados Bett. Eine Krankenschwester prüfte dessen Temperatur. Ein Arzt mit einem Röntgenbild in der Hand erklärte, dass Schädel- und Kieferknochen in Ordnung seien, aber aufgrund der Reibung Inflammationsgefahr bestehe, und er unter Beobachtung bleiben müsse.

Obado lag erschöpft in den Kissen und ließ die Behandlung über sich ergehen. Wahrscheinlich war er schon länger nicht mehr so umsorgt worden. Allerdings war seine rechte Hand mit Handschellen ans Bett gefesselt. Der Uniformierte vor der Zimmertür hatte darauf bestanden. Direkter Befehl von Habermas.

Die Tür fiel hinter dem Arzt und der Schwester zu.

Obado hob die Hand mit der Handschelle, spannte sie und blickte Winter vorwurfsvoll an.

Winter stand auf. »Ich habe nicht versprochen, dass Sie freikommen. Nur, dass ich Ihnen helfe. Schlafen Sie sich aus, und morgen sehen wir weiter.«

»Ich bin unschuldig. Wirklich!«

»Das sagen alle.« Er war zu müde für eine Diskussion und klopfte zum Abschied auf die Bettstatt. »Bis morgen.«

Obado warf Winter einen flehentlichen Blick zu und sagte mit tiefer Stimme: »Ich weiß, wie Frau Berger umgebracht wurde. Ich habe die Mordwaffe.«

9. Januar 22:10

Winter setzte sich wieder. Obado lag tief in den Kissen und starrte an die Decke. Sie schwiegen und warteten, bis einer die Stille brach. Nach einer Weile sagte der Sudanese zur Spitaldecke: »Frau Berger wurde erschlagen.«

Winter beugte sich vor, um Obados verbeultes Gesicht besser zu sehen. »Und?«

»Mit einer Katze. Aus Ägypten.«

»Einer Sphinx?« Winter konnte sich das nicht so recht vorstellen. Ein gesticktes Kätzchen mit Kulleraugen. Ja. Aber eine Sphinx? Das passte nicht zu Frau Berger. Da erinnerte er sich an den Abdruck in der Gobelin-Matte auf dem Büfett.

Obado sagte: »Ja, genau.«

»Wie die in Kairo?«

»Nein, nein, nicht eine liegende, sondern eine sitzende Katze. Schlank. Nicht so fett wie die Katzen hier.« Obado wollte die Figur der Katze mit den Händen nachzeichnen, doch die Handschelle hinderte ihn. Eine Sphinx. Fatima, eine ägyptische Freundin von Winter, hatte ihm einmal erklärt, dass die alten Ägypter glaubten, die Sphinx erwürge alle, die ihre Rätsel nicht lösen konnten. Unwissenheit war schon damals unerträglich gewesen.

»Und wo ist diese Sphinx jetzt?«

Obado drehte den Kopf. »Sobald ich frei bin, sage ich es Ihnen.«

»Das funktioniert mit mir nicht. Wir sind hier nicht auf dem Basar.«

»Sie haben mir schon einmal versprochen zu helfen, und ich bin trotzdem angekettet.« Er rüttelte an den Handschellen.

»Es ist nicht mein Entscheid.« Mit diesem Argument tönte er wie der Luzerner Beamtenpolizist.

»Dann sage ich Ihnen auch nicht, wo die Statue ist.« Obado presste trotzig die Lippen zusammen.

»Warum haben Sie die Statue mitgenommen?«

»Ich weiß nicht. Ich hatte Angst. Sie lag auf dem Boden, ich bin darüber gestolpert, und da habe ich sie aufgehoben.«

Winter wartete, doch Obado starrte stur an die Decke. Vielleicht führte ein Umweg zum Ziel. »Über was haben Sie mit Frau Berger eigentlich so geredet?«

»Das Wetter. Den Schnee. Die Leute im Block haben Dreck eingeschleppt und die Böden verschmutzt.«

»Willkommen in der Schweiz.« Und nach einer Weile: »Hatte sie Probleme?«

»Nein. Ich weiß nicht. Sie hat sich darüber beklagt, dass der Fahrstuhl kaputt war. Sie konnte fast nicht mehr gehen. Aber sie wollte wissen, woher ich komme.« Obado atmete ein paarmal. Die Decke über seinem Brustkorb hob und senkte sich. »Ich glaube, sie hatte keine Freunde.«

»Hat sie von ihren Kindern erzählt?«

»Nein. Wie viele Kinder hat sie denn?«

»Drei. Zwei Töchter und einen Sohn.«

»Bei uns kümmern sich die Kinder um die Eltern und Großeltern.«

»Und Sie? Haben Sie selbst Kinder?«

Obado wandte sich ab. Seine Stimme vibrierte. »Ja, zwei kleine Mädchen.«

Winter studierte das markante Gesicht mit den geschlossenen Augen, der breiten Nase, den Narben und den geschwungenen Lippen mit der Schramme. Es war schwierig, die Gesichtszüge des liegenden Schwarzen zu lesen, aber Winter hatte den Eindruck, Trauer zu sehen. Wahrscheinlich war seine Familie im Sudan zurückgeblieben. Wahrscheinlich hatte er schon lange nichts mehr von ihnen gehört und Angst, dass ihnen im Bürgerkrieg etwas zustoßen würde.

Die beiden Männer schwiegen.

Winter fragte: »Hatte Frau Berger Besucher?«

»Ich weiß nicht.« Dann fügte Obado an: »Es könnte sein, dass sie jemanden erwartet hat.«

Die Heilige Familie wurde von den Heiligen Drei Königen besucht, Frau Berger vom Bankberater und von Obado. »Wie kommen Sie darauf?«

»Sie hat sich fein gemacht.«

»Fein gemacht?«

»Ja, mit Parfum. Als ich das letzte Mal mit ihr sprach, roch sie nach Parfum.«

Als Winter Frau Berger gefunden hatte, war das Parfum definitiv verflogen gewesen. Die Leiche hatte in der muffigen Wohnung bereits angefangen, faulig zu riechen. »Und das ist Ihnen aufgefallen?«

»Ja, viel Parfum. Sie hatte einen«, Obado überlegte einen Moment, »sie hatte sonst einen speziellen Geruch.« Er rümpfte die Nase.

Interessant. »Okay, es wird langsam spät, und ich bin müde. Sagen Sie mir nun bitte, wo die Sphinx ist, und ich werde mich für Sie einsetzen.«

Obado blickte Winter an. »Und Sie helfen mir wirklich?«

»Ja, aber ich kann Ihnen nicht versprechen, dass Sie freigelassen werden. Was ich versprechen kann, ist, dass ich mich für die Wahrheit einsetze.« Und dann fügte er an: »Meine Bank hat gute Rechtsanwälte. Die können helfen.«

»Erst wenn ich wieder frei bin.« Die Handschellen rasselten.

»Je länger Sie warten, desto verdächtiger machen Sie sich. Aber das geht mich nichts an. Früher oder später wird die Polizei die Mordwaffe finden. Es geht schließlich um Mord.

»Nein.« Obado schloss die Augen.

Winter klopfte sich auf die Oberschenkel und stand auf. »Wie Sie wollen.« Man konnte das Pferd zur Tränke führen, aber saufen musste es selbst. »Gute Nacht.« Er schloss die Tür, nickte dem wachhabenden Polizisten mit der Illustrierten zu und ging durch die Korridore des Spitals.

Das Zögern Obados war verständlich. In seiner Lage hätte er seine Trümpfe auch nicht aus der Hand gegeben. Winter war müde und gleichzeitig hellwach. Musste am Cocktail aus Adrenalin und Medikamenten liegen. Und etwas nagte in seinem Hinterkopf. Eine vage Idee war vorhin kurz aus der Tiefe des Bewusstseins aufgetaucht und dann wieder verschwunden. Wie ein Delphin, der nach Luft schnappte und sofort wieder untertauchte.

Bei den Fahrstühlen stand ein Verpflegungsautomat, der Winter daran erinnerte, dass er während des ganzen Tages nichts gegessen hatte und hungrig war. Er warf ein paar Münzen ein und ließ ein Mars heraus. Während die Kalorienbombe einschlug, beobachtete er, wie Krankenschwestern ein Spitalbett manövrierten.

Sein Appetit kam mit dem Essen, weshalb er dem Automaten noch ein Snickers und eine PET-Flasche Cola entlockte. Doch auch der zweite Schokoladenriegel brachte die Idee nicht zurück. Die Süßigkeiten lockten den Delphin nicht an die Oberfläche. Vielleicht erinnerte er sich nach einer Nacht Tiefschlaf daran.

Eine der Fahrstuhltüren öffnete sich. Ein halbes Dutzend erschöpfter Krankenschwestern wanderte an ihm vorbei. Schichtwechsel. Winter fuhr nach unten.

War es etwas, was Obado gesagt hatte? Er trank Cola und stellte sich vor, wie Frau Berger und Obado vor dem Fahrstuhl zusammen plauderten. Über das Wetter, den kaputten Fahrstuhl, das Haus. Ein ungleiches Paar.

Halt: zurückspulen. Konnte es das sein?

Hatte er die Sphinx irgendwo im Haus versteckt? Heute Nachmittag waren sie im Block von Bernadette Berger durch den Keller gegangen. Hatte die Polizei den durchsucht?

Die Fahrstuhltür öffnete sich, und ein Mann mit Dreitagebart rollte umständlich einen fahrbaren Tropf herein.

Eine blutige Sphinx war auffällig, erweckte Verdacht. Obado hatte die Mordwaffe nach seinem grausigen Fund reflexartig aufgehoben und erst im Fahrstuhl realisiert, dass er die Statue in den Händen hielt? War er damit in den Keller gefahren und hatte sie dort entsorgt? Schließlich kannte er sich dort aus.

Ping. Winter trat aus dem Fahrstuhl, ging durch den Spitalempfang und nahm ein Taxi.

9. Januar 23:04

In Bethlehem stapfte Winter zum zweiten Mal an diesem Tag durch das Schneefeld zwischen den Blöcken. Um diese Zeit brannten weniger Lichter. Die Blautöne der Fernseher dominierten, die Schneeburg war nur noch eine Ruine und die Tür geschlossen. Kein Holzkeil.

Winter drückte mit der flachen Hand wahllos ein paar Klingelknöpfe. Er wartete. Irgendwer würde die Tür schon öffnen. Es summte, und er stieß die Tür auf. Penetranter Zitronenduft schlug ihm entgegen.

Er bestellte den Fahrstuhl, trank Cola und schaute sich um. Die weißen Plastikstühle in der Eingangshalle waren verwaist. Zweihundertsechzehn Wohnungen. Zum Glück wohnte er nicht in diesem Kaninchenstall. Die gesprayte »031« prangte übergroß auf den Briefkästen.

Sein kleiner Delphin schnappte nach Luft. Briefkästen.

Konnte es so einfach sein? Er schaute die Colaflasche an. Cola kam von Kokain. Aufputschmittel. Winter stellte die PET-Flasche auf einen der Plastikstühle.

Vielleicht hatte Obado die Statue nicht im Keller, sondern in einem der bewirtschafteten Milchkästen zurückgelassen. Er begann mit ausgestreckter Hand den Milchkästen entlangzufahren: Howarth, Mathys, Rampa, Ziorjen, Orlik, Hostettler, Benayat, Pawlowski, Holzer, Cornamusaz, Croci, Uthayakumar, Brun, Souza, Bettschen, Stokar, Bestetti, Nef, Faval, Khachatryan, Koerschgens, Mischler, Kahanek.

Winter kniff die Augen zusammen, begann von vorne und öffnete der Reihe nach alle Milchkästen. Es war erstaunlich, was alles darin verstaut war. Werbesendungen, eine verrostete Fahrradpumpe, kleine Plastikschneeschaufeln, Handschuhe, eine aufgerissene Packung Kondome, halb volle Spraydosen, Bierflaschen, ein vergessenes Weihnachtspaket, ein komplett angegrautes Brot. Kein Wunder, dass Obado ein solch starkes Putzmittel verwendete.

Aber keine Sphinx.

Nach hundertacht Milchkästen wandte sich Winter der gegenüberliegenden Wand zu.

In der zweitobersten Reihe im sechsten Milchkasten eines gewissen R. Machar fand Winter die Sphinx. Die gleiche Schrift wie auf dem Kasten des Kulturministers. Wahrscheinlich war auch Machar ein sudanesischer Minister.

Winter trat zur Seite und studierte seinen Fund.

Die schlanke Katze aus Granit glänzte im Neonlicht. Die Sphinx sah ihn mit undurchdringlichen Augen an. Ihre angelegten Ohren liefen spitz zu. Um den Hals trug sie ein breites Halsband, eine Art Schultercape. Ägyptische Zeichen säumten den Sockel. Sie war etwa dreißig Zentimeter hoch und aus rötlichem, glatt geschliffenem Granit mit dunkelbraunen Einschlüssen.

Vielversprechende Oberfläche für Fingerabdrücke.

Winter beugte sich vor. Es bestand kein Zweifel, dass es sich um die Tatwaffe handelte, denn am blutverschmierten Sockel klebten graue Haare.

Er rief Habermas an.

»Habermas.« Fahrgeräusche im Hintergrund.

»Hallo. Ich bin's, Winter. Wo bist du?«

»Auf der Heimfahrt.«

»Nimm die Ausfahrt nach Bethlehem.«

»Warum sollte ich?«

»Ich habe die Mordwaffe gefunden. Eine Sphinx.«

»Verarsch mich nicht.«

»Ich stehe hier vor ihr.«

»Wo?«

»Sie ist in einem Milchkasten im Block der Berger.«

»Ich komme.« Pause. »Eine Sphinx, hast du gesagt?«

»Eine kleine ägyptische Statue. Obado hat sie in einem der unbenutzten Milchkästen zurückgelassen.«

»Ich habe es dir gesagt. Der Kerl ist schuldig.«

»Glaube ich nicht. Er hat mir ohne Daumenschrauben davon erzählt. Er sagt, er habe sie gefunden, als er Frau Berger das Mineralwasser brachte.«

»Der Kerl hat gewusst, dass wir die Tatwaffe früher oder später finden. Der wollte uns zuvorkommen.«

»Vielleicht.«

Winter legte auf und setzte sich auf einen Plastikstuhl. Er bewegte die Finger des gebrochenen Arms. Während der Suche hatte er den Schmerz vergessen. Die Wirkung der Tabletten begann nachzulassen. Müde lehnte er sich zurück. Der billige Stuhl spreizte ächzend seine Beine.

Einer der Fahrstühle fuhr langsam nach oben.

Die Zugseile schlugen aneinander.

Hatte Obado ihn an der Nase herumgeführt? War er ihm mit der Geschichte zuvorgekommen? Sein Bauchgefühl sagte, dass der Sudanese unschuldig war. Für wen hatte die Berger sich parfümiert? Für Schütz oder einen Unbekannten? Die Statue passte nicht in ihre Wohnung. Winter kratzte seinen Arm und hoffte, dass das Rätsel der Sphinx ihn nicht wie in der ägyptischen Sage erwürgen würde. Aberglauben. Sein Hals war ausgetrocknet. Oder doch ein Kern Wahrheit. Unsinn. Er trank einen Schluck Cola.

Winter klaubte sein Mobiltelefon hervor. Während der Warterei konnte er wenigstens seine Nachrichten ausmisten. Hodel erkundigte sich nach dem Verlauf der Operation. Die Office-Managerin der Zürcher Bankfiliale bat um einen Besprechungstermin. Winter tippte: »Melde mich später. Bin noch krankgeschrieben.«

Der Fahrstuhl hielt an. Stille.

Dann setzte er sich wieder in Bewegung.

Eine Einladung zu einer Konferenz über Cyberterror in München. Vielleicht. Spam. Super Sparangebot der Hilton-Hotelkette. Rundordner. Ungeöffnet in den virtuellen Papierkorb. Dafür öffnete sich die Tür des Fahrstuhls. Winter schaute auf. Zwei Männer in dicken Wintermänteln, Schals und schweren Schuhen traten heraus. Dunkle Hautfarbe. Tamilen. Sie hielten inne und nickten Winter stumm zu.

Winter setzte sich auf und brummte: »Guten Abend.«

Der Ältere lächelte freundlich. »Guten Abend.« Der Jüngere stieß die Tür auf. Ein kalter Wind drang herein. Die Tür schloss sich wieder, und die beiden Gestalten verschwanden hinter dem milchigen Sicherheitsglas.

Das Mobiltelefon in seiner Linken vibrierte. Eine SMS. Von Maira. »Hallo, Winter. Helen Macedo/Berger noch nicht gefunden, auch nicht auf Passagierlisten. Aber eine Kerstin Berger hat im Hotel do Canal übernachtet. Verwandt? M.«

Kerstin Berger, die Enkelin der Ermordeten?

Winter textete mit der Linken ungelenk zurück: »Hallo, Maira, danke!!! Geburtstag und Adresse von Kerstin Berger? TW«.

Ein paar Sekunden später vibrierte das Mobiltelefon wieder. Keine Adresse, kein Geburtstag, nur ein Jahrgang. Die Reisende war einunddreißig. Der Name »Kerstin Berger« kam nicht allzu häufig vor. Zufall? Eher nein. Die Enkelin mit den Ringen an den Zehen musste auf den Azoren gewesen sein. Das Alter passte jedenfalls.

Eine weitere SMS: »Hallo, Winter. Wie geht es dir? Hattest du einen guten Tag? Vermisse dich. xxx M.«

Winter lehnte sich mit wohliger Wärme ums Herz zurück und seufzte. Obwohl er Maira auch vermisste, würde das auf diese Distanz nie funktionieren. Vielleicht sehnte er sich auch nur nach Zweisamkeit. Was sollte er zurückschreiben? Sollte er ihr überhaupt schreiben?

Zwei dunkle Gestalten tauchten hinter dem Milchglas auf. Eine rund, die andere schmal. Habermas und sein Assistent. Dick und Doof. Winter steckte das Telefon in die Tasche und stand auf.

10. Januar 03:37

Winter war wieder unter einer Schneemasse bedeckt. Es war dunkel, er atmete schwer, er konnte sich nicht bewegen, sein Arm schmerzte. Irgendwo in der Ferne klingelte durch den dichten Nebel seines Bewusstseins ein Telefon. Langsam stieg Winter aus dem Tiefschlaf zurück in die Realität seines Schlafzimmers und schälte sich mühsam aus der Bettdecke.

Sein Telefon lag neben dem Bett und klingelte unerbittlich.

Gestern war er erst heute ins Bett gekrochen. Habermas hatte auf einer formalen Aussage bestanden.

Winter drehte seinen Kopf. Der Wecker zeigte 03:38. Er befreite seinen schmerzenden Arm, wälzte sich zum Bettrand und tastete nach dem Mobiltelefon. Von Tobler. Was wollte sein Chef um diese Zeit? Er nahm den Anruf entgegen. »Winter am Apparat.«

Er schluckte, um seine belegte Stimme zu befreien.

»Endlich!« Von Toblers Bariton hallte. »Das hat ja eine Ewigkeit gedauert.«

»Ich war im Tiefschlaf. Es ist drei Uhr morgens. Wo sind Sie?«

»Chicago. Der verdammte Anschlussflug der Swiss hat Verspätung. Der Swissair wäre das nicht passiert.« Von Tobler hielt nichts von Entschuldigungen. Er hatte die Bank nicht aufgebaut, indem er nett war. Winter blinzelte in die Dunkelheit. Um vollständig aufzuwachen, musste er Zeit gewinnen. »Wie waren die Ferien?«

»Ich mache keine Ferien.«

»Oh, ich dachte, Sie seien in Aspen?«

»Ja, mit Kunden und wegen des Steuerstreites. Aber ich rufe Sie an, weil ich gehört habe, dass Sie wieder für die Polizei arbeiten. Das ist ein No-Go! Klar?«

»Verstanden.« Wenn von Tobler einen Anfall von Befehlsgewalt hatte, machte es keinen Sinn, ihm zu widersprechen. Dann blieb nur Hacken zusammenknallen, salutieren und abwarten, bis es vorbei war. Trotzdem konnte Winter es nicht unterlassen, sich zu rechtfertigen. »Für meine Arbeit sind gute Beziehungen mit der Polizei aber wichtig.«

»Dazu müssen Sie sich nicht beinahe erschießen lassen.«

Von Tobler war besser informiert, als Winter gedacht hatte. Lahm erwiderte er: »Das ist aus der Situation heraus entstanden. Immerhin haben wir einen Drogenring ausgehoben und –«

»Papperlapapp. Wir regeln das morgen. Vierzehn Uhr in meinem Büro.«

»Sie meinen, heute?« Der Chef hatte schon aufgehängt. Chicago war im Gestern, Europa sechs oder sieben Stunden im Vorsprung. *Back to the future.*

Winter ließ das Telefon sinken, schloss die Augen und wollte wieder einschlafen. Sein Herz klopfte. Die Lawine. Er hob das Telefon wieder und prüfte seine Nachrichten. Er wollte nicht an die Lawine denken. Die letzte SMS war die von Maira. War Kerstin Berger tatsächlich auf den Azoren gewesen? Und wenn ja, was hatte die Enkelin der Erschlagenen dort gewollt?

Die alten Holzbalken seines Hauses knarrten.

Sollte er am Morgen Maira anrufen? Irgendwie fürchtete er sich davor. Der Kontakt via SMS war einfacher. Er erinnerte sich an ihren warmen Körper und legte seinen gesunden Arm in den Nacken. Am besten beschränkte er sich auf das Professionelle.

Durch die Schlafzimmertür sah er Mondlicht ins Wohnzimmer scheinen. Seine Augen gewöhnten sich ans schwache Licht. Die Konturen des Ofens und seiner Kommode zeichneten sich ab. Die Sphinx war auf dem Büfett der Berger gestanden. Sie passte nicht in die Wohnung mit den kitschigen Gobelin-Stickereien. War es Zufall, dass der Mörder die Katzenstatue als Waffe benutzt hatte? Der Schlag auf den Kopf deutete auf eine spontane Tat hin. Der Mörder hatte sich im Affekt die Sphinx gegriffen.

Warum dann noch die Nadel ins Auge? Das hatte etwas Persönliches. Er glaubte nicht an die Voodoo-Theorie. Die Nadel verlangte Präzision. Wie ein Stilett. Es war nicht einfach, mit einer Nadel und voller Kraft ein Auge zu treffen. Die Präzision sprach gegen eine Tat im Affekt.

Oder wollte der Mörder mit der Nadel einfach sicherstellen, dass die Berger tot war? Doppelt genäht hält besser. Vielleicht hatte die Berger nach dem Schlag mit der Statue noch gelebt, sich noch bewegt. Obado hatte gesagt, die Sphinx habe am Boden gelegen. Vielleicht hatte der Mörder sie fallen lassen und dann mit der Nadel nachgelegt.

Winter stand auf und ging nackt, ohne Licht zu machen, in die Küche. Der Boden war kalt und weckte weitere Lebensgeister. Ans Spülbecken gelehnt, trank er ein Glas Wasser. Wie hingen die Toten zusammen? Hingen sie überhaupt zusammen? Der in den Siebzigern karamellisierte Bäcker war nur ans Tageslicht gekommen, weil Obado oder ein anderer, seltener Besucher die Berger erschlagen und erstochen hatte.

Wahrscheinlich hatten Hodel und von Tobler recht. Der Mord an Frau Berger hatte nichts mit dem Tod ihres zweiten Ehemannes zu tun und ging ihn nichts an.

Die rote Anzeige des Backofens blinzelte ihm zu: 04:02.

Wie war der Bäcker in seinen Backofen gekommen? Morgen würde er die alten Berichte lesen und versuchen, etwas Licht in den Letzten Willen der Berger zu bringen.

Was hatte die Berger bewogen, ein solches Testament zu hinterlassen? Sie war eine einsame, verbitterte alte Frau gewesen, die sich entschieden hatte, den Missbrauch ihres Ehemannes an ihren eigenen Kindern zu verschweigen. Kein Wunder, lebten ihre Kinder weit weg. Kein Wunder, hatte das Geheimnis sie innerlich zerfressen.

Das Dilemma musste furchtbar gewesen sein. Kinder oder Ehemann. Wahrscheinlich war es am Anfang unvorstellbar gewesen. Wahrscheinlich war es zuerst nur eine Ahnung gewesen. Wahrscheinlich hatte sie sich eingeredet, dass nicht war, was nicht sein durfte. Wahrscheinlich wollte sie ihrem Ehemann gegenüber loyal sein. Bis dass der Tod euch scheidet. Und irgendwann war es für sie zu spät geworden, das Schweigen zu brechen. Wollte sie mit dem Testament eine letzte Bürde ablegen? Beichten?

Zuerst hatte sie ihren Ehemann, dann ihre Kinder verloren.

Beide Ehemänner. Das Vermögen stammte vom ersten Ehemann, der sein Leben bei einem Unfall in Italien verloren hatte. Hatte Hodel wenigstens gesagt. War die Berger eine Schwarze Witwe, die wie die Spinne ihre Männchen nach der Kopulation verspeiste?

Ein kalter Schauder lief Winter über den Rücken. Haarige Spinnen konnten das.

Er füllte das Glas, ging nachdenklich ins Wohnzimmer und schaute aus dem Fenster. Bei den Bäumen am Rande seines Gartens hatte er Tiger beerdigt. Das war bereits eine Ewigkeit her. Wenigstens hatte es gestern die Katzenmörder erwischt. Winter fragte sich, ob der Hase wieder an Tigers Grab gewesen war. Er verwarf den Gedanken. Man sollte Tiere nicht vermenschlichen. Wahrscheinlich war der Hase mehr an den Küchenabfällen auf dem Kompost interessiert.

Der Schnee glitzerte auf den Feldern. Wie ein Scherenschnitt hoben sich die schwarzen Konturen des Waldes vom dunkelblauen Sternenhimmel ab. Bei einem solch klaren Himmel musste es deutlich unter null Grad kalt sein. An der Außenseite der Fensterscheibe hatten sich Eisblumen gebildet.

Normalerweise liebte er die Einsamkeit der Nacht. In der Stille konnte er seinen Gedanken freien Lauf lassen. Die schemenhaften Umrisse lenkten seine Augen nicht ab. In der Nacht erschien ihm die Welt einfacher und klarer. Die Zeit verging langsamer.

Aber heute funktionierte das nicht. Zu viel Chemie, zu wenig Schlaf. Der Schmerz kroch dumpf vom Handgelenk über den Ellbogen in seine Schulter und in seinen Kopf.

Er fröstelte. Die Wärme des Bettes war verflogen.

Vielleicht würde ein Whisky helfen, wieder einzuschlafen.

Sollte er sich eine neue Katze kaufen? Im Frühling vielleicht? Maira. Die Snowboarder und die Lawine. Das Messer des Marokkaners in seinem Hals. Das Pflaster war noch da. Er rollte seine Schultern, um den Schmerz zu vertreiben. Sein Körper war vom Lawinenunglück, der Reiserei und der gestrigen Schießerei erschöpft, aber sein Hirn lief ununterbrochen auf Hochtouren.

An Schlaf war nicht mehr zu denken.

Winter leerte das Glas und ging zurück in die Küche. Wenn er nicht schlafen konnte, dann wollte er die Zeit wenigstens produktiv nutzen. Er setzte Kaffee auf, steckte zwei Brotscheiben in den Toaster und zog sich an. Dann kaute er im Mondlicht lustlos seine Toasts. Die Schmerzmittel hatten nicht nur den Appetit, sondern auch seinen Geschmackssinn beeinträchtigt. Aber er wusste, dass er nur funktionierte, wenn er genügend Kalorien zu sich nahm. Und wahrscheinlich würde es wieder ein langer Tag werden.

Nachdem er die Toasts mit Kaffee hinuntergespült hatte, zog er Jacke und Stiefel an und trat in die eisige Kälte hinaus. Mit dem Ärmel wischte er ein Sichtfenster in die vereiste Frontscheibe des Audis. Das Innere war kalt, das Steuerrad eisig. Fröstelnd drehte er Heizung und Ventilation voll auf. Sein feuchter Atem beschlug die kalten Scheiben.

Er manövrierte rückwärts aus dem Vorplatz auf die schmale Straße. Kein Verkehr. Gestern war während des Tages an einigen Orten Schmelzwasser auf die Straße geflossen, das jetzt zu Glatteis gefroren war. Eine kleine Unaufmerksamkeit würde genügen, um in einem Graben zu landen und erbärmlich zu erfrieren.

10. Januar 05:22

Die Stadt war fast ausgestorben. Als Winter aus dem Parkhaus trat, stieg kalter Nebel von der Aare hoch. Er kroch zwischen die Häuser und schluckte die Schritte. Einzig das Kratzen eines Schneepflugs durchbrach die gedämpfte Stille. Wahrscheinlich schob er vor dem Bundeshaus zum x-ten Mal eine dünne Schneeschicht weg. Feine Flocken umschwärmten die Straßenlampen und tanzten in den Lichtkegeln. Die Restaurants entlang des Bärenplatzes lagen noch im Dunkeln, einzig beim Asiaten brannte schon Licht.

In den Lauben hallten Winters Schritte. Der Motor der elektrischen Tür zur Bank summte. Warme Luft schlug ihm entgegen. Im Büro schaltete er den Computer ein und begann, den alten Polizeibericht über den Tod des zweiten Ehemanns von Frau Berger auszudrucken. Hundertzweiundachtzig Seiten.

Während der Drucker röchelnd zu arbeiten begann, weckte Winter die Kaffeemaschine, die mit einem kreischenden Mahlen und einem kurzen, unflätigen Gurgeln gegen den frühen Arbeitsbeginn protestierte.

Mit dem Espresso in der Hand schaute Winter zu, wie der Drucker Seite um Seite ausspuckte: Die alten, noch mit Schreibmaschine getippten Berichte waren wohl vor dem Digitalisieren bereits mehrmals kopiert worden. Jedenfalls lagen einige Texte schräg in der Landschaft, und die handschriftlichen Aktennotizen waren kaum mehr leserlich.

Die Berichte des Tatortverantwortlichen, des leitenden Polizisten, Interviews, Befragungen, der Befund des Gerichtsmediziners, eine Stellungnahme des Ofenherstellers und ein Gutachten des technischen Dienstes.

Winter legte einen Stapel warmer Ausdrucke aufs Pult.

Dann kam der Anhang mit den Fotos. Der Drucker reproduzierte unbeeindruckt den Mord des Bäckers und warf Foto um Foto aus. Ruckelndes Daumenkino. Der grausige Fund im Zeitraffer.

Zuerst kamen verblichene Farbfotos eines Hauseingangs mit

Briefkästen und einem Treppenhaus. Dann eine halb geöffnete Tür in einen Hinterhof, dahinter Sommerlicht und eine Wäscheleine. Die engen Treppenstufen hinunter in die Backstube mit schmalem Korridor und zwei weiteren Türen. Hier musste die Toilette sein, in der sich Brigitte als Kind nach dem Missbrauch jeweils waschen musste.

Übersichtsfotos der Backstube voller Polizisten und unfertiger Backwaren aus verschiedenen Perspektiven. Eine bildfüllende Seitenansicht des matt glänzenden, mannshohen Industrieofens, eine Frontalansicht des zusammengekrümmten Bäckers im Ofen. Nahaufnahmen der Beine, des verkohlten Rumpfs und des ausgelaugten Kopfs. Der heiße Guss der Kuchen aus dem obersten Gestell war auf ihn getropft. Siedend heiße Milch und Zucker. Karamellisiert.

Der Geruch musste bestialisch gewesen sein. Zum Glück war der Gestank nicht in den Akten.

Der Drucker spuckte ungerührt weitere Aufnahmen aus. Eine nach der anderen. Der Fotograf war näher rangegangen. Schwarze Augenhöhlen, eingefallene Nase, geschrumpfter Mund, Don-Martin-Füße, knochige Arme und Hände ohne Fingernägel.

Winter merkte, dass er den Atem anhielt.

Es folgten Detailaufnahmen des Ofens: verschmierte Plastikknöpfe, Temperatur- und Zeitanzeigen, ein Türgriff mit schwarzem Polyesterknauf, die Innenseite der Tür mit einem länglichen Fenster, ein schwarzes Kabel und eine Industriesteckdose. Eine Nahaufnahme des Kastens mit den Sicherungen neben der Toilette.

Der Espresso war lauwarm.

Der leere Ofen. Ein halb herausgezogenes Blech mit kleinen komplett verbrannten Kuchen. Eine Hand hielt eine durchsichtige Plastiktüte mit dem Ehering vor den offenen Ofen. Ein gelber Marker darin zeigte die Fundstelle. Daneben schwarze Rückstände und ein liegen gelassener Spachtel.

Winter schloss für einen Moment die Augen.

Mehr Fotos der Backstube fielen in die Druckerablage: eine halb volle Teigmaschine, ein zweiter Ofen, ein großer Kühlschrank, die Innereien des Kühlschranks, Bleche, Instrumente, volle Regale, Gestelle mit vorbereiteten Backwaren, ein schwerer Holztisch mit aufgereihten Gugelhopfen, eine Blechwanne mit Ausschuss und ein Abfallkübel, eine Vorratskammer mit Mehlsäcken und Gestellen mit Gläsern und Konservendosen.

Winters Vorstellungskraft konnte mit dem unerbittlichen Drucker nicht Schritt halten. Der brauchte keine Pausen. Nur ab und zu neuen Toner. Die nächste Bilderserie zeigte die gestreckte Leiche in grellem Licht. Winter erkannte am Metalltisch und an den Bodenplatten die bernische Gerichtsmedizin.

Zuerst Übersichtsfotos des Verkohlten. Die Leiche auf dem Rücken von oben und von allen Seiten, nochmals fünf Seiten mit dem Bäcker auf dem Bauch liegend. Herr Berger reihte sich nahtlos an Ötzi und den sarglosen Tutanchamun. Dann detaillierte Nahaufnahmen aller Glieder.

Kleider und Haut waren nicht mehr zu erkennen. Verbrannt. Verschmolzen. Eine Gürtelschnalle. Er sah trotz des zerfallenen Zustandes keine offensichtliche Stich- oder Schusswunde. Das Gesicht war eingefallen, das Gebiss prominent, die Augen nur noch dunkle Höhlen, das Fett von der Hitze weggeschmolzen.

Der Drucker schwieg.

Well-done.

Winter wollte etwas trinken, doch die Espressotasse war leer. Er stellte das Tässchen zur Seite. Sein kleines Büro fühlte sich stickig an. Er öffnete das Fenster und atmete tief ein. Kalte Luft, die nach abgestandenem Pizzafett roch, quoll aus dem finsteren Lichtschacht herein. Winter schloss das Fenster wieder.

Er lochte den Papierstapel, kramte aus einer Schublade einen leeren Ordner hervor, legte den Untersuchungsbericht darin ab und setzte sich damit aufs Ledersofa. An den Tod konnte er sich nicht gewöhnen. Mit dem Nacken auf der Rückenlehne schloss er die Augen und versuchte sich den Tathergang vorzustellen. Für den ersten Eindruck hatte er nur eine Chance. Und der war wegen des bereits angesammelten Halbwissens auch schon kompromittiert.

Zuerst die Fakten. Herr Berger war karamellisiert in seinem Industriebackofen gefunden worden. Der Bäcker war gemäß

Brigitte und Rolf ein Pädophiler gewesen, der seine eigenen kleinen Kinder missbraucht hatte.

War er schon tot gewesen, bevor ihn jemand im Ofen verstaut hatte? Winter blätterte zur Zusammenfassung des Obduktionsberichts. Keine Wunden, Tod durch Verbrennung, Lunge voller Rauchpartikel. Der Bäcker hatte im Ofen noch gelebt. Er hatte verbrannte Teile von sich selbst eingeatmet.

Winter schloss die Augen wieder.

Das bedeutete, dass er, während er schmorte, durchs Türfenster in die Backstube sehen konnte. Hatte der Mörder davorgestanden und zugeschaut? Hatten sich Bäcker und Mörder in die Augen geschaut? Hatte der Bäcker versucht, die Tür von innen aufzustemmen?

Die Fotos der Türinnenseite zeigten keine Kratzspuren, keine Dellen, nur Ruß- und Fettflecken. Die Stellungnahme des Herstellers und des technischen Dienstes beschrieben die doppelwandige Tür, die wegen der Isolation und der Hygiene aus zwei massiven Stahlplatten bestand, zwischen denen wie in einem Sandwich ein komplexer Kunststoff eingeklemmt war.

Die Tür des Ofens konnte von innen weder geschlossen noch geöffnet werden. Unfall und Selbstmord waren ausgeschlossen. Die Spezialisten hatten das an einem Ausstellungsmodell selbst getestet. In gewundener Sprache konnten die Experten einzig einen assistierten Selbstmord nicht vollständig ausschließen.

Winter studierte die Großaufnahme des Hebels, mit dem die schwere Tür verriegelt wurde. Am Ende des etwa dreißig Zentimeter langen Griffs steckte eine schwarze Polyesterkugel, die Winter an eine Billardkugel erinnerte.

Die Forensik hatte am Knauf und an den verschmierten Knöpfen des Ofens Fingerabdrücke gefunden. Alle der teilweise stark verschmierten Abdrücke in der Backstube konnten der Bäckersfamilie zugeordnet werden. Ein fremder Täter musste Handschuhe getragen haben. Die Substanz an Griff und Bedientableau wurde vom Labor als Kuchenteig identifiziert: Eier, Mehl, Zucker und geriebene Nüsse. Keine Überraschung.

Die Experten wiesen in ihrem Gutachten zudem darauf hin, dass die Tür auch schallisoliert war. Hilferufe waren außerhalb des

Ofens nur noch schwach zu hören. Auch das hatten die Experten getestet. Wohnung und Laden waren durch drei Türen getrennt. Frau Berger hatte während der Tatzeit im Laden bedient und ausgesagt, dass sie sich zwischendurch um die im Hinterhof zum Trocknen aufgehängte Wäsche gekümmert habe. In der Backstube war sie an diesem Tag nicht gewesen. Das Reich war geteilt gewesen. Er unten in der Hitze, sie oben im Laden.

Das Inventar zeigte, dass aus der Backstube nichts gestohlen worden war. Jedenfalls konnte Frau Berger keine fehlenden Gegenstände identifizieren. Die Kasse war im Laden und wurde täglich geleert. Es hatte im Vorfeld auch keine Drohungen gegeben. Die Schulden der Familie Berger bewegten sich im üblichen Rahmen. Die Zinsen wurden bezahlt. Ein Raubmord wurde als Motiv ausgeschlossen.

Eine Skizze des Grundrisses analysierte Zugänge und mögliche Fluchtwege. Der oder die Täter konnten die Backstube entweder durch den ungesicherten Hauseingang des Mehrfamilienhauses oder den Hinterhof erreichen. Die Türen waren nicht abgeschlossen und standen gemäß Aussagen der Hausbewohner zur Belüftung des Treppenhauses öfter offen.

Winter überflog die Befragungen der Hausbewohner: Niemand hatte etwas Verdächtiges gesehen. Die Kunden der Bäckerei gingen ein und aus. Die Familie war immer sehr nett. Niemand hatte einen Streit zwischen den Eheleuten bemerkt. Die Kinder des Hauses hatten miteinander gespielt. Keine Klagen. Es war praktisch, eine Bäckerei im Haus zu haben. Der Geruch des frischen Brotes war angenehm.

Eine handschriftliche Ergänzung besagte, dass mehrere Nachbarn wegen der Sommerferien nicht unmittelbar nach der Tat befragt werden konnten.

Eine acht Jahre später eingefügte Aktennotiz wies darauf hin, dass der nachmalige Besitzer der Bäckerei offiziell um eine Baubewilligung ersucht hatte. Er wollte den Laden mit einem Tea-Room aufwerten. Getippt mit einer elektrischen Schreibmaschine. Fortschritt.

Zu diesem Zeitpunkt war der Fall bereits seit Langem schubladisiert, und die Verantwortlichen waren pensioniert. Die Polizei hatte nie jemanden verhaftet, die Staatsanwaltschaft nie jemanden angeklagt. Frau Berger hatte die Bäckerei verkauft und war umgezogen.

Winter ließ den Ordner sinken.

Von den Kindern war in den Berichten nur am Rande die Rede. Vom Missbrauch kein Wort. Es gab keine Hinweise darauf, dass die Kinder während der Untersuchung verdächtigt wurden. Hatte Frau Berger geschwiegen? Nachvollziehbar. Als Ehefrau hatte sie den Missbrauch ihres Mannes toleriert, und als Mutter schützte sie ihre Kinder. Das Weibchen verteidigt den Nachwuchs um jeden Preis. Zur Not mit dem eigenen Leben. Frau Berger hatte ihr ganzes Leben lang geschwiegen und mit ihrer Einsamkeit einen hohen Preis dafür bezahlt.

Ihre Mitschuld musste sie innerlich zerfressen haben.

Das erklärte, warum Frau Berger die Fotos in der Pendüle versteckte. Sie konnte den Anblick ihrer Familie nicht ertragen. Doch das erklärte nicht, wie ein kleines Kind seinen Vater in einen Industrieofen sperren konnte.

Der Duft frischer Croissants stieg Winter in die Nase. Im Türrahmen stand Schütz mit einem Papiersack voller Croissants. »Wie wär's?«

»Nein danke. Heute nicht.«

Schütz zuckte die Schultern und verschwand, der Duft der Croissants blieb hängen.

10. Januar 14:02

»Winter, das ist eine Katastrophe!« Von Tobler knallte den Stapel mit den Zeitungsberichten über die Schießerei in einem Gstaader Chalet auf die Tischplatte. »Ich bin enttäuscht von Ihnen. Wie konnten Sie sich für eine solch hanebüchene Aktion hingeben? Solche Kamikaze-Ausflüge gefährden nicht nur die Bank, sondern auch Ihren Job.«

Von Tobler tigerte in seinem Büro auf und ab. Um seiner Standpauke Nachdruck zu verleihen, klopfte er unterwegs mit den Knöcheln auf seinen Schreibtisch. Wenn von Toblers Stimme nicht so tief gewesen wäre, hätte man ihn glatt für hysterisch halten können. Zum Glück war die Tür ins Vorzimmer geschlossen und schallgedämpft.

»Die Aktion war mit Herrn Hodel –«, warf Winter ein.

»Interessiert mich nicht. Sie rapportieren direkt an mich. Ich dulde keine Querschläger.«

»Ich dachte –«

»Sie dachten gar nichts. Das ist Ihr Problem. Ich habe Ihnen deutsch und deutlich befohlen, den Nachlass der Berger rasch und vor allem diskret zu regeln.«

Die Knöchel des Chefs mussten künstlich sein. Oder der Häuptling empfand keinen Schmerz. Trotz der Bräune aus Aspen und des Fluges in der ersten Klasse hatte er dunkle Ringe unter den Augen. Interkontinentalflüge hatten diese Nebenwirkung. Winter versuchte, seinen cholerischen Vorgesetzten mit einem Lächeln zu besänftigen, doch dieser hatte sich warm geredet. »Grinsen Sie nicht so blöd!«

Winters Geduldsfaden begann langsam, aber sicher zu reißen, aber er beherrschte sich. »Es tut mir leid. Ich kann Sie verstehen. Letzte Nacht habe ich auch nicht viel geschlafen.«

»Mein Schlaf geht Sie nichts an.«

In Winters Geduldsfaden rissen ein paar weitere Fasern. »Ich dachte, es sei meine Pflicht, gute Beziehungen mit den Behörden zu pflegen. Immerhin konnten wir einen Drogenring ausheben.«

Von Tobler atmete hörbar ein. Blut stieg in seinen Kopf. Ein sich füllender Heißluftballon richtete sich auf. Er donnerte: »Ihre Pflicht ist es, meine Bank zu schützen, nicht, sie in die Schlagzeilen zu bringen! Sie leben offenbar hinter dem Mond. Haben Sie die Zeitungen von heute denn nicht gesehen?« Von Tobler griff sich ein Blatt mit rotem Layout und zitierte: »›Banker als Lockvogel‹!«

Winter schluckte leer, schwieg und versuchte seinen Geduldsfaden nicht weiter zu strapazieren. Die Zeitungen hatte er heute wegen des karamellisierten Bäckers ganz vergessen.

Von Tobler kam auf ihn zu, tätschelte mit der flachen Hand die Frontseite und hielt sie eine Handbreit vor Winters Augen. »Auf *das* können wir definitiv verzichten!« Ein großes, etwas unscharfes Bild zeigte Winter beim Verlassen des Chalets, ein kleines den Eingangsbereich der Bank mit gut sichtbarem Logo.

»Das war nicht meine Absicht. Da hat einer geschwatzt.«

Von Tobler warf die Zeitung zurück auf seinen Schreibtisch und nahm den Computerausdruck einer Online-Ausgabe mit grellorange markierten Stellen zur Hand. »›Wildwest im Steuerparadies – Pauschalbesteuerter Drogenboss verhaftet. Mehrere Tote‹. Und so weiter und so fort.«

Der Kommunikationsverantwortliche der Bank war ein Intimfeind Winters und hatte die Gelegenheit offenbar genutzt, ihn beim Chef anzuschwärzen. Da setzte man sein Leben aufs Spiel, nur um intern hinterrücks abgestochen zu werden. Die letzten Fasern seines Geduldsfadens drohten zu reißen.

Von Tobler polterte: »Unser Mann in Gstaad hat bereits besorgte Kundenreaktionen gemeldet. Ist Ihnen denn wirklich nicht bewusst, wie schädlich solche Schlagzeilen für unseren guten Ruf sind? Vertrauen ist alles. Gerade in Gstaad! Die Kunden sind wegen der Kommunisten im Parlament und dem Druck aufs Bankgeheimnis schon genug besorgt.« Knöchelklopfen. »Da kann schon ein einziger Tropfen das Fass zum Überlaufen bringen. Und weg sind sie.«

Winter fragte sich, wie lange es noch dauern würde, bis die von Tobler'sche Lokomotive genug Dampf abgelassen hatte. Er hörte diesen sagen: »Sogar die ›NZZ‹ hat über das Fiasko berichtet und unseren Namen genannt. Frechheit! Sie hätten mich wenigstens um eine Stellungnahme bitten können. Diese jungen Kerle haben einfach keinen Respekt mehr.«

Von Tobler setzte sich, griff zum Telefonhörer und wählte eine interne Nummer. Während er wartete, winkte er Winter mit normaler Stimme zur Sitzecke. »Setzen Sie sich endlich.« Winter platzierte sich in sicherer Distanz in einem der beiden kubischen Sessel vor dem schwarzen Ledersofa.

Von Tobler brummte in den Hörer: »Ich brauche dich.« Pause. »Ja, sofort. Wegen des Testaments der Berger.« Er legte auf und sagte zu Winter: »Ich will das vom Tisch haben.«

Er raffte die Zeitungsartikel zusammen, warf sie mit Verachtung in den Altpapierbehälter und lehnte sich zurück. »Sagen Sie, Winter, wie geht es Ihnen eigentlich? Sollten Sie sich mit Ihrem Arm nicht ein bisschen ausruhen?«

Winter hob sein Robocop-Gestell. »Es geht schon.«

Es klopfte, und Hodel trat ein. »Du wolltest mich wegen der Vollstreckung des Testaments von Frau Berger sprechen?«

Der Jurist trug wie sein Chef einen makellosen dunklen Anzug aus feinstem Stoff. Winter fragte sich, ob die beiden Freunde ihre Anzüge beim selben Schneider machen ließen.

»Ja. Ich gehe davon aus, dass du die Zeitungen gelesen hast?«

»Selbstverständlich.« Der groß gewachsene Hodel faltete sich in den zweiten Ledersessel und strich die Hosen glatt. »Unangenehme Sache, aber es war der einfachste Weg, um Winter vor einem längeren Aufenthalt in Untersuchungshaft zu bewahren.«

Von Tobler blieb auf dem Weg zum Ledersofa stehen. »Winter war in Untersuchungshaft?«

Hodel nickte.

Von Tobler breitete sich auf dem Sofa aus. »Erleuchtet mich.«

»Die Luzerner Kantonspolizei hat Winter gestern wegen Drogenhandels verhaftet. Zum Glück konnte ich bewirken, dass er nach Bern überstellt und dann freigelassen wurde.« Winter holte Luft und wollte protestieren. Doch Hodel beschwichtigte ihn. »Wir nehmen dich nur auf den Arm.« Aus den Augenwinkeln sah Winter unter Hodels Hakennase ein breites Grinsen.

»Wir lieben Ihre unkonventionellen Methoden«, ergänzte von Tobler jovial. Der Wutanfall von vorhin schien vergessen. Ernst fügte er an: »Aber vergessen Sie nicht, für wen Sie arbeiten. Der Tod von Frau Berger ist Sache der Polizei.« Mit parallel ausgestreckten Handflächen zeichnete von Tobler zwei separate Abteile in den Luftraum vor sich. »*Wir* kümmern uns ums Testament.«

»Das ist mir klar. Aber es könnte sein, dass das eine mit dem anderen zusammenhängt.«

»Hat die Polizei nicht diesen Neger verhaftet?« Von Tobler war alte Schule und hielt nichts von politischer Korrektheit, außer natürlich im Umgang mit reichen Kunden.

Winter antwortete: »Ja, aber ich glaube nicht, dass der Sudanese Frau Berger umgebracht hat. Er hat ihr beim Einkaufen geholfen. Er war einfach im falschen Moment am falschen Ort.«

Hodel warf ein: »Der Staatsanwalt hat sich übrigens heute Morgen bei mir gemeldet. Offenbar hast du Obado unsere Rechtshilfe angeboten. Er will einen Deal machen.«

Von Tobler verwarf die Arme. »Auch das noch. Wir sind verdammt noch mal kein Hilfswerk.«

»Versprochen habe ich ihm nichts, aber ich musste ihn ein wenig ködern. Immerhin hat er mich auf die Tatwaffe hingewiesen, die uns vielleicht zu Frau Bergers Mörder führt.«

»Vielleicht, vielleicht«, äffte von Tobler Winter nach, »Sie müssen sich auf das Wesentliche konzentrieren. Ich will nur eines wissen: Welches der drei Kinder hat seinen Vater entsorgt?«

»Ich weiß es nicht. Die älteste Tochter, Helen, die auf den Azoren lebt, ist verschwunden. Wir haben nur ihre Jacke in einem Vulkankrater gefunden. Wahrscheinlich ist sie tot. Unfall, Selbstmord oder eventuell sogar Mord. Die zweite Tochter, Brigitte, die in Nürnberg wohnt, hat Krebs und sagt, dass sie von ihrem Vater missbraucht wurde. Bernadette Berger war übrigens an ihrer Firma beteiligt und saß formell im Aufsichtsrat.«

Hodel nickte, und von Tobler fragte: »Was ist mit ihrem Sohn? Der hat doch Drogen genommen und ist in London abgestürzt?«

»Rolf Berger lebt mittlerweile in Manchester und arbeitet in einem Dancing. Er hat tatsächlich mehrere kleinere Drogendelikte auf dem Kerbholz. Und er hasst seine Mutter, weil sie beim Missbrauch wegschaute und sich später, als er Geld brauchte, nicht anpumpen ließ. Theoretisch können es alle drei gewesen sein.«

»Aber konkrete Anhaltspunkte haben Sie keine?«

»Nein, die Polizei hat schon damals nichts gefunden. Und nach so langer Zeit ist es noch schwieriger. Außer eines der Kinder gesteht die Tat. Rolf und Brigitte haben beide mit einem Geständnis kokettiert. In Nürnberg hatte ich sogar einen Moment lang den Eindruck, Brigitte Berger habe gebeichtet. Aber wahrscheinlich waren das nur der Alkohol und die verdrängten Erinnerungen an den Missbrauch. Oder der Krebs. Der soll ja die Perspektive verändern.«

Von Tobler massierte sich die Stirn. »Was würde ein Geständnis strafrechtlich eigentlich genau bedeuten? Der Mord ist doch längstens verjährt?«

Hodel dozierte: »Ja. Die Verjährungsfrist für Mord beträgt bei uns dreißig Jahre. Aber es war sowieso kein Mord. Strafrechtlich hätte ein Geständnis keine Konsequenzen.«

»Dann vollstrecken wir das Testament so schnell wie möglich. Wir tun einfach so, als ob es die Azoren-Tochter gewesen war. Wenn ich Winter recht verstanden habe, gibt es in der Familie keinen Zusammenhalt, das heißt, die beiden anderen Geschwister werden das Erbe stillschweigend unter sich aufteilen.«

Winter fragte: »Und die Wahrheit? Wo bleibt die?«

Von Tobler lächelte mitleidig. »Die ist dehnbar.«

»Ein warnendes Wort.« Hodel beugte sich vor und hielt seine Hand in die Höhe. »Helen Macedo-Berger ist nur verschwunden. Bis sie für tot erklärt wird, kann es Jahre dauern.«

»Wo kein Kläger ist, ist auch kein Richter. Ganz einfach.« Von Tobler klopfte sich auf die Oberschenkel, als gratuliere er sich zu seiner Lösung. »Wir müssen einfach sicherstellen, dass die Depots weiterhin bei uns bleiben.«

Winter war nicht einverstanden. »Mir geht das zu schnell. Vielleicht ergeben sich neue Erkenntnisse, wenn wir die Geschwister zusammenbringen.«

»Geschwindigkeit ist ein Schlüssel zum Erfolg«, blaffte von Tobler. »Von mir aus können Sie es ja bei der Testamentsvollstreckung noch einmal versuchen. Ich will das Thema schnell vom

Tisch haben. Dann können wir uns wieder dem Wesentlichen zuwenden.« Dem Geldverdienen.

»Und was ist, wenn eines der Kinder seine Mutter erschlagen hat?«

Hodel lehnte sich kopfschüttelnd zurück. »Da sehe ich weit und breit kein Motiv. Frau Berger wäre eher früher als später sowieso gestorben.«

»Der Täter hat vielleicht im Affekt gehandelt.« Erschlagen mit einer Sphinx und dann zielgerichtet abgestochen mit einer Nadel.

Von Tobler sagte: »Winter, lassen Sie den Unsinn. Bis jetzt habe ich nichts gehört, was eine solche Behauptung auch nur annähernd rechtfertigen würde.«

»Der Sohn war über Weihnachten verschwunden. Seine Frau hat ihn rausgeschmissen. Er hat Schulden und braucht dringend Geld. Zudem hat er zugegeben, dass er seine Mutter hasste. Für mich sind Motiv, Gelegenheit und Mittel gegeben.« Winter streckte dabei Daumen, Zeige- und Mittelfinger.

»Beweise?«, fragte Hodel.

»Bis jetzt keine, aber ich kann das klären.«

Von Tobler sagte: »Nein. Diese Hypothese ist mir viel zu weit hergeholt. Die Spuren am Tatort zeigen, dass es der Sudanese war. Überlassen Sie das Ihren ehemaligen Kollegen.«

»Obado ist unschuldig.«

»Und ich bin der Papst. Lassen Sie es!«

»Vielleicht war es die Enkelin«, hörte sich Winter sagen und musste sich eingestehen, wie lächerlich er tönte. »Sie hat mich angelogen. Sie hat abgestritten, auf den Azoren gewesen zu sein. Die Daten der portugiesischen Polizei beweisen das Gegenteil.«

»Und? Die Menschen lügen dauernd, ansonsten würden wir uns die Köpfe einschlagen. Die Lüge ist eine zivilisatorische Errungenschaft.«

»Warum sollte sie lügen?«

»Keine Ahnung«, sagte von Tobler mit einer wegwerfenden Handbewegung, nur um ironisch anzufügen: »Vielleicht hat sie auch ihre Tante aus dem Weg geräumt.«

»Geben Sie mir noch etwas Zeit.«

»Nein!« Von Tobler schnitt die Luft zur Beendigung der

Diskussion mit einem Handkantenschlag entzwei. »Sagen Sie Schütz, er soll die Vollstreckung organisieren. Nächste Woche hier in Bern. Klar?«

Obwohl Winter nicht einverstanden war, sagte er: »Mache ich.« Er wollte nicht die Hand beißen, die ihn fütterte. Vernünftigerweise hatten von Tobler und Hodel natürlich recht. Doch etwas ließ ihn nicht in Ruhe. Er ärgerte sich. Über sich, dass er nichts Handfestes gefunden hatte. Über den juristischen Kniff. Über seine Schmerzen. Als er sah, dass die beiden Anzüge ihm zunickten, stand er auf und verabschiedete sich.

Einen Stock tiefer fand er Schütz hinter seinem Computer. Er klopfte an dessen Türrahmen. »Hast du einen Moment Zeit?«

»Immer.« Schütz lehnte sich zurück.

»Der Chef hat mich vorhin zu sich zitiert. Er will das Testament so schnell wie möglich vollstrecken. Ich darf dir ausrichten, dass du das organisieren darfst.«

»Hast du herausgefunden, wer's war?«

»Nein, aber von Tobler will es unter den Teppich kehren. Er geht davon aus, dass es die auf den Azoren verschollene Tochter war. Er meint, wo kein Kläger sei, sei auch kein Richter. Hauptsache, die Depots bleiben bei uns.«

»Und das hast du einfach so geschluckt?«

Schütz war nicht nur einer der besten Kundenberater, sondern auch ein guter Menschenkenner und so etwas wie ein Freund. Winter zuckte mit den Schultern. »Ich habe versucht, Zeit zu schinden, aber der Alte war nicht umzustimmen.«

»Schwamm drüber.«

»Wahrscheinlich hat er recht.«

»Wie immer.« Schütz grinste.

»Er hat mir die Zeitungsartikel der gestrigen Schießerei um die Ohren gehauen. Hast du von deinen Kunden etwas gehört?«

»Nein. Bis jetzt hatte ich keine Reaktion. Ich würde das nicht überbewerten. Viele Leute lesen gar keine Zeitung.«

Winter erinnerte sich an die Croissants. »Und sorry wegen heute Morgen, aber ich hatte wirklich keinen Appetit.«

»Schon vergessen.«

»Ich war gerade dabei, die Akten aus den siebziger Jahren zu studieren. Der Bäcker wurde während ein bis zwei Stunden in seinem Ofen gebacken.«

Schütz rümpfte die Nase und verzog sein Gesicht zu einer angewiderten Grimasse. »Lieber du als ich.«

»Noch etwas anderes. Es ist eine komische Frage. Hat Frau Berger bei ihrem jährlichen Beratungsgespräch jeweils Parfum getragen oder nicht?«

»Das ist tatsächlich eine komische Frage.« Schütz rollte seinen Bürostuhl zurück und berührte mit den Fingerspitzen der gefalteten Hände seine Nasenflügel. »Ich formuliere es einmal diplomatisch: Sie hatte eine Ausdünstung, die nicht immer meinem persönlichen Geschmack entsprach.«

»Das beantwortet meine Frage.«

»Wie kommst du überhaupt darauf?«

»Obado meinte, dass sie sich parfümiert hat.«

»Für ihn?«

»Nein, für einen Besucher.«

»Und das hat den Spürhund in dir geweckt.«

»Den Schweißhund.«

Spanien – Provinz Huelva, Lepe

Als Tijo im Schuppen die Schläuche schulterte, schlug der zerzauste Kettenhund an. Seine lange Kette ratterte am Drahtseil über dem Hinterhof hin und her. Dann jaulte er kläglich. Der Angolaner hatte den Köter in die Eier getreten. Gegen den spanischen Vorarbeiter, der sie wie Leibeigene behandelte, konnten sie sich nicht wehren. Stattdessen quälten einige Arbeiter ab und zu seinen Hund.

Der lausige Köter war noch ärmer dran als Tijo und die anderen Afrikaner. Sie hatten zwar keine Ketten um den Hals, aber auch keine Papiere und erhielten etwa fünf Euro pro Tag. Manchmal. Gerade genug, um nicht zu verhungern.

Besser dran waren die offiziellen marokkanischen Frauen. Sie hatten Zeitarbeitsverträge, verdienten bis zu zwanzig Mal mehr als zu Hause und schliefen in Baracken. Allerdings mussten sie ihre Kinder in Marokko zurücklassen, als Garantie für ihre Rückkehr. Noch besser ging es den Rumänen und Polen mit europäischen Verträgen. Am besten hatten es die Einheimischen, die in schmucken Häuschen wohnten. Oft verdienten sich spanische Arbeitslose neben dem Arbeitslosengeld schwarz etwas dazu.

Tijo war das egal. Es war nur eine Zwischenstation.

In Melilla hatte er durch die Drehtür Europa erreicht. Nach dem Grenztunnel war alles schnell gegangen. Auf dem Warenumschlagplatz hatte die Cousine seines marokkanischen Kontaktmannes mit dem Kinn auf einen Lastwagen gezeigt. Im Chaos war er eingestiegen und hatte dem Fahrer beim Ausladen der Bündel geholfen. Danach hatte dieser wortlos die Türen verriegelt, und es wurde dunkel. Erst nach der schaukelnden Überfahrt und ein paar Stunden Fahrt waren die Türen wieder entriegelt worden.

Auf einem staubigen Autobahnrastplatz hatte ihn der Vorarbeiter mit seinem fensterlosen Lieferwagen übernommen und ihn später am Rande eines dürren Pinienwaldes ausgesetzt. Er hatte zuerst auf die schäbigen Plastikhütten der Illegalen und dann auf seine Uhr gezeigt. »Mañana, seis. Claro?«

Tijo hatte genickt. Der Auspuff hatte eine stinkende schwarze Rauchwolke ausgestoßen, als der Lieferwagen auf dem holprigen Feldweg davongeschwankt war.

Die Chabolas, die Hütten der Illegalen, waren windschiefe Gestelle aus Abfallholz, zusammengehalten von verschnürten Plastikplanen. In der Abenddämmerung war Tijo auf die improvisierten Feuerstellen mit den dunklen Gestalten zugegangen. Sie hatten ihm aus einem Kanister lang ersehntes Wasser angeboten und ihm erklärt, dass sie im Hinterland von Lepe bei Huelva, im südwestlichen Zipfel Spaniens nahe der portugiesischen Grenze, waren.

Der Vorarbeiter lebte drei Kilometer entfernt.

Aus den Augen, aus dem Sinn.

Tags darauf hatte Tijo auf dem Weg zur Arbeit zum ersten Mal die glänzenden Tunnel der Treibhauskulturen gesehen. Wie eine unwirkliche Weltallkolonie reihten sich Plastiktunnel an Plastiktunnel. Hunderte, Tausende. In der künstlichen Mondlandschaft wuchs das »rote Gold Spaniens« heran, die Erdbeeren für Europas Supermärkte.

Im Herbst hatten sie in mühsamer Handarbeit die Erdbeersetzlinge in den sandigen Boden gesteckt. Siebzigtausend Pflänzchen pro Hektar, hatte der Sklaventreiber geprahlt. Tijos Rücken schmerzte tagelang. Auf den Behältern sah er, dass ein kalifornischer Industriebetrieb die Setzlinge in den USA gezüchtet hatte.

Seither mussten die Erdbeeren immer wieder gedüngt und mit Chemie besprüht werden. Die Setzlinge waren herangewachsen, hatten geblüht und begannen jetzt endlich ihre süßen Früchte zu tragen. Im Februar hatte die Ernte begonnen. Je früher, desto besser. Ein bis zwei Körbchen pro Pflanze.

Nun schien mit jeder Woche die spanische Sonne stärker. In den mannshohen Plastiktunneln wurde es immer heißer. Die Erdbeeren mussten täglich bewässert werden, das Wasser von immer weiter her herangepumpt werden. Deshalb mussten sie die schweren schwarzen Schlauchelemente für die Leitungen auch immer weiter durch den verdorrten Pinienwald schleppen.

Fluchend schlurften Tijo und der Angolaner durch das ausgetrocknete Bachbett hinter der Plantage. Seit den sintflutartigen Regenfällen im Winter hatte die Dürre hier tiefe Spalten in den Boden gefressen. Sogar die Kakteen waren gelb geworden.

Aus der Schlucht weiter oben in den nahen Hügeln stieg schwarzer Rauch. Die anderen waren dabei, Abfall und alte Plastikplanen zu verbrennen. Tijo hoffte, dass sie die besten für die Ausbesserung der Hüttendächer auf die Seite gelegt hatten.

Wieder im Pinienwald, folgten sie einem sandigen Graben. Die bereits ausgelegten Schlauchelemente schlängelten sich wie eine Riesenschlange durch den Wald. Die Boa endete bei einem Dickicht, wo sie die letzten Schlauchelemente zu Boden gleiten ließen.

Ein paar Vögel flatterten davon.

Im Gestrüpp vor ihnen versteckte sich einer der Brunnen, mit denen das Grundwasser illegal angezapft wurde. Der Vorarbeiter hatte ihnen eingeschärft, die Schläuche nach dem Zusammenschrauben mit Sand und Nadeln zuzuschütten. Auf keinen Fall durfte man die Leitungen von den Feldwegen und Feuerschneisen aus sehen.

Das konnte warten. Der Angolaner kratzte sich im Schritt und schlenderte lässig davon.

Verschwitzt setzte sich Tijo auf den mit trockenen Nadeln bedeckten Waldboden und lehnte sich an einen Baumstamm. Niemand zu sehen. Der Vorarbeiter war am Morgen mit dem rostigen Lieferwagen davongefahren.

Hier im Wald war es still, friedlich und schattig. Nach einer Weile begannen unsichtbare Grillen zu zirpen. Im Licht über dem Dickicht schwirrten Mücken. Eine fette, grünblau schimmernde Libelle studierte ihn neugierig und flitzte dann davon. Geschäftige Ameisen wanderten in einer Kolonne an seinen Füßen vorbei.

Tijo öffnete den Bauchbeutel und wickelte vorsichtig seine Familienfotos aus der Plastiktüte. Mit den Fingerkuppen streichelte er zärtlich Yaya und Nafy. Er vermisste sie so sehr. Tijo schloss die Augen. Zum Glück hatte er sich hier bewährt. Bald würde er mit einem der gekühlten Lastwagen nach Norden fahren.

23. Januar 18:44

Winter verließ die schützenden Lauben und eilte zwischen zwei roten Linienbussen über die Straße. Fette, feuchte Schneeflocken seiften den Boden mit dreckigem Schneematsch ein. Die Weihnachtssterne über der Gasse waren verschwunden. Durch eine Reihe abgestellter Fahrräder erreichte er den anderen Gehsteig. Alle waren in Eile, alle wollten schnell auf den Zug, nach Hause in die Wärme, vor den Fernseher. Zu ihren Familien.

Er war auf dem Weg zu Familie Berger, zum Rest der Familie Berger. Für die Eröffnung des Testaments hatte Schütz sie im Hotel Bristol beim Bahnhof einquartiert. Gemäß Schütz waren heute Nachmittag Rolf aus Manchester und die krebskranke Brigitte aus Nürnberg eingeflogen. Der portugiesische Ehemann von Helen würde erst am späten Abend eintreffen.

Die automatische Schiebetür öffnete sich. Auf der rauen Matte reinigte er die Schuhe. Der Hotelempfang war nur ein enger Korridor mit zwei Kunstlederstühlen und einer seitlichen Rezeption aus hellem Holz. Nasse Fußspuren führten zu einem Treppenaufgang und einem Fahrstuhl. Hinter der Theke mit dem Postkartenständer erhob sich ein junger Mann mit gewellten schwarzen Haaren und einer Uniform aus einem anderen Zeitalter. »Guten Abend, der Herr. Haben Sie ein Zimmer gebucht?«

»Nein. Ich bin mit Gästen verabredet. Rolf und Brigitte Berger. Könnten Sie ihnen ausrichten, dass ich da bin?«

»Ihr Name bitte?«

»Winter.«

Der Concierge tippte auf dem Computer herum und griff zum Telefon. »Herr Berger? Guten Abend. Herr Gurrieri vom Empfang. Ein Herr Winter ist da.« Und nach einer Pause sagte er: »Gut. Danke. Ja, ich richte das aus. Auf Wiederhören«, und zu Winter: »Sie kommen gleich. Bitte nehmen Sie Platz.«

»Danke.« Winter setzte sich.

Auf einem Tischchen lagen Hochglanzbroschüren von Bern-Tourismus. Der Concierge war hinter der Theke verschwunden. Winter hörte nur noch das Klappern der Computertastatur.

Er schaute auf die Uhr.

Zwei Wochen waren seit der Schießerei und von Toblers Zusammenschiss vergangen. Die Presse hatte das Thema zwar bald wieder fallen gelassen, doch Winter war seinem Chef seither aus dem Weg gegangen. Von Tobler war weniger an der Wahrheit als am Abschluss des Falls interessiert. Der Alte hatte entschieden. Punkt.

Obwohl Winter das Gefühl hatte, erst an der Oberfläche gekratzt zu haben, musste er sich eingestehen, dass die Chancen, auf neue Erkenntnisse zu stoßen, eher klein waren.

Leonie hatte im Archiv verstaubte Akten ausgegraben. Hodels Handschrift und Formulierungen waren schon früher eloquent, aber nicht besonders vielsagend gewesen. Er hatte fein säuberlich mehrere Termine dokumentiert, an denen er der Berger vorgeschlagen hatte, einen Teil ihrer Sandoz-Aktien zu verkaufen und ihr Risiko besser zu verteilen.

Emotionale Verblendung hatte Hodel ihre Sturheit genannt.

Die gleiche Geschichte, die Schütz erzählt hatte.

Ende der Sechziger hatte Herr Berger zudem in einem umständlich formulierten Brief angefragt, ob die Bank freundlicherweise eine Hypothek gewähren könnte. Er wollte eine größere Bäckerei kaufen und diese umbauen. Die Bank hatte das Gesuch mit einer fadenscheinigen Begründung »höflichst« abgelehnt.

Minutenlang hatte Winter auf die krakelige Unterschrift des karamellisierten Bäckers gestarrt und sich irrigerweise gefragt, ob er darin die pädophilen Gräueltaten erkennen konnte.

Eine Notiz von Schütz zur Überführung der Sandoz-Aktien in die von Novartis. Alle Aktien wurden nach der Fusion von 1996 gewandelt. Winter war selbst ins Archiv gestiegen. Aber auch er konnte keine zusätzlichen Unterlagen mehr finden.

In der leisen Hoffnung auf ein Geständnis durch eines der Kinder hatte er den Bergers angeboten, am Abend vor der Testamentseröffnung in ungezwungenem Rahmen gemeinsam essen zu gehen. Bald würde er die beiden so unterschiedlichen Geschwister zum ersten Mal zusammen sehen.

Gestern hatte Winter sich endlich durchgerungen, Maira anzurufen. Er hatte den Anruf von seinem Büro aus getätigt, und sein Herz hatte einen Sprung gemacht, als sich Capitão Maira Teixeira meldete. Er hatte sie sofort nach dem Stand der Ermittlungen gefragt. Teixeira hatte seine Fragen offiziös beantwortet und am Schluss einfach aufgelegt.

Die Leiche der ältesten Schwester Helen war noch immer nicht gefunden worden. Der schlammige Kratersee war von Spezialisten ohne Resultat durchkämmt worden. Aber Teixeiras Recherchen bestätigten, dass Kerstin auf den Azoren gewesen war. Einen Tag vor Helens Verschwinden hatte sich Kerstin im Hotel do Canal beim Hafen von Horta angemeldet.

Die Glastür ging auf, und ein kühler Windstoß fegte durch den Empfang. Ein älteres schwarzes Paar schüttelte einen riesigen Schirm aus. Er steckte in einem Regenmantel und einem piekfeinen Anzug. Diplomat oder sonst ein Funktionär. Sie trug unter einem durchsichtigen Regencape bunte Kleider, diverse Einkaufstaschen und einen imposanten Hintern, der dem Heck eines Clio in nichts nachstand. Der Concierge tauchte für einen Moment auf und reichte den Zimmerschlüssel. Französisch parlierend stiegen die beiden in den Fahrstuhl.

Obado war letzte Woche aus der Haft entlassen worden.

Als Winter von Habermas wegen der Schießerei in Gstaad formell einvernommen worden war, hatte dieser ihm erzählt, dass keine Zweifel bestanden, dass die Sphinx die Mordwaffe war. Haar und Blut gehörten eindeutig zu Frau Berger.

Einzige Neuigkeit waren die unbekannten Fingerabdrücke, die neben denjenigen von Frau Berger und Obado gefunden worden waren. Sie waren in keiner der Datenbanken verzeichnet und für eine DNA-Analyse leider nicht geeignet.

Danach war es für Hodel einfach gewesen, mit dem Staatsanwalt eine Vereinbarung auszuhandeln: Obado wurde wegen mangelnder Beweislage und weil er bereit war, im Verfahren gegen die Drogenbande als Kronzeuge auszusagen, vorläufig auf freien Fuß gesetzt. Allerdings musste er sich zur Verfügung halten. Je nach Kooperationsbereitschaft würde der Staatsanwalt die Anklage zu einem späteren Zeitpunkt wieder aufnehmen oder ganz fallen lassen. Hodel hatte die Abmachung in juristisches

Kauderwelsch gegossen. Obado saß nun frei, aber arbeitslos in seinem kleinen Zimmer.

Allerdings war Habermas weiterhin von Obados Schuld überzeugt und ließ ihn überwachen. Auf Winters Nachfrage hatte Habermas zugegeben, dass sich die Forensik-Experten aufgrund der Anordnung der Fingerabdrücke auf der Statue nicht festlegen wollten, ob der Unbekannte oder Obado zugeschlagen hatte.

Während des langen Lunches nach der kurzen Einvernahme hatte Habermas gestenreich illustriert, wie schwierig es war, nachträglich Form und Einschlagswinkel der Tatwaffe zu bestimmen. Der Mörder hatte mindestens drei Mal zugeschlagen. Die komplizierten Frakturen des Schädelknochens ließen aber keine eindeutigen Rückschlüsse mehr zu. Das Loch im Kopf war zu groß. Die Fingerabdrücke und das mehrmalige Zuschlagen bestätigten Winters Annahme, dass es sich um einen Affekt handelte. Die Nachspeise, Pannacotta mit Waldbeeren, hatte ihn an die herausquellende Hirnmasse erinnert.

Vielleicht würde er heute Abend mehr herausfinden.

Er lehnte sich zurück und streckte seine Beine. Draußen lag der graue Hochnebel wie ein Deckel auf der Stadt und drückte auf Winters Gemüt. Arm und Brustkorb schmerzten dumpf. Winter warf eine Tablette ein. In den letzten Tagen hatte er es aufgegeben, den Schmerz lange aushalten zu wollen, und begonnen, einfach eine Tablette einzuwerfen.

Die Tür des Fahrstuhls öffnete sich. Winter erkannte die Stimmen von Rolf und Kerstin.

23. Januar 19:32

Kerstin hatte offenbar ihre pflegebedürftige Mutter begleitet. Sie schien sich mit ihrem Onkel Rolf gut zu verstehen. Dieser trug denselben billigen Anzug wie in Manchester. Auch die Haare hatte das kleine Wiesel wieder zu einem Pferdeschwanz gebunden. Nur der schwarze Rollkragenpullover war einem violetten Hemd gewichen. Er kam mit schnellen Schritten auf Winter zu.

Kerstin Berger hatte mehr Stil und schlenderte gelassen hinter ihrem Onkel her. Sie trug mit Fell gefütterte Wildlederstiefel, modische Jeans und eine weiß glänzende, aufgeplusterte Jacke. Mit ihren langen Beinen und der Strickmütze überragte sie Rolf fast um einen ganzen Kopf. Die Menschen wurden immer größer; jedenfalls körperlich.

Rolf streckte die Hand aus. »Herr Winter, guten Abend. Ein Sauwetter heute.« Er linste an Winter vorbei nach draußen.

Winter roch den billigen Alkohol aus der Minibar und hob entschuldigend seinen bandagierten Arm. »Herr Berger, willkommen. Wir machen doch alles, damit Sie sich hier wie zu Hause fühlen. Ich habe extra englisches Wetter bestellt.«

»Haha, der Banker, *master of the universe.*« Rolf klatschte verlegen seine Hände zusammen.

Kerstin lächelte dünn. »Herr Winter.«

»Sind Sie gut gereist? Wie geht es Ihrer Mutter?«

Sie wackelte mit dem Kopf und verzog den Mund. »So lala. Meine Eltern ruhen sich ein bisschen aus. Sie haben dem Kleinen Zimmerservice versprochen. Pommes per Telefon.«

Winter fragte: »Dem Kleinen?«

Ein Kind hatte bisher niemand erwähnt.

»Jonas. Mein Sohn. Der lässt sich gerne von seinen Großeltern verwöhnen.« Sie lächelte. Diesmal charmanter, sagte aber nichts von einem Ehemann.

Rolf strich sich über seinen Pferdeschwanz. »Gegen einen kleinen Happen hätte ich auch nichts einzuwenden. Was ist der Plan? McDonald's? Bellevue? Babalu?«

Das »Babalu« gab's schon lange nicht mehr.

»Onkel Rolf hat recht. Wir haben ein Familientreffen. Das sollten wir feiern. Ab morgen hast du schließlich keine Geldsorgen mehr. Nicht wahr, Herr Winter?«

Winter fragte sich, wer von Bernadette Bergers Millionen wusste. Kerstin schien besser informiert zu sein als Rolf. Laut sagte er: »Dazu kann ich nichts sagen. Aber wenn es Ihnen recht ist, lade ich Sie ins ›Café Fédéral‹ ein. Die haben die besten Steaks der Stadt.«

Die beiden Bergers schauten sich an und nickten. Winter führte sie unter den Lauben Richtung Bärenplatz. Er wollte das Gespräch in Gang halten und fragte: »Wie ist es, wieder in Bern zu sein?«

Rolf sagte: »Komisch.«

Winter wandte sich Kerstin zu. »Und wie geht's mit Ihrer Forschung voran?«

»Es ist ein langer Weg. Wir nehmen es Phase für Phase. Schritt für Schritt. Aber ich will Sie damit nicht langweilen.«

»Wahrscheinlich würde ich es sowieso nicht verstehen. Ich bin froh, wenn alles funktioniert.« Winter schaute auf seinen Arm und fügte an: »Wie finanzieren Sie Ihre Investitionen eigentlich? Medizinische Forschung ist doch ziemlich kostspielig.«

»Zum Glück haben unsere Investoren viel Geduld. Die Beziehungspflege mit ihnen ist meine Aufgabe.« Ihre Großmutter war tot und hatte unendlich viel Geduld. Nichts über allfällige Geldsorgen. Natürlich nicht. Vorher war ein Bankrott immer unvorstellbar, danach immer unvermeidbar. Sie steckte die Hände in die offene Jacke und wechselte das Thema. »Und Sie? Ein waschechter Berner?«

»Mehr oder weniger.«

»Familie?«

Winter schüttelte den Kopf und fragte Rolf: »Und was machen Riley und die anderen? Immer fit und munter?«

»Okay.« Der vorgestreckte Unterkiefer des Mancunians besagte eher das Gegenteil.

»Konnten Sie das mit Ihrer Frau wieder einrenken?«

»Ja, Kathy hat sich beruhigt.«

Kerstin kommentierte: »Die Aussicht auf das Geld muss sie überzeugt haben.«

Winter warf Rolf einen Seitenblick zu. Er wirkte bedrückt. »Ich weiß nicht. Sie will einfach nicht, dass die Kinder ohne Vater aufwachsen.«

»Du hast's auch ohne geschafft. Oder?«

Rolf schnaubte verächtlich. Kerstin studierte die Schaufenster. Schweigend gingen sie nebeneinanderher. Jeder hing seinen Gedanken nach. Im vollen »Café Fédéral« bekamen sie einen Tisch im ersten Stock und bestellten drei Entrecotes Café de Paris mit Pommes frites. Kerstin wollte ihr Steak »blutig«, die Männer »medium«. Rolf flirtete mit der Kellnerin, machte auf Weinkenner und orderte mit dem Brunello di Montalcino eine Flasche am oberen Ende der Preisskala.

Sie stießen an. Kerstin auf die Zukunft, Rolf auf das Wiedersehen und Winter auf das Glück. Das konnte man immer gebrauchen. Dann erkundigte sich Kerstin nach den Ermittlungen.

»Da fragen Sie besser die Polizei, aber man hat die Tatwaffe gefunden. Eine ägyptische Sphinx.«

Kerstins Augen weiteten sich, und ihre Hand bedeckte Mund und Stupsnase. »Nein!«

»Tut mir leid.«

Rolf schwenkte augenscheinlich ungerührt sein Glas, nahm einen Schluck Brunello und fragte: »Sie meinen, sie wurde mit ihrer eigenen Statue erschlagen?«

»Scheint so. Das Ding ist etwa dreißig Zentimeter hoch, aus rötlichem Granit.«

»Das muss sie sein. Ich erinnere mich gut daran. Die Sphinx stand immer auf dem Büfett.«

»Wissen Sie, woher Ihre Mutter sie hatte?«

»Sie war stolz auf ihre Sphinx. Die stumme Katze, ein Halbgott, der alles weiß und über allem thront.« Rolf hob verächtlich sein Weinglas und stieß mit einem imaginären Gegenüber an. »Sie hat die Katze von ihrer ersten Hochzeitsreise aus Ägypten mitgebracht.«

Rolf schenkte sich nach.

Winter fokussierte Kerstin. »Wissen Sie, ob Frau Berger die Katze in ihrer Wohnung aufgestellt hatte?«

Rolf antwortete: »Weiß nicht.« Der Wein war wichtiger.

Kerstin legte ihre Stirn in Falten. »Ich glaube schon.«

Winter fragte: »Haben Sie Ihre Großmutter nicht ab und zu in Bethlehem besucht?«

»Doch, doch.« Winter hatte den Eindruck, dass Kerstin etwas anfügen wollte, sich dann aber anders besann und sich stattdessen schwungvoll die Serviette auf den Schoß legte. Der Salat mit den Nüssen wurde in einer großen Schüssel serviert. Rolf schöpfte für alle. Sie aßen schweigend.

Als die Salatteller abgeräumt wurden, zückte Winter den in der Pendüle versteckten Briefumschlag. Er war Frau Bergers Fotos mehrmals durchgegangen und hatte zwei ausgewählt. Er wollte die Reaktionen testen und hoffte, mit den Schnappschüssen etwas auszulösen. Zuerst zog er das Schwarz-Weiß-Foto von Bernadette Berger im Bikini hervor. »Darf ich Ihnen etwas zeigen?«

Während er das Foto mit dem vergilbten Rahmen umdrehte und zwischen seine Gäste legte, studierte er deren Gesichter. Beide senkten den Blick, beide Gesichtsausdrücke zeigten Überraschung, beide Oberlippen hoben sich ein wenig: Abneigung, Ekel? Was sahen sie? Mutter und Großmutter? Lachend, mit großem Strohhut irgendwo an einem italienischen Strand? Oder die schweigende Komplizin ihres pädophilen Ehemannes?

Rolf schaute zuerst auf. Er schluckte und fragte verärgert: »Von wo haben Sie das?«

»Aus der Wohnung Ihrer Mutter.«

Kerstin kräuselte die Stupsnase und kommentierte mit einem Pokergesicht: »Großmama im Badekleid. So habe ich sie nie gesehen.« Sie tupfte sich mit der Serviette die Lippen. »Man vergisst ganz, dass Großmama auch mal jung war.«

Winter nickte und wartete.

Rolf stellte das Glas ab und fixierte Winter. »Gehört das Bild nicht in den Nachlass?«

»Doch, doch. Behalten Sie es.« Winter schob das Foto ein paar Zentimeter Richtung Rolf, doch dieser wich automatisch zurück. »Nein, nein. Verbrennen sollte man das Zeug.«

»Nun sei mal nicht so, Rolf. Das ist doch interessant. Haben Sie noch mehr davon?«

Winter zog das zweite Foto hervor. Die Familie Berger in Farbe am Strand mit Sandburg. Auf diesem Foto machte Bernadette Berger ein Gesicht, als hätte sie gerade in eine saure Essiggurke gebissen. Sie stand mit sich anbahnender Cellulitis neben einem hölzernen Liegestuhl, auf dem sich ihr Mann in enger Badehose breitgemacht hatte. Sein Bauch war gerötet, und seine Beine ragten überdimensioniert ins Bild hinein. Die Mädchen kauerten vor ihm, hatten sich bunte Plastikkessel auf den Kopf gesetzt und schnitten Grimassen. Der kleine Rolf stand mit einer Schaufel verloren daneben und schaute als Einziger nicht in die Kamera.

Rolf warf einen schnellen Blick auf das Foto, lehnte sich dann demonstrativ zurück und verschränkte wie sein Vater auf dem Bild die Arme.

Kerstin nahm das Foto auf. »Der süße Kleine da. Das musst du sein, Onkel Rolf?«

Rolf grunzte: »Wahrscheinlich. Ich kann mich nicht erinnern.«

Kerstin hielt inne und legte das Foto zurück auf den Tisch. »Ja, wir sollten uns den Appetit nicht verderben lassen.« Sie schob die beiden Fotos Richtung Winter und sagte: »Sie sollten die Vergangenheit ruhen lassen. Die können wir sowieso nicht mehr ändern.«

Winter ließ die Bilder liegen und beugte sich vor. »Da haben Sie vollkommen recht. Aber ich will sie verstehen, die Vergangenheit.«

»Warum? Was bringt das?« Rolf legte seine Unterarme auf den Tisch, brachte sein Gesicht bis auf eine Handbreit heran und starrte Winter in die Augen.

Winter roch den mit dem Whisky aus der Minibar vermischten Rotwein. Würde das Tabu aufbrechen? Winter antwortete: »Im Gegensatz zu anderen versuche *ich*, daraus zu lernen.«

Rolf schwieg, sein Gesicht verfärbte sich. Seine alkoholisierten Hirnzellen arbeiteten auf Hochtouren. Hatte ihm sein Freund Bill vom Manchester-Kuss erzählt? Kerstin legte Rolf eine Hand auf den Rücken. Dieser wandte sich ab, schob mit einem lauten Kratzen den Stuhl zurück und marschierte Richtung Toiletten.

Kerstin sagte: »Entschuldigen Sie. Der Tod seiner Mutter hat ihn wahrscheinlich mehr mitgenommen, als er zugeben will.«

»Und Sie, beunruhigt es Sie nicht, dass der Mörder Ihrer Großmutter immer noch herumläuft?«

»Nein. Wenn ich mir zu viele Gedanken machen würde, käme ich am Morgen nicht mehr aus dem Bett.«

»Haben Sie eigentlich etwas von Helen gehört?«

Kerstin schüttelte den Kopf. »Vor ein paar Tagen hat jemand von den Azoren meine Mutter angerufen.« Ausweichender Blick, dann Falten auf der Stirn.

Winter war sich sicher, dass Kerstin auf Zeit spielte, und doppelte nach: »Sie haben Ihre Tante auf den Azoren besucht. Nicht wahr?«

Sie warf einen suchenden Blick Richtung Toiletten. Als Rolf ihr nicht zu Hilfe eilte, schenkte sie sich Mineralwasser ein und trank einen kleinen Schluck. Erst danach sagte sie: »Wie meinen Sie das?«

»Ganz einfach: Warum waren Sie auf den Azoren?«

Sie versuchte ein Lächeln, das jedoch sofort wieder zerfiel. Winter sah, wie ihre Augen glasig wurden. Sie hob das Kinn und sagte resolut: »Meine Reisen gehen Sie nichts an. Sie arbeiten für die Bank meiner verstorbenen Großmutter und haben kein Recht, mir solche Fragen zu stellen.«

»Noch eine Flasche Brunello.« Rolf stand hinter Winter und zeigte auf die leere Weinflasche, neben ihm die Serviertochter mit den Steaks.

»Kommt sofort. Bitte sehr. Zweimal ›medium‹, einmal ›blutig‹. Einen guten Appetit.«

24. Januar 13:32

»Danke!« Winter hängte den Telefonhörer auf und drehte sich zu Leonie um, die am Türrahmen seines Büros lehnte. Für die Testamentseröffnung trug sie ein dunkelgraues Deuxpièces und schwarze Lederstiefel, dazwischen wollene Strümpfe, die schon aus der Distanz juckten. Sie schaute ihren Chef fragend an. »Und?«

Winter antwortete: »Alles bereit. Nun hat auch der Polizeikommandant eingewilligt. Wegen der Schwere des Deliktes war er ausnahmsweise bereit, seine juristischen Bedenken zur Seite zu schieben. Die Fingerabdrücke sollten innerhalb von Stunden vorliegen.«

Leonie sagte: »Ich tippe immer noch auf den Sohn. So wie du ihn beschrieben hast, ist das ein krimineller Vollblutcholeriker. Ihm traue ich es am ehesten zu.«

Als sich Winter am Vorabend von Rolf verabschiedet hatte, war dieser ziemlich angeheitert gewesen. Winter behielt seine Meinung für sich. »Wir werden sehen. Bei solchen Einsätzen weiß man nie genau. Erstens kommt es anders und zweitens als man denkt. Am besten gehen wir den Plan noch einmal durch.«

Sie gingen nach oben ins getäferte Sitzungszimmer des Verwaltungsrates. Fahles Winterlicht schien durch die Fenster. Winter schaltete den Kronleuchter ein. Bei der Renovierung hatte die Bank keine Kosten gescheut. Geschnitzte Wappen aus dem 18. Jahrhundert säumten das dunkle Wandtäfer. Feine Stuckaturen verzierten die Decke.

Zwölf Biedermeiersessel umstellten einen schweren ovalen Holztisch mit eingelegten Lederunterlagen. Mit einigen Gläsern Wein intus bezeichnete von Tobler das Gremium deshalb manchmal ritterlich als »Tafelrunde«. Andere bezeichneten es hinter vorgehaltener Hand als »das dreckige Dutzend«.

Hinter von Toblers Platz am Kopfende hing das düstere Ölbild eines stehenden Edelmannes mit gewellten Haaren und gestärkter Halskrause. Auf einen Zierstock gestützt ließ er seinen ernsten Blick über Felder, Flüsse und Burgen sowie den Eichentisch schweifen. Darauf standen Flaschen mit Mineralwasser und blank polierte Gläser.

Leonie sagte: »Ich hoffe, wir haben nichts vergessen.« Sie umrundete den Tisch und prüfte gebückt die Sauberkeit der Gläser. »Vielleicht war es doch die Tochter aus Nürnberg. Sie hat nicht mehr lange zu leben und braucht das Geld dringend für ihre Firma.«

Schütz kam herein. Er hatte den letzten Gesprächsfetzen mitgehört. »Geschäftstüchtig ist sie jedenfalls. Von Toblers Assistentin hat mir vorhin geflüstert, dass die Nürnberger dem Chef versprochen haben, das Vermögen vorläufig bei uns liegen zu lassen. Natürlich nur unter der Bedingung, dass es in die richtige Richtung fließt.«

Winter war nicht erstaunt. Schon in Nürnberg hatte er die knallharte Geschäftsfrau in Brigitte Berger aufblitzen sehen.

Leonie machte ein Foto des Raumes. »Vorher, nachher.«

Schütz schaute auf die Uhr. »Sie sollten jeden Moment kommen. Ich hole die Übersetzerin.« Leonie folgte Schütz und sagte über ihre Schulter: »Ich bin im Sekretariat und bereite den Kaffee vor.«

Winter setzte sich in den Biedermeiersessel, der am weitesten vom Bild mit dem unbekannten Herrscher entfernt war. Hier hatte er die Fenster im Rücken und einen guten Überblick. Er schenkte sich ein Glas Wasser ein. Die Schmerztabletten trockneten seinen Mund aus.

Mit der unversehrten Hand fuhr er über die eingelegte Lederunterlage. Der dunkle Eichenholztisch sog das spärliche Winterlicht förmlich auf. Erst jetzt fiel ihm auf, dass der Kristallleuchter nur die Mitte des Tisches voll ausleuchtete. Die schmalen Enden des Tisches lagen im Halbdunkel.

Im Korridor klapperten Absätze. Eine der Empfangsdamen schob Herrn Macedo-Berger herein. Winter stand auf und begrüßte ihn auf Englisch: »Guten Tag, Herr Macedo. Herzlich willkommen.« Da dieser bei der letzten Begegnung ziemlich betrunken gewesen war, fügte er an: »Winter. Wir haben in Horta zusammen gesprochen.«

Der Portugiese nickte. »Hallo.«

Er trug einen groben, etwas altmodischen Kittel, ein weißes Hemd mit gelblichem Kragen, eine schwarze Strickkrawatte, Sonntagshosen mit Bügelfalten und schwere Halbschuhe. Tiefe Furchen durchzogen das Gesicht mit den misstrauischen Augen und den buschigen Augenbrauen.

Winter sagte: »Die anderen sollten gleich kommen.«

Verlegen ging Herr Macedo um den Tisch herum und schaute aus dem Fenster.

Damit sich die Stille nicht ausbreitete, erkundigte sich Winter: »Wie war Ihre Reise?«

»Gut.«

»Ich weiß nicht, ob mein Kollege Sie schon informiert hat, aber wir haben eine Übersetzerin engagiert.«

»Danke.«

Wie bestellt kamen Schütz und die Übersetzerin. Die kleine Portugiesin hatte große, staunende Augen und die hohen Wangenknochen von Vorfahren, die wohl als Sklaven nach Portugal verschleppt worden waren. Schütz stellte Frau Martino und Herrn Macedo einander vor. Als die beiden auf Portugiesisch zu schwatzen begannen, schien dieser sich zu entspannen.

Stimmen auf dem Korridor. Schütz und Winter tauschten einen Blick aus. Brigitte Berger in einem einfachen Reiserollstuhl, gestoßen von ihrem Ehemann Heribert. Ihr dezentes dunkelgraues Jackett mit den Stoffknöpfen, die abgestimmten Hosen und die perfekt sitzenden Dauerwellen konnten nicht darüber hinwegtäuschen, dass sie abgemagert war. Bei der Begrüßung bemerkte Winter dickes Wangenrouge und knallrot lackierte Fingernägel.

Schütz hob und schob unter Entschuldigungen einen der Biedermeiersessel in eine Ecke. Heribert manövrierte den Rollstuhl an den Tisch und setzte sich neben seine Frau. Kerstin übernahm den Sessel an der rechten Flanke ihrer Mutter. Sie hatte sich heute für eine dunkelblaue Seidenbluse und einen züchtigen Jupe entschieden.

Rolf hetzte durch die Tür. Derselbe Anzug wie gestern und dasselbe violette Hemd, heute ergänzt mit schwarzer Krawatte. »Bin ich zu spät?«

Brigitte drehte sich im Rollstuhl um. »Hallo, Bruderherz.«

Er legte ihr die Hände auf die Schultern. »Hallo. Wie geht es dir?«

»Bestens.« Ironischer Tonfall, dann ein verächtliches Lachen.

Über seine Schwester hinweg nickte Rolf der Übersetzerin, Herrn Macedo und Winter zu und fragte: »Wo habt ihr Jonas gelassen?«

Kerstin erklärte: »Eine der Assistentinnen kümmert sich um ihn.«

Rolf setzte sich neben Heribert. Zusammen mit den Nürnbergern bildete er eine Front gegen Herrn Macedo, der mit der Übersetzerin und Winter vis-à-vis saß.

Schütz schaute auf die Uhr und offerierte Kaffee. Alle nickten. Nach seinem Anruf im Sekretariat breitete sich Schweigen aus. Blicke wurden gesenkt. Rolf schenkte sich Wasser ein. Daneben verschränkte Heribert über einer dünnen Mappe mehrmals nervös die Hände. Brigitte studierte ungeniert ihren Schwager, Kerstin das Ölbild zu ihrer Rechten.

Die Übersetzerin saß mit gesenkten Lidern da. Neben ihr umklammerte Herr Macedo die geschwungenen Sessellehnen. Seine Kieferknochen arbeiteten, und er konnte dem Blick seiner Schwägerin nicht standhalten.

Würde sich Helen Bergers Ehemann gegen Hodels Plan wehren? »*Les absents ont toujours tort.* Die Abwesenden haben immer unrecht«, hatte der Chefjurist seine Taktik genannt. Ein Schatten im Korridor, Hodels hagere Gestalt im Türrahmen, die Hakennase wie der Schnabel eines Adlers vorgestreckt.

24. Januar 14:02

Mit einem undurchdringlichen Gesichtsausdruck und einem dicken Dossier unter dem Arm betrat Hodel den Raum. Der aristokratische Gentleman, der wie immer in dieser Jahreszeit eine Weste unter dem Maßanzug trug, gab zuerst den Damen, dann den männlichen Gästen die Hand. Er erkundigte sich höflich nach dem werten Wohlbefinden.

Danach setzte er sich ans Tischende zwischen Herrn Macedo und Kerstin. Er öffnete die verschnürte Ledermappe und breitete seelenruhig drei Papierstapel vor sich aus. Dann zauberte er einen silbernen Brieföffner und einen Montblanc-Füllfederhalter hervor und legte diese bereit, wie ein Chirurg vor der Operation seine Skalpelle. Nachdem Hodel sich in Stellung gebracht hatte, faltete er die Hände und blickte in die Runde. Das Ritual konnte beginnen.

In diesem Moment platzte Leonie herein. »Kaffee?«

Winter sah, wie sich Hodels Adamsapfel über dem gestärkten Hemdkragen auf und ab bewegte. Leonie verteilte Porzellantassen und servierte mit weißen Baumwollhandschuhen Kaffee und klebrige Biskuits. Als sie rückwärts den Raum verließ, zwinkerte sie ihm verschwörerisch zu.

Hodel räusperte sich: »Hiermit begrüße ich Sie zur Testamentseröffnung von Frau Bernadette Berger, geborene Imbach. Ich weiß es außerordentlich zu schätzen, dass Sie sich alle die Zeit genommen haben, heute anwesend zu sein. Der Form halber muss ich Sie zuerst bitten, sich auszuweisen. Wir haben Sie in der Einladung gebeten, einen offiziellen Ausweis mitzubringen.«

Juristen brachten künstliche Ordnung ins Chaos der Welt.

Pässe und Personalausweise wurden gezückt und Hodel gereicht.

»Vielen Dank. Ich werde anschließend Kopien machen lassen. An dieser Stelle mache ich Sie darauf aufmerksam, dass ich von den heutigen Vorgängen ein Protokoll verfassen werde, das Ihnen selbstverständlich zur Verfügung gestellt wird.« Hodel hielt wieder einen Moment inne und gab Frau Martino, die sich zu Herrn Macedo gebeugt hatte, Gelegenheit, ihm die portugiesische Übersetzung ins Ohr zu flüstern. Dieser blickte ausdruckslos vor sich hin.

»Als Erstes gilt es, die Vollständigkeit der Erbmasse im Inventar festzuhalten.« Hodel legte seine Linke auf den ersten der drei Stapel vor sich. »Das Inventar ist insofern von Bedeutung, als es als Grundlage für die Erhebung der Erbschaftssteuern dient und …« Hodel setzte zu einem Monolog über die Steuerfolgen an.

Winter ließ seine Augen über die Sitzungsteilnehmer schweifen. Das kleine Wiesel vis-à-vis kämpfte mit dem Hangover und leckte sich nervös die Lippen, Brigitte saß mit gestrecktem Rücken im Rollstuhl und fixierte Hodel, als wolle sie ihn mit ihrem Blick aufspießen. Ihre Tochter hatte sich dagegen entspannt zurückgelehnt.

Hodel klopfte mit der flachen Hand auf den Inventarstapel. »Da wir uns seit Jahren auch um die steuerlichen Aspekte von Bernadette Berger kümmern durften«, er warf Schütz einen Blick zu, »bin ich nach Auswertung der mir vorliegenden Unterlagen zuversichtlich, dass ein vollständiges Inventar vorliegt.«

Pause. Flüsternde portugiesische Zischlaute.

Rolf trank Wasser.

Aus einem Mäppchen zupfte Hodel die Zusammenfassung des Inventars. »Der Nachlass besteht im Wesentlichen aus dem Hausrat der Verstorbenen. Ich habe mir die Freiheit genommen, dessen Sachwert zu schätzen und mit achttausend Schweizer Franken zu bewerten –«

Rolf unterbrach. »Von mir aus kann man das ganze Gerümpel verbrennen.«

Hodel hielt inne und sagte dann: »Neben dem Sachwert haben Gegenstände oft auch einen emotionalen Wert. Aber wenn sich alle Erben einig sind, können wir selbstverständlich die Räumung der Wohnung in Auftrag geben.«

Alle nickten. Keine Einwände. Rolf grinste triumphierend. Hodel schraubte seinen Füllfederhalter auf und machte sich eine Notiz. Niemand wollte Erinnerungsstücke.

»Der restliche Teil der Erbmasse besteht aus Bargeld und Aktien, die zum Zeitpunkt des Todes einen Gesamtwert von 21'536'240 Schweizer Franken und vierzig Rappen hatten.«

Rolfs Grinsen verschwand. »Scheiße!«

Der Nürnberger Zweig der Bergers schien nicht erstaunt.

Herr Macedo fragte die Übersetzerin etwas, die erklärte: »Herr Macedo rechnet in Euro.« Schütz griff zu seinem allzeit bereiten Taschenrechner und verkündete: »Das entspricht je nach Kurs ungefähr zwanzig Komma acht Millionen Euro.« Winter sah, wie sich im Gesicht des Portugiesen Erstaunen breitmachte. Seine Lippen formulierten lautlos den riesigen Betrag, der ihm wie ein fetter Lottogewinn vorkommen musste.

Rolf fragte: »Von wo hatte die Alte derart viel Kohle?«

Hodel antwortete: »Meines Wissens stammt der Hauptanteil des Vermögens Ihrer Mutter vom ersten Ehemann. Ihre Aktien haben im Laufe der letzten Jahrzehnte an Wert zugelegt.«

Rolf zerrte an seinem Pferdeschwanz, starrte seine Schwester an und wiederholte immer wieder: *»Shit, shit.«*

»Wenn Sie mir erlauben, kommen wir nun zur Eröffnung des Testaments.« Hodel tätschelte den mittleren Papierstapel. »Das Erbschaftsamt der Stadt Bern hat mir, nachdem ich mich schriftlich als Bevollmächtigter von Bernadette Berger ausgewiesen habe, das Testament übergeben.« Vom mittleren Stapel nahm er einen unscheinbaren Umschlag und hielt ihn kurz hoch. Dann schlitzte Hodel ihn mit dem Brieföffner auf und zog ein Blatt Papier hervor. Im Halbdunkel studierte er den Text wie ein Richter, der vor der Verkündung zuerst das Urteil der Geschworenen liest.

Winter sah aus der Distanz, dass der Text nur wenige Zeilen umfasste. Die unmittelbar neben Hodel sitzende Kerstin Berger lehnte immer noch unbeweglich im samtbezogenen Biedermeiersessel. Winter bewunderte ihre Körperbeherrschung. Vielleicht hatte sie scharfe Augen. Oder sie wusste bereits, was darin stand.

Im Rittersaal der Privatbank war es totenstill.

Nach einer Weile schaute Hodel auf. »Das Testament ist handschriftlich, datiert und von Bernadette Berger unterschrieben.

Für das Protokoll stelle ich hiermit fest, dass es formal korrekt ist.«

Die Übersetzerin flüsterte.

Die Anwesenden hielten den Atem an.

Hodel legte das Blatt vor sich auf den Eichentisch, strich es glatt und las mit ruhiger Stimme: »›Testament von Bernadette Berger. Das vorliegende Testament schreibe ich im Vollbesitz meiner Kräfte. Ich habe versucht, meine Familie trotz allem mein ganzes Leben und aus ganzem Herzen zu lieben. Deshalb‹«, Hodel schaltete eine Kunstpause ein, »›ist es mein Letzter Wille, dass mein gesamtes Vermögen an meine Kinder geht.‹«

Ein hörbares Aufatmen ging durch den Raum.

Warnend hob Hodel eine Hand. »›Eine Sünde kann ich jedoch niemals vergeben. Das Kind, das am Tod meines Ehemannes schuld ist und meine Familie zerstört hat, wird deshalb vollständig enterbt.‹ Das ist alles.«

Rolf beugte sich vor. *»What the fuck …?«*

Hodel schaute mit undurchdringlicher Miene auf. Frau Martino flüsterte mit gesenktem Blick Herrn Macedo die Übersetzung ins Ohr, der verwirrt den Kopf schüttelte. »Ich verstehe nicht.«

Hodel ignorierte das F-Wort und erklärte Herrn Macedo: »Ihre Schwiegermutter kann nach schweizerischem Recht ein Kind enterben, wenn dieses eine schwere Straftat gegen den Erblasser oder gegen eine ihr nahestehende Person begangen hat. Der Nachfahre hat dann kein Anrecht mehr auf den gesetzlich garantierten Pflichtteil. Ein Kind, das beispielsweise seinen Vater ermordet hat, könnte das Erbe also nicht antreten.«

Danach warf Hodel einen Blick aus den Fenstern, als schaue er gen Himmel, als bitte er Gott um Rat. Winter bezweifelte jedoch, dass dieser auf den grauen Winterwolken saß, und hatte plötzlich den Verdacht, dass Hodel Frau Berger bei der Abfassung des Testaments behilflich gewesen war. Hatte Hodel den Inhalt des Testaments die ganze Zeit über gekannt?

»Aber …«, stotterte der Portugiese.

»Herr Macedo«, Hodel legte für einen Moment seine Hand auf dessen Arm, »das hat für Sie keine Bedeutung. Leider müssen wir ja davon ausgehen, dass uns Ihre Frau vor dem Tod von Bernadette Berger verlassen hat. Eine Diskussion erübrigt sich deshalb. Sie haben keine Kinder, und die Ehegatten verstorbener Kinder haben kein Anrecht auf Pflichtteile.« Und nach einer Pause fügte er an: »Ich bin sicher, im Namen aller Anwesenden zu sprechen, wenn ich Ihnen bei dieser Gelegenheit mein tiefstes Beileid ausspreche.«

Der Portugiese krallte sich an den Seitenlehnen seines Sessels fest und fauchte: *»Minha esposa não está morta!«* Am muskulösen Hals zeichneten sich pulsierende Adern ab. Die Übersetzerin sagte: »Meine Frau ist nicht tot.«

»Bitte beruhigen Sie sich. Ich kann Ihnen versichern, dass ich Sie verstehe. Bitte lassen Sie mich fortfahren. Vielleicht ergibt sich eine Lösung.« Hodel schaute Herrn Macedo mit Gönnermiene an.

Portugiesisches Geflüster.

Herr Macedo fiel in den Sessel zurück.

Winter beobachtete die Nürnberger, die die Aufregung stoisch über sich ergehen ließen. Nur Brigitte fuhr kurz ihre Zungenspitze wie eine Giftschlange aus und netzte ihre blutroten Lippen.

Das Testament verschwand im Umschlag. Hodel legte diesen auf den mittleren Papierstapel zurück und fuhr fort: »In Anbetracht der speziellen Umstände stehen wir vor einem heiklen juristischen Dilemma. Einerseits sind wir hier zusammengekommen, um das Testament von Bernadette Berger zu vollstrecken«, er deutete mit der linken Hand eine Waagschale an, »andererseits können wir die Erbschaft nur dann vollziehen, wenn klar ist, wer am Tod von Bernadette Bergers Ehegatten schuld ist.« Seine rechte Hand zeichnete als Gegengewicht die andere Waagschale in die Luft.

Hodel hielt inne, dann ließ er die imaginäre Waage ins Halbdunkel verschwinden und zog den dritten Stapel zu sich.

Rolf regte sich. Er schaute sich um, hob unschuldig seine offenen Handflächen und flötete: »Ich habe meinen Vater sicher nicht umgebracht. Ich war damals noch viel zu klein. Wahrscheinlich habe ich noch Windeln getragen. Meinen Anteil können Sie mir also getrost auszahlen.«

Hodel drehte seine Adlernase zu Brigitte Berger, die sagte: »Bruderherzchen, hör mir gut zu. Ich habe einen Vorschlag.« Sie reckte, flankiert von Ehemann und Tochter, ihr Kinn. Die Zunge züngelte.

24. Januar 14:36

Brigitte nahm einen Schluck Wasser, wartete, bis die Übersetzerin schwieg und sie die ganze Aufmerksamkeit hatte. Dann sagte sie ruhig: »Die Situation ist für uns alle sehr unangenehm, aber ich habe einen Vorschlag, wie wir diese zur Zufriedenheit aller bereinigen können.«

Ihre Augen leuchteten, ihr eingefallenes Gesicht blühte auf, der abgemagerte Körper war kerzengerade. Winter beobachtete fasziniert, wie ihre Ausstrahlung Krebs und Rollstuhl vergessen ließ.

Plötzlich hörte er seinen Namen.

»Herr Winter, ich will Ihnen eine Frage stellen.« Sie schaute in die Runde. »Wie wir alle wissen, haben Sie in den letzten Wochen den Tod meines Vaters vor über vierzig Jahren untersucht. Wir alle wissen, dass er kein Heiliger war. Wahrscheinlich schmort er bis in alle Ewigkeit in der Hölle.« Ein rauchiges Lachen kroch aus ihrer Kehle und überlagerte sich mit einem verächtlichen Grunzen.

»Herr Winter, ich frage Sie deshalb: Haben Sie irgendeinen Hinweis gefunden, dass Helen, ich«, sie fasste sich an die Brust, »oder Rolf an Papas Tod schuld sein könnten?« Während ein Hauch von Verachtung in der Frage mitschwang, schaute sie zuerst ihrem Bruder, dann Herrn Macedo in die Augen.

»Haben Sie irgendwelche neuen Erkenntnisse gewonnen? Wissen wir heute etwas, was die Polizei in ihrer Untersuchung nicht schon damals festgehalten hat? Liegt auch nur ein verwertbarer Beweis vor, den ein Gericht akzeptieren würde?«

Obwohl es rhetorische Fragen waren, verneinte Winter unwillkürlich. Es war von Anfang an ein hoffnungsloses Unterfangen gewesen. Der Arm juckte. Er sah, wie Hodel im Halbdunkel mit gefalteten Händen zuhörte und der ölige Edelmann dahinter ungerührt seine Ländereien überblickte.

»Nein.« Frau Berger schüttelte energisch den Kopf. »Es hat nie Beweise gegeben. Und es wird auch künftig keine Beweise geben.«

Pause.

»Bedeutet das nun, dass wir das Testament nie vollstrecken können? Soll der Nachlass bis in alle Ewigkeit hier liegen bleiben?« Sie schaute sich fragend um. »Nein.« Brigitte löcherte mit dem rot lackierten Fingernagel ihres Zeigefingers die Lederunterlage und wiederholte: »Nein, heißt es nicht! Wir können den Nachlass noch heute klären. Hier und jetzt haben wir die Gelegenheit, das endgültig aus der Welt zu schaffen und das Ganze endlich hinter uns zu lassen.« Sie drehte sich dem Kopfende des Tisches zu. »Ich bin deshalb Herrn Dr. Hodel sehr dankbar, dass er meinen Vorschlag ausformuliert hat.«

Winter sah den Deal, den die Nürnberger vor der Testamentseröffnung mit Hodel gemacht hatten, nun deutlich vor sich. Die Nürnberger bekamen ihren wehrlosen Sündenbock, um ans Geld zu kommen. Die Abwesenden haben immer unrecht. Und im Gegenzug ließen sie das Portfolio weiterhin durch die Bank verwalten. Ein Prozent Kommissionen von gut zwanzig Millionen waren immerhin zweihunderttausend Franken. Pro Jahr.

Hodel entfaltete seine feingliedrigen Hände und erklärte: »Wir können den Nachlass tatsächlich bis in alle Ewigkeit einfrieren, Däumchen drehen und tatenlos abwarten. Wir können uns auch auf jahrelange und kostspielige Untersuchungen rund um das Ableben von Herrn Berger einlassen. Alles in der unrealistischen Hoffnung, irgendwann doch noch rechtsgültige Beweise zu finden. Oder wir können jetzt einen Schritt vorwärts machen.«

Rolf zupfte nervös am Pferdeschwanz. Frau Martino übersetzte. Macedos Kiefer malmte auf Hochtouren.

Hodel erklärte: »Am einfachsten für alle hier ist es, die Annahme zu akzeptieren, dass Helen Macedo-Berger im zarten Kindesalter einen tragischen Unfall verursacht hat, bei dem Ihr Vater ums Leben kam.«

Zeitverzögert protestierte Herr Macedo: »Meine Frau hat –«

Die Hakennase kam aus dem Halbdunkel, und Hodel unterbrach: »Selbstverständlich kann ich Ihnen versichern, dass ich Ihre Frau nicht verurteile. Sie war damals nur ein kleines Mädchen. Aber es hilft uns allen, nicht wahr, Frau Dr. Berger?«

»Ja, als gebildete und zivilisierte Menschen«, ihr Gesichtsausdruck zeigte, dass sie Herrn Macedo nicht dazuzählte, »müssen wir manchmal Dinge akzeptieren, die nur Gott weiß.«

Portugiesische Übersetzung.

»Nach den Gesprächen mit meinem Ehemann und meiner Tochter können wir Ihnen nach Auszahlung des Nachlasses als Geste des Vertrauens achtzigtausend Euro überweisen.«

»Achtzigtausend Euro?«, echote es auf Portugiesisch.

Winter sah, wie die Zahnräder im Bauernhirn ratterten. Die Nürnberger versuchten ihn mit einem Spatz in der Hand ruhigzustellen.

»Ja, das Geld kann in den nächsten Tagen auf Ihrem Konto sein. Damit können Sie Ihr B&B ausbauen und ein neues Auto kaufen.«

Hodel fügte an: »Als Jurist rate ich Ihnen, das freiwillige und zeitlich begrenzte Angebot der legitimen Erben zu akzeptieren. Wie ich vorhin erläutert habe, sind Sie wegen des früheren Ablebens Ihrer Frau rechtlich gesehen gar nicht erbberechtigt.«

Nun drohte gar der Spatz davonzuflattern.

Wieder an alle gewandt sagte Hodel: »Damit alles seine Ordnung hat, habe ich in diesem Sinne eine kleine Vereinbarung aufgesetzt.« Vom dritten Papierstapel nahm Hodel ein Mäppchen und zupfte mit manikürten Fingern Kopien hervor. Während er diese verteilte, sagte er: »Darf ich Sie bitten, das sorgfältig durchzulesen und anschließend das Original hier zu unterschreiben.« Und mit maliziösem Lächeln fügte er an: »Zu Ihrer Entlastung habe ich das heutige Datum bereits eingesetzt.«

Herr Macedo leerte sein Wasserglas und schob das Dokument zwischen sich und die Übersetzerin. Beide beugten sich darüber. Mit dem Finger fuhr Frau Martino Zeile für Zeile dem Juristendeutsch entlang und übersetzte flüsternd. Herrn Macedos Stirn runzelte sich.

Winter sah, wie Schütz in Anbetracht des taktischen Schachzuges das Kinn anerkennend vorschob. Auf der anderen Seite des Tisches ließ sich Brigitte Berger von ihrem Ehemann einen Stift reichen und unterschrieb die Vereinbarung schwungvoll. Demonstrativ schob sie das Original zu ihrem Bruder. Rolf warf seiner Schwester einen Seitenblick zu und tauschte dann seine Kopie gegen das Original. Beim Lesen der juristischen Vereinbarung bewegten sich Rolfs Lippen.

Endlich trank auch Kerstin etwas Wasser.

Darauf hatte Winter gewartet. Ziel erreicht. Alle hatten Fingerabdrücke hinterlassen. Während Mutter und Tochter sich flüsternd miteinander unterhielten, sandte er Leonie eine SMS: »Erledigt.«

Frau Martino streckte die Hand in die Luft.

Hodel fragte: »Bitte?«

»Herr Macedo sagt, dass seine Frau nicht tot ist.«

Hodel sagte: »Leider müssen wir davon ausgehen.«

Herr Macedo sagte laut: »Sie kommt zurück.«

Rolf brummelte: »Ich glaube nicht an die Auferstehung.«

Hodel ignorierte Rolf und erklärte: »Nach meinem Wissensstand gehen auch die Behörden Ihres Landes davon aus, dass Ihre Frau tot ist. Für den Fall hier spielt es keine Rolle, ob es ein Unfall oder ein Suizid war. Es tut mir leid.«

Portugiesisches Getuschel. »Aber was passiert, wenn Herrn Macedos Frau doch wieder auftaucht?«, fragte Frau Martino.

»Für diesen unwahrscheinlichen Fall sieht die Vereinbarung im Paragrafen«, Hodel blätterte auf die letzte Seite, »›Eventualitäten‹ vor, dass Helen Macedo-Berger Anrecht auf den ihr zustehenden Anteil von einem Drittel der Erbschaft hat. Aus diesem Grund erklären sich die beiden anderen Parteien«, Hodel deutete auf Rolf und Brigitte Berger, »im Paragrafen ›Sperrkonto‹ bereit, den Betrag Ihrer Frau für mindestens drei Jahre bei uns ruhen zu lassen.«

Mit den entsprechenden Kommissionen.

Herr Macedo starrte wütend über den Tisch. »Und wenn ich nicht unterschreibe?«

»Dann erhält niemand etwas, bis der Tod Ihres Schwiegervaters geklärt ist.«

Rolf nahm einen Kugelschreiber hervor und deklarierte: »Ich finde die Vereinbarung eine gute Idee.« Er setzte seine Unterschrift darunter, unterstrich sie mehrfach. »So!« Dann warf er die Originalvereinbarung über den Tisch. Sie schlitterte über das polierte Holz, flatterte auf und blieb vor Herrn Macedo liegen.

Es fehlte noch eine Unterschrift.

Herr Macedo schüttelte den Kopf. »Sie!« Er zeigte auf Rolf und dann auf Brigitte. »Sie müssen es zugeben! Dann ist es einfach. Meine Frau ist unschuldig.«

Rolf machte eine ungeduldige Schreibbewegung und zeigte auf das Dokument. »Ich war's nicht. Unterschreiben Sie schon.«

Brigitte Berger setzte ein mitleidiges Lächeln auf. »Wollen Sie tatsächlich auf die achtzigtausend Euro verzichten? Haben Sie gesehen, dass das Angebot heute verfällt?«

Lauter insistierte Rolf: »Unterschreiben Sie! Das ist besser als nichts. – Und dann gehen Sie zurück auf Ihre verdammte Insel, die meiner Schwester das Leben gekostet hat.«

Herr Macedo stand abrupt auf. Die Übersetzerin fuhr erschrocken zurück. Der schwere Sessel kippte mit Getöse auf den Parkettboden. »Meine Frau ist nicht tot! Sie ist unschuldig!«

Winter erhob sich langsam.

Hodel sagte: »Bitte beruhigen Sie sich.«

Herr Macedo stützte die Hände auf den Tisch und schrie: *»Porcos!«* Die Übersetzerin flüsterte: »Schweine.« Herr Macedo griff sich eine Glasflasche und zerschlug diese an der Tischkante. Glassplitter flogen herum. Wasser spritzte. Blitzschnell packte er Hodels Haar und hielt ihm den scharfen Flaschenhals an die Kehle.

Hodel rührte sich nicht.

Die Zeit stand still.

Totenstill.

Wasser tropfte vom Tisch.

Winter machte einen Schritt auf Herrn Macedo zu.

»Stopp!«, schrie dieser. Er ließ Hodels Haar los und griff nach dem spitzen Brieföffner.

Die Übersetzerin flüsterte: »*Meu Deus.* – Mein Gott.«

24. Januar 15:10

Hodels Kehlkopf ging auf und ab. Auf und ab. Winter sah, wie die scharfe Kante des Flaschenhalses in den Hals schnitt. Dort schlabberte die pergamentartige Haut lose. Hodel wurde bleich. So hatte er sich die Testamentseröffnung bestimmt nicht vorgestellt.

Herr Macedo keuchte. Seine Nasenflügel waren aufgebläht und die Augen aufgerissen. Er hatte den rechten Arm um Hodels Oberkörper geschlungen und drückte mit der Faust den Flaschenhals seitlich an dessen Hals. Der linke Arm war ausgestreckt und fuchtelte mit dem spitzen Brieföffner herum.

Winter hob beschwichtigend seine Hand und schaute Herrn Macedo in die Augen. »Immer mit der Ruhe.« Die Übersetzerin saß schwer atmend in ihrem Sessel und hatte ihre Arme schützend vor ihrer Brust gekreuzt. Ohne Herrn Macedo aus den Augen zu lassen, fragte Winter: »Können Sie übersetzen?«

Frau Martino nickte verstört. »Mhm.«

»Okay. Herr Macedo, beruhigen Sie sich bitte. Wir wollen nicht, dass sich jemand verletzt, oder?«

»Bleiben Sie stehen!«

»Ruhig. Legen Sie bitte die Flasche weg. Das ist gefährlich.«

Herr Macedo stieß den Brieföffner zu den Nürnbergern. »Sie sind schuld!«

Niemand rührte sich. Kerstin, die unmittelbar neben Hodel saß, lehnte sich in ihrem Sessel so weit als möglich zurück. Ihre Eltern waren versteinert.

Herr Macedo schrie: »Aufstehen!« Er zerrte Hodel aus dem Sessel und zwang ihn mit dem gezackten Flaschenhals in die Ecke des Raumes. Rückendeckung. »Boden!« Hodel faltete seine steifen Beine und kniete sich mühsam hin. Sein Maßanzug saß schief, die Krawatte war verrutscht, und die Haare standen wirr in alle Richtungen ab.

Heribert Berger griff nach dem Telefon und sagte mit zittriger Stimme: »Ich rufe die Polizei.«

»Keine Polizei!« Herr Macedo legte die Spitze des Brieföffners auf Hodels Tränensack. »Oder ich steche ihm ein Auge aus.« Der Bauer von den Azoren war vielleicht nicht so geübt mit Worten, aber wie er mit dem Brieföffner umging, zeigte, dass er mit Messern hantieren konnte.

Winter sagte: »Langsam. Ich bin sicher, wir können das ohne Polizei regeln. Lassen Sie uns vernünftig –«

»Alle Telefone auf den Tisch. Sofort!«

Frau Martino übersetzte mit belegter Stimme.

»Okay, okay.« Heribert legte das Telefon auf den Tisch. Alle zogen zögerlich ihre Telefone hervor. Winter ärgerte sich, dass im Zimmer des Verwaltungsrates kein Panikknopf eingebaut worden war. Der Brieföffner kam wieder in seine Richtung. »Ihres auch.«

»Dort. Schon auf dem Tisch.«

Rolf stand auf.

Hoffentlich machte er keine Dummheiten. Hoffentlich wollte er nicht den Helden spielen.

Herr Macedo schrie: »Niemand verlässt den Raum, oder ich steche ihn ab!« Er drückte die Spitze des Brieföffners rechtwinklig in Hodels Ohr. Frau Martino übersetzte flüsternd. Dazwischen entschuldigte sich Herr Macedo bei der zierlichen Übersetzerin: *»Desculpe.«* Frau Martino versuchte, ihren wütenden Landsmann zu beruhigen.

Winter verstand nichts.

Hodel atmete schwer. Hoffentlich hatte er keinen Herzinfarkt.

Der Brieföffner stieß in Richtung der Vereinbarung, und Herr Macedo zischte: »Weg damit!«

Niemand rührte sich.

Der Flaschenhals wurde stärker gegen die dünne Haut gedrückt. Blut rann aus den Kratzern auf den gestärkten Hemdkragen. »Sofort!«

Winter nickte.

Kerstin beugte sich vor, zog die Originalvereinbarung zu sich heran und zerriss sie hoch in der Luft. Einmal. Zweimal, dreimal, viermal. Dann ließ sie die Papierfetzen wie Konfetti zu Boden flattern. »Zufrieden?«

Herr Macedo blickte hypnotisiert auf die Schneeflocken aus Papier.

Winter sagte: »Herr Macedo. Sehen Sie. Sie haben gewonnen. Jetzt können Sie ihn loslassen. Bitte.« Er streckte seine offene Hand aus und schob sich langsam vor. In zwei schnellen Schritten konnte er beim Portugiesen sein.

Herrn Macedos Arm schnellte vor. Er schäumte. »Stopp. Stehen bleiben!«

Winter spürte Speicheltropfen auf seiner Wange. Er atmete ein und sagte: »Beruhigen Sie sich. Wir finden einen Weg.«

Herr Macedo starrte ihn an.

Wasser tropfte vom Tisch in die Pfütze auf dem Parkett.

Es klopfte.

Verstört blickte sich Herr Macedo um.

Winter sagte leise: »Immer mit der Ruhe.« Und laut: »Ja?«

Die Tür öffnete sich. Leonie blieb mit dem Serviertablett in der Tür stehen. Ihre Augen weiteten sich. »Ich wollte nur fragen, ob Sie mehr Kaffee brauchen.«

Mit dem Brieföffner forderte Herr Macedo Winter auf, die Situation zu klären.

Winter sagte: »Im Moment nicht.« Zusätzliche Aufputschmittel waren in der gegenwärtigen Situation nicht gefragt. »Am besten setzt du dich dorthin.« Er zeigte mit dem Kinn auf den leeren Sessel in der Ecke. Leonie zog die Tür zu, biss sich auf die Lippen und setzte sich.

Brigitte saß immer noch kerzengerade in ihrem Rollstuhl. Jetzt sagte sie: »Mein lieber Herr Macedo. Ich bin kein Freund roher Gewalt. Das ist etwas fürs Tierreich. Aber wenn Sie mehr Geld wollen, dann bin ich sicher, dass wir eine Übereinkunft finden können. Nicht wahr, Rolf?«

Rolf nickte.

Die Übersetzerin übersetzte.

Herr Macedo rief: »Sie vergiften die ganze Welt! Ich will Ihr dreckiges Geld nicht!«

»Wie viel?« – *»Quanto?«*, fragte Brigitte ungerührt.

Herr Macedo schüttelte den Kopf und entblößte seine Zähne.

»Zweihunderttausend?« – *»Duzentos mil?«*

Mehr Kopfschütteln.

»Eine halbe Million Euro?« – *»Meio milhão de euros?«*

Verwirrung machte sich auf Herrn Macedos Gesicht breit. Es war offensichtlich, dass es ihm nicht ums Geld ging.

Winter bat Brigitte mit einer Handbewegung, zu schweigen, und fragte: »Was wollen Sie denn? Sagen Sie uns, was Sie gerne möchten. Sagen Sie uns, was wir tun müssen, damit Sie den alten Mann loslassen.«

Schweißperlen glänzten auf Herrn Macedos Stirn. Für einen Moment flackerten seine Augen ratlos im Raum herum. Dann drückte er den Flaschenhals fester in Hodels Kehle und sagte etwas auf Portugiesisch. Mit dem messerscharfen Brieföffner machte er eine Drohgebärde, als schlitze er eine Kehle auf.

Frau Martino übersetzte die Drohung flüsternd: »Gesteht, oder ich schlachte ihn ab. Wie ein Schwein.«

Herr Macedo fügte an: »Ich weiß, wie man das macht. Ich habe schon viele Schweine getötet.«

Stille.

Wasser tropfte im Sekundentakt vom Tisch.

Kerstin schob ihren Stuhl zurück und stand auf. Herr Macedo zeigte mit dem Brieföffner auf sie. »Halt!«

Rolf stellte sich schützend vor seine Nichte, hob beschwichtigend die Hände und sagte: »Warten Sie! Bitte. Ich gestehe es ja. Ich habe Papa in den Ofen gesperrt.«

24. Januar 15:19

Alle starrten Rolf Berger an, der mit hängenden Schultern und offenem Mund dastand. Er fuhr sich mit beiden Händen über das kraftlose Gesicht. Seine Gesichtshaut straffte sich, als hätte er sich einem missglückten Facelifting unterzogen. Dann schaute er flehentlich auf Brigitte hinunter und seufzte: »Es tut mir leid.«

Herr Macedo schrie auf.

Der Flaschenhals klirrte auf den Parkettbogen.

Winter drehte sich um und sah, dass Hodel Herrn Macedo in die Hand gebissen hatte.

Winter machte zwei schnelle Schritte und packte die Hand mit dem Brieföffner. Er quetschte die Mittelhandknochen wie eine Handorgel zusammen, gleichzeitig zog er sie mit seinem Körpergewicht von Hodel weg und drehte den gestreckten Arm um die Längsachse.

Der Brieföffner fiel zu Boden.

Hodel rutschte aus der Gefahrenzone.

Damit Macedos Ellbogen unter Winters Gewicht nicht brach, legte sich Macedo bäuchlings auf den Boden. Winter stieß den Flaschenhals weg und drückte Macedo sein Knie in den Rücken. »Nicht bewegen!«

Der Portugiese stöhnte.

Hodel stand auf, richtete Anzug und Krawatte und lispelte pikiert: »Interessante Sitzung.« Dann nahm er seine künstlichen Zähne vom Boden auf und vervollständigte sein Gebiss wieder.

Winter winkte die Übersetzerin herbei. »Bitte fragen Sie ihn, ob er sich beruhigt hat. Und erklären Sie ihm, dass wir keine Polizei wollen. Aber wir wollen auch keine Gewalt mehr.«

Sie senkte den Blick und übersetzte. Herr Macedo nickte, so gut es ging. Frau Martino nickte auch.

Winter half ihm, aufzustehen. Sein grober Kittel hing schräg, die Augen waren gesenkt und die schwarzen Haare zerzaust. Winter glaubte, eine Träne zu sehen. Vielleicht war es auch nur der Schweiß. Im Raum war es plötzlich unerträglich heiß.

Hodel kam auf sie zu. »Herr Macedo, bitte entschuldigen

Sie, aber in meinem Alter machen die Gelenke nicht mehr alles mit, verstehen Sie?« Hodel nahm Herrn Macedo am Ellbogen, die Übersetzerin flüsterte beruhigend auf ihn ein. Zusammen steuerten sie ihn zur Tür. »Kommen Sie in mein Büro. Dort habe ich etwas Richtiges zu trinken.« Mit dem Kopf bat er Winter, ihnen zu folgen.

Winter sah, wie Rolf zusammengesunken im Sessel saß.

Leonie war mit dem Serviertablett dabei, die gebrauchten Gläser und Tassen einzusammeln.

In Hodels Büro platzierten sie den verstörten Herrn Macedo und Frau Martino in die Sitzecke. Hodel rumorte im verglasten Wandschrank mit der Gesetzessammlung und den antiken Büchern. Er kam mit einer Flasche durchsichtigen Inhalts mit handschriftlicher Etikette zurück. »Pflaumenschnaps, direkt vom Hof.«

Frau Martino machte große Augen und übersetzte im Autopilot weiter.

Hodel entkorkte die schlanke Flasche. »Hilft beim Verdauen und Nachdenken.« Er schenkte zwei Gläschen ein und forderte Herrn Macedo auf: »Trinken Sie!«

Dieser zögerte einen Moment, leerte dann sein Schnapsglas, verzog den Mund und blickte zum ersten Mal auf.

Auch Hodel kippte sein Glas. Der ehemalige Oberst im Generalstab hatte jahrzehntelange Übung und seufzte: »Aahhh, den habe ich mir nun wirklich verdient.«

Er schenkte großzügig nach.

Winter verzog sich. »Ich glaube, ich gehe besser zurück.« Rolf Berger hatte vorhin gestanden. Er deutete mit dem Kopf in Richtung Sitzungszimmer.

Hodel schob Winter zur Tür und flüsterte ihm mit lausbübischem Unterton ins Ohr: »Vorhin hast du mich einen ›alten Mann‹ genannt. Unter allen anderen Umständen wäre das unverzeihlich.«

Als Winter die Tür hinter sich zuzog, hörte er, wie die zwei kleinen Schnapsgläser wieder auf den Glastisch gestellt wurden.

Im Korridor kreuzte er Leonie mit dem vollen Serviertablett. Wie besprochen hatte sie die gebrauchten Gläser, Flaschen und

Tassen vom Tisch geräumt und in gleicher Anordnung auf das große Tablett gestellt. Im Sekretariat würde sie mit ihren weißen Baumwollhandschuhen alles in die bereits beschrifteten Plastiktüten abfüllen. Sie strahlte. »Erstens kommt es anders und zweitens als man denkt.«

Winter betrat das Sitzungszimmer wieder und schloss die Tür hinter sich. »Alles in Ordnung?«

Allgemeines Nicken. Vor ihm saßen die Nürnberger, auf der anderen Seite des Tisches diskutierten Rolf und Schütz. Brigitte Berger wirkte stoisch und ihr Mann noch nervöser als sonst. Kerstin lächelte und strich sich eine Strähne blonden Haares aus dem Gesicht. Unter den Achseln ihrer seidenen Bluse zeichneten sich Schweißflecken ab.

»Es tut mir leid«, sagte Winter. »Das Ganze kam auch für mich völlig überraschend. Wahrscheinlich ist Herr Macedo wegen des Verschwindens seiner Frau einfach nicht ganz bei sich.«

»Das kann man wohl sagen. Aber mehr kann man von einem Ureinwohner ja nicht erwarten«, kommentierte Brigitte.

Winter bemerkte zu niemand Bestimmtem: »Als ich Herrn Macedo vor einigen Tagen zum ersten Mal getroffen habe«, vor einer halben Ewigkeit, »da hat er sein Elend in Alkohol ertränkt. Vielleicht habe ich die Warnzeichen übersehen.« Er schaute auf. »Hauptsache, niemand ist zu Schaden gekommen.«

Schütz fragte: »Wo ist er?«

»In Hodels Büro. Unser Chefjurist hat seine Geheimwaffe hervorgeholt, einen selbst gebrannten Pflaumenschnaps.« Und nach einer Pause fügte er an: »Und bevor ich es vergesse: Vielen Dank, Herr Berger. Ihr Geständnis kam genau im richtigen Moment.«

Rolf schüttelte den Kopf und hob entschuldigend die Schultern. »Irgendetwas musste ich doch tun.«

Schütz fügte hinzu: »Er ist ein guter Schauspieler, nicht wahr? Oscar-würdig.«

»Das Geständnis war nicht echt?«, fragte Winter.

Rolf antwortete: »Nein, nein. Natürlich nicht. Ich wollte nur, dass er ihn loslässt. Ich bin unschuldig. Ich war beim Tod von

Papa ja noch viel zu klein.« Rolf hielt resigniert inne, machte Anstalten, fortzufahren, zupfte stattdessen an seinem Pferdeschwanz.

»Aber?«, stieß ihn Winter an.

»Nichts.«

»Sagen Sie schon.«

»Ich habe nicht gewusst, dass meine Mutter so viel Geld hatte.« Er starrte auf die Nürnberger. »Meine Schwester wollte mir vor ein paar Jahren das Recht auf die Erbschaft meiner Mutter abkaufen. Für ein paar lausige Lappen!«

Brigitte hob ihre mageren Schultern. »Du wolltest Geld.«

»Ich musste meine Schulden zurückzahlen. Sie haben mir gedroht, die Kniescheiben wegzuschießen.«

»Ts, ts, ts. Du hättest halt keine Drogen nehmen sollen, Bruderherzchen.«

»Du hast es gewusst und mir nicht geholfen. Ich musste meine Schulden für einen Hungerlohn abarbeiten.« Er trat näher heran.

Ungerührt stichelte Brigitte: »In der Not frisst der Teufel Fliegen.«

»Nicht frech werden, Schwesterchen.«

Winter schaute Brigitte Berger an. »Ist das wahr?«

Brigitte zündelte weiter: »Es ist eine freie Welt. Mein kleiner, ach so unschuldiger Bruder hätte ja zu Ihrer Bank gehen und einen Kleinkredit beantragen können.« Sie warf Winter einen verächtlichen Blick zu.

Rolf zischte erneut: »Du hast die ganze Zeit von Mamas Kohle gewusst.«

»Ja und?«

»Und trotzdem hast du mir damals nicht aus der Patsche geholfen. Die hätten mich umbringen können.«

Kaum hörbar flüsterte Brigitte: »Sei nicht so dramatisch.«

»Du hast schon als Kind immer gelogen. Gelächelt und gelogen. Du hast schon damals alle um den Finger gewickelt. Wenn du etwas wolltest, hast du's immer gekriegt.« Rolf schlug mit der Faust auf den Tisch.

Brigittes Augen verengten sich zu Schlitzen. Sie legte ihre Hand aufs Herz und spitzte ihre roten Lippen. »Nicht doch.«

Rolf knallte seine Faust erneut auf den Tisch. »Die Geier sollen dich holen.«

Brigitte zuckte erschreckt zusammen. Unter dem dicken Make-up zerfiel ihr eingefallenes Gesicht. Winter legte Rolf beruhigend eine Hand auf die Schulter, doch dieser schüttelte ihn wütend ab und hieb wieder auf den Tisch.

Heribert stammelte: »Bitte nicht.«

Rolf richtete sich auf und zeigte mit ausgestrecktem Zeigefinger auf seine Schwester. »Du hast Papa umgebracht!«

Brigittes Hand auf der Brust verkrampfte sich. Sie röchelte, weitete die Augen und knallte mit der Stirn auf die Tischkante.

24. Januar 15:55

Kerstin richtete ihre Mutter auf und untersuchte sie. »Mama?« Sie tastete Handgelenk und Hals ab. »Kein Puls. Sie hat einen Infarkt.«

Rolf stammelte: »Das wollte ich nicht.«

Winter rief: »Schütz. Der Defibrillator. Schnell! Das Sekretariat soll einen Krankenwagen rufen.« Schütz rannte aus dem Sitzungszimmer. Vorsichtig legten Winter und Kerstin die bewusstlose Frau auf den Boden. Sie wog nicht mehr als fünfzig Kilo und hatte eine Schramme an der Stirn.

Kerstin streifte das Jackett ihrer Mutter zurück und riss Bluse und Büstenhalter auf. Knöpfe kullerten über den Boden. Schütz kam zurück und stellte die grellgelbe Plastikbox auf den Boden. »Der Krankenwagen kommt gleich.«

Als Winter die Box aufklickte, schaltete sich der Defibrillator automatisch ein. Leuchtdioden blinkten. Eine Computerstimme gab Anweisungen. Zum Glück hatte die Bank in jedem Stock einen Apparat montieren lassen. Viele Kunden waren alt, gestresst und fett. Risikomanagement.

Im Deckel hatte es eine schematische Gebrauchsanweisung. Während Winter versuchte, sich an die Schulung zu erinnern, zog Kerstin die Box zu sich heran. »Ich mache das.« Sie riss die Schutzhüllen von den Elektroden und klebte diese ihrer Mutter auf das Schlüsselbein sowie diagonal gegenüber unter die Schulter. Kabel führten von den Patches zum Defibrillator. Sie fragte: »Ist der vollautomatisch?«

Winter erinnerte sich. »Wir müssen nur auf den Knopf da drücken.«

LEDs blinkten grün. Die Software hatte den Herzrhythmus der Bewusstlosen überprüft und verkündete das Resultat mit plärrender Computerstimme: »Herzrhythmusanalyse abgeschlossen. Schockvorbereitung. Gefahr. Wegtreten! Jetzt drücken.«

Winter stand auf und schob Schütz und Heribert Berger zurück. »Wir brauchen Platz.«

Kerstin drückte den roten Knopf. Der Computer sagte: »Schockabgabe in drei, zwei, eins.« Es surrte.

Die Bewusstlose zeigte keine Reaktion.

Heribert biss sich verzweifelt die Lippen wund.

»Jetzt Atemstöße geben«, befahl die Computerstimme. Kerstin blies ihrer Mutter Sauerstoff ein.

»Jetzt Herzmassage«, plärrte es, und ein Metronom begann den Takt anzugeben. Kerstin legte die flachen Hände übereinander aufs Herz und fing an, rhythmisch zu drücken. Das Haar fiel ihr ins Gesicht. Sie keuchte: »Bitte nicht. Bitte nicht jetzt, nicht so!«

Winter kauerte neben ihr. »Soll ich übernehmen?«

Kerstin ignorierte ihn. Das Metronom verstummte.

»Patient nicht berühren«, befahl die Computerstimme, um nach einer Weile mit monotoner Stimme hinzuzufügen: »Herzrhythmusanalyse abgeschlossen. Schockvorbereitung. Gefahr. Wegtreten! Jetzt drücken.«

Sofort drückte Kerstin erneut die Schocktaste. »Schockabgabe in drei, zwei, eins.« Es surrte zum zweiten Mal. Brigitte schlug die Augen auf, schnappte gierig nach Luft. Dann fiel sie wieder in Ohnmacht. Die Augenlider flatterten.

***

Sechs Stunden später war Brigitte Berger zwar stabil, aber immer noch bewusstlos. Sie lag zwischen diversen Apparaten in einem Einzelzimmer des Inselspitals. Die Ärzte waren gekommen und gegangen. Vor Kurzem hatte die Nachtschicht den Trakt für Privatpatienten übernommen.

Vorhin hatte Kerstin darauf bestanden, dass ihr Vater, der am Rande eines Nervenzusammenbruches war, endlich ins Hotel fuhr. Kerstin wollte die erste Wache übernehmen. Winter hatte seinen dritten Kaffeebecher zerknüllt und Herrn Berger dann durch die Spitalgänge begleitet.

Jetzt schaute er dem Taxi nach. Bei der Ausfahrt leuchteten die Stopplichter kurz auf, dann verschwand es. Hier draußen war es frisch. Gelblich fahler Nebel hing über dem hell erleuchteten Spitalkomplex. Hoch oben blinkten rote Lichter und lockten Helikopter an wie farbige Blumen die Bienen.

Vor Kurzem hatte ein Rettungshelikopter auch ihn dort oben auf dem Spitaldach ausgespuckt. Winter atmete tief. Seine lädierten Rippen protestierten. Der Arm schmerzte. In seiner Jackentasche drückte er routiniert eine Schmerztablette aus dem Packungsstreifen und schluckte sie. Der Atem stieg als Hauch hoch und löste sich in der Nacht auf. Auch das Leben war nur ein Hauch, ein Atemzug vom Tod entfernt. Zwar verdrängte man das die meiste Zeit, aber der Herzmuskel musste nur kurz streiken, und man war tot. Oder Gemüse.

Zwei junge, quirlige Krankenschwestern mit übergestreiften Jacken kamen durch die automatische Tür und zündeten sich schwatzend Zigaretten an.

Winter fror.

Es würde bald schneien. Er sah wieder, wie »seine« Lawine hinter ihm herraste und ihn verschüttete. Nein, es war nicht »seine«, sondern einfach »eine« Lawine gewesen. Er war im falschen Moment am falschen Ort gewesen. Ärgerlich schob er die Bilder weg und ging zurück.

Die Wärme und der Spitalgeruch umhüllten ihn wieder. Auch hier eine Note Zitronenduft. Wie in der Eingangshalle des Hochhauses in Bethlehem. Der Mord an Frau Berger war noch nicht geklärt. Er prüfte sein Mobiltelefon. Keine neuen Nachrichten. Die Auswertung der Fingerabdrücke musste noch im Gange sein.

Er fuhr mit dem Fahrstuhl nach oben und betrat leise Frau Bergers Zimmer. Kerstin saß auf einem Stuhl neben dem Bett.

»Wie geht es ihr?«

»Stabil, aber man weiß nie.«

Winter schwieg und war froh, nicht selbst im Bett zu liegen. Dort verschwanden Schläuche und Kabel unter der Decke. Sauerstoff wurde direkt in die Nase geleitet. Eine Pumpe saugte Speichel ab und verhinderte, dass die hilf- und bewusstlose Brigitte sich verschluckte.

Erschöpft lehnte er sich an die Wand und verschränkte die Arme. Die Müdigkeit zog schwer an seinen Gesichtsmuskeln. Der Arm pochte. Wegen der Desinfektionsmittel atmete er flach. Vielleicht sollte er schlafen gehen. Aus der Ferne hörte er Kerstin fragen: »Haben Sie das Foto meiner Großmutter bei sich?«

»Das vom Strand?«

Sie lächelte und nickte.

Winter nahm den Umschlag hervor und zog das Foto heraus, löste sich von der Wand und reichte ihr das Bild mit der lachenden Frau und dem großen Sonnenhut.

Kerstin Berger studierte das Foto und sagte nach einer Weile: »Großmama scheint darauf so glücklich zu sein, nicht wahr?«

Hilfesuchend schaute sie zu Winter auf.

In dem Moment schlug Brigitte die Augen auf und rührte sich. »Wo bin ich?«

Das Sprechen fiel ihr wegen der Pumpe im Mundwinkel schwer. Sie blinzelte einige Male, dann waren ihre Augen klar und wach. Kerstin nahm ihre Hand. »Im besten Spital von Bern.« Zärtlich strich Kerstin mit dem Daumen über den Handrücken ihrer Mutter. »Du hattest einen kleinen Infarkt. Jetzt ist alles wieder in Ordnung.«

Die Apparaturen surrten.

Winter trat an die Bettstatt.

Das Foto lag auf der Bettdecke. Lange schaute Brigitte es an. Dann flüsterte sie kaum hörbar: »Rolf hat recht. Ich habe den Ehering in den Ofen geworfen. Damit es nie wieder passiert.«

»Was sagst du, Mama?«

Brigitte holte tief Luft und röchelte: »Rolf war es nicht. Ich habe Papa –«

Kerstin fuhr entschieden dazwischen: »Herr Winter, könnten Sie uns einen Moment alleine lassen.«

Dieser hörte Brigitte dazwischen leise stöhnen: »... in den Ofen gesperrt. Damit er endlich aufhört ...« Eine der Maschinen begann nervös zu piepsen und wild zu blinken. Irgendwo draußen ertönte ein Alarm.

24. Januar 23:07

Schwestern stürmten das Zimmer. Winter wurde hinausgescheucht. Ein Arzt hetzte vorbei und schloss die breite Tür. Der Alarm verstummte. Brigitte Berger hatte soeben gestanden. Er war sich sicher, sie trotz des Schlauches im Mund richtig verstanden zu haben.

Sie hatte ihr Geständnis von Nürnberg wiederholt.

Erschöpft setzte er sich vor dem Krankenzimmer auf einen Stuhl, lehnte den Kopf an die Wand und schloss die Augen. Gemäß Leonies Recherchen brauchte die »Berger Nano Medical Systems« dringend Geld, um ihre Forschung zu finanzieren. Die Nürnberger waren auf die Erbschaft angewiesen. Doch niemand konnte Brigitte etwas nachweisen. Warum also gestehen? Wollte sie mit dem eigenen Tod vor Augen reines Gewissen machen?

Eine Schwester verließ das Krankenzimmer. Sie ignorierte Winter und watschelte wie ein Entlein davon. Doch das Geständnis von vorhin war nicht viel wert, Brigitte war vollgepumpt mit Medikamenten. Er brauchte ein rechtsgültiges, von unabhängigen Personen bezeugtes Geständnis, ein unterschriebenes Dokument. Schwierig. Wahrscheinlich würde sie am Morgen ihre Aussage widerrufen. Wie das letzte Mal. Wie Rolf heute Nachmittag. Falls sie überlebte.

Verrückte Familie.

Sein Magen zog sich zusammen. Die Millionen von Bakterien in seinem Darmtrakt protestierten und veranstalteten eine Massendemonstration. Seit dem Mittagessen hatte er nur eines der klebrigen Biskuits gegessen. Winter prüfte sein Mobiltelefon. Immer noch nichts.

Die Tür öffnete sich. Winter schaute auf, aber der Arzt und die Schwester hatten ihm schon den Rücken zugedreht. Zwischen dem Quietschen der Schuhe hörte er »Koma« und »Ruhe«. Das Spitalpersonal wirkte nicht beunruhigt. Alles unter Kontrolle.

Er starrte auf die breite graublaue Tür mit der großen 603.

Hatte sich der Türgriff gerade bewegt? Winter kniff die Augen zusammen. In seinem Bauch stürmten die Bakterien lautstark einen anderen Trakt.

Sollte er hineingehen? Er stützte seine Ellbogen auf die Knie, massierte mit den Fingerspitzen die Schläfen und versuchte, die heranziehenden Kopfschmerzen zu vertreiben.

Mutter und Tochter hielten zusammen. Kerstin hatte vorhin gar keine Freude gehabt, als ihre Mutter zu gestehen begann. Verständlich. Bei einem Geständnis würde sie nichts bekommen, das ganze Geld an Rolf gehen.

Das graublaue Rechteck öffnete sich. Kerstins Absätze klapperten laut auf dem Spitalboden. Der Jupe kam auf ihn zu. Tolle Waden. Eine Lederhandtasche baumelte. Die Seidenbluse schillerte im nackten Licht des Spitalkorridors und sagte: »Meine Mutter ist wieder stabil, aber noch nicht zu sich gekommen. Sie schläft.«

Winters Gaumen war ausgetrocknet. Er nickte nur.

Kerstin Berger fragte: »Sind Sie in Ordnung?«

»Ja. Warum?«

»Sie sehen furchtbar aus.«

»Danke. Muss die Spitalluft sein.«

»Wir hatten alle einen langen Tag. Warum gehen Sie nicht nach Hause und schlafen sich aus?«

»Zu müde.« Wollte sie ihn loswerden?

Kerstin schnaubte lachend, warf ihre Haare zurück. »Ich brauche noch einen Kaffee. Sie auch?«

»Ja, gerne.«

»Bin gleich zurück.« Sie marschierte mit schwingenden Hüften und wallenden Haaren davon. Winter starrte ihr nach. Trug sie die Ringe an ihren Zehen auch heute? Die junge Frau hatte viele Gesichter. Einmal war sie liebevolle Tochter, dann wieder professionelle Geschäftsfrau, Ärztin, Mutter und zwischendurch rebellische Femme fatale. Wollte sie ihn wieder verführen? Oder irrte er sich?

Die Kaffeemaschine um die Ecke mahlte.

In Winters Magen brach eine Revolution aus. Er musste etwas essen. Er stand auf und ging ebenfalls zur Verpflegungsecke, wo Kerstin neben der Kaffeemaschine mit zwei Pappbechern hantierte.

»Haben Sie Ihren Vater schon angerufen?«
Sie rührte im Kaffee. »Nein, der macht sich nur unnötig Sorgen. Der soll schlafen. Wir können im Moment nichts machen.« Sie reichte Winter einen heißen Becher. »Hier.«
»Danke.« Er blies über die schäumende schwarze Brühe.
Kerstin nahm aus ihrer Handtasche ein herzförmiges Döschen mit Pillen und warf eine davon ein. Als sie dabei Winters Blick bemerkte, erklärte sie: »Nur ein bisschen ›Weckamin‹. Wollen Sie auch eine?«
»Nein danke.«
»Das bringt Sie nicht um. Ohne das hätte ich meine Assistenzzeit nicht überlebt. Die Hälfte aller Ärzte schluckt das Zeug.«
Sie schüttelte das rosa Pillendöschen verlockend in seine Richtung. Er verneinte und tastete stattdessen in der Tasche nach den Schmerztabletten. Das Pillendöschen verschwand in der Handtasche. Kerstin nahm ihren Kaffee und ließ sich auf das Sofa der hässlichen Polstergruppe aus den siebziger Jahren fallen. Das Mobiliar hier hatte alle Renovationen und Reorganisationen der letzten Jahrzehnte unbeschadet überstanden.
Sie schlug die langen Beine übereinander. »Kommen Sie! Entspannen Sie sich.« Mit der flachen Hand klopfte sie neben sich aufs Sofa.
Winter war kein Hund.
Aber er hätte sich am liebsten wie einer zusammengerollt und für ein paar Tage geschlafen. Er schlürfte seinen Kaffee und verbrannte sich die Zunge. Dann setzte er sich Kerstin gegenüber in einen der zu niedrigen Stoffsessel. Als er sich zurücklehnte, klingelte es. Er stellte den Kaffee auf den Tisch und zog sein Mobiltelefon hervor, das einen Anruf von Hodel anzeigte.
»Winter.«
»Hallooo, wie geht's denn so?«
Winter entschuldigte sich bei Kerstin und ging in den Korridor. »Mäßig. Ich bin noch im Spital bei Frau Berger.«
»Aaahh! Wie geht es der jungen Dame?«
»Den Umständen entsprechend. Was macht Herr Macedo?«
Herr Macedo und Hodel hatten sich versöhnt und sich offenbar bestens unterhalten, wie Männer. Und dabei hatten sie den

Pflaumenschnaps ausgetrunken. Jetzt war der Portugiese im Hotel und der angeheiterte Hodel zu Fuß auf dem Heimweg.

Winter fragte: »Hat er etwas über seine Frau gesagt?«

»Vieles. Oioioi.«

Hodel war komplett betrunken. Hoffnungsloser Fall. Winter wünschte ihm eine gute Nacht und legte auf. Er ging zurück und setzte sich wieder in den tiefergelegten Sessel mit dem psychedelischen Muster.

Kerstin fragte: »Probleme?«

»Nein, nein, Herr Hodel und Herr Macedo haben sich offenbar versöhnt.«

Der Kaffee war nun trinkbar. Grässlicher Geschmack. Er verzog das Gesicht. Die Ärztin streckte sich und musterte Winter. Ihre Brüste zeichneten sich unter der Seidenbluse ab. Sie wippte mit einem Fuß. Obwohl unter ihren Augen gräuliche Halbmonde schimmerten, wirkte sein Visavis hellwach. Mussten die Muntermacherpillen sein.

Er leerte den Kaffeebecher.

Nach einer Weile sagte Kerstin: »Wegen vorhin. Ich glaube, meine Mutter hat das nicht so gemeint. Sie schien mir ziemlich verwirrt.«

»Mhm.« Seine Glieder fühlten sich tonnenschwer an.

»Wissen Sie, der Krebs hat sie schwer mitgenommen. Und jetzt noch dieser Herzinfarkt«, hörte er Kerstin aus weiter Ferne sagen.

»Tut mir leid.« Er lehnte sich zurück und legte seinen Nacken auf die Lehne. Die Decke mit den eingelassenen Lampen war verdammt niedrig. Er blinzelte und konzentrierte sich wieder auf Kerstin. Strahlend weiße Zähne. Sein Magen rebellierte. Die Gedärme zogen sich zusammen, verknoteten sich und drückten säuerliche Galle hoch. Winter atmete tief ein.

Mehr Galle.

Irgendetwas stimmte nicht mit ihm.

Er stemmte sich aus dem Sessel und stolperte in den Korridor. Wo waren die Toiletten? Das grelle Licht blendete. Der Korridor war plötzlich unendlich lang. Winter tastete sich der Wand entlang und stieß die Tür mit dem schwarzen Männchen auf. Eine zweite Tür knallte an die Wand. Pissoirs. Lavabos. Die Spiegel darüber waren tiefe schwarze Löcher in die Unendlichkeit.

Winter stürzte in eine der WC-Kabinen, wo er kniend die Schüssel umarmte und sich übergab. Er kotzte schleimige grüne Flüssigkeit. Er hielt sich den Magen und hoffte, dass dieser sich nicht ganz herauskehrte. Er schwitzte, und seine Augen tränten. Als er glaubte, leer zu sein, begann es von Neuem. In der WC-Schüssel erkannte er Teile seines Frühstücks.

Scheiße. Was war mit ihm los?

Erschöpft zog er Toilettenpapier von der Rolle und wischte sich das Gesicht ab.

Eine weitere Welle kam. Der Schleim war nun gelb und körnig, der Hals wund vom Würgen.

An die Kabinenwand gelehnt hörte er sich keuchen. Er schwitzte aus allen Poren kalten Schweiß. Das Unterhemd klebte. Der Trümmerbruch schmerzte. Ätzender Geruch. Winter drückte die Spülung. Ein Wasserfall rauschte ihm entgegen und verschwand in einem Strudel.

Er wartete auf die nächste Attacke aus seinem Inneren. Lauschte. Nur sein pulsierendes Blut und das Rauschen der Lüftung. Als in seinem Körper nichts mehr geschah, stand er vorsichtig auf. Die Lampen an der Decke umkreisten ihn wie Planeten.

Langsam. Wasser. Schritt für Schritt. Das Lavabo bot Halt. Wo war der Wasserhahn? Verflucht. Feines Wasser spritzte umweltschonend und hörte wieder auf. Lichtempfindlich und automatisch. Winter fluchte und versuchte erfolglos, aus dem Hahn zu trinken. Er spuckte wütend Galle aus. Mit der feuchten Linken netzte er sich das Gesicht.

Dann schaute er in den Spiegel. Tiefe Augenhöhlen, schweißgebadetes, verzerrtes Gesicht. Hatte er eine Lebensmittelvergiftung? Zu viele Schmerzmittel? Zu viel Kaffee? Zu wenig Schlaf? Seinem Magen ging es jedenfalls gar nicht gut. Die Stirn sank an den kühlen Spiegel. Er atmete tief.

Ein Taxi nach Hause und schlafen.

Die Gedärme gurgelten drohend.

Das Telefon klingelte: Leonie.

Endlich. Das Telefon glitt Winter aus der ungelenken, feuchten Hand. »Verdammt.« Er drehte sich um und sah, wie sein Mobiltelefon nach einem Hüpfer in eine WC-Kabine schlitterte. Winter wurde schwindlig. Der Boden kam ihm entgegen. Er ging auf die Knie und zog die Kabinentür auf. Das Telefon klingelte und vibrierte neben der Toilettenschüssel.

»Winter.«

»Hallo. Ich dachte schon, du würdest nicht mehr abnehmen.«

Er atmete schwer und setzte sich auf den Boden. »Und?«

»Bist du okay?«

»Ja.«

»Bist du sicher?«

»Nein, aber ich werde es überleben. Ich musste mich vorhin übergeben. Wahrscheinlich zu viel Kaffee.«

»Am besten isst du ein paar trockene Biskuits. Wenn mir schlecht ist, nehme ich immer einige Petit-Beurre-Biskuits. Das bindet die Säure im Magen und –«

Winter unterbrach Leonie. »Hast du die Resultate?«

»Ja. Habermas hat sie uns vorhin gemailt. Hast du die Mail nicht bekommen?«

»Ich war beschäftigt.« Mit Kotzen. »Jetzt sag schon.«

»Die unbekannten Fingerabdrücke auf der Sphinx konnten mit an Sicherheit grenzender Wahrscheinlichkeit Kerstin Berger zugeordnet werden.«

»Der Enkelin?«

»Mit 99,9999-prozentiger Sicherheit.«

24. Januar 23:32

Alles passte zusammen. Kerstin brauchte das Geld für die BNMS. Vor Weihnachten war Kerstin auf die Azoren geflogen, wo sie ihre Tante aus dem Weg räumte. Die Portugiesen hatten das bestätigt. Dann erschlug sie ihre Großmutter, um an die Millionen zu kommen. Die Fingerabdrücke auf der Sphinx waren der definitive Beweis.

Leonie fragte besorgt: »Winter? Bist du noch da?«

Er hob das Telefon langsam wieder ans Ohr und schloss die Augen. »Ja.« In seinem Hirn sausten tausend Gedanken herum. Zu schnell, um haften zu bleiben. Zu schnell, um sie auszusprechen. Sein Schädel war zu klein und kurz vor dem Platzen. Am anderen Ende der Leitung sagte Leonie: »Erstens kommt es anders und zweitens als man denkt. Das hast du schon heute Morgen gesagt. Und wir haben sie erwischt.«

Winter raffte seine ganze Konzentration zusammen. »Bist du ganz sicher? Was ist mit den anderen?«

»Ja. Das Labor konnte von allen vollständige Abdrücke nehmen. Die klebrigen Biskuits waren eine gute Idee. Rolf hatten sie bereits in einer der europäischen Datenbanken. Wegen der Drogendelikte. Die anderen waren neu. Die Abdrücke auf Kerstins Glas konnten eindeutig denen auf der Sphinx zugeordnet werden.«

Funkstille.

»Hallo? Winter? Wo bist du?«

Winter schluckte. »Im Spital.«

»Bei Brigitte Berger?«

»Ja.«

»Ist Kerstin auch da?«, fragte Leonie aufgeregt.

»Ja. Sie ist bei ihrer Mutter.« Das Sprechen fiel Winter wegen des Eigenlebens seiner anschwellenden Zunge immer schwerer. Er wollte aufstehen, aber seine Beine versagten ihren Dienst. Zuerst der Streik des Magens. Jetzt die Beine. Auf nichts war mehr Verlass. »Scheiße.«

»Winter, was machst du? Sag mir, dass du okay bist.«

»Meine Beine …« Das Telefon entglitt ihm und schepperte auf den gekachelten Boden.

Leonies dünne Stimme erreichte gerade noch sein Ohr. »Warte! Ich komme. Pass auf! Sie ist gefährlich.«

»Wer?«, stammelte Winter.

»Kerstin.«

Winter rutschte an der Wand herunter und fiel auf seinen gebrochenen Arm. Die Schmerzen schossen durch seinen Körper und klärten auf einen Schlag seinen Kopf. Das rasende Gedankenkarussell hielt an. Er war wieder klar und öffnete die Augen. Abwasserleitungen unter den Lavabos. Gleißende weiße Platten. Was zum Teufel machte er hier?

Leonie.

Die Abdrücke.

Kerstins Abdrücke.

Hatte sie ihn vergiftet?

Kerstin Berger hatte ihn vergiftet! Sie wollte auch ihn aus dem Weg räumen und hatte ihm etwas in den Kaffee gemischt. Winter sah wieder die herzförmige Pillenbox mit den Amphetaminen. Gift war eine Frage der Menge. Eine Pille half der Assistenzärztin durch eine lange Nachtschicht. Mehrere Pillen konnten tödlich sein.

Er richtete sich mühsam auf.

Arm und Kopf schmerzten höllisch.

Sein Spiegelbild schwankte. Schwindel.

Warum? Warum hatte Kerstin ihn vergiftet?

Das Geständnis am Krankenbett!

Er hatte das Geständnis mitgehört. Ein Geständnis bedeutete keine Erbschaft für Brigitte Berger und damit auch keine Millionen für Kerstin. Kerstin wollte auch ihre Mutter zum Schweigen bringen!

Es lief ihm kalt den Rücken herunter. Er musste sofort zurück ins Krankenzimmer und Brigitte beschützen. Sofort! Winter hetzte zur Tür und glitt auf dem am Boden liegenden Mobiltelefon aus. Zuerst mit dem Gesäß, dann mit dem Hinterkopf knallte er auf den Boden. Eine Abrissbirne donnerte gegen seinen Schädel. Für einen langen Moment war Winter in einem schwarzen Loch mit Abermillionen klitzekleiner Sternchen. Danach brannte wieder grelles Kunstlicht.

Winter übergab sich erneut.

Danach war er bis auf einen einzigen Gedanken leer: Er musste Brigitte Berger retten. Er nahm sein Telefon, zog sich an einem Lavabo hoch und torkelte zur Tür. Er konnte sie nicht aufstoßen. Sie war verschlossen. Er drückte verzweifelt dagegen, bis er merkte, dass sie sich gegen innen öffnete. Winter stolperte durch den Vorraum, riss die zweite WC-Tür auf und trat auf den Korridor.

Welche Richtung?

Der bläuliche Korridor verlor sich auf beiden Seiten. Er schüttelte den Kopf und kniff die Augen zusammen. Als er sie wieder öffnete, kraxelte ein riesiges Insekt mit einem Glupschauge und einem langen glänzenden Stachel auf ihn zu. Winter ließ den alten Mann im Nachthemd mit dem Infusionstropf am fahrbaren Gestell stehen und flüchtete in die andere Richtung.

Der Korridor war unendlich lang, seine Beine waren bleischwer. Die Wände verzogen sich, und die Decke drohte ihn zu erdrücken. Raum und Zeit falteten sich ineinander. Immer weiter die Rampe hoch.

Sein Kopf war kurz davor, wegzurollen. Er hielt ihn mit beiden Händen fest, doch einer seiner Arme war aus Eisen und Stahl, ein Roboterarm. War er in der Zukunft gelandet? Winter drehte sich um seine eigene Achse.

Weiter. Wohlan. Voran.

Ah, hier musste es sein.

Winter öffnete die Tür und trat ins verdunkelte Zimmer. Ein schnarchender Bär. Dahinter rot und grün blinkende Wolfsaugen in der schwarzen Nacht. Der Bär brummte und drehte sich auf die andere Seite. Dschungelblumen und Bananen und Orangen auf einem Tisch. Falsches Zimmer. Winter zog sich zurück.

Er stieß mit einer Krankenschwester zusammen.

Sie fragte: »Kann ich Ihnen helfen?«

Er bändigte seine vertrocknete Zunge und fragte mit belegter Stimme: »Ich suche 6-0-3. Frau Berger, Brigitte Berger.«

»Das hier ist Nummer 608. 6-0-3 ist dort. Das dritte Zimmer nach der Kaffeenische.« Eine bleiche Flosse zeigte die Richtung.

»Danke.«

Winter schwankte weiter. Er musste seinen ganzen Willen aufbieten, um einen Fuß vor den anderen zu setzen. Am liebsten hätte er sich hingelegt und die bunten Muster an sich vorbeiziehen lassen. Aber zuerst musste er Brigitte retten.

Das Gift verwirrte seine Sinne. Das Gift machte seine Beine schwer, trocknete seinen Mund aus. Das Gift störte seine Wahrnehmung. Er sah Dinge, die nicht da waren. Er wusste das. Noch konnte er unterscheiden, was real und was Phantasie war. Noch. Er erreichte die Nische mit den Polstermöbeln und der Kaffeemaschine. Niemand da. War die Kaffeemaschine ein fauchender, Wasserdampf speiender Transformer mit blinkenden Augen?

Rasche Schritte hinter ihm.

Er wirbelte herum. Taumelte. Stützte sich an der Wand ab. Ein korpulenter Uniformierter kam im Laufschritt auf ihn zu. »Herr Winter? Sind Sie Herr Winter? Ich habe einen Anruf erhalten. Ihre Assistentin sagte, dass es Ihnen nicht gut geht.«

Winter zeigte den Korridor entlang. »Wir müssen sie retten.«

»Herr Winter, beruhigen Sie sich. Warum setzen Sie sich nicht einen Moment hin?«

»Keine Zeit.«

»Immer mit der Ruhe. Ich hole jemanden, der Sie untersucht.«

»Später.«

»Nehmen Sie Platz.« Der Wachmann zeigte auf den wild gemusterten Sessel, der sich als haariger Schlund einer fleischfressenden Pflanze entpuppte.

Winter bekam Angst. Er wollte nicht gefressen werden. Als der Wachmann auf ihn zutrat, fegte ihm Winter mit einem zehntausendmal geübten De-Ashi-Barai die Füße weg und ließ ihn schwerfällig aufs Sofa plumpsen. Er ließ den verdatterten Wachmann liegen und marschierte weiter.

Endlich die richtige Tür. Die graublaue Farbe stimmte. Die Nummer 603 auch. Er nahm schwungvoll Anlauf und öffnete mit einem selbstbewussten »Ha!« die Tür. Die Welt rauschte an ihm vorbei.

Kerstin Berger beugte sich über ihre Mutter.

Schweiz – Kanton Bern, Zollikofen

Tijo schlief tief, als das Fenster zu Bruch ging. Im Halbschlaf hörte er Glasscherben klirren und etwas Schweres über den Boden des Schlafsaals kullern. Er war nicht sicher, ob im Traum eine Handgranate heranrollte. Letzthin, im Asylverfahren, hatte er über den Bürgerkrieg sprechen müssen. Seither träumte er wieder öfter von den Massakern und den Bomben in den Nuba-Bergen.

Er schüttelte den Traum ab. In der Schweiz wurden keine Handgranaten geworfen. Auf den Ellbogen gestützt sah er, wie sich die Männer in den anderen Etagenbetten rührten. Im fahlen Nachtlicht wickelten sie sich aus ihren Decken. Tijo rieb sich den Schlaf aus den Augen. Der Lichtschweif eines Kometen. Eine Flasche schlug auf, zersplitterte. Der Molotowcocktail explodierte. Whump! Das Etagenbett neben ihm fing Feuer.

Sein Nachbar wand sich schreiend aus der brennenden Decke. Alle schrien wild durcheinander: »Feuer!«, »Allah!«, »Achtung!«, »Aus dem Weg!«, »Hilfe!«, »Raus!«.

Draußen quietschten Reifen.

Tijo zog seinen Bauchbeutel unter dem dünnen Kissen hervor und glitt von der oberen Etage hinunter. Die Matratze unter ihm brannte bereits lichterloh. Im Gedränge der Leiber hetzte er barfuß auf den Korridor und dann ins Freie.

Draußen sprühte jemand Schaum ins Feuer eines zweiten Molotowcocktails, der an der Hauswand zerschellt war. Aus dem Fenster darüber kam schwarzer Rauch. Dahinter züngelten gelbrote Flammen. Sirenen heulten. Feuerwehrautos brausten heran. Blaue Lichter kreisten. Männer mit Helmen, Schutzanzügen und futuristischen Sauerstoffmasken rannten in die Unterkunft.

Die Asylbewerber standen in Gruppen auf der Nebenstraße. Es war kalt. Tijo trug nur Unterhose und T-Shirt. Frierend trat er von einem Fuß auf den anderen. Sie wurden aufgefordert, Platz zu machen und sich zum Sammelplatz zu begeben, und trotteten auf den angrenzenden Kinderspielplatz. Ein paar Minuten später war der Brand gelöscht, aber sie konnten vorläufig nicht zurück. Ein Mitarbeiter des Zentrums verteilte Decken. Tijo schnappte sich zwei und setzte sich eingewickelt an den Sandkasten. Seine kalten Füße vergrub er im feuchten Sand, der durch die Zehen quoll.

Der schmächtige Eritreer, der erst gestern Abend angekommen und ins Bett neben der Tür geklettert war, schüttelte den Kopf. »Meine neuen Sachen.« Er zeigte auf die hell erleuchtete Unterkunft, über der Rauchschwaden hingen. Der Eritreer fragte: »Und du? Was machst du? Wie bist du hierhergekommen?«

Es war mitten in der Nacht. Gedämpfte Stimmen drangen herüber. Um sie herum schwatzten die Leidensgenossen in kleinen Gruppen. Einige rauchten. Gelächter. Alle hatten Zeit.

Also erzählte Tijo dem Unbekannten mit leiser, tiefer Stimme seine Geschichte. Manchmal tat es gut, einfach zu reden. Er erzählte, wie er seine Familie verloren, wie er sein Dorf in den Nuba-Bergen verlassen hatte und durch die Sahara nach Libyen geflüchtet war. Wie er dort für eine Miliz kämpfen musste, in Sirte verwundet und dann gefangen genommen worden war. Mit Grauen erinnerte er sich an seine Flucht durch die Wüste und wie er dabei fast verdurstete.

Zwei Helfer der Heilsarmee kamen mit Thermosflaschen und Pappbechern. Tijo und der Eritreer schlürften faden Tee. Dann erzählte Tijo von seinen Versuchen, Europa zu erreichen, zuerst per Schiff, dann über die Zäune von Ceuta. Als Tijo schilderte, wie er bei Melilla als Frau verkleidet endlich nach Europa kam, sagte der Eritreer: »Solche Hilfe hätte ich auch brauchen können.«

Leise sagte Tijo: »Aber dafür habe ich meine Seele verkauft.«

»Und dann?«

»Die Erdbeerplantagen in Spanien.« Er zuckte mit den Achseln. »Der Vorarbeiter war ein Sklaventreiber. Aber sie haben mich in einem Kühlwagen direkt hierhergefahren.«

»Und du hattest keine Probleme an der Grenze?«

»Nein. Die fahren regelmäßig hin und her. In der Kabine hatte es einen Bettkasten. Dort habe ich mich versteckt. Die Zöllner stempeln nur und winken dann durch.« Tijo grinste in die Nacht. »Der Fahrer hat mich danach an einer Raststätte abgesetzt, und ich habe gewartet, bis Polizisten kamen. Den Rest kennst du. Ich sagte ›Asyl‹ und kam ins Zentrum. Fingerabdrücke«, Tijo betrachtete seine Hände, »Fotos und ein Doktor.«

»Kreuzlingen?«

»Mhm.«

»Ich auch. Wie lange warst du dort?«

»Zwei Monate. Zuerst war ich froh, dass ich nicht mehr schuften musste.« Er streckte seinen Rücken. »Aber danach war es todlangweilig. Warten, warten, warten.«

»Wenigstens war das Essen nicht schlecht, oder?«

Tijo nickte. Es war weder gut noch schlecht gewesen.

»Wie oft haben sie dich befragt?«

»Drei Mal. Ich war drei Mal in diesem weißen Haus hier in Bern.«

»Zwei Mal. Eritrea. – Hast du deinen Ausweis schon bekommen?«

Als Tijo den erwartungsvollen Blick des kleinen Eritreers sah, zog er seinen frischen F-Ausweis für vorläufig aufgenommene Flüchtlinge aus dem Bauchbeutel. Zum Glück war der nicht verbrannt. Der Mann von der Kirche hatte ihm erklärt, dass die Behörden ihn nicht ausweisen würden, solange im Sudan Krieg herrschte. In den letzten Wochen hatte er sich umgeschaut, mit Leuten gesprochen und sich bei der Reinigungsfirma beworben. Der Chef des Putzinstitutes kam aus dem Kosovo, wusste, was Bürgerkrieg bedeutete, und hatte eine Arbeitsbewilligung für ihn beantragt. Bald würde er seine Schulden begleichen können. Er brauchte nur noch ein wenig Geduld.

Der neugierige Eritreer riss ihn aus seinen Gedanken und zeigte auf den offenen Bauchbeutel. »Hast du Fotos von deiner Familie?«

24. Januar 23:39

Winter packte Kerstin und riss sie von ihrer Mutter weg. Sie fielen über einen Rollwagen mit Medikamenten und stürzten krachend zu Boden. Kerstin kreischte, strampelte und schrie: »Lassen Sie mich los!« Winter dachte nicht daran und spuckte haarige Spaghetti aus.

Eine Horde Uniformierter stürmte das Zimmer und überwältigte Winter. Kerstin rollte zur Seite. Ein Wachmann setzte sich auf Winters Brust und drückte ihm die Luft aus der Lunge. Ein anderer blockierte seine Beine. Die Deckenbeleuchtung drehte sich in einer Spirale davon. Obwohl er sich dagegen wehrte, fielen seine Augen zu, und wohlige Dunkelheit umfasste ihn.

Endlich konnte er schlafen. Schlafen. Tief schlafen.

Winter hauchte mit letzter Kraft: »Halt. Warten Sie. Ich bin der Falsche. Sie will ihre Mutter umbringen. Sie hat mich vergiftet.«

Dann glitt er endgültig davon.

Als er aufwachte, tasteten Finger in seinem Mund herum. Er lag auf der Seite und schlug die Augen auf. Eine Krankenschwester mit blauen Gummihandschuhen, Gesichtsmaske, grimmigem Blick und dem Oberkörper einer russischen Gewichtheberin beugte sich über ihn.

Sie sagte: »Achtung. Er ist aufgewacht.«

Sie zog an seinem schlaffen Unterkiefer und stopfte ihm ein unförmiges, hartes Ding in den Mund. In Winters Gaumen juckte das Halszäpfchen. Das Husten und Würgen wurde vom Beißring unterdrückt.

Er keuchte und schwitzte.

Die Krankenschwester tätschelte seine Wangen. »Keine Angst.«

Winter versuchte sich zu rühren, doch Arme, Bauch und Beine waren mit breiten Bändern am Schragen fixiert. Hinter der Schwester sah er Spitalpersonal und Apparate herumstehen.

Sie legte ihm einen großen Gummilatz um den Hals. »Wir müssen Ihnen den Magen auspumpen.«

Winter würgte.

»Er ist bereit.«

Eine weiße Maschine mit Schläuchen wurde herangeschoben. Der Kopf eines Pflegers tauchte in Winters Gesichtsfeld auf. Über der Gesichtsmaske Breschnews Augenbrauen. Mit einem Becher flößte er ihm Wasser ein. »Trinken Sie.«

Winter verschluckte sich. Hustete.

Galle kroch in seinen Mund. Die Augen tränten.

Die Krankenschwester richtete seinen Kopf.

Aus dem Schnabelbecher wurde mehr Wasser eingeflößt.

Er trank. Blinzelte.

»Jetzt wird es ein wenig unangenehm. Wir führen einen Schlauch in Ihren Magen ein. Entlang der Speiseröhre.«

Winter atmete schwer.

Die blauen Plastikhandschuhe hielten einen Schlauch aus durchsichtigem Kunststoff mit zwei dünnen Röhrchen. Der Pfleger zirkelte den Schlauch durch den Beißring in Winters Hals. Als dieser den Eingang der Speiseröhre kitzelte, wehrte sich Winters Gaumen reflexartig.

»Nur mit der Ruhe. Atmen Sie durch die Nase. Langsam.«

Winter versuchte ruhig zu atmen. Leichter gesagt als getan.

Der harte Schlauch kroch die Speiseröhre hinunter.

Eine Schlange im Hals.

Die blauen Handschuhe führten den Schlauch eine Handbreit nach der anderen in die Tiefe des Verdauungstraktes. Die Krankenschwester hielt seinen Kopf fest und lächelte aufmunternd. Der Schlauch raute die Speiseröhre auf. Winter unterdrückte ein Lachen. Die rebellierenden Bakterien in seinem Magen würden bald ertränkt, ihre Revolution erstickt.

Der Pfleger flößte ihm mehr Wasser ein. Gleitmittel.

Obwohl Winter ein starkes Schluckbedürfnis hatte, konnte er den Gaumen nur wenig bewegen. Plötzlich musste er gleichzeitig husten und kotzen.

Galle wurde aus dem Magen in den Mund gedrückt. Die Bakterien hatten einen Gegenangriff lanciert.

Er wollte Luft in seine Lunge saugen, bekam stattdessen ein saures Gemisch in den falschen Hals ab. Nur nicht ersticken! Verzweifelt versuchte er, den Beißring auszuspucken, doch die Krankenschwester hielt seinen Kiefer mit stählernen Händen fest. »Ruhig. Nicht bewegen. Ruhig. Atmen Sie durch die Nase. So ist es gut. Gleich haben wir es.«

Winter befahl seinen Muskeln, sich zu entspannen.

Der Schlauch pikte Winters Magenwand.

Der Pfleger nickte. »Wir pumpen Ihnen jetzt eine Kochsalzlösung in den Magen. Die geht in einem Röhrchen rein und wird im anderen wieder rausgesogen.«

Das Spülsystem hinter Winter wurde angeschaltet und begann zu summen. Durchsichtige Kochsalzlösung floss vorbei und füllte seinen Magen. Lauwarmes Wasser gurgelte. Das Spülsystem brummte und saugte die angereicherte Lösung durch die zweite Leitung wieder ab. Dreckig braune Flüssigkeit.

Die Spülmaschine pumpte, summte und brummte.

Winter konzentrierte sich darauf, durch die Nase zu atmen.

Die Hände der Krankenschwester an den Wangen entspannten sich.

Mit jedem Pumpzyklus wurde die rückgeführte Flüssigkeit heller. Nach einigen Minuten war fast kein Unterschied mehr zu sehen. Das Spülsystem wurde abgestellt, und der Pfleger sagte: »So, das war's. Ich entferne nun den Schlauch.« Das Herausziehen ging schnell. Die Krankenschwester entnahm den Beißring und entfernte den Gummilatz. Zum Abschied tätschelte sie ihm noch einmal die Wange.

Endlich konnte er wieder durch den Mund atmen.

Sein Hals war wund.

Die Sicherungsbänder wurden gelöst. Winter setzte sich auf, doch Schwindel befiel ihn. Langsam. Er räusperte sich. Eine gekieste Straße in seiner Kehle. »Wasser.«

Dankbar nahm er den Becher mit Trinkwasser.

Trank. Er fühlte sich leer und schwach.

Der Pfleger reichte ihm einen Plastikbehälter mit zwei Tabletten. »Hier. Nehmen Sie die.«

Winter schaute ihn fragend an.

»Aktivkohle. Das bindet die Reste des Giftes im Magen.«

Er nahm die Tabletten. Spülte. Die Krankenschwester räumte auf, rollte das Spülsystem zur Seite und löste den Behälter mit dem Mageninhalt heraus.

Winter fasste sich an den Hals. »Was war es?«

Der Pfleger entfernte seine Gesichtsmaske. Er war etwa dreißig, bleich, hatte unter den buschigen Augenbrauen bernsteinfarbene Augen und wulstige Lippen. »Keine Ahnung. Der Arzt, der Sie gebracht hat, fand in Ihrer Tasche mehrere leere Medikamentenverpackungen opioider Schmerzmittel.« Er zeigte auf Winters Jacke, die auf einem weißen Möbel mit vielen schmalen Schubladen lag. »Wir schicken Ihren Mageninhalt ins Labor. Dann wissen wir mehr.«

Langsam kamen Winters Erinnerungen zurück. Kerstins Amphetaminpillen. Brigitte Berger!

Er fragte: »Wie geht es Brigitte Berger?«

Der Pfleger zuckte mit den Schultern. »Keine Ahnung.«

Winter schwang die Beine vom Schragen. »Wissen Sie, ob es eine Tote gegeben hat?«

»Wir sind im Spital. Hier sterben dauernd Leute.«

Winter stand auf. »Ich muss zu Frau Berger.« Seine Beine waren wackelig. Er ließ den Schragen los.

»Nicht so schnell. Wir müssen Sie zur Beobachtung hierbehalten.«

In dem Moment kam die Krankenschwester mit einem mageren Arzt zurück, der noch in der Pubertät und einem viel zu weiten Kittel zu stecken schien. »Was ist los?«

»Ich muss Frau Berger sehen.«

»Sie müssen sich ausruhen.« Der Arzt unterschritt den Höflichkeitsabstand. »Die Abläufe in Ihrem Hirn sind durcheinandergekommen. Wir können Sie nicht einfach so gehen lassen.«

»Lassen Sie mich.«

»Wie viele Tabletten haben Sie genommen?« Der Arzt zückte ein Clipboard und griff nach einem seiner Stifte.

»Drei, vier pro Tag.«

»Seit wann?«

»Drei Wochen.«

Der Arzt nickte und notierte. »Haben Sie vorhin noch etwas anderes genommen? Alkohol? Haschisch? Andere Drogen?«

»Kerstin, Frau Bergers Tochter, hat Amphetamintabletten. Wahrscheinlich hat sie mir diese in den Kaffee getan.«

Der Arzt schaute auf. »Soso. Amphetamine.«

»Ja. Verdammt noch mal. Wurde sie verhaftet?«

»Ich weiß nicht. Aber die Kombination von Amphetaminen und den Opiaten in Ihren Schmerzmitteln könnte erklären, warum Sie halluziniert haben. Lassen Sie die Finger von Smart Drugs. Die Amphetamine darin führen zu verstärkter Ausschüttung des Neurotransmitters Dopamin und …«

Winters Erinnerungen an den Trip krochen aus einer dunklen Ecke zurück ins Bewusstsein. Er hatte sich übergeben müssen. Grelle Farben. Vage erinnerte er sich an ein glupschäugiges Insekt und einen schnarchenden Bären. Der Wachmann, der ihn an eine fleischfressende Pflanze verfüttern wollte. Er hörte den Arzt sagen: »… Allerdings können die erhöhten Nervenaktivitäten auch durch Flüssigkeitsmangel, einen gestörten Wasser-Salz-Haushalt oder Schlafentzug entstehen.«

»Ein bisschen Schlaf wäre nicht schlecht.« Winter schob den Arzt zur Seite und nahm seine Jacke.

Der Arzt folgte ihm. »Was ist mit Ihrem Arm passiert?«

»Lawinenunglück.«

»Hatten Sie ein Schädelhirntrauma?«

Winter nickte. »Ich kann mich nicht mehr erinnern.«

Der Arzt kritzelte auf sein Clipboard und erklärte vielsagend: »Die Halluzinationen können auch eine Nachwirkung davon sein, insbesondere in Kombination mit den anderen Faktoren.«

Großartig. Gratis-3D-Kino.

»Sie müssen sich hinlegen.«

»Nachher.«

25. Januar 00:41

Er ignorierte den Arzt und schulterte die Tür auf. Dieser Korridor war hellgrün. Die Wände standen senkrecht und bewegten sich nicht. Gut. Nach einem langen Marsch durchs Spital fand er Brigitte Bergers Station wieder. Vor der graublauen Tür schwatzte Leonie mit einem jungen, gut aussehenden Wachmann. Als sie ihn sah, kam sie ihm besorgt entgegen. »Winter. Gott sei Dank.«

»Die Magenpumpe tut's auch.«

»Was ist passiert?«

»Ich weiß nicht. Kerstins Amphetamine, Schlafmangel, Nachwirkung der Gehirnerschütterung. Was ist mit den Bergers?«

»Die Mutter ist immer noch im Koma. Die Tochter ist bei ihr. Du hast ihr einen schönen Schreck eingejagt.«

Winter packte Leonie an den Schultern. »Sie will ihre Mutter umbringen. Ich bin sicher. Wir dürfen sie nicht alleine lassen.« Winter fixierte die Tür. »Brigitte Berger hat in einem lichten Moment gestanden. Ich habe es mit eigenen Ohren gehört. Sie warf damals den Ehering in den Ofen. Ihr Vater wollte ihn herausholen. In dem Moment hat sie ihn eingesperrt und den Ofen eingeschaltet. In Nürnberg hat sie mir erzählt, dass er den Ehering für seine perversen ›Spiele‹ jeweils abgelegt hat. So muss es passiert sein. Sie war es.«

»Dann erbt sie nichts.«

»Genau. Aber Kerstin hat nicht mit dem Geständnis ihrer Mutter gerechnet. Da musste sie improvisieren.«

»Erstens kommt es anders und zweitens als man denkt.«

»Ja. Kerstins Fingerabdrücke beweisen, dass sie am Tatort war. Sie war auf den Azoren. Sie hat zuerst ihre Tante, dann ihre Großmutter umgebracht. Aber wegen der Enterbungsklausel im Testament muss Kerstin jetzt um jeden Preis sicherstellen, dass ihre Mutter nicht mehr aufwacht, auf keinen Fall ein rechtsgültiges Geständnis ablegt. Sonst geht sie leer aus, und alles war vergebens.«

»Du glaubst, Kerstin will ihre eigene Mutter umbringen?« Leonie runzelte die Stirn.

Winters Mund war ausgetrocknet. »Ihre Mutter stirbt sowieso. Als Ärztin weiß Kerstin, dass das nur eine Frage der Zeit ist. Ein wenig ›Sterbehilfe‹ ist für sie ein Leichtes. In ihrem kranken Kopf opfert sie Brigitte, damit ihre Firma überlebt.«

»Wir müssen etwas tun.«

»Ist Habermas da?«

»Nein. Ich habe nur die Mail mit den Fingerabdrücken.«

»Sonst jemand von der Polizei?« Winter schaute sich um.

»Ich habe niemanden gesehen, nur den Wachmann des Spitals.«

»Hast du Kerstin etwas von den Fingerabdrücken gesagt?«

»Nein. Ich wollte warten, bis dein Anfall vorbei ist.« Leonie grinste und warf einen Blick auf den Wachmann. »Du warst offenbar ziemlich von der Rolle.«

»Einer wollte mich an eine fleischfressende Pflanze verfüttern.«

»Was?«

»Vergiss es.«

Leonie verdrehte die Augen. Die Tür ging auf. Kerstin trat heraus. Als sie Winter sah, blieb sie abrupt stehen. Ihre Hand ging unwillkürlich zur Stirn. Das blonde Haar hing in Strähnen herab, eine blaue Beule auf der Stirn, die Lippen waren zu einer Linie zusammengepresst und die Augen gerötet. »Herr Winter, ich glaube, Sie schulden mir eine Entschuldigung.«

Der Wachmann war ihr ein paar Schritte gefolgt und blieb zwischen ihnen und der Tür stehen.

Winter fragte: »Wissen Sie, wer am Morgen vier Füße, am Mittag zwei und am Abend drei hat?«

Kerstin sagte: »Lassen Sie das. Sie haben mich vorhin wie ein Verrückter zu Boden gerissen.«

»Ich habe das Rätsel der Sphinx gelöst.«

Kerstin war bleich, schluckte leer und schüttelte den Kopf. »Was soll das?«

»Sie haben Ihre Großmutter erschlagen.«

»Spinnen Sie?« Kerstin verwarf die Hände. Der Wachmann kam einen Schritt näher.

»Ihre Fingerabdrücke sind auf der Tatwaffe.«

»Na und?« Sie zuckte mit den Schultern. »Ich habe meine Großmutter ab und zu besucht.«

»Wann waren Sie das letzte Mal bei ihr?«

»Über Weihnachten. Am Stephanstag, um genau zu sein. Das ist die Zeit, wenn Enkelkinder ihre Großmütter besuchen. Oder? Und jetzt lassen Sie mich in Ruhe. Oder wollen Sie mir auch noch auf die Toilette folgen?«

Kerstin ließ Winter und Leonie stehen und marschierte davon.

Nach einer Weile sagte Leonie: »So viel zu deiner Theorie.«

»Wir kriegen sie.« Winter schaute sich um. Er war todmüde, aber er konnte die wehrlose Mutter jetzt nicht mit ihrer mörderischen Tochter alleine lassen. Nicht jetzt.

»Und was ist die Lösung?«

»Welche Lösung?«

»Deines Rätsels.«

Winter lachte auf. »Das ist nicht von mir. Es ist der Mensch. Am Anfang des Lebens krabbeln wir auf allen vieren, dann stehen wir auf zwei Beinen, und im Alter brauchen wir einen Stock.«

Der Wachmann hatte sich wieder zur Tür zurückgezogen und die Hände vor dem Geschlecht verschränkt. Er war schlank, knapp zwanzig und hatte sein blondes Haar mit Gel aufgestellt. Kein Schläger, eher ein Student, der sich mit Nachtschichten finanzierte. Winter ging auf ihn zu und stellte sich vor.

Er konnte sich nicht mehr erinnern, ob der Wachmann beim uniformierten Trupp dabei gewesen war, der ihn überwältigt hatte. Er zeigte in Richtung Toilette. »Sie hat mir Amphetamine in den Kaffee gemischt. Deshalb war ich nicht ganz bei mir. Sie mussten mir den Magen auspumpen.«

Der Wachmann setzte sein »Das-habe-ich-schon-hundertmal-gehört«-Gesicht auf.

»Sie will ihre Mutter umbringen. Sie müssen die Patientin beschützen. Brigitte Berger ist in Gefahr.«

»Warum gehen Sie nicht nach Hause und schlafen sich aus?«

»Ist Brigitte Berger in Ordnung?«

»Gehen Sie nach Hause.« Der Wachmann verschränkte die Arme.

Kerstin kam zurück. Die Haare geordnet.

Winter ging ihr entgegen. »Was haben Sie auf den Azoren mit Ihrer Tante gemacht?«

»Das geht Sie nichts an.«

»Doch. Ihre Tante ist verschwunden. Haben Sie sie in den Krater gestoßen? Oder haben Sie sie woanders umgebracht und nur die Jacke dort deponiert, damit wir an einen Unfall glauben?«

Winters Gesicht war nur ein paar Zentimeter von Kerstins entfernt. Er sah zerplatzte Äderchen im Weiß ihrer Augen, spürte ihren Atem auf seiner Haut. Er sah Wut. Aber keine Angst. Die Amphetamine machten sie selbstbewusst. Smart Drugs. Aber nicht clever genug. Er würde es aus ihr herausschütteln.

Sie trat einen Schritt zurück, stemmte die Hände in die Hüfte und erwiderte mit erhobenem Kinn: »Sie spinnen tatsächlich. Glauben Sie nun auch noch, dass ich meine Tante umgebracht habe?«

»Haben Sie?«

»Nein. Verdammt noch mal.«

»Sie waren auf den Azoren. Leugnen Sie das?«

Kerstin schwieg trotzig.

Leonie stellte sich neben den kochenden Winter, hielt diesen beruhigend am Ellbogen fest und schaute Kerstin erwartungsvoll an. »Bald wird die Polizei da sein. Dann *müssen* Sie Auskunft geben. Wir können beweisen, dass Sie auf den Azoren waren.«

Kerstins Blick begann zu flattern. »Okay.« Sie schrumpfte wie ein Ballon, dem die Luft ausgeht. »Ja. Ich war auf den Azoren. Ich war dort, um Helen zu helfen. Ihr Mann hat sie geschlagen, eingesperrt, bedroht. Immer wieder.«

Winter erinnerte sich an die hohe Mauer und den netten Pitbull. »Sie haben ja gesehen, wie er ist. Helen wollte weg, weg vom B&B, weg von Pico. Aber sie konnte ihn einfach nicht verlassen. Bis ich sie geholt habe.«

»Und wo ist Ihre Tante jetzt?«

»Hier. Sie wollte wegen ihres Mannes nicht zur Testamentseröffnung kommen. Und Mama kam dann mit der Idee der Vereinbarung. Wir brauchen das Geld.« Sie zuckte entschuldigend mit den Schultern. »Aber nach dem Infarkt habe ich sie angerufen. Helen kommt morgen«, sie schaute auf die Uhr und korrigierte sich, »heute zu Großmamas Beisetzung.«

25. Januar 08:59

Im Güterbahnhof hinter dem Krematorium ratterten rangierende Züge. Die Kehrichtverbrennungsanlage ragte in den trostlosen Januarhimmel. Nach ein paar Stunden Schlaf stand Winter ausgelaugt vor dem Büro des Krematoriums.

Er stampfte sich die Kälte aus den Gliedern. Abgesehen von einer Tasse Tee war sein Magen leer. Auch sein Kopf fühlte sich leer an. Ausgebrannt und überreizt. Zu wenig Schlaf. Zu viele Tabletten. Er schluckte, um den wunden Hals zu befeuchten.

Sein Atem kondensierte zu einer Wolke, die sich in der Kälte langsam auflöste. Auch die Tote hatte sich verflüchtigt. Der Wind hatte sie in alle Himmelsrichtungen getragen. Rauchpartikel hatten sich auf Häusern und Straßen, Bäumen und Feldern niedergelassen und den Schnee grau gefärbt. Im Frühjahr würden sie weggeschwemmt, Pflanzen würden das Kohlendioxid auf ihren Blättern in Stärke umwandeln.

Leonie stand dick verpackt neben ihm und hielt steif, mit in den Jackentaschen vergrabenen Händen und hochgeschlagener Kapuze Ausschau nach dem verspäteten Beamten.

Im Innern ging Licht an. Gebückt, mit den Handflächen an den Schläfen, linste Winter durchs Fenster ins Büro. Ein älterer Mann mit schütterem Haar und rundlichem Gesicht hängte seine Jacke auf und öffnete dann die Tür. »Guten Morgen. Wie kann ich Ihnen helfen?«

»Wir sind angemeldet und möchten die Urne von Bernadette Berger abholen.«

»Kommen Sie herein.«

Sie setzten sich auf die Holzstühle vor dem altmodischen Schreibtisch. Darauf stand eine schlichte bronzene Urne. Lebend hatte Bernadette Berger etwa fünfzig Kilo auf die Waage gebracht, nach dem Kremieren blieben nur einige Gramm Asche. Der Beamte hob die Urne an und zog ein Formular darunter hervor.

Alles hatte seinen Zweck.

»Bitte unterschreiben Sie da und da.«

Winter schob das Formular zu Leonie, die mit klammen Fingern unterschrieb. Der Beamte gab ihr den Durchschlag und sagte: »Wir schicken Ihnen Ende Monat dann eine Rechnung.« Er zeigte auf die Urne. »Bitte.«

Winter stand auf. »Danke.«

Leonie blickte zu Winter, dann zur Urne, bevor sie diese zögerlich mit beiden Händen aufnahm und ihm damit durch den verschneiten Friedhof folgte. Im gemieteten Kleinbus verstaute sie die Urne im Becherhalter der Mittelablage. »Praktisch, nicht?«

Winter befestigte umständlich den Sicherheitsgurt. »Nächster Halt: der Pfarrer.«

Leonie startete den Dieselmotor. »Das ist kein Pfarrer, sondern ein Ritualbegleiter.« Sie hatte zusammen mit den Nürnberger Familienangehörigen die Todesanzeige in Berner und Nürnberger Zeitungen, die Kremation, den Bus, die spirituelle Begleitung und das Leichenmahl organisiert.

Ein paar Minuten später hielten sie vor einem unscheinbaren Institut, in dessen Schaufenster eine nervöse elektrische Kerze brannte. Ein ebenfalls unscheinbarer Mittvierziger mit ergrauten Haaren und schmalem Bärtchen trat heraus. Leonie öffnete ohne auszusteigen die Schiebetür des Kleinbusses. »Herr Moser?«

Dieser nickte und stieg ein. »Guten Morgen allerseits.« Er trug unter der Winterjacke ein schwarzes Jackett und einen schwarzen Rollkragenpullover.

Um neun Uhr fünfundzwanzig hielten sie im Parkverbot vor dem Hotel Bristol. Leonie stellte den Motor ab. »Fünf Minuten zu früh.« Sie grub ihr Mobiltelefon aus und sagte nach einer Weile: »Hodel kommt nicht. Wir sollen ihn entschuldigen.«

Winter sah durch die automatische Glastür den schmalen Empfang. »Mhm.« Mussten die Pflaumenschnapsnachwirkungen sein. Draußen ließ es die Stadt an diesem kalten Morgen gelassen angehen. Passanten mit Einkaufstüten, ein beiges Mercedes-Taxi, ein Linienbus. Lieferwagen.

Der Ritualbegleiter auf der Rückbank streckte den Kopf zwischen Winter und Leonie. »Wie haben es die Trauernden denn so aufgenommen?«

Leonie sagte: »Unterschiedlich.«

Ein kleiner Junge mit Zipfelmütze hüpfte an der Rezeption

vorbei. Die Zottel der Mütze war fast so groß wie der Kopf darunter. Kerstin Berger folgte. Winter stieg aus. Sie trug wieder die weiße Steppjacke und die pelzgefütterten Winterstiefel aus Wildleder. Auf dem Gehsteig nahm sie Jonas' Hand und warf Winter einen Blick zu, als wolle sie ihn mit Eiszapfen durchbohren. Viel Mascara.

Winter öffnete die Tür. »Hallo, du musst Jonas sein. Ich bin Tom. Bitte einsteigen.«

Der Junge hörte auf zu hüpfen und blickte Winter mit großen Augen an. Er war in eine rote Winterjacke gepackt. Seine Handschuhe baumelten an Bändeln herum.

Kerstin schubste ihren Sohn. »Einsteigen.«

Winter fragte: »Kommt Ihre Tante?«

Sie nickte wortlos Richtung Hotel und kletterte dann hinter Jonas auf die Rückbank des Kleinbusses. Als Winter sich umdrehte, stand Rolf da. Über seinem Anzug trug er eine dünne Windjacke mit aufgestelltem Kragen. »Guten Morgen.«

»Morgen.«

Rolf kraxelte in den Kleinbus. »Heribert kommt nicht. Er ist wieder ins Spital gefahren.« Er stellte sich Herrn Moser vor und erklärte ihm: »Seine Frau hatte gestern einen Zusammenbruch.«

»Hoffentlich nichts Ernstes?«

»Wir hoffen es. Sie liegt immer noch im Koma.«

»Wie schrecklich.«

Winter schob die Schiebetür zu und ging ins Hotel. An der Rezeption zeigte er auf den Kleinbus und fragte den jungen Mann mit der altmodischen Uniform: »Helen Macedo? Wir sollen sie abholen.«

Der Portier klapperte auf der Tastatur herum. »Tut mir leid, aber ich kann keine Frau Macedo finden.«

»Helen Berger?«

Tippen. Nicken. Telefon. »Einen Moment bitte.«

Helen Berger hatte sich also unter ihrem Mädchennamen eingetragen. Der Portier machte ein entschuldigendes Gesicht und legte auf. »Ich kann sie leider nicht erreichen.«

Winter schaute auf die Uhr.

Hinter ihm öffnete sich die Fahrstuhltür. Das sportliche Ebenbild von Brigitte kam auf ihn zu. Obwohl Helen die ältere Schwester war, wirkte sie zehn Jahre jünger als Brigitte. Ihr Teint zeugte von Wind und Wetter. Helen trug eine neue Funktionsjacke, alte Jeans und eingelaufene Wanderschuhe.

Sie legte ihren Zimmerschlüssel auf den Tresen.

Ihr blondes Haar war halblang und frisch geschnitten. Der Friseur hatte ihr einen modischen Schnitt verpasst, der nicht so recht zu ihr passte, wahrscheinlich Teil des neuen Lebensabschnittes. Winter fragte: »Helen Berger?«

Sie hielt inne und musterte ihn verhalten.

»Ich bin Tom Winter von der Bank Ihrer Mutter. Die anderen warten draußen im Bus.«

Ihre scheuen Augen erinnerten Winter an Rolf, das Wiesel. Die kleinen Nager mussten dauernd fluchtbereit, auf der Hut sein, um zu überleben. Jederzeit konnte sich ein Adler auf sie stürzen. Oder ein pädophiler Vater. Oder ein gewalttätiger Ehemann. Ausgetrocknete Spältchen in den schmalen, ungeschminkten Lippen.

Helen vergrub die Hände in ihren Taschen und sagte leise: »Hallo.«

Im Gegensatz zu Brigittes rauchiger Stimme tönte sie glasig, fast brüchig. Auf den zweiten Blick schimmerte unter der Sportlichkeit Zerbrechlichkeit durch. Nicht nur in den Augen, sondern auch in der distanzierten Haltung. Immer mit dem Rücken zur Wand.

Er sagte: »Schön, Sie kennenzulernen. Ich war auf den Azoren und wollte Sie besuchen. Als ich Sie nirgends antraf, habe ich mir ziemlich Sorgen gemacht.«

»Sie wollten mich besuchen?«

»Ja, nach dem Tod Ihrer Mutter. Mein Beileid.«

Helen senkte den Kopf und stand einfach da. Sie schaute dem Korridor entlang auf die graue Straße. Zum Ausgang.

Winter fuhr fort: »Wir haben Sie bei diesem Vulkankrater gesucht.«

»Tut mir leid.« Kurzer, abtastender Augenkontakt.

»Wir haben dort Ihre Jacke entdeckt und mussten vom Schlimmsten ausgehen. Nun bin ich froh, dass Sie da sind.«

»Das war Kerstins Idee.« Für einen kurzen Moment schwang Stolz in ihrer Stimme mit. Dieser machte sofort wieder einem entschuldigenden Tonfall Platz. »Um Zeit zu gewinnen.«

»Wann sind Sie gekommen? Wir haben Sie gestern bei der Eröffnung des Testaments vermisst.«

»Kerstin hat mich gestern nach dem Infarkt angerufen. Da musste ich einfach kommen.«

»Haben Sie mit den anderen gesprochen?«

Sie nickte.

»Auch mit Ihrem Mann?«

Sie schüttelte den Kopf. »Ist er da?« Ängstlich schaute sie nach draußen, wo nur die Fahrerkabine zu sehen war.

»Nein. Kerstin, Jonas und Rolf warten im Bus. Leonie, meine Assistentin, und ein Trauerbegleiter werden mit uns fahren.«

»Gut.« Sie löste sich vom Tresen. Draußen zog Winter die Schiebetür auf, und Helen stieg ein. Gebückt nickte sie Herrn Moser und ihrem Bruder zu. Dann setzte sie sich auf die hinterste Bank, wo sie Kerstin und Jonas umarmte. Der Kleine zeichnete auf dem beschlagenen Rückfenster vergängliche Figuren.

Rolf sagte: »Wir sind komplett. Los geht's!«

Niemand widersprach. Winter schob die Seitentür geräuschvoll zu und kletterte auf den Beifahrersitz. Leonie startete den Motor und zirkelte den Kleinbus aus der Stadt. Im Rückspiegel sah Winter, wie Helen und Kerstin die Köpfe zusammensteckten und sich flüsternd unterhielten.

Nach dem Fußballstadion fuhr Leonie auf die Autobahn A1, gab Gas und schaltete das Radio ein. Seichter Pop. Sie warf Winter einen fragenden Blick zu, doch dieser schloss müde die Augen. Beim Autobahnkreuz Härkingen nahm Leonie die A2 Richtung Luzern. Winter wachte erst wieder auf, als sie in einem Autobahntunnel geblitzt wurden.

Leonie sagte: »Sorry!«

Winter legte die Hand auf die vibrierende Urne. »Ist alles budgetiert.«

25. Januar 11:46

Bei Stans verließen sie die Autobahn. Ein paar Minuten später ächzte der Kleinbus die Kehren nach Engelberg hoch. Leonie schaltete durch die Gänge. Die Straße wurde wieder eben, und sie fuhren über das von steilen Bergen eingekesselte Hochplateau. Dicke graue Wolken klebten an den Hängen. Um den Kurort herum triste, in die Jahre gekommene Apartmentblocks.

Schweigen.

Im Rückspiegel sah Winter ausdruckslose Augen.

Als Leonie das Fenster öffnete und kalte Luft hereinströmte, setzten sich die Passagiere auf. Auf dem riesigen Parkplatz der Titlis-Bahnen schlängelten sie sich durch die Autoreihen und parkten in einer Schlucht zwischen zwei hohen Touristenbussen. Asiaten auf einem Trip durch Europa. Gestern Rom, morgen Paris.

Der Motor schwieg.

Leonie drehte sich um. »Ab hier übernimmt Herr Moser.«

Der Ritualbegleiter strich sich über den gestutzten Bart. »Danke. Vielen Dank für die sichere Fahrt hierher.« Er nahm die Urne aus der Ablage und wandte sich an die Familie: »Damit wir stilvoll von der Verstorbenen Abschied nehmen können, habe ich für uns ein kleines Programm zusammengestellt.« Herr Moser hielt inne, um die Reaktion zu prüfen. Als er die müden Blicke sah, fasste er sich kurz: »Ich habe uns ein schönes Plätzchen für die Übergabe der Asche ausgesucht. Aber dafür müssen wir zuerst auf den Titlis fahren.«

Er öffnete die Schiebetür. Nummerierte Chinesen zogen vorbei.

Herr Moser stieg aus und warnte: »Achtung, Glatteis.«

Sie kletterten aus dem Bus und streckten ihre Glieder. Dann trotteten sie an dreckigen Bussen vorbei zur Talstation der Bergbahn. Neben ihnen wankten Skifahrer auf klobigen Skischuhen.

In der Eingangshalle verschwand Herr Moser, um die Fahrkarten zu lösen. Jonas musste dringend aufs WC. Kerstin nahm ihn an der Hand und drängte sich durch die Touristen. Rolf fror und verzog sich in einen geheizten Souvenirshop. Winter, Leonie und Helen standen abseits und schauten dem hektischen Treiben in der Talstation zu.

Helens Hände steckten tief in den Jackentaschen.

Winter studierte sie von der Seite. »Ich bin froh, dass Sie da sind.«

Sie schaute ihn verwundert an. »Wirklich?«

»Ja.« Braun gebrannte Skisportler hetzten vorbei, Ellbogen und Skistöcke ausgefahren wie mittelalterliche Ritter. »Eine Zeit lang hatte ich geglaubt, es sei ein Doppelmord.«

»Und jetzt bin ich von den Toten auferstanden.« Amüsiert fügte sie hinzu: »Ein Zombie, sozusagen.«

Winter entgegnete das Lächeln. Zum Glück schien Helen trotz allem ihren Humor nicht verloren zu haben. Er trat von einem Fuß auf den anderen.

Helen zuckte mit den Achseln. »Ich hätte ihn schon viel früher verlassen sollen. In der Nebensaison wurde es wieder schlimmer. Wenn wir keine Gäste hatten, war es schwierig, ihm aus dem Weg zu gehen. Dann hat er sich gelangweilt, mehr getrunken. Er war frustriert, wenn es nicht so gut lief.« Sie schüttelte den Kopf. »Jetzt entschuldige ich ihn schon wieder. Brigitte wollte mir das austreiben.«

Leonie fragte: »Haben Sie oft mit ihr gesprochen?«

»Manchmal. Wenn es schlimm war, habe ich mich nicht getraut, anzurufen. Ich habe mich geschämt.«

»Es ist nicht Ihre Schuld.«

»Ich weiß, ich *weiß*.«

»Hatten Sie denn auf den Azoren niemanden zum Reden?«

»Nein, nicht wirklich. Seine Familie hat nicht viel von mir gehalten, und meine Bekannten kamen alle von seiner Seite.«

»Aber Sie haben es Ihrer Schwester erzählt?«

»Ja, vor zwei, drei Jahren habe ich es ihr erzählt. Sie und Kerstin wollten mich dann ›retten‹. Aber irgendwie konnte ich ihn nicht verlassen. Ich habe immer gehofft, dass es aufhört. Am Anfang habe ich ihn geliebt. Manchmal rede ich mir ein, dass ich ihn immer noch liebe. Am Anfang war es ein großes Abenteuer.

Eine exotische Insel, ein exotischer Mann.« Der Redefluss brach ab.

Leonie nickte verständnisvoll. »Das kann ich verstehen. Davon träume ich manchmal auch.«

Winter sagte nichts. Leonie machte das gut. Sie konnte es nicht nur mit Computern, sondern auch mit Menschen. Die polternden Skischuhe, die scheppernden Skier und das Ticken der Skistöcke auf dem Betonboden legten einen Geräuschteppich, der es nicht nötig machte zu reden.

Nach einer Weile fuhr Helen fort: »Im Dezember hat er mich wieder geschlagen.« Sie fuhr mit der Hand über den Bauch. »Und Kerstin sagte: ›Jetzt reicht's!‹, und ist extra hergeflogen. Die Tour auf der Nachbarinsel Faial und die Jacke waren zur Ablenkung. Sie hat mir im Namen von Brigitte einen Flug gebucht und mir ihren Pass dafür mitgebracht. Wir wollten einen Vorsprung. Mein Mann ist furchtbar eifersüchtig.«

Leonie fragte: »Und dann?«

»Es war ganz einfach.« Helen konnte es immer noch nicht glauben. »Ich bin einfach ins Flugzeug gestiegen. Nur mit meinen Kleidern am Leib.« Die Erinnerungen an die Flucht zeigten sich im erleichterten Gesicht. Kein Wunder, dass die portugiesischen Behörden die Ausreise von Helen Macedo nicht registriert hatten.

»Sie sind zusammen nach Nürnberg geflogen?«

»Ja. Kerstin hat mich bei einer Freundin untergebracht. Ich wollte alleine sein. Distanz gewinnen. Ich habe Kerstin und Brigitte angefleht, es niemandem zu sagen. Als ich dann von der Testamentseröffnung hörte und Sie auch noch meinen Mann einluden, wusste ich nicht mehr weiter.«

Winter sagte: »Tut mir leid.«

»Das ist nicht Ihre Schuld. Brigitte kam mit der Idee der Vereinbarung, um Zeit zu gewinnen. Sie ist gut mit solchen Sachen. Aber nach dem Fiasko mit meinem Mann und ihrem Infarkt hat Kerstin angerufen, und ich bin in den Zug gestiegen. Es tut mir leid.«

Leonie sagte: »Schon gut. Hauptsache, Sie sind in Sicherheit.«

»Kerstin war so gut zu mir. Ohne sie hätte ich es nicht geschafft. Sie denkt an alles. Gestern hat sie bei der Buchung des Hotelzimmers sogar darauf bestanden, dass ich das Zimmer neben ihr bekomme. Wir haben eine Verbindungstür.« Helen lächelte leise.

Gut gelaunt kam Rolf aus dem Souvenirshop und setzte sich die neu erstandene rote Mütze auf. Gleichzeitig tauchte Herr Moser mit den Fahrkarten in der einen und der Urne in der anderen Hand auf. Wintersportler strömten durch die Drehkreuze der Eingangshalle.

Kurz darauf wühlte sich Kerstin mit Jonas im Schlepptau durch das Gedränge. »Sorry, aber vor dem WC hatte es eine chinesische Schlange.«

Herr Moser fragte: »Alle da?«

Nicken. Sie schwammen mit dem Strom durch die plakatierten Gänge der Talstation, wo die Touristen wie Kühe durchgeschleust wurden. Viele Seilbahnangestellte waren auch Bauern und hatten Erfahrung mit Herdentieren. Die kleine Trauergemeinde zwängte sich in eine enge Gondel und schaukelte himmelwärts.

Die Urne auf Herrn Mosers Knien, Jonas auf Kerstins. Der kleine Junge zeigte aufgeregt auf die entgegenkommenden Gondeln mit den Länderfahnen. Sie schwebten über eine Alp mit geduckten Ställen, und Jonas schrie: »Schau, Mama, da kommt eine goldene!« Die Erwachsenen drehten ihre Köpfe, und die Gondel zu Ehren von Dominique Gisin, der erfolgreichen Skirennfahrerin aus Engelberg, zog vorbei.

Beim Trübsee und bei der Station »Stand« mussten sie umsteigen. Zuletzt wurden sie in eine große, runde Seilbahnkabine gepfercht, die während der Fahrt langsam um ihre Mittelachse rotierte, sodass alle das ganze Panorama sehen konnten. Ein Marketing-Gag. Aufgeregtes Gerangel. Klickende Kameras.

Die Skifahrer unter ihnen wurden kleiner. Sie glitten über einen Gletscher hinweg. Der Neuschnee wölbte sich über eisige Abbrüche. An einigen Stellen war der Schnee über den Spalten zu trügerischen Brücken zusammengewachsen.

Winter fragte sich, wo er hier eine Tiefschneespur legen konnte. Dann besann er sich. Die Skisaison war für ihn gelaufen.

In seinem Kopf rauschte die Lawine wieder hinter ihm her. Er schloss die Augen und verdrängte das Bild. Aus dem Stimmengewirr der aufgeregten Chinesen und Skifahrer drang eine tiefe Stimme, die er kannte.

25. Januar 12:23

Winter öffnete die Augen und schaute sich um. Tatsächlich. Ein paar Meter hinter ihm entdeckte er Obado, der in der dicht gedrängten Menge mit jemandem sprach. Die Seilbahnkabine fuhr in die monströse Bergstation aus Beton ein. Ein Schild verkündete, dass sie auf dreitausendundzwanzig Metern über Meer angekommen waren.

Die Türen zischten auf, und sie stiegen aus. Umzingelt von Touristen schob sich Winter an Obado heran, der eine Winterjacke und einen Rucksack trug. Er sprach mit zwei Frauen mit Wollmützen und Mänteln aus Omas Mottenkiste. Eine davon hielt sich eine zerknitterte Todesanzeige von Bernadette Berger ein paar Zentimeter vor die Augen und krächzte der anderen ins Ohr: »Wo ist das Begräbnis?«

Winter stieß Obado an.

Dieser schnellte herum: »Sie?«

»Was machen Sie da?«

»Begräbnis.«

Die beiden kleinen Frauen schauten erstaunt zu Winter hoch. Die rüstigen, runzeligen, gut sechzigjährigen Zwillinge hatten heute Morgen vergessen, sich zu rasieren, und fragten: »Wer sind Sie?«

»Ein Freund der Familie.«

»Oh.« – »Ah.«

»Und Sie?«

»Nachbarinnen.« – »Nachbarinnen der armen Bernadette.«

»Aus Bethlehem?«

»Ja. Wir wohnen auf demselben Stock.« – »Wir kennen diesen netten Herrn aus Afrika hier.« Sie himmelten Obado in Stereo an. »Ist die ganze Geschichte nicht furchtbar?« – »Schrecklich?«

»Sie sagen es.«

Obado und Winter schoben die beiden Frauen durch die Korridore der Bergstation. Herr Moser kannte den Weg. In einem vollen Lift fuhren sie in den dritten Stock der Bergstation, wo sie warten mussten. Im Gewühl der Touristen stand in einer großen

Vitrine ein Modell des Titlis aus Schokolade. Dahinter ein Laden voller Schokolade und Asiaten. Eine Kaffee- und Eiscremebar. Kerstin und Jonas drückten ihre Nasen an einem Panoramafenster platt.

Herr Moser kam zurück, prüfte demonstrativ seine Uhr und scharte die Anwesenden um sich. Es war Zeit, Abschied zu nehmen. Das Wetter war gut genug, um die ganze Andacht »draußen, nur ein paar Minuten von hier, an einem schönen Plätzchen in der Natur abzuhalten«.

Sie verließen die Bergstation und traten auf die Aussichtsterrasse, wo ihnen ein eisiger Wind entgegenblies. Es war saukalt, mindestens minus zehn Grad. Kapuzen wurden hochgeschlagen. Rolf zog seine Mütze über die Ohren. Dick vermummte Touristen fotografierten. Ein mannshoher Karton mit zwei indischen Filmstars lockte als Sujet, ein Kiosk mit heißen Getränken und Snacks.

Der Wind riss die niedrig hängenden Wolken auf. Bedrohlich knapp über ihren Köpfen spielten Bergdohlen mit den Windböen. In der Ferne zeigten sich kurz schroffe Bergspitzen und verschneite Schneefelder. Dann wurden sie wieder von grauen Wolken eingehüllt.

Der Ritualbegleiter trug die Urne vor sich her. Er führte seine Gruppe über ein Schneefeld mit Touristen, die sich für die Kameras in Pose warfen. Chinesische Pärchen tollten gut gelaunt im Schnee herum. Selbstporträts. Luftsprünge. Gestern Rom, heute Titlis, morgen Paris.

Der trockene Schnee knirschte. Winter ging als Letzter. Begräbnisse gehörten nicht zu seinen Lieblingsbeschäftigungen. Begräbnisse in eisiger Kälte schon gar nicht. Sie marschierten am Betonsockel eines vereisten Sendeturms vorbei. Ein Sessellift ratterte über ihren Köpfen. Pistenfahrzeuge hatten einen breiten Spazierweg in den Tiefschnee gewalzt. Zwei der riesigen Ungetüme standen am Wegrand. Die Fahrer entluden gelb-schwarze Holzpfosten.

Kurz darauf hielt Herr Moser beim Aussichtspunkt Stotzig Egg und stellte die Urne in den Schnee. »So.« Er breitete die Arme aus. »Ist es nicht wunderbar, hier draußen in der Natur?«

Im Moment war es vor allem kalt. »Kommen Sie bitte alle etwas näher.«

Sie versammelten sich im Halbkreis um die Urne. Kerstin, Jonas, Helen und Rolf in der Mitte, flankiert auf der einen Seite von Obado und den beiden ältlichen Nachbarinnen. Winter und Leonie standen auf der anderen Seite.

Rolf machte ungeduldig eine rollende Vorwärts-Geste. Seine Halbschuhe waren nicht das ideale Schuhwerk. Kerstin hatte die Hände auf Jonas' Schultern gelegt, der mit seinen Stiefeln ein Loch in den Schnee stampfte. Obado war weit weg von der Wärme Afrikas. Er hatte den Rucksack abgestellt und die Kapuze hochgeschlagen. Die Zwillinge verknoteten ihre behandschuhten Hände vorsorglich bereits zum Gebet. Beerdigungsprofis.

Herr Moser strich sich über den Bart, räusperte sich und begann. »Liebe Trauergäste. Heute wollen wir Abschied nehmen von Bernadette Berger. Es war ihr letzter Wunsch, dass wir im Kreise ihrer Lieben ihre sterblichen Überreste wieder der Natur übergeben. Hier auf dem schönen Titlis, wo sie mit ihrer Familie glückliche Stunden verbracht hat.«

Salbungsvolles Lächeln.

»Abschied nehmen heißt nicht, dass alles zu Ende ist. Abschied nehmen heißt ein neues Kapitel aufschlagen.« Herr Moser fixierte Jonas. »Wenn jemand von uns geht, dann schlagen wir wie in einem Buch ein neues Kapitel auf. Jonas, deine Urgroßmutter wird für immer in unseren Herzen sein.«

Wie auf Bestellung brach die Sonne durch die Wolken. Eine Bergkette mit steilen Felswänden breitete sich vor ihnen aus. Helle Quarzbänder durchzogen den Granit. Diese Formationen waren vor Millionen Jahren entstanden.

Sie würden die Menschheit überleben.

Die Natur hatte keine Religion.

»Im ersten Korintherbrief steht geschrieben, dass in allen Menschen drei göttliche Tugenden wohnen: ›Glaube, Hoffnung, Liebe, diese drei‹. Gott hat diese Tugenden allen Menschen mitgegeben. Auch Ihnen, liebe Trauergemeinde. – Aber Gott hat uns nicht gesagt, wie wir sie leben sollen. Diese göttlichen

Tugenden sind nicht die Zehn Gebote. Und das macht es für uns Menschen manchmal nicht ganz einfach. Gott will, dass wir von den Tugenden lernen. Ich bin deshalb sicher, dass auch unsere auf so tragische Weise Verstorbene an den drei göttlichen Tugenden gewachsen ist. Bernadette Berger glaubte, hoffte und liebte. Auf ihre ganz eigene Art.«

Winters Gedanken schweiften ab. Zurück in die mit Gobelins zugepflasterte Wohnung in Bethlehem, zurück zu den Fotos der Familie Berger am Strand, zurück in die siebziger Jahre, zurück zum karamellisierten Bäcker. Zurück zur Nadel im Auge. Er schielte nach links. Jonas hatte aufgehört, Schnee zu stampfen. Kerstin und Rolf hatten den Kopf gesenkt. Obado nestelte an seinem Rucksack herum.

Herr Moser fuhr priesterlich fort: »Die göttlichen Tugenden stellen uns manchmal vor schwierige Prüfungen. Manchmal sehen wir uns mit Entscheidungen konfrontiert. Manchmal glauben wir, keinen Ausweg zu haben.« Dramatische Pause. »Doch die Bibel hilft uns auch hier, denn sie sagt, dass ›das Größte von allem die Liebe ist‹. Die Liebe, Caritas, steht über allem. – Um der Liebe ein Gesicht zu geben, wird sie in der kirchlichen Malerei als Mutter mit Kindern dargestellt. Genau so wollen wir Bernadette Berger, liebende Mutter, Großmutter und Urgroßmutter, in Erinnerung behalten. Als Mutter voller Liebe für ihre Kinder und Kindeskinder.«

Herr Moser hielt inne, bückte sich und nahm die Urne mit beiden Händen auf. »Jonas, komm.«

Der Junge schaute zu seiner Mutter auf. Er hatte gelernt, von Fremden nichts anzunehmen, vor fremden Männern mit Süßigkeiten wegzurennen. Kerstin gab seine Schultern frei und schob ihn vorwärts. Jonas stapfte durch den Schnee zu Herrn Moser.

»Guter Junge. In dieser Urne ist die Asche deiner Urgroßmutter. Sie möchte, dass du sie verstreust. Der Wind trägt sie dann zurück zur Erde. Verstehst du?«

Die Zipfelmütze nickte ernst.

Herr Moser öffnete die Urne und reichte sie Jonas, der über die Schulter schaute. Mama nickte. Jonas nahm die Urne und schaute hinein. Ein schwarzes Loch. Er drückte die Urne an sich und griff hinein. Schwarzes Pulver.

Kerstin sagte: »Nicht, Jonas. Nicht mit den Fingern. Einfach ausschütten.« Sie machte es ihm mit Schüttelbewegungen vor.

Jonas kopierte seine Mutter ungeschickt.

Aschestaub fiel in den Schnee.

Herr Moser griff ein und half Jonas, die Asche zu verstreuen. Der Wind blies eine schüttere schwarze Wolke davon, wirbelte den Staub durcheinander.

Jonas schüttelte mehr, doch die Urne war leer.

Herr Moser nahm Jonas die leere Urne ab, schubste ihn mit einem »Gut gemacht« zurück und verschränkte dann die Hände. »Lasset uns beten. Vater unser im Himmel, geheiligt werde dein Name …«

Winter hörte, wie die Zwillingsschwestern inbrünstig ins Gebet einstimmten. Obado war sogar in die Knie gegangen. Kerstin hatte den Kopf gebeugt, Rolf und Helen blickten zu Boden. Er drehte sich zu Leonie, die mit geschlossenen Augen lautlos den Mund bewegte.

Die Sonne verschwand.

Der Wind verwehte die Worte.

Eine Bergdohle segelte vorbei, legte den Kopf schief und sauste dann in die Tiefe. Fliegen müsste man können. »… denn dein ist das Reich und die Kraft und die Herrlichkeit in Ewigkeit.«

Winter wartete auf das Amen und blickte auf Herrn Moser, der mit geöffnetem Mund vor sich hin starrte. Waren ihm auf einmal die Worte ausgegangen?

Zu seiner Linken krachte es.

Ein markdurchdringendes Knacken, als würde jemand einen morschen Baum fällen. Obado hackte mit einer Machete von hinten auf Kerstins Nacken ein. Die Machete hatte das Rückgrat durchtrennt.

Der Kopf kippte nach vorne.

Obado holte erneut aus und hieb beidhändig mit voller Kraft auf die junge Frau ein. Dabei stieß er einen tiefen, gutturalen Schrei aus, der aus einer anderen Welt kam. Ein Geheul voller

Wut und Verzweiflung. Der nächste Hieb durchtrennte Muskeln, Adern und Speiseröhre komplett. Blut.

Kerstins Kopf fiel vor Jonas in den Schnee.

Der kleine Junge sagte verwundert: »Mama?«

25. Januar 13:13

Kerstins lebloser Rumpf kippte langsam nach vorne und klatschte bäuchlings in den Schnee. Ein rotes Halstuch wuchs heran. Obado tippte mit der Klinge Kerstins Rumpf verächtlich an und keuchte: »Mörder!« Und etwas in seiner Muttersprache. Speichel hing an seinen Lippen.

Jonas bückte sich verwirrt. »Mama? Hör auf zu spielen!«

Rolf taumelte.

Helen und Herr Moser standen wie angewurzelt da.

Nur die ältlichen Schwestern stolperten davon.

Winter hob beschwichtigend die Hände. »Langsam.«

Obado starrte ihn mit aufgerissenen geröteten Augen an und schwang die Machete, bereit, jedem, der sich näherte, ein Glied abzuhacken. Er musste sie während des Gebetes aus dem Rucksack gezogen haben. Solche Buschmesser konnte man in jedem besseren Gartenzentrum kaufen, um widerspenstige Pflanzen zu bändigen oder Tutsis zu verstümmeln.

Winter war unbewaffnet. »Geben Sie mir die Machete. – Bitte.«

Doch Obado packte Jonas, riss ihn zu sich und fauchte: »Stopp! Oder ich töte ihn.« Die Machete hoch in der Luft.

Der Junge schrie vor Angst.

Als Winter zurücktrat, versank er im Schnee. Obado musste verrückt geworden sein. Bis jetzt hatte er geglaubt, Obado sei unschuldig. Fehler. Grober Fehler. Was war geschehen? Warum verhielt sich Obado plötzlich wie ein Irrer? Es war, als hätte jemand in seinem Kopf einen Schalter umgelegt. Laut sagte Winter: »Lassen Sie den Kleinen los. Jonas ist noch ein Kind.«

Der Sudanese verstärkte seinen Griff.

Winter sagte: »Denken Sie an *Ihre* Kinder.«

»Die sind tot. Wegen *ihr*.« Obado spie auf Kerstin. Die Machete sauste durch die Luft, zerschnitt den Schnee zwischen ihnen. Schneekristalle stoben. Das war seine Chance. Winter hechtete wie ein Rugbyspieler auf Obado. Mit der Linken packte er die Waffenhand. Winters Körpergewicht riss alle drei den Hang hinunter, wo sie im tiefen Neuschnee versanken.

Obado röhrte wütend.

Jonas kreischte.

Winters Kopf steckte mit Nase und Mund im Schnee. Für einen Sekundenbruchteil ergriff ihn Panik. Doch da wälzte sich Obado zur Seite und zog Winter mit sich. Luft.

Neben ihm strampelte Jonas. Der Tiefschnee behinderte Winters Bewegungen. Obado saß halb auf ihm, umklammerte Jonas und drückte mit dem Knie Winter tiefer in den Schnee. Blut rauschte in den Kopf. Obado hob die Machete.

Die Klinge sauste auf Winter zu.

Winter riss seinen Robocop-Arm hoch.

Metall auf Metall. Die Klinge zerfetzte seinen Ärmel und blieb an einer vorstehenden Schraube am Handgelenk hängen. Alles hatte Vor- und Nachteile. Sogar ein gebrochener Arm. Ein stechender Schmerz durchdrang ihn. Obado drückte mit seinem ganzen Körpergewicht auf den unverheilten Trümmerbruch. Etwas im Handgelenk brach knacksend auseinander. Das vor Wut verzerrte Gesicht Obados war nur ein paar Zentimeter entfernt. Er versuchte von unten einen Kopfstoß. Vergeblich.

Obado schrie, ließ Winter los.

Jonas hatte ihn ins Ohr gebissen.

Guter Junge.

Winter rollte weg. Den Hang hinunter. Über ihm richtete sich Obado auf. Wütend presste er die Faust mit der Machete ans Ohr. Mit dem anderen Arm umklammerte er den tobenden Jonas. Er ließ das blutende Ohr los, schwang drohend einige Male die Machete und stapfte dann auf den Weg zurück.

Schneespuckend kraxelte Winter hinterher. Bei jedem Schritt sank er ein. Schnee drang in seine Schuhe und Hosen. Oben auf dem Weg gestikulierte Helen voller Panik hinter Obado her, der mit Jonas unter dem Arm zurück zur Seilbahnstation rannte. Rolf und Moser kauerten neben der Leiche. Leonie telefonierte.

Winter rannte auf dem Winterwanderweg hinterher. »Halt!« Weiter vorne arbeiteten zwei Pistenarbeiter am Sicherheitszaun. »Aufhalten. Er hat das Kind entführt.«

Doch als Obado die Machete schwang, brachten sich die Arbeiter im Tiefschnee in Sicherheit. Nur nichts überstürzen.

Der Sudanese sprang auf die Raupen des Pistenfahrzeuges, riss die Tür auf, warf Jonas in die Fahrerkabine und kletterte hinterher. Vorne hatte das Pistenmonster einen riesigen Schild zum Verschieben des Schnees, hinten eine dicke Walze, um diesen zu glätten. Der starke Motor des Pistenfahrzeuges sprang an. Das Auspuffrohr spie schwarzen Rauch, und die orangen Signallichter begannen zu drehen. Ruckartig setzte sich das Riesending in Bewegung.

Winter wollte von hinten über die Walze auf die Ladefläche des Raupenfahrzeuges klettern, doch das Monster vor ihm schwenkte nach rechts, dann nach links aus und nahm während des Zickzackkurses immer mehr Fahrt auf.

Er blieb atemlos stehen. Er musste Jonas befreien.

Das zweite Pistenfahrzeug!

Winter hetzte zurück und kletterte in die Kabine. Der Schlüssel steckte, der Motor grollte, und sein Sitz vibrierte. Mit den Fingerspitzen bediente er den kleinen Steuerknüppel, mit der anderen Hand gab er wie im Führerstand einer Lokomotive Gas. Die breiten Raupen fraßen sich durch den Schnee und warfen weiße Brocken hoch. Winter schaufelte sich durch den Tiefschnee.

Im Rückspiegel protestierten die Pistenarbeiter, in der Kabine vor ihm zappelte Jonas.

Obado schwenkte vom Spazierweg auf die Skipiste.

In Gegenrichtung.

Die schmale, vereiste Piste war kaum breiter als das Pistenfahrzeug. Die entgegenkommenden Skifahrer bremsten verzweifelt. Ein Snowboarder klammerte sich an einen schrägen Pfosten. Eine Familie mit drei Kleinkindern kam im Stemmbogen daher und rettete sich über die Wegkante in den Tiefschnee. Eine Anfängerin konnte nicht mehr bremsen, prallte ins Pistenfahrzeug und wurde weggeschleudert. Die Raupen zermalmten ihre Skier.

Als Winter mit Vollgas auf die Skipiste einbog, holzte er gelbschwarze Pfähle um. An der engsten Stelle des Weges kippte Obado fast von der Piste. Er korrigierte, schrammte in den Hang und würgte den Motor ab. Der Auspuff röchelte. Da rammte Winter Obados Pistenmonster und blockierte es.

Winter kletterte über die Raupen und riss die Kabinentür auf. Darin tobte und biss Jonas um sich. Er schrie wie am Spieß und krallte sich überall fest. Obado ließ ihn los und sprang auf der anderen Seite hinaus.

»Keine Angst, Jonas. Du bist in Sicherheit. Warte hier.« Der Kleine hörte auf zu schreien. »Siehst du die Männer dort hinten?« Jonas nickte. »Sie kommen, um dir zu helfen.«

Winter strich ihm über den Kopf.

Priorität eins erledigt. Priorität zwei: Obado. Dieser kletterte den Steilhang zum Sessellift hoch. Winter jagte hinterher und kraxelte auf allen vieren den Tiefschnee hoch. Er rutschte immer wieder zurück. Lose Schneeklumpen trafen sein Gesicht. Über ihnen ragte auf einem massiven Betonsockel der Sendeturm mit Antennen und Empfangsschüsseln in den bewölkten Himmel. Wenigstens hatte Leonie guten Empfang, um Hilfe herbeizurufen. Atemlos erreichte Winter die verschalte Bergstation des Sessellifts.

Obado rannte mit erhobener Machete auf einen startbereiten Sessel mit jungen Asiaten zu.

Geschrei. Quietschen. Panik.

Jemand drückte den Nothalt.

Der Sessellift hielt abrupt an. Der Sicherheitsbügel des Sessels war noch offen. Die Asiaten schaukelten nach vorne, dann nach hinten und purzelten kreischend heraus. Gestern Rom, heute Titlis, morgen Paris. Unvergessliche Erlebnisse.

Ein trötender Alarm ertönte.

Obado stieß eine verdutzte Angestellte mit roter Jacke zu Boden und kletterte über ein Absperrgitter. Winter sprintete hinterher und flankte übers Gitter. Eine Gruppe ältlicher Chinesen versperrte ihnen den Weg. Obado drehte sich um und zeichnete mit der Machete langsam eine liegende Acht.

Winter schnappte sich einen herumstehenden Ski und warf diesen wie einen Speer nach Obado. Dieser duckte sich. Der Ski schepperte zu Boden. Winter griff nach dem zweiten Ski, der scharfkantig und länger als die Machete war. Carving.

Obado ging in die Knie und machte sich schmal.

Die Chinesen wichen zurück.

Sie belauerten sich.

Hinter ihnen heulte der Alarm der Sesselbahn.

Im Augenwinkel registrierte Winter den mächtigen Sendeturm und fotografierende Touristen. Mit halb erhobener Machete machte Obado einen Ausfallschritt. Winter wechselte seinen Stand. Die Machete wirbelte um Obados Handgelenk. Er handhabte das Buschmesser mit lässiger Leichtigkeit, kam einen Schritt näher und begann dann, mit der flachen Klinge rhythmisch ans Geländer zu schlagen.

Kriegstrommeln.

Seine Augen verengten sich.

Der trötende Alarm der Sesselbahn verstummte.

Zweihändig hob Obado die Machete über den Kopf.

Einfach, dachte Winter. Einen Hieb von oben konnte er mit dem Ski locker parieren.

Obado heulte. Die Klinge sauste senkrecht herab, als wolle sie Winters Schädel spalten. Doch Obado ließ die eine Hand los und attackierte überraschend von der Seite. Winter konnte mit knapper Not die Klinge abwehren. Machete und Stahlkanten klirrten. Funken sprühten.

Ein gerader Stoß auf den Bauch. Winter sprang zurück, stolperte und fiel rückwärts zu Boden. Obado drehte sich um, rannte davon und verschwand hinter dem Fahrkartenschalter.

»Verflucht.«

Als Winter um die Ecke kam, hetzte Obado bereits über einen schmalen Metallsteg, der an zwei Stahlseilen über dem Abgrund hing. Die Brücke war eine Attraktion für die Touristen, die sich darauf vor der Tiefe gruseln konnten. Inderinnen in Saris und mit Taschen für einen halben Hausrat bestaunten die wolkenverhangenen Berge.

Obado schrie und drängte die Frauen zu Seite. Winter hetzte hinterher, wich den wehenden Saris aus. *»Sorry, sorry.«* Auf der anderen Seite des Stegs sprang Obado in Riesenschritten eine Metalltreppe hinunter, die zu einer tiefer liegenden Plattform führte. Die Treppenabschnitte verliefen gegenläufig und schoben sich wie in einem Treppenhaus übereinander. Beim letzten Absatz kletterte Winter über das Geländer und sprang Obado von hinten an.

Sie überschlugen sich.

Winter prallte mit Schulter und Kopf auf den Beton. Sofort grub er seine Finger in Obados Augen. Blind schwang dieser die Machete, die Winters Hose zerfetzte und eine klaffende Fleischwunde in den Unterschenkel schnitt. Er rollte auf die Seite und klemmte die Klinge ein.

Obado riss sich los und sprang ohne Machete auf. Winter richtete sich ebenfalls auf. Blut rann an seinem Knöchel herunter. Sie standen sich, zwei angeschlagenen Boxern gleich, schwer atmend gegenüber.

Dann raste Obado wie ein Stier mit gesenktem Kopf auf Winter zu. Er umklammerte Winters Oberkörper und rammte ihn rückwärts ins Geländer. Sein Rückgrat bog sich und die Atemluft verließ ihn. Obado drehte sich in einer nahtlosen Bewegung seitlich ab, griff dem immer noch benommenen Winter zwischen die Beine und hob ihn über das Geländer.

Winter verlor den Boden unter den Füßen. Das Bergpanorama drehte sich. Unter ihm öffnete sich der Abgrund. Tief unten sah er ein lang gezogenes Tal. Dann stieß ihn Obado mit einem röhrenden Schrei von sich weg.

Reflexartig umklammerte Winter das Geländer.

Eine dicke, kalte Metallröhre. Doch den physikalischen Gesetzen konnte er sich nicht entziehen. Sein Körpergewicht zog ihn in die Tiefe, die Hand öffnete sich, und die Fingerspitzen rutschten ab.

25. Januar 13:22

Winter sauste in die Tiefe. Im Fallen drehte er sich um die eigene Achse. Obado verschwand auf der anderen Seite des Geländers. Der gebrochene Arm schlug auf der Kante der Betonplattform auf, und ein Blitz durchschlug seine rechte Schulter. Ein roher Angstschrei aus der Tiefe der leeren Gedärme explodierte in Winters Kehle.

Er prallte gegen das Betonfundament der Plattform und verlor für einen Moment das Bewusstsein. Als Winter benommen die Augen aufschlug, begriff er, dass sich sein Gestänge an einem herausstehenden Armierungseisen über ihm verkeilt hatte.

Der Schmerz war unerträglich. Winter biss die Zähne zusammen, atmete ein und konzentrierte sich darauf, den Schmerz von seinem Denken zu trennen. Er grenzte ihn ein und ließ ihn in die Tiefe gleiten. Mit der gesunden Hand packte er eines der Armierungseisen. Für einen Moment hing er über dem Abgrund, glücklich, überlebt zu haben. Die zerfetzten Kleider flatterten. Sonnenstrahlen blinzelten.

Dann zog und stemmte er sich hoch und kletterte über das Geländer. Der kaputte Arm schmerzte höllisch. Er rollte die Schulter. Die Fleischwunde am Unterschenkel blutete, aber er spürte nichts. Adrenalin sei Dank.

Die farbigen Saris wallten langsam herbei.

Obado war weg. Die Machete auch.

Er musste hinter der Tür ins Berginnere verschwunden sein. Winter riss sie auf. Ein Wellblechtunnel mit grünlichem Neonlicht führte zurück zur Bergstation. Touristen kamen ihm entgegen. Winters Schritte echoten. In einer Nische standen ein Schneepflug und ein Ventilator. Er wich den Spazierenden aus und versuchte, über deren Köpfen Obado zu erspähen. Drängte sich dort vorne nicht ein großer Mann im Eilschritt vor?

Im spärlichen Tunnellicht waren alle schwarz.

Winter beschleunigte. Die Silhouette vor ihm drehte sich um. Obado hatte ihn gehört und begann wieder zu rennen. Einige Sekunden später waren sie zurück in der Bergstation, wo gerade eine neue Ladung Chinesen ankam. Obado ragte wie ein Leuchtturm heraus. Winter drängte mit ausgefahrenen Ellbogen hinterher. »Aus dem Weg! Machen Sie Platz!«

Sie hetzten eine Treppe hoch. Mit der Machete machte Obado den Weg im Dschungel der schreienden Touristen frei. Das Schokoladenparadies, ein Fotostudio und ein Uhrenladen flitzten vorbei. Dann waren sie wieder auf der Aussichtsterrasse.

Kalter Wind. Graue Wolken. Gekreische.

Obado warf den Karton mit den indischen Filmstars um. Winter sprang darüber hinweg. Keine Zeit für Fotos. Auf dem Schneefeld kam ihnen ein Trupp roter Jacken entgegen. Die Pisten- und Bahnarbeiter hatten sich zusammengerauft. Obado sprang über ein Absperrseil in den Neuschnee, überschlug sich und stolperte den Hang hinunter.

Winter stürzte und taumelte hinterher. Die oberste Schneeschicht war gefroren. Dünne Eisplättchen stoben ihm ins Gesicht. Hoch oben glitt die rotierende Seilbahnkabine ins Tal. Winter holte auf. »Obado! Halt!«

Der Sudanese blickte zurück, machte aber keine Anstalten, anzuhalten. Nur noch ein paar Meter, dann hatte er ihn. Da spürte Winter Fels unter den Füßen. Als er die Hand nach Obado ausstreckte, verschwand dieser in die Tiefe. Das Momentum riss auch Winter hinunter. Er versank in einer weichen Schneewechte. Mühsam grub er sich daraus heraus. Einige Meter neben ihm rappelte sich auch Obado aus dem Tiefschnee.

Alles weiß. Vor ihnen unberührter Schnee. Abgeschliffener Harst. Der Wind blies in schlängelnden Bewegungen winzige Eiskörnchen über den Hang. Aus dem Tal kroch Nebel hoch. Von oben drückten dicke Wolken. Dazwischen schwangen lautlos die Tragseile der Bergbahn. Der Trubel der aufgeregten Touristen war plötzlich weit weg.

Hinter ihm rieselte eine kleine Schneelawine über die Felsen. Darüber baute sich wieder »seine« Lawine auf. Eine gewaltige Schneewand donnerte auf ihn zu. Auf die Knie gestützt blickte Winter keuchend nach oben. Verdammt.

Er lauschte. – Stille.

Es war nur in seinem Kopf!

Aber der Hang war gefährlich. Keine Skispuren. Nichts. Wenn es hier sicher wäre, hätten Kenner des Skigebietes längst Spuren in den Tiefschnee gezogen. Winter erinnerte sich, wie sie während der Seilbahnfahrt über einen eisigen Gletscherabbruch mit Spalten geschwebt waren. Die Gletscherzunge wurde gegen unten immer steiler, und die Spalten waren teilweise mit trügerischem Neuschnee bedeckt.

Obado stiefelte schräg von ihm weg.

Winter rief: »Halt!«

Obado ignorierte ihn. Die Machete war verschwunden, verloren. Winter folgte. Solange er sich an Obados Spur hielt, war er einigermaßen sicher. Der Schnee reichte ihm bis zu den Hüften. »Obado! Hier ist es gefährlich.«

Wie durch ein unsichtbares Gummiband zusammengehalten wateten sie hintereinander durchs Schneefeld. Hinter ihnen verschwanden die schwarzen Felsen im Nebel.

Winter versuchte, Obado mehrmals zu überreden, endlich aufzugeben. Doch jedes Mal beeilte sich dieser, den Abstand zu vergrößern.

Der Wind blies ihnen ins Gesicht. Die Wolken rissen wieder auf, und sie sahen in der Ferne für einen Moment einen Sattel mit einem Haus. Die Talstation des Sessellifts. Rings um sie herum ein riesiges, zunehmend steiler abfallendes Schneefeld. Dann hüllten die Wolken sie wieder ein. Sie hasteten weiter. Schritt für Schritt. Erschöpft, mit durchnässten Hosen und klammen Händen.

Der Schwerkraft folgend, drifteten sie den Hang hinab.

Plötzlich spürte Winter unter seinen Füßen harten Fels.

Oder war es Eis?

Er hielt inne. Lauschte.

Vor ihm rang Obado mit dem Gleichgewicht, rutschte aus und fiel hin. Er erhob sich halb und glitt wieder aus. Ein vom Schnee gedämpfter Aufschrei löste zwischen den beiden Männern ein kleines, ein paar Meter breites Schneebrett. Der Schnee brach an Obados Spur, rutschte weg und verschwand.

Darunter blankes Eis. Bläulich schimmernd und spiegelglatt.

Sekunden später das dumpfe Plumpsen des unter ihnen aufschlagenden Schnees.

Obado lag bäuchlings auf dem Eis und ruderte mit den Armen. Verzweifelt suchte er nach Halt. Langsam rutschte er auf die Abbruchkante zu. Die Körperwärme schmolz das Eis unter ihm. Der Wasserfilm machte es noch glatter.

Winter hielt den Atem an. Sie standen unmittelbar über einem Gletscherabbruch. Vorsichtig ging er in die Knie und lehnte sich gegen den Hang. Ohne Steigeisen.

Ein Königreich für einen Eispickel.

Mit steifen Fingern klaubte er seinen Kugelschreiber hervor und rammte diesen mit der Faust wie einen Nagel ins Eis. Mit Hilfe des Kugelschreibers schob sich Winter Armlänge um Armlänge zu Obado hinüber, der mit der Wange auf dem Eis und Augen voller Angst zu ihm hochschaute.

Winter rief: »Nicht bewegen. Ich komme.«

Er hackte mit dem Kugelschreiber einen Haltegriff ins Eis und hielt sich mit seinem lädierten Arm daran fest. Dann brach er auf Bauchhöhe einen weiteren Griff heraus. Langsam tastete sich Winter heran, bis er mit einem ausgestreckten Bein beinahe Obados Kopf berühren konnte. »Halten Sie sich an meinem Fuß fest. Ich ziehe Sie hoch.«

Obado schaute in die Tiefe, dann wieder zu Winter.

Winter sagte: »Seien Sie vernünftig. Es ist vorbei.«

Mit Tränen in den Augen schüttelte Obado den Kopf.

Aus der Fleischwunde an Winters Bein tropfte Blut aufs Eis, doch er spürte nichts und insistierte: »Ich helfe Ihnen. Kommen Sie schon. Ich will mir hier nicht alles abfrieren.«

Obado zögerte. Dann nickte er schwach und packte Winters Fußgelenk. Winter festigte mit dem Kugelschreiber seinen Griff und zog ihn mit dem Bein von der Kante weg. »Nun die andere Hand.« Obado klammerte sich mit der anderen Hand ans blutige Hosenbein. Doch das doppelte Gewicht war zu viel. Der Handgriff im Eis brach. Winter versuchte, sich festzukrallen, doch seine Fingernägel kratzten übers Eis.

Zusammen glitten sie über den Gletscherabbruch.

Obado ließ Winter los und stieß einen Angstschrei aus. Winter prallte auf einen Eisvorsprung, überschlug sich und stürzte ins Leere. Er fiel auf ein steiles Schneefeld. Verzweifelt wollte er sich festhalten. Irgendwie. Irgendwo. Er sauste über die Kante, flog durch die Luft, landete auf einem steilen Felsband und stotterte auf zackige Eisklippen zu.

Er drehte sich auf den Bauch, rutschte übers Eis und blieb abrupt in einer Gletscherspalte stecken. Gleichzeitig schlug Obado auf und verschwand.

Winters Kiefer drückte den Kopf in den Nacken. Er hatte sich in die Zunge gebissen. Die Luft wurde aus seiner Lunge gepresst. Betäubt spuckte er Blut und Schnee. Als er ausatmete, rutschte er tiefer. Er drückte die verdrehten Beine auseinander.

Aus der Tiefe echote ein lang gezogener Schrei.

Winter klemmte aufrecht, von Kopf bis Fuß, fest. Sein geschundener Körper schmerzte überall. Mühsam drehte er den verkeilten Kopf. Unmittelbar hinter ihm eine breite Spalte. Die Gletscherzunge blätterte sich hier Schicht für Schicht, Spalte für Spalte auf.

Es war still. Nur ab und zu ein Ziehen und Knacken im Gletschereis. Vor ihm eine blanke Eiswand. Von weit oben fielen lautlos kleine Eis- und Schneebrocken herunter. Einige zerbröselten neben ihm. Er wartete auf die Lawine in seinem Kopf.

Nichts kam. Gut.

Vorsichtig befreite er den linken Arm. Steife Finger. Mit den versperrten Beinen schob er sich etwas in die Höhe. Nun konnte er den Arm über das Eis in seinem Rücken legen, als wäre es eine unbequeme Sofalehne.

Er reckte den Kopf nach hinten, wo sich der Schlund einer riesigen Gletscherspalte öffnete. Das glatte Eis schimmerte von Hell- bis Dunkelblau und wurde von feinen Bändern Neuschnees durchzogen. Eingefrorene Sedimente der Vergangenheit. In der Tiefe, eingeklemmt in einer Wölbung, hing Obado. Bewegungslos und scheinbar schwerelos schwebend im bläulichen Eis.

Tijo Obado

Über Tijo wölbte sich der blaue Himmel der Nuba-Berge. Das Wasser des Baches hinter ihnen plätscherte. Sein Blut pochte. Die Verbindung mit Zarina blühte. Sie hatten sich erfrischt. Sie hatten sich gebadet. Sie hatten sich geliebt. Jetzt schmiegte sie sich an ihn. Er lächelte glücklich und erschöpft. Beim Einatmen hob er sie mit seiner Brust hoch. Beim Ausatmen sank sie tiefer in ihn hinein. Doch Zarina lag schwer auf seinem Brustkorb.

Obado konnte sich nicht mehr bewegen, fröstelte und öffnete die Augen. Alles kalt und glatt und dunkel.

Wie in seiner Höhle. Er schloss stolz die Augen. Das Wasser hatte seine Höhle vor Millionen Jahren aus dem harten Fels herausgespült. Das Wasser der Götter hatte darin die Wanne herausgeschält, in der er geschlafen hatte, als er sich auf seinen ersten ehrenvollen Kampf als Mann vorbereitet hatte. In ihren kühlen Rundungen hatte er im Traum seine Ahnen um Rat gefragt.

Heute hatte er ihren Auftrag erfüllt. Bald würde er wieder vereint sein mit Zarina und Yaya und Nafy.

Seine wunderbaren Mädchen hüpften nach der Untersuchung aus dem weißen Container und rannten strahlend mit wirbelnden Armen auf ihn zu. Sie trugen neue weiße T-Shirts. Sie sprangen an ihm hoch, hängten sich an seinen Hals. Er sank in die Knie.

Und tiefer in den Gletscher.

Damals waren sie alle glücklich gewesen. Der Bürgerkrieg schien in weiter Ferne, und mit dem Geld der deutschen Krankenschwester konnte er für seine Familie Essen kaufen und das Dach reparieren. Es war so einfach gewesen. Nur eine Tablette pro Tag. »Nur ein kleiner Test. Völlig ungefährlich«, hatte sie gesagt.

Seine Arme und Beine, die Brust schmerzten. Er war schlaff und schwer und konnte sich nicht mehr bewegen.

So mussten sich seine drei Frauen gefühlt haben, als sie innerlich verbluteten. Zuerst war ihnen nur ein bisschen übel gewesen. Die Finger und Zehen der Kleinen waren kalt geworden. »Leber- und Nierenversagen. Unvorhersehbare Nebenwirkung«, hatte die blonde Krankenschwester gesagt und war mit dem glänzenden Toyota davongefahren. Tausendmal hatte er die Anweisungen auf der Tablettenschachtel studiert. Doch da stand nichts davon. Nach ein paar Tagen kam das Blut, zuerst im Urin, dann aus dem Mund, der Nase und den Ohren.

Er erbrach sich. Kotzte. Warmes Erbrochenes rann über seine Brust. Die Jacke musste er nachher waschen. Er lachte ob des absurden Gedankens.

Auch die weißen T-Shirts seiner kleinen Töchter waren verdreckt, die vier Buchstaben darauf, »B-N-M-S«, kaum mehr leserlich gewesen. Er hatte Umschläge gemacht, ihnen Suppe eingelöffelt. Er hatte den heiligen Kujour gerufen. Es hatte alles nichts genutzt. Die letzten Tage waren qualvoll gewesen. Eine kranke Ziege hätte er geschlachtet. Aber bei Zarina, Yaya und Nafy musste er zusehen, wie sie an den Tabletten der BNMS elendiglich verendeten.

Der Tod hatte sie geholt. Nun hatte der Tod die Mörder seiner Familie geholt. Tijo atmete kalte Luft. Er glitt in die Tiefe. Hier unten war es dunkel. Angenehme Wärme durchflutete ihn. Bald würde er mit den Seinen vereint sein.

Seine Gedanken waren klar. Es war zu Ende. Nach seiner langen Reise war er am Ziel. Fast. Zwei böse Geister hatte er ausgetrieben. Den ersten mit der Nadel durch das Auge. Den zweiten hatte er mit der Machete zweigeteilt. Nur der dritte Geist war noch am Leben.

Tijo blinzelte in den blauen Himmel der Nuba-Berge. Zarina küsste ihn auf den Mund. Sie lächelte und schlief auf seiner Schulter ein.

Danach

Die Bergretter fanden Winter völlig durchfroren, aber bei Bewusstsein. Mit einem transportablen Flaschenzug kurbelten sie ihn in Sicherheit. Winter wurde notdürftig verarztet, auf einen Rettungsschlitten gepackt und zur Talstation des Sessellifts gezogen.

Die Rettungsflugwacht flog Winter ins Inselspital. Eine Notärztin nähte und verband die Schnittwunde am Bein. Der Handchirurg operierte zum zweiten Mal Winters Trümmerbruch und montierte ein frisches Gestänge.

Kurz vor Einbruch der Dunkelheit bargen abgeseilte Bergretter in der Tiefe der Gletscherspalte Obados Leiche. Die Gerichtsmediziner diagnostizierten später einen Schädelbruch, einen eingedrückten Brustkorb und als Todesursache eine zersplitterte Rippe, die das Herz durchbohrt hatte und ihn innerlich verbluten ließ.

Spätabends starb, keine hundert Meter Luftlinie von Winters Bett entfernt, Brigitte Berger an einem zweiten Herzinfarkt. Ihr Mann hatte bis zum Schluss neben seiner komatösen Frau gesessen. Nachdem die hektischen Versuche, ihr Leben zu retten, verebbt waren, hatte ein Arzt erklärt, dass es für den vom Krebs geschwächten Körper einfach zu viel gewesen sei.

***

Am Morgen danach besuchte Leonie Winter im Spital, der verbeult und mit wundem Hals, aber frisch bandagiert im Bett lag. Sie hatte einen kleinen Blumenstrauß und einen Stapel Zeitungen mitgebracht mit Schlagzeilen wie »Massaker auf dem Titlis!« und »Touristin enthauptet!«. In einem der Boulevardblätter hatte es Handybilder der verkeilten Pistenfahrzeuge und des Kampfes zwischen dem Sudanesen (rechts mit Machete) und einem zufällig Anwesenden (links mit Ski). Sie ließ die Zeitungen auf den

Boden klatschen, überreichte Winter die Blumen und setzte sich aufs Bett.

Beide waren froh, dass es vorbei war.

Winter bedankte sich und fragte: »Etwas Interessantes in den Zeitungen?«

»Nein. Aber hier.« Sie zog ihr Smartphone hervor und zeigte ihm Fotos eines abgewetzten Bauchbeutels im Schnee, auf dem eine flach gedrückte Medikamentenschachtel mit dem BNMS-Logo lag. »Das Foto habe ich gestern gemacht. Als ich auf die Polizei wartete, habe ich in Obados Rucksack einen Bauchbeutel mit seinem Pass, einem Telefon, Kleinkram, Familienfotos und der Packung hier gefunden. Sie stammt eindeutig von der ›Berger Nano Medical Systems‹. Anscheinend haben sie ihre Medikamente in Afrika getestet.«

»Menschliche Versuchskaninchen.«

»Ja, ich habe einen UNO-Bericht gefunden, der im Tschad und im Sudan unerklärliche Todesfälle feststellte. Zuerst gingen sie von einem mutierten Ebola-Virus aus, aber das konnte nicht bestätigt werden.«

Erschöpft legte Winter den Kopf in die weichen Kissen.

Leonie sagte: »Ein Journalist und ein Arzt von ›Ärzte ohne Grenzen‹ wiesen dann Verbindungen zwischen den Toten und der BNMS nach. Zeugen vor Ort haben bestätigt, dass BNMS-Mitarbeitende für ein Taschengeld und ein T-Shirt unbekannte Medikamente an ahnungslosen Frauen und Kindern getestet haben. Wegen des Bürgerkriegs gibt es dort viele völlig mittellose Witwen, die offenbar in einem Art Schneeballsystem weitere Frauen in die Versuchsstationen gebracht haben. Die Nürnberger haben ihr Elend schamlos ausgenutzt.«

Winter hörte Leonie sagen: »Höchstwahrscheinlich ist auch Obados Familie so umgekommen. Ich habe seine Familienfotos gefunden.«

Sie vergrößerte den Bildausschnitt eines digitalen Fotos. »Hier. Auf diesem hier tragen seine beiden kleinen Mädchen eindeutig T-Shirts der BNMS.« Leonie ließ das Telefon sinken. »Obado hat herausgefunden, dass die ›Berger Nano Medical Systems‹ Bernadette Berger gehörte und von Brigitte und Kerstin Berger geführt wurde. Die drei waren für den Tod seiner Familie verantwortlich. Er war kein Flüchtling, sondern kam nach Europa, um seine Familie zu rächen.«

***

Diesmal behielt das Spital Winter für drei Tage. Er hatte viel Zeit zum Nachdenken. Seine Gedanken kreisten um Ursache und Wirkung. Um Schuld und Gerechtigkeit. Wann hatte es begonnen? Hätte man es stoppen können? Wie?

Als sich die pneumatische Spitaltür hinter Winter schloss, blinzelte er in die Sonne. In der Nacht war frischer Schnee gefallen. Überall glitzerten Schneekristalle. Er atmete die frische Luft ein und schwang die Tasche über seine Schulter.

Auf dem Heimweg machte er einen Abstecher ins Tierheim.

Eine Frau in einem grellbunten peruanischen Cape führte ihn an den Käfigen mit den aufgegebenen oder ausgesetzten Tieren vorbei. Trotz der Spielzeuge und der Kratzbäume boten die eingesperrten Katzen einen traurigen Anblick. Leider konnte er nur eine adoptieren. Ab und zu hielt Winter die linke Hand ans Gitter. Eine schwarze Katze mit einem weißen Fleck auf der Brust war ihm besonders sympathisch.

»Ein etwa dreijähriger Kater. Er wurde halb verhungert und ziemlich verwahrlost abgegeben.«

Winter lächelte gedankenverloren.

Sie öffnete den Käfig. »Wir haben ihn langsam wieder aufgepäppelt. Er heißt Sheriff. Wegen des sternförmigen Flecks da auf der Brust.«

Sheriff lag auf einem Holzkasten und sonnte sich. Winter offerierte seine Hand, die Sheriff neugierig untersuchte. Dann kraulte er den Hals der Katze, die zufrieden ihre Augen schloss und schnurrte. Er fuhr ihr über das warme, glänzende Fell. Die Ohren waren ausgefranst. Gut. Winter wollte keine Sofakatze, sondern eine Kämpfernatur. Sheriff drehte sich wohlig auf den Rücken und streckte alle viere von sich.

»Er mag Sie.«

Es klingelte.

»Moment.« Winter klaubte das Telefon hervor. »Ja?«

Von Tobler sagte: »Hallo, Winter. Ich habe gehört, dass Sie draußen sind. Sie müssen sich erholen!«

»Mach ich.« Er streichelte Sheriffs Bauch.

»Weil ich Sie die nächsten zehn Tage nicht im Büro sehen will, habe ich das Sekretariat beauftragt, Ihnen Ferien auf den Malediven zu buchen. Ich kenne dort ein hervorragendes Resort. Sehr empfehlenswert. Der Service ist Weltklasse. In allen Belangen.«

»Ich weiß nicht.« Mit seinem Arm konnte er weder schwimmen noch tauchen. Bevor er die großzügige Geste seines Vorgesetzten ablehnen konnte, sagte dieser: »Sie fliegen morgen mit Emirates. Natürlich in der Ersten. Mit Stopp in Dubai. Wir haben in unserer Filiale dort ein kleines Problem.«

Die Katze duckte sich und schaute ihn traurig an.

Winter kraulte Sheriff. »Bis bald.«

Peter Beck
SÖLDNER DES GELDES
Broschur, 480 Seiten
ISBN 978-3-95451-134-1

Die Schweiz gilt als Hort der Ruhe für diskrete Geldgeschäfte mit superreichen Kunden aus der ganzen Welt. Da stört ein ermordeter Scheich die oberflächliche Gemütlichkeit empfindlich. Tom Winter, Sicherheitschef einer verschwiegenen Privatbank, jagt auf der Spur des Geldes durch die Schweiz, nach Kairo, Bergen, Boston und zurück ins Berner Oberland. Gelassen, wortkarg und mit trockenem Humor kämpft er sich durch einen Dschungel von Intrigen und stößt auf explosive Spekulationen.

»Intelligenter Lesespaß« Berner Zeitung

»Bestes Lesekino« Krimi-Couch.de

»Hoch spannend« Meine-Kommissare.de

»Faszinierend unverbrauchter Held« Anzeiger von Saanen

»Hochspannung! Absoluter Pageturner« OrellFüssli

»Fesselnd bis zum Ende« Kriminetz

»Sein Name ist Winter, Tom Winter« Der Bund

»Starke Charaktere« Berner Oberländer

Lesen Sie die ersten Kapitel auf www.peter-beck.net.

www.emons-verlag.de